HARLAN COBEN
Ich schweige für dich

*In stillem Gedenken an meinen Cousin
Stephen Reiter*

*und zu Ehren seiner Kinder,
David, Samantha und Jason*

O meine Seele, halte dich bereit für seine Ankunft,
Bereit für ihn, den Fremden, der zu fragen weiß.
Gibt es einen, der den Weg zu eurer Tür weiß:
Dem Leben mögt ihr euch entziehen, doch dem Tode nicht.

T. S. Eliot

EINS

Der Fremde zerstörte Adams Welt nicht auf einen Schlag.

Das zumindest sollte Adam Price sich später einreden, aber es war gelogen. Eigentlich wusste Adam gleich beim ersten Satz, dass sein bisheriges Leben als zufriedener, verheirateter Vorstadtvater zweier Kinder für immer vorbei war. Oberflächlich betrachtet war es nur ein einfacher Satz, aber etwas in der Art, wie er gesagt wurde – mit einem wissenden und fast einfühlsamen Unterton –, verriet Adam sofort, dass es nie mehr so sein würde wie zuvor.

»Sie hätten nicht mit ihr zusammenbleiben müssen«, sagte der Fremde.

Sie standen in der American Legion Hall in Cedarfield, New Jersey, einer Stadt voll reicher Hedgefonds-Manager und anderer *Masters of the Universe* aus der Finanzbranche. Sie kamen gern auf ein Bierchen in die American Legion Hall, weil sie sich dort einfach unters Volk mischen und so tun konnten, als wären sie die bodenständigen Burschen aus einem Pickup-Werbespot, obwohl das absolut nicht zutraf.

Adam stand an der klebrigen Bar. Hinter ihm hing eine Dartscheibe. Neonschilder warben für Miller Lite, aber Adam hielt eine Flasche Budweiser in der rechten Hand. Er wandte sich dem Mann zu, der sich gerade neben ihn gestellt hatte, und obwohl er die Antwort schon kannte, fragte er ihn: »Meinen Sie mich?«

Der Typ war jünger als die meisten anderen, die heute Abend hier waren, dünner, fast hager, mit großen, stechend blauen Augen. Seine Arme waren blass und dürr, und unter einem der kurzen Ärmel schaute ein Tattoo hervor. Er trug eine Baseballkappe. Zum Hipster reichte es nicht, er strahlte aber eine gewisse Nerdigkeit aus, wie jemand, der eine Technikabteilung leitet und nie das Tageslicht sieht.

Die stechenden blauen Augen fixierten Adam mit großer Ernsthaftigkeit, sodass er sich gern abgewandt hätte. »Sie hat Ihnen gesagt, dass sie schwanger ist, stimmt's?«

Adams Hand schloss sich fester um die Bierflasche.

»Deshalb sind Sie bei ihr geblieben. Corinne hat Ihnen gesagt, dass sie schwanger ist.«

Das war der Moment, in dem Adam spürte, wie in seiner Brust ein Schalter umgelegt wurde, als hätte jemand den Zeitzünder einer Bombe mit roten Digitalzahlen gestartet, wie im Film. Der Countdown lief. Tick, tick, tick, tick.

»Kennen wir uns?«, fragte Adam.

»Sie hat Ihnen gesagt, dass sie schwanger ist«, wiederholte der Fremde. »Corinne, meine ich. Sie hat Ihnen gesagt, dass sie schwanger ist, und dann hatte sie eine Fehlgeburt.«

Die American Legion Hall war voller Vorstadtväter, alle in den gleichen weißen Baseball-T-Shirts mit Dreiviertelärmeln und weiten Cargo-Shorts oder vollkommen arschlosen Dad-Jeans. Viele trugen Baseballkappen. Heute wurden die Spieler für die Lacrosse-Schulmannschaften der vierten, fünften und sechsten Klassen ausgewählt. Wenn man beobachten wollte, wie Alphatiere sich in ihrer natürlichen Umgebung aufführten, brauchte man nur zuzusehen, wie diese Eltern sich in die Teamauswahl ihrer Sprösslinge einmischten, dachte Adam. Der Discovery Channel hätte ein Kamerateam schicken sollen.

»Sie fühlten sich verpflichtet, bei ihr zu bleiben, was?«, fragte der Mann.

»Ich habe keine Ahnung, wer Sie …«

»Sie hat gelogen, Adam.« Der Jüngere sprach mit großer Überzeugung. Es klang, als wüsste er nicht nur genau Bescheid, sondern als wollte er nur das Beste für Adam. »Corinne hat das alles erfunden. Sie war nicht schwanger.«

Die Wörter trafen Adam wie Schläge, machten ihn benommen, schwächten seinen Widerstand, sodass er angeschlagen und angezählt zurückblieb. Er wollte sich wehren, den Typen am Kragen packen und gegen die Wand schleudern, weil er seine Frau beleidigt hatte. Aber aus zwei Gründen tat er das nicht.

Erstens, weil er benommen und sein Widerstand geschwächt war.

Zweitens, weil der Mann so verflucht selbstbewusst und überzeugend auftrat, dass Adam den Eindruck bekam, es wäre klüger, ihm zuzuhören.

»Wer sind Sie?«, fragte Adam.

»Spielt das eine Rolle?«

»Ja, das tut es.«

»Ich bin der Fremde«, sagte er. »Der Fremde, der etwas Wichtiges weiß. Sie hat Sie belogen, Adam. Corinne, meine ich. Sie war nicht schwanger. Das war nur ein Trick, um Sie zurückzubekommen.«

Adam schüttelte den Kopf. Er kämpfte sich durch den Nebel und versuchte, ruhig zu bleiben. »Ich habe den Schwangerschaftstest gesehen.«

»Ein Fake.«

»Ich habe das Ultraschallbild gesehen.«

»Auch ein Fake.« Er hob die Hand, bevor Adam noch mehr sagen konnte. »Ja, und der Bauch auch. Oder besser die Bäuche. Von dem Zeitpunkt an, wo man etwas erkennen konnte, haben Sie sie nicht mehr nackt gesehen, richtig? Wie hat sie das hingekriegt? Hat sie behauptet, dass ihr nachts schlecht wird und ihr besser keinen Sex mehr haben solltet? So läuft das meistens. Bei der Fehlgeburt merkt man dann rückblickend, dass die Schwangerschaft sowieso von Anfang an problematisch war.«

Auf der anderen Seite des Saals rief jemand mit donnernder Stimme: »So, Leute, holt euch noch ein Bier, dann geht's los.«

Es war die Stimme von Tripp Evans, dem Vorsitzenden des Lacrosse-Komitees, einem ziemlich netten Typen, der früher in der Madison Avenue für eine Werbeagentur gearbeitet hatte. Die anderen Väter holten sich Alustühle, wie man sie bei Schulkonzerten verwendete, und stellten sie im Kreis auf. Tripp Evans sah Adam an, bemerkte dessen zweifellos aschfahles Gesicht und runzelte besorgt die Stirn. Adam schüttelte kurz den Kopf und wandte sich wieder dem Fremden zu.

»Wer zum Teufel sind Sie?«

»Stellen Sie sich einfach vor, dass ich Ihr Retter bin. Oder so eine Art Freund, der Sie gerade aus dem Knast geholt hat.«

»Das ist doch Quatsch, was Sie da erzählen.«

Die Gespräche waren so gut wie verstummt. Nur wenige Leute flüsterten noch, und das Geräusch von Stühlen, die zurechtgerückt wurden, hallte durch den Saal. Während der Auswahl der Spieler setzten die Väter ihre Pokerfaces auf. Adam konnte das nicht ausstehen. Eigentlich gehörte er gar nicht hierher – dies war Corinnes Aufgabe. Sie war Kassenwartin des Lacrosse-Komitees. Aber die Lehrerkonferenz ihrer Schule in Atlantic City war verschoben worden, und obwohl dies der wichtigste Tag im Jahr für den Lacrosse-Sport in Cedarfield war – und der Hauptgrund, warum Corinne sich so engagiert hatte –, musste Adam heute für sie einspringen.

»Sie müssten mir eigentlich dankbar sein«, sagte der Mann.

»Was soll das heißen?«

Zum ersten Mal lächelte der Mann. Ein freundliches Lächeln, wie Adam eingestehen musste, das Lächeln eines Heilers, eines Mannes, der einfach nur das Richtige tun will.

»Sie sind frei«, sagte der Fremde.

»Und Sie lügen.«

»Das glauben Sie doch selbst nicht, Adam.«

Tripp Evans rief durch den Saal: »Adam?«

Er drehte sich um. Außer Adam und dem Fremden hatten inzwischen alle Platz genommen.

»Ich muss jetzt los«, flüsterte der Fremde. »Aber wenn Sie wirklich Beweise brauchen, gucken Sie sich Ihre Visa-Abrechnungen an. Suchen Sie nach einer Zahlung an Novelty Funsy.«

»Moment...«

»Eins noch.« Der Mann beugte sich zu ihm herüber. »An Ihrer Stelle würde ich wahrscheinlich bei Ihren beiden Jungs einen Vaterschaftstest durchführen lassen.«

Tick, tick, tick... kabumm. »Was?«

»Dafür hab ich keine Beweise, aber wenn eine Frau einen so belügt, kann man davon ausgehen, dass es nicht das erste Mal ist.«

Völlig benommen von dieser letzten Anschuldigung stand Adam nur da, während der Fremde eilig verschwand.

ZWEI

Als Adams Knie nicht mehr nachzugeben drohten, folgte er dem Fremden.

Zu spät.

Der Fremde setzte sich auf den Beifahrersitz eines grauen Honda Accord. Der Wagen fuhr los. Adam rannte hinterher, um sich den Wagen genauer anzusehen und sich vielleicht das Nummernschild zu merken, doch er konnte nur noch erkennen, dass es aus seinem Heimatstaat New Jersey war. Als das Auto die Kurve zur Ausfahrt nahm, fiel ihm noch etwas auf.

Am Steuer saß eine Frau.

Sie war jung und hatte lange blonde Haare. Als das Licht der Straßenlampe auf ihr Gesicht fiel, erkannte er, dass sie ihn ansah. Ihre Blicke begegneten sich für einen Moment. In ihrer Miene lagen Sorge und Mitleid.

Mitleid mit ihm.

Das Auto raste davon. Hinter ihm rief jemand seinen Namen. Adam drehte sich um und ging zurück in den Saal.

Sie fingen mit der Auswahl der House-Teams an.

Adam versuchte zuzuhören, aber es war, als müssten alle Geräusche die akustische Version einer Duschkabinentür aus Milchglas durchdringen. Dabei hatte Corinne Adam die Arbeit leicht gemacht. Sie hatte alle Jungen aufgelistet, die für das Team der sechsten Klasse in Frage kamen, sodass er nur zwischen denen wählen musste, die noch übrig waren. Der wahre Grund für seine Anwesenheit war jedoch banaler: Er sollte aufpassen, dass Ryan, ihr Sechstklässler, in die Schulmannschaft kam. Ihr älterer Sohn Thomas, der jetzt in seinem zweiten Highschool-Jahr war, hatte es in Ryans Alter nicht in die Schulmannschaft geschafft, was, wie Corinne vermutete, daran lag, dass seine Eltern sich damals nicht genug engagiert hatten. Adam teilte diese Vermutung. Viel zu viele Väter waren heute Abend weniger aus Liebe zum Spiel hier als vielmehr, um die Interessen ihrer Kinder zu wahren.

Einschließlich Adam. Traurig, aber was sollte man machen?

Adam versuchte, nicht mehr an das zu denken, was man ihm gerade gesagt hatte – wer war der Kerl überhaupt? –, aber es gelang ihm nicht. Als er auf Corinnes »Vorauswahl« starrte, verschwamm ihre Schrift vor seinen Augen. Seine Frau war so unglaublich, fast schon zwanghaft ordentlich. Sie hatte die Jungen in absteigender Reihenfolge vom Besten bis zum Schlechtesten aufgeführt. Wenn einer dieser Namen genannt wurde, strich Adam ihn geistesabwesend durch. Er musterte die perfekte Handschrift seiner Frau, die wie die Beispielbuchstaben wirkten, die die Lehrerin in der dritten Klasse oben an der Tafel anbrachte. So war Corinne. Sie war das Mädchen, das in die Klasse kam und jammerte, weil sie ganz bestimmt durchfallen würde, den Test als Erste abgab und die Bestnote bekam. Sie war klug, ehrgeizig, schön und…

Eine Lügnerin?

»Dann kommen wir jetzt zu den Schulmannschaften«, sagte Tripp.

Wieder wurden im Saal Stühle gerückt. Wie betäubt setzte sich Adam zu den vier Männern, die die Spieler für die erste und zweite Schulmannschaft auswählten. Jetzt ging es ans Eingemachte. Die House-Teams traten in der städtischen Liga an. Die besten Spieler kamen in die erste oder zweite Schulmannschaft, die bei Wettbewerben im ganzen Staat antraten.

Novelty Funsy. Warum kam ihm der Name bekannt vor?

Der Trainer der sechsten Klassen hieß Bob Baime, aber für Adam war er Gaston, die Zeichentrickfigur aus dem Disneyfilm *Die Schöne und das Biest*. Bob war eine große Blätterteigpastete von einem Mann mit diesem breiten Lächeln, das man eigentlich nur bei den leicht Unterbelichteten findet. Er war laut, eingebildet, dumm und gemein, und wenn er mit durchgedrückter Brust und schwingenden Armen vorbeimarschierte, hörte Adam den Soundtrack »*Niemand kämpft… haut uns um… schießt wie Gaston…*«.

Lass gut sein, sagte er sich. *Dieser Fremde hat sich nur einen Scherz auf deine Kosten erlaubt…*

Eigentlich dürfte das Zusammenstellen der Teams nur eine Sache von Sekunden sein. Jedes Kind hatte in den unterschiedlichen Kategorien einen Punktwert zwischen 1 und 10 erhalten: Schlägerführung, Geschwindigkeit, Kraft, Passen und so weiter. Die Zahlen wurden addiert und ein Durchschnitt gebildet. Theoretisch brauchte man nur die ersten achtzehn auf der Liste in die erste Mannschaft und die nächsten achtzehn in die zweite Mannschaft zu stecken, und der Rest war halt raus und kam in die House-Teams. Ganz einfach. Aber natürlich mussten sich die Trainer vergewissern, dass ihre eigenen Söhne in den Teams waren, die sie trainierten.

Okay, erledigt.

Dann gingen sie die Ranglisten durch. Alles lief reibungslos bis zur letzten Nominierung für die zweite Mannschaft.

»Jimmy Hoch muss da rein«, verkündete Gaston. Es kam

selten vor, dass Bob Baime etwas einfach nur sagte. Meistens verkündete er es.

Einer seiner unscheinbaren Assistenztrainer – Adam kannte seinen Namen nicht – sagte: »Aber Jack und Logan haben höhere Punktzahlen.«

»Ja, das stimmt«, verkündete Gaston. »Aber ich kenne den Jungen. Jimmy Hoch. Er spielt besser als die anderen beiden. Er hatte bloß Pech beim Vorspielen.« Er hustete in seine Faust und fuhr dann fort: »Jimmy hat ein hartes Jahr hinter sich. Seine Eltern haben sich scheiden lassen. Wir müssen ihm eine Chance geben und ihn ins Team holen. Wenn also niemand etwas dagegen hat...«

Er wollte Jimmys Namen aufschreiben.

Adam hörte sich sagen: »Doch, hab ich.«

Alle sahen ihn an.

Gaston reckte das Kinn mit dem Grübchen in Adams Richtung. »Wie bitte?«

»Ich hab was dagegen«, sagte Adam. »Jack und Logan haben einen besseren Score. Wer von den beiden steht höher auf der Liste?«

»Logan«, sagte einer der Assistenztrainer.

Adam überflog seine Liste und sah die Punkte. »Ah, dann muss Logan ins Team. Er hat mehr Punkte und steht weiter oben auf der Liste.«

Die Assistenztrainer hielten für einen Moment die Luft an. Gaston war es nicht gewöhnt, dass seine Entscheidungen in Frage gestellt wurden. Er beugte sich vor und bleckte seine großen Zähne. »Nichts für ungut, aber Sie sind nur als Vertretung für Ihre Frau hier.«

Er sprach das Wort *Frau* mit einem herablassenden Tonfall aus, als sei man in Vertretung einer Frau kein echter Mann.

»Sie sind ja nicht mal Assistenztrainer«, fuhr er fort.

»Das stimmt«, sagte Adam. »Aber ich kann Zahlen lesen, Bob. Logans Durchschnitt liegt bei sechs Komma sieben Punkten. Jimmys nur bei sechs Komma vier. Selbst in der modernen Mathematik ist sechs Komma sieben mehr als sechs Komma vier. Ich kann es auch in einem Diagramm darstellen, wenn das hilft.«

Gaston war nicht angetan von der Ironie. »Wie ich schon sagte, gibt es da besondere Umstände.«

»Die Scheidung?«

»Genau.«

Adam sah die Assistenztrainer an. Die hatten plötzlich etwas Faszinierendes auf dem Fußboden vor ihren Füßen entdeckt. »Na dann, wissen Sie denn, wie es bei Jack oder Logan zu Hause aussieht?«

»Ich weiß, dass die Eltern noch zusammen sind.«

»Das ist jetzt also der ausschlaggebende Faktor?«, fragte Adam. »Sie führen doch eine wirklich gute Ehe, oder, Ga…« Fast hätte er ihn Gaston genannt. »Bob?«

»Ja?«

»Sie und Melanie. Sie sind doch das glücklichste Paar, das ich kenne, oder etwa nicht?«

Die kleine, blonde, kesse Melanie blinzelte, als hätte sie eine Ohrfeige bekommen. Gaston legte ihr gern in der Öffentlichkeit die Hand auf den Hintern, weniger, um seine Zuneigung oder sein Begehren zu zeigen, als vielmehr um zu demonstrieren, dass sie ihm gehörte. Jetzt lehnte er sich zurück und versuchte seine Worte vorsichtig abzuwägen. »Ja, wir führen eine gute Ehe, aber…«

»Dann müssten wir Ihrem Sohn doch mindestens einen halben Punkt abziehen, oder? Damit hätte Bob Junior noch, Moment, sieben Komma drei. Also zweite Mannschaft. Ich meine, wenn wir Jimmy mehr Punkte geben, weil seine Eltern Probleme haben, dann müssen wir Ihrem Sohn doch eigentlich welche abziehen, weil Sie beide so verdammt perfekt sind?«

Einer der anderen Assistenztrainer fragte: »Adam, ist alles okay mit Ihnen?«

Adam fuhr herum. »Alles bestens.«

Gaston öffnete und schloss die Fäuste.

»*Corinne hat das alles erfunden. Sie war nicht schwanger.*«

Adam begegnete dem Blick des Größeren und erwiderte ihn. *Komm schon, du Held*, dachte Adam. Komm mir ausgerechnet heute Abend dumm. Gaston war einer von diesen großen, muskelbepackten Kerlen, denen man sofort ansah, dass alles nur Show war. Über Gastons Schulter hinweg sah Adam, dass Tripp Evans überrascht zu ihnen herüberguckte.

»Wir sind hier nicht vor Gericht«, sagte Gaston und zeigte die Zähne. »Das geht zu weit.«

Adam hatte seit vier Monaten kein Gericht mehr von innen gesehen, machte sich aber nicht die Mühe, Gaston zu korrigieren. Er hielt seine Zettel hoch. »Die Bewertungen wurden nicht zum Spaß erstellt, Bob.«

»Und wir sind auch nicht zum Spaß hier«, sagte Gaston und fuhr sich durch die schwarze Mähne. »Sondern als Trainer. Als diejenigen, die die Jungs seit Jahren kennen. Die letzte Entscheidung liegt bei uns. Die letzte Entscheidung liegt bei mir als Cheftrainer. Jimmy hat die richtige Einstellung. Auch das ist wichtig. Wir sind keine Maschinen. Wir nutzen alle verfügbaren Mittel und wählen die Jungs aus, die es am meisten verdienen.« Er breitete die riesigen Hände aus und versuchte, Adam wieder in den Schoß der Familie zurückzuholen. »Und mal ehrlich, es geht um den letzten freien Platz in der zweiten Mannschaft. So wichtig ist das auch wieder nicht.«

»Für Logan ist das bestimmt sehr wichtig.«

»Ich bin der Cheftrainer. Die letzte Entscheidung liegt bei mir.«

Die Menge im Saal fing an, sich zu zerstreuen. Die ersten gingen schon. Adam öffnete den Mund und wollte noch mehr sagen, aber wozu? Er würde den Streit nicht gewinnen. Warum hatte er ihn überhaupt angefangen? Er wusste nicht einmal, wer dieser Logan war. Die ganze Sache diente ihm nur als Ablenkung von dem Chaos, das der Fremde hinterlassen hatte. Sonst nichts. Das war ihm klar. Er stand auf.

»Wo wollen Sie hin?«, fragte Gaston und reckte seine Kinnlade so deutlich in seine Richtung, dass sie geradezu zum Draufschlagen einlud.

»Ryan ist in der ersten Mannschaft, oder?«

»Ja.«

Deshalb war Adam hier – um sich, falls erforderlich, für seinen Sohn einzusetzen. Erledigt. Der Rest war Beiwerk.

»Gute Nacht zusammen.«

Adam ging zurück an die Bar. Er nickte Len Gilman zu, dem Polizeichef, der gern hinter der Bar stand, weil sich dann weniger Leute betrunken hinters Steuer setzten. Len erwiderte das Nicken und schob Adam eine Flasche Bud herüber. Adam drehte den Schraubverschluss mit etwas zu viel Schwung auf. Tripp Evans erschien neben ihm, und Len schob auch ihm ein Bud hin. Tripp hob es hoch und stieß mit Adam an. Die beiden tranken schweigend ihr Bier, während sich das Meeting auflöste. Abschiedsgrüße wurden gerufen. Gaston erhob sich dramatisch – er war gut in dramatischen Gesten – und warf Adam einen grimmigen Blick zu. Adam hob die Flasche in seine Richtung und prostete ihm zu. Gaston stürmte davon.

»Machst du dir Freunde?«, fragte Tripp.
»Ich kann eben gut mit Leuten«, sagte Adam.
»Du weißt aber schon, dass er Vizepräsident des Komitees ist?«
»Ich sollte niederknien, wenn ich ihn das nächste Mal sehe«, sagte Adam.
»Und ich bin der Präsident.«
»In dem Fall brauch ich Knieschoner.«
Tripp nickte, der Spruch gefiel ihm. »Bob hat's im Moment nicht leicht.«
»Bob ist ein Arschkeks.«
»Ja, schon wahr. Weißt du, wieso ich immer noch Präsident bin?«
»Weil die Mädels drauf stehen?«
»Das auch, klar. Und weil Bob mein Nachfolger wäre, wenn ich zurücktrete.«
»Schauder.« Adam wollte sein Bier absetzen. »Ich geh jetzt lieber.«
»Er ist arbeitslos.«
»Wer?«
»Bob. Hat vor über einem Jahr seinen Job verloren.«
»Tut mir leid für ihn«, sagte Adam. »Aber das ist keine Entschuldigung.«
»Hab ich auch nicht gesagt. Ich wollte bloß, dass du im Bilde bist.«
»Verstanden.«
»Also«, fuhr Tripp Evans fort, »hat Bob sich diesen Headhunter gesucht, der ihm bei der Jobsuche hilft – einen wichtigen, ganz bedeutenden Headhunter.«
Adam stellte das Bier hin. »Und?«
»Und dieser wichtige Headhunter sucht einen neuen Job für Bob.«

»Sagtest du schon.«

»Und dieser Headhunter heißt Jim Hoch.«

Adam hielt inne. »Der Vater von Jimmy Hoch?«

Tripp antwortete nicht.

»Deshalb wollte er Jimmy im Team haben?«

»Dachtest du, Bob interessiert sich dafür, ob die Eltern geschieden sind?«

Adam schüttelte nur den Kopf. »Und das ist dir egal?«

Tripp zuckte die Schultern. »Wir leben hier nicht in Wolkenkuckucksheim. Wenn sich Eltern in den Sport einmischen, den ihre Kinder treiben, dann sind sie wie Löwinnen mit Nachwuchs. Manchmal kommt jemand ins Team, weil die Eltern Nachbarn sind. Manchmal kommt jemand ins Team, weil die Mutter heiß ist und sich bei den Spielen aufreizend kleidet…«

»Das weißt du aus eigener Anschauung?«

»Ich bekenne mich schuldig. Und manchmal kommt jemand ins Team, weil sein Papa dem Trainer einen Job verschaffen kann. Scheint mir ein besserer Grund zu sein als die meisten anderen.«

»Mann, dafür, dass du aus der Werbebranche kommst, bist du ganz schön zynisch.«

Tripp lächelte. »Ja, ich weiß. Darüber haben wir uns doch schon öfter unterhalten: Wie weit würdest du gehen, um deine Familie zu beschützen? Unter normalen Umständen würdest du niemandem ein Haar krümmen. Ich genauso wenig. Aber wenn jemand deine Familie bedroht, wenn du dein Kind retten musst…«

»Dann werden wir zu Mördern?«

»Jetzt sieh dich um, mein Freund.« Tripp breitete die Arme aus. »Diese Stadt, diese Schulen, diese Sportprogramme, diese Kinder, diese Familien – manchmal lehne ich mich zurück und kann es nicht glauben, wie gut wir es haben. Der reinste Traum, sag ich dir.«

Adam wusste das. Im Prinzip jedenfalls. Er hatte sich vom unterbezahlten Pflichtverteidiger zum überbezahlten Anwalt für Enteignungsrecht hochgearbeitet, um diesen Traum bezahlen zu können. Er fragte sich, ob es das wert war. »Und wenn Logan es ausbaden muss?«

»Seit wann ist das Leben gerecht? Hör zu, ich hatte mal einen großen Autohersteller als Kunden. Du weißt schon, welchen ich meine. Und du hast sicher gerade erst in der Zeitung gelesen, dass sie ein Problem mit ihren Lenksäulen vertuscht haben. Viele Menschen wurden bei Unfällen verletzt oder sogar getötet. Diese Typen von der Autofirma sind richtig nett. Ganz normale Menschen. Wie kommt es, dass die das zulassen? Wie kann es angehen, dass die irgendeinen Kosten-Nutzen-Scheiß ausrechnen und Menschen sterben lassen?«

Adam wusste, worauf er hinauswollte, aber der Weg dorthin machte mit Tripp immer Spaß. »Weil sie korrupte Schweine sind?«

Tripp runzelte die Stirn. »Das stimmt nicht, und das weißt du auch. Die sind wie die Leute aus der Tabakindustrie. Sind die auch alle böse? Und was ist mit den ganzen Gläubigen, die Kirchenskandale vertuschen oder, was weiß ich, die Flüsse verschmutzen? Sind das alles einfach korrupte Schweine, Adam?«

So war Tripp – Vorstadt-Dad und Philosoph. »Sag du's mir.«

»Es ist eine Frage der Perspektive, Adam.« Tripp lächelte ihn an. Er nahm seine Kappe ab, strich sich das dünner werdende Haar glatt und setzte die Kappe wieder auf. »Menschen sind nicht objektiv. Wir sind alle voreingenommen. Wir schützen immer unsere eigenen Interessen.«

»Mir fällt auf, dass deine Beispiele alle eins gemeinsam haben...«, sagte Adam.

»Was?«

»Geld.«

»Es ist die Wurzel allen Übels, mein Freund.«

Adam dachte an den Fremden. Er dachte an seine beiden Söhne, die gerade zu Hause waren und vermutlich Hausaufgaben machten oder am Computer spielten. Er dachte an seine Frau, die in Atlantic City auf irgendeiner Lehrerkonferenz war.

»Nicht die Wurzel *allen* Übels«, sagte er.

DREI

Der Parkplatz an der American Legion Hall war unbeleuchtet. Nur gelegentlich schien ein Licht auf, wenn eine Autotür geöffnet wurde oder das Display eines Smartphones vor dem schwarzen Vorhang erstrahlte. Adam setzte sich in seinen Wagen. Eine Weile rührte er sich nicht. Er saß nur da. Autotüren wurden zugeschlagen. Motoren sprangen an. Adam dachte nach.

»Sie hätten nicht mit ihr zusammenbleiben müssen…«

Das Handy vibrierte in seiner Tasche. Wahrscheinlich eine SMS von Corinne. Sie würde wissen wollen, wie die Zusammenstellung der Teams gelaufen war. Adam zog das Handy heraus. Richtig, eine SMS von Corinne:

Wie ist es heute gelaufen??

Wie erwartet.

Adam starrte die Nachricht an, als enthielte sie eine geheime Botschaft, und zuckte zusammen, als jemand an die Scheibe klopfte. Gastons kürbisgroßer Kopf erschien vor dem Fenster auf der Beifahrerseite. Er grinste Adam an und gestikulierte, er solle die Scheibe herunterlassen. Adam steckte den Zündschlüssel ins Schloss, drückte den Knopf und sah zu, wie sich das Fenster öffnete.

»Hey, Mann«, sagte Gaston, »nichts für ungut. Bloß eine kleine Meinungsverschiedenheit, richtig?«

»Richtig.«

Gaston streckte die Hand zum Fenster herein. Adam drückte sie.

»Viel Glück für die Saison«, sagte Gaston.

»Ja. Und dir viel Glück bei der Jobsuche.«

Gaston erstarrte kurz. Keiner rührte sich, Gastons großer Kopf schwebte in der Fensteröffnung, während Adam im Auto saß und ihn unverwandt ansah. Schließlich befreite Gaston seine Pranke aus Adams Hand und stolzierte davon.

Witzbold.

Das Handy vibrierte erneut. Wieder Corinne:

Hallo?!?

Adam sah sie vor sich, wie sie auf das Display starrte und ungeduldig auf eine Antwort wartete. Psychospielchen waren nicht seine Art – es gab keinen Grund, sie warten zu lassen:

Ryan ist in der 1.

Ihre Antwort kam sofort:

Yay!!! Ich ruf in einer halben Stunde an.

Er steckte das Handy ein, startete den Motor und fuhr nach Hause. Es waren genau 4,2 Kilometer – Corinne hatte die Entfernung mit dem Kilometerzähler ihres Autos gemessen, als sie damals mit dem Laufen angefangen hatte. Er fuhr am neuen Eis-Donuts-Kombo-Laden an der South Maple Road vorbei und bog bei der Sunoco-Tankstelle links ab. Es war spät, als er zu Hause ankam, aber wie immer brannten noch alle Lichter. In der Schule wurde zurzeit viel über Umweltschutz und erneuerbare Energien gesprochen, aber seine beiden Jungs hatten immer noch nicht gelernt, wie man ein Zimmer verließ, ohne das Licht anzulassen. Hinter der Haustür hörte er ihren Border Collie bellen. Als er die Tür aufschloss, begrüßte Jersey ihn wie einen Heimkehrer aus Kriegsgefangenschaft. Adam bemerkte, dass ihr Wassernapf leer war.

»Hallo?«

Keine Antwort. Ryan schlief womöglich schon. Thomas hatte wahrscheinlich gerade seine Hausaufgaben erledigt – jedenfalls würde er das behaupten. Er spielte nie Computerspiele oder machte irgendeinen anderen Blödsinn auf seinem Laptop – Adam störte ihn immer genau in dem Moment, in dem er die Hausaufgaben soeben erledigt hatte und damit anfangen wollte zu spielen oder irgendeinen anderen Blödsinn auf seinem Laptop zu machen.

Er füllte den Wassernapf.

»Hallo?«

Thomas erschien oben an der Treppe. »Hey.«

»Bist du mit Jersey draußen gewesen?«

»Noch nicht.«

Teenagersprache für: Nein.

»Dann geh jetzt.«

»Ich muss noch schnell was für meine Hausaufgaben machen.«

Teenagersprache für: Nein.

Adam wollte gerade »Sofort!« sagen – ein vertrautes Eltern-Teenager-Ritual –, aber dann hielt er inne und musterte den Jungen von oben bis unten. Tränen stiegen ihm in die Augen, aber er kämpfte sie nieder. Thomas sah Adam ähnlich. Alle sagten das. Er ging wie Adam, lachte wie Adam, und ihre zweiten Zehen waren länger als die großen.

Ausgeschlossen. Völlig ausgeschlossen, dass er nicht sein Sohn war. Auch wenn der Fremde gesagt hatte…

Jetzt hörst du schon auf einen Fremden?

Er dachte daran, wie oft Corinne und er die Jungs vor Fremden gewarnt hatten – vor der Gefahr, die von dem ominösen Fremden ausging. Wie oft sie sie ermahnt hatten, nicht zu hilfsbereit zu sein, keine Aufmerksamkeit auf sich zu ziehen, wenn ein Erwachsener etwas von ihnen wollte, und nur mitzugehen, wenn jemand das mit den Eltern vereinbarte Codewort kannte. Thomas hatte das sofort verstanden. Ryan war von Natur aus vertrauensselig. Corinne hatte immer schon den Männern misstraut, die sich auf den Sportplätzen der Little League herumtrieben, diesen fast schon krankhaft eifrigen Trainern, die sich auch dann noch engagierten, wenn ihre eigenen Kinder längst aus dem Alter herausgewachsen waren oder, schlimmer noch, obwohl sie gar keine Kinder hatten. Adam hatte sich nie so intensiv darum gekümmert – was womöglich tiefer liegende Gründe hatte. Vielleicht lag es daran, dass er überhaupt niemandem vertraute, wenn es um seine Kinder ging, nicht nur denjenigen, bei denen die üblichen Verdachtsmomente vorlagen.

Das war schließlich auch einfacher.

Thomas bemerkte den Ausdruck im Gesicht seines Vaters. Auch er verzog das Gesicht und trampelte in dieser typischen Teenager-Manier die Treppe herunter, als wäre er von einer unsichtbaren Hand gestoßen worden, sodass die Füße nicht hinterherkamen.

»Dann geh ich eben gleich mit Jersey«, sagte Thomas.

Er stolperte an seinem Vater vorbei und griff nach der Leine. Jersey stand aufbruchsbereit vor der Tür. Wie alle Hunde war Jersey immer aufbruchsbereit. Ihrem innigen Wunsch, nach draußen zu gelangen, verlieh sie Ausdruck, indem sie sich vor die Tür stellte und sie dadurch blockierte. Hunde...

»Wo ist Ryan?«, fragte Adam.

»Im Bett.«

Adam warf einen Blick auf die Uhr an der Mikrowelle. Viertel nach zehn. Ryan musste um zehn ins Bett, durfte aber noch bis halb elf lesen. Genau wie Corinne hielt Ryan sich an Regeln. Man musste ihn nicht darauf aufmerksam machen, dass es schon neun Uhr fünfundvierzig war oder dergleichen. Er stand morgens auf, sobald sein Wecker klingelte, duschte, zog sich an und machte sich selbst Frühstück. Thomas war da anders. Adam hatte schon oft über die Anschaffung eines dieser elektrischen Stöcke nachgedacht, die man zum Viehtreiben benutzte, um damit seinen älteren Sohn morgens auf Trab zu bringen.

Novelty Funsy...

Adam hörte, wie die Mückengittertür hinter Thomas und Jersey zufiel. Er ging nach oben und sah nach Ryan. Er war eingeschlafen, das Licht brannte noch, und der neueste Roman von Rick Riordan lag auf seiner Brust. Adam schlich ins Zimmer, nahm das Buch, suchte ein Lesezeichen und legte beides zusammen weg. Er wollte gerade auf den Lichtschalter drücken, als Ryan sich rührte.

»Dad?«

»Hey.«

»Bin ich in der ersten Mannschaft?«

»Die Mails gehen morgen raus, Kumpel.«

Eine Notlüge. Adam durfte offiziell noch nichts wissen. Die Trainer und Vereinsangehörigen sollten ihren Kindern nichts sagen, bevor am Morgen die offizielle Mail kam, damit alle zur gleichen Zeit davon erfuhren.

»Okay.«

Ryan schloss die Augen und war eingeschlafen, noch bevor sein Kopf das Kissen berührte. Adam betrachtete seinen Sohn eine Weile. Das Aussehen hatte Ryan von seiner Mutter. Das hatte Adam bis zum heutigen Abend noch nie besonders interessiert – ja, es war sogar ein Pluspunkt gewesen –, aber jetzt, an diesem Abend, beschäftigte es ihn. Verrückt, aber so war es nun mal. Es ließ sich nicht mehr ungeschehen machen. Es nagte an ihm, ließ ihm keine Ruhe. Angenommen… Nur mal rein theoretisch… Als er Ryan betrachtete, überkam ihn dieses überwältigende Gefühl, das er manchmal verspürte, wenn er seine Söhne betrachtete: eine Mischung aus reinem, unverfälschtem Glück, Angst vor dem, was ihnen in dieser grausamen Welt zustoßen konnte, und Wünschen und Hoffnungen. All das verschmolz zu dem Einzigen, das sich auf diesem Planeten vollständig rein anfühlte. Kitschig, klar, aber so war es nun mal. Reinheit. Die empfand man, wenn man sich in der Betrachtung des eigenen Kindes verlor – eine Reinheit, die man nur aus wahrer, bedingungsloser Liebe empfinden konnte.

Er liebte Ryan so sehr.

Und falls er herausfinden sollte, dass Ryan nicht sein Sohn war? Würde er das alles dann verlieren? Würde es einfach verschwinden? Spielte diese Tatsache dabei überhaupt eine Rolle?

Er schüttelte den Kopf und wandte sich ab. Genug über Vaterschaft philosophiert für heute Abend. Bisher hatte sich nichts geändert. Irgendein Spinner hatte ihm irgendwelchen Blödsinn über eine vorgetäuschte Schwangerschaft erzählt. Weiter nichts. Adam war lange genug als Jurist tätig, um zu wissen, dass man sich auf nichts verlassen konnte. Man machte seine Arbeit. Man überprüfte alles. Die Menschen logen. Man musste allem nachgehen, weil sich immer wieder herausstellte, dass einem die vorgefertigte Meinung um die Ohren flog.

Klar, Adams Bauchgefühl sagte ihm, dass an den Worten des Fremden etwas wahr sein könnte, aber genau da lag das Problem. Wenn man auf sein Bauchgefühl hörte, ließ man sich häufig noch leichter aufs Glatteis führen.

Mach deine Arbeit. Überprüf alles.

Und wie?

Ganz einfach. Fang mit Novelty Funsy an.

Die ganze Familie teilte sich einen Computer, der früher einmal im Wohnzimmer gestanden hatte. Das war Corinnes Idee gewesen. In ihrem Haus sollte es keine heimliche Internetnutzung (lies: kein Pornogucken) geben. Adam und Corinne würden, so die Theorie, über alles Bescheid wissen und reife, verantwortungsbewusste Eltern sein. Aber Adam merkte schnell, dass diese Regelung entweder überflüssig oder unsinnig war. Die Jungs konnten alles Mögliche, einschließlich Pornos, auf ihren Handys ansehen. Sie konnten zu Freunden nach Hause gehen und sich einen Laptop oder ein Tablet schnappen, das irgendwo herumlag.

Außerdem machte man es sich so ziemlich einfach, dachte er. Es ging doch schließlich darum, ihnen beizubringen, das Richtige zu tun, weil es das Richtige war – und nicht, weil ihnen Mom und Dad über die Schulter guckten. Zu Anfang versuchten natürlich alle Eltern, perfekt zu sein, die meisten merkten aber schnell, warum bei der Kindererziehung immer wieder auf Patentlösungen zurückgegriffen wurde.

Das zweite Problem war offensichtlicher: Wenn man den Computer für seinen eigentlichen Zweck benutzen wollte – zum Lernen oder für Hausaufgaben –, wurde man garantiert vom Lärm aus der Küche oder vom Fernseher abgelenkt. Deshalb hatte Adam ihn in die kleine Kammer gestellt, die sie etwas großspurig ihr »Home Office« nannten – einen Raum, der für zu viele Leute zu viele Funktionen erfüllen musste. Rechts stapelten sich die Arbeiten von Corinnes Schülern und Schülerinnen. Überall lagen verschiedene Hausaufgaben der Jungs herum, und im Drucker hatte jemand die Rohfassung eines Aufsatzes zurückgelassen wie einen verwundeten Soldaten auf dem Schlachtfeld. Auf dem Stuhl stapelten sich Rechnungen und warteten darauf, dass Adam sie online bezahlte.

Im Browser war eine Museumswebsite geöffnet. Einer der Jungs interessierte sich offenbar für das antike Griechenland. Adam sah im Browserverlauf nach, welche Seiten aufgerufen worden waren, obwohl die Jungs sich inzwischen zu gut auskannten, um verräterische Spuren zu hinterlassen. Aber man konnte nie wissen. Thomas hatte sich einmal versehentlich nicht aus seinem Facebook-Account ausgeloggt. Adam hatte vor dem Computer gesessen, auf die Profilseite gestarrt und nach besten Kräften gegen den Wunsch angekämpft, einen Blick in das Postfach seines Sohns zu werfen.

Er hatte den Kampf verloren.

Schließlich hatte er ein paar Nachrichten gelesen, aber bald aufgehört. Sein Sohn war nicht in Gefahr – das war das Wichtigste –, aber er war in seine Privatsphäre eingedrungen. Er hatte Dinge erfahren, die nicht für ihn bestimmt waren. Nichts Dramatisches. Nichts Welterschütterndes. Aber doch Dinge, über die ein Vater vielleicht mit seinem Sohn reden müsste. Aber was konnte er mit diesen Informationen anfangen? Wenn er Thomas darauf ansprach, würde Adam zugeben müssen, dass er in seinen Privatangelegenheiten herumgeschnüffelt hatte. War es das wert? Er hatte mit dem Gedanken gespielt, Corinne einzuweihen, aber als er sich etwas entspannt und ein wenig darüber nachgedacht hatte, war ihm klar geworden, dass das, was er da gelesen hatte, nichts Ungewöhnliches war, dass er selbst als Teenager das eine oder andere getan hatte, bei dem es besser gewesen war, dass seine Eltern nichts davon erfahren hatten, dass er diese Phase hinter sich gelassen und sich weiterentwickelt hatte und dass das alles womöglich schlechter gelaufen wäre, wenn seine Eltern ihm nachspioniert und ihn darauf angesprochen hätten.

Also hatte er die Sache auf sich beruhen lassen.

Elternschaft. Nichts für Weicheier.

Adam, du schindest Zeit.

Ja, schon klar. Also zur Sache.

Heute gab es nichts Auffälliges unter den zuletzt aufgerufenen Seiten. Einer der Jungs – wahrscheinlich Ryan – beschäftigte sich entweder tatsächlich mit dem antiken Griechenland, oder er war einfach nur begeistert von seinem Riordan-Roman. Er fand Links zu Zeus, Hades, Hera und Ikarus. Genau genommen ging es also um griechische Mythologie. Er scrollte im Verlauf nach unten und klickte auf den gestrigen Tag. Er fand eine Suche nach der Routenbeschreibung zum Borgata Hotel und Casino in Atlantic City. Logisch. Corinne wohnte dort. Außerdem hatte sie nach dem Tagungsprogramm gesucht und es angeklickt.

Das war es mehr oder weniger.

Genug herumgetrödelt.

Er rief die Seite seiner Bank auf. Corinne und er hatten zwei Visa-Konten. Inoffiziell bezeichneten sie das eine als privat, das andere als geschäftlich. Das erleichterte ihre Buchhaltung. Die »geschäftliche« Karte nutzten sie für alles, was mit beruflichen Ausgaben zu tun hatte – zum Beispiel die Lehrerkonferenz in Atlantic City. Alles andere bezahlten sie mit der »privaten« Karte.

Er rief zuerst das private Konto auf, das eine Suchfunktion hatte. Er tippte das Wort *novelty* ein. Kein Treffer. Okay. Er loggte sich aus und wiederholte die Suche für das geschäftliche Konto.

Und da war es.

Vor gut zwei Jahren hatte eine Firma namens Novelty Funsy die Karte mit 387,83 Dollar belastet. Adam hörte den Computer leise summen.

Wie war das möglich? Woher hatte der Fremde von dieser Buchung gewusst?

Keine Ahnung.

Hatte Adam den Betrag damals gesehen? Ja, er war sich sicher. Er durchforschte sein Gedächtnis und kratzte die schwachen Überreste einer Erinnerung zusammen. Er hatte hier gesessen und war die Visa-Buchungen durchgegangen. Er hatte Corinne danach gefragt. Sie hatte die Frage heruntergespielt und etwas über Dekorationsmaterial für das Klassenzimmer gesagt. Er hatte sich kurz über den Preis gewundert. Der Betrag war ihm hoch vorgekommen. Corinne hatte gesagt, dass die Schule die Kosten erstatten würde.

Novelty Funsy. Klang nach Scherzartikeln… Nicht unbedingt illegal.

Adam öffnete ein neues Fenster und googelte nach *Novelty Funsy*. Google antwortete:

Ergebnisse für *Novelty Fancy*

Es wurden keine mit Ihrer Suchanfrage *Novelty Funsy* übereinstimmenden Dokumente gefunden

Hoppla. Das war seltsam. Alles war googlebar. Adam lehnte sich zurück und überlegte. Warum gab es nicht einen einzigen Treffer für Novelty Funsy? Das Unternehmen existierte offenbar. Das sah er auf seiner Kreditkartenabrechnung. Er ging davon aus, dass sie irgendwelches Deko-Material oder, na ja, neuartige Scherzartikel und Ähnliches verkauften.

Adam kaute auf seiner Unterlippe. Er begriff das nicht. Ein Fremder kam auf ihn zu und erzählte ihm, dass seine Frau ihn in Bezug auf ihre Schwangerschaft belogen hatte – allem Anschein nach auf eine recht kunstvolle Art und Weise. Wer war dieser Mann? Warum machte er so was?

Also gut, vergessen wir diese beiden Fragen und kümmern uns um die eine entscheidende Frage: Hatte er recht?

Am liebsten hätte Adam einfach Nein gesagt und die Sache zu den Akten gelegt. Welche Narben und Probleme eine achtzehnjährige Ehe auch hinterlassen haben mochte, er vertraute Corinne. Vieles verlor sich mit der Zeit, ging kaputt und löste sich auf – oder, um es etwas positiver auszudrücken, vieles veränderte sich, eins aber blieb und bleibt und wurde stärker: die schützenden Familienbande. Man bildete eine Einheit mit dem Partner. Man stand auf derselben Seite, man saß im selben Boot, man passte aufeinander auf. Die Siege deiner Frau waren auch deine. Genau wie die Niederlagen.

Adam hatte uneingeschränktes Vertrauen in Corinne. Und trotzdem…

Er hatte es in seinem Beruf schon so oft erlebt: Die Menschen versuchten dich zu täuschen. Corinne und er waren vielleicht eine starke Einheit, aber sie waren auch Individuen. Es wäre schön gewesen, ihr uneingeschränkt vertrauen zu können und zu vergessen, dass der Fremde jemals aufgetaucht war – Adam überlegte ernsthaft, das zu tun –, aber das wirkte dann doch wieder ein bisschen zu sehr, als wolle er den Kopf in den Sand stecken. Vielleicht würde die Stimme des Zweifels in seinem Hinterkopf eines Tages leiser werden, völlig verschwinden würde sie nie.

Nicht, solange er nicht sicher war.

Der Fremde hatte behauptet, diese scheinbar harmlose Visa-Buchung sei der Beweis. Adam war es nicht nur sich selbst, sondern auch Corinne schuldig, der Sache nachzugehen – denn schließlich würde auch sie die nagende Stimme in seinem Hinterkopf loswerden wollen, oder etwa nicht? Also rief er die kostenlose Visa-Hotline an. Eine Computerstimme forderte ihn auf, die Kreditkartennummer, das Gültigkeitsdatum und den Sicherheitscode auf der Kartenrückseite einzugeben. Das System versuchte zunächst, eine automatische Antwort abzurufen, doch schließlich fragte die Computerstimme, ob er mit einem Mitarbeiter sprechen wolle. Er sagte »Ja« und hörte, wie es am anderen Ende klingelte.

Als sich eine Mitarbeiterin meldete, musste er die Angaben, die er gerade gemacht hatte, noch einmal wiederholen – warum musste man das immer? –, und außerdem die letzten vier Stellen seiner Sozialversicherungsnummer und seine Adresse nennen.

»Was kann ich für Sie tun, Mr Price?«

»Auf meiner Kreditkartenabrechnung findet sich eine Überweisung an eine Firma namens Novelty Funsy.«

Sie bat ihn, *funsy* zu buchstabieren. Dann: »Können Sie mir den Betrag und das Datum der Transaktion nennen?«

Adam nannte ihr beides. Er rechnete mit Protest, als er das Datum nannte – die Buchung lag über zwei Jahre zurück –, aber die Mitarbeiterin sagte nichts dazu.

»Was möchten Sie wissen, Mr Price?«

»Ich kann mich nicht erinnern, irgendwas bei einer Firma namens Novelty Funsy gekauft zu haben.«

»Nun«, sagte die Mitarbeiterin.

»Nun?«

»Nun, manche Firmen geben bei der Abrechnung nicht ihren richtigen Namen an. Aus Diskretion, wissen Sie? Zum Beispiel wenn Sie in einem Hotel übernachten, wo man Ihnen mitteilt, dass der Titel des Films, den Sie sich angesehen haben, nicht auf der Rechnung auftauchen wird.«

Sie meinte Pornografie oder irgendetwas mit Sex. »Das ist hier nicht der Fall.«

»Na, dann schauen wir mal.« Das Klackern ihrer Tastatur drang durch die Telefonleitung. »Novelty Funsy ist hier als Onlinehändler eingetragen. Das heißt normalerweise, dass die Firma Wert auf Diskretion legt. Hilft Ihnen das weiter?«

Ja und nein. »Können Sie von denen irgendwie eine detailliertere Rechnung bekommen?«

»Selbstverständlich. Das kann aber ein paar Stunden dauern.«

»Kein Problem.«

»Wir haben eine Mailadresse von Ihnen.« Sie las seine Adresse vor. »Sollen wir die verwenden?«

»Ja, gern.«

Die Mitarbeiterin fragte, ob sie ihm sonst noch irgendwie behilflich sein könnte. Nein, danke, sagte er. Sie wünschte ihm noch einen schönen Abend. Er legte auf und starrte auf den Bildschirm. Novelty Funsy. Jetzt, wo er darüber nachdachte, klang es wirklich wie ein diskreter Name für einen Sexshop.

»Dad?«

Es war Thomas. Adam schaltete schnell den Bildschirm aus wie, na ja, wie einer seiner Söhne, der beim Pornogucken erwischt wurde.

»Hey«, sagte Adam, die Beiläufigkeit in Person. »Was gibt's?«

Falls sein Sohn das Verhalten seines Vaters seltsam fand, ließ er sich nichts anmerken. Teenager waren aberwitzig ahnungslos und mit sich selbst beschäftigt. Im Moment wusste Adam das zu schätzen. Thomas hätte sich kaum weniger dafür interessieren können, was sein Vater im Internet trieb.

»Kannst du mit mir zu Justin fahren?«

»Jetzt?«

»Er hat meine Shorts.«

»Was für Shorts?«

»Meine Trainingsshorts. Für morgen.«

»Kannst du keine anderen anziehen?«

Thomas guckte seinen Vater an, als sei dem gerade ein Horn auf der Stirn gewachsen. »Der Trainer sagt, beim Training müssen wir die Trainingsshorts tragen.«

»Kann Justin die nicht morgen einfach mit in die Schule bringen?«

»Hätte er heute schon machen sollen. Der vergisst das.«

»Und was hattest du dann heute an?«

»Kevin hatte noch eine zweite. Die von seinem Bruder. War mir aber zu groß.«

»Kannst du Justin nicht sagen, er soll sie jetzt gleich in seinen Rucksack tun?«

»Klar könnte ich das, aber das macht er nicht. Sind doch nur vier Blocks oder so. Ich kann die Fahrpraxis sowieso brauchen.«

Thomas hatte vor einer Woche seinen Lernführerschein bekommen – so etwas wie ein Belastungstest für Eltern, nur ohne EKG. »Okay, ich komm gleich runter.« Adam löschte den Verlauf im Browser und ging nach unten. Jersey hoffte auf einen zweiten Spaziergang und warf ihnen den mitleiderregenden »Einfach unglaublich, dass ihr mich nicht mitnehmt«-Blick zu, als sie an ihr vorbeigingen. Thomas nahm den Schlüssel und setzte sich ans Steuer.

Adam konnte inzwischen loslassen, wenn er auf dem Beifahrersitz saß. Corinne war zu zwanghaft veranlagt. Sie traktierte ihren Sohn die ganze Zeit mit Anweisungen und Warnungen. Sie trat fast ein Loch in den Boden, so oft stand sie mit dem Fuß auf der unsichtbaren Beifahrerbremse. Als Thomas ausparkte, drehte Adam sich zu ihm um und betrachtete das Profil seines Sohns. Ein bisschen Akne erblühte auf seinen Wangen. Ein leichter Bartschatten lief die Wange herunter und übers Kinn: Die Kontur wie bei Abraham Lincoln, wenn auch längst nicht so dicht, aber sein Sohn musste sich inzwischen rasieren. Nicht jeden Tag. Vielleicht einmal die Woche, aber man sah es. Thomas trug Cargo-Shorts. Seine Beine waren behaart. Er hatte schöne blaue Augen, sein Sohn. Das sagten alle. Sie funkelten eisblau.

Thomas bog in die Einfahrt und hielt etwas zu nah am rechten Bordstein.

»Ich brauch nur zwei Sekunden«, sagte er.

»Okay.«

Thomas schob den Automatik-Hebel in die Parkposition und rannte zur Eingangstür. Justins Mom, Kristin Hoy, öffnete – Adam sah ihre leuchtende blonde Mähne –, und das überraschte ihn. Kristin war Lehrerin an derselben Highschool wie Corinne. Die beiden waren ziemlich eng befreundet. Adam war davon ausgegangen, dass sie auch in Atlantic City war, aber dann fiel ihm wieder ein, dass es eine Konferenz für Geschichte und Sprachen war. Kristin unterrichtete Mathe.

Kristin lächelte und winkte. Er winkte zurück. Thomas verschwand im Haus, und Kristin kam zum Auto. So politisch inkorrekt die Ausdrucksweise auch sein mochte, aber

Kristin Hoy war eine MILF. Adam hatte gehört, wie ein paar Freunde von Thomas das sagten, er hätte aber auch selbst drauf kommen können. Gerade tänzelte sie in einem engen weißen Top und Jeans, die saßen, als seien sie aufgemalt, auf ihn zu. Sie betrieb irgendein Wettkampf-Bodybuilding. Wie sich das nannte, wusste Adam nicht genau. Hinter ihrem Namen standen irgendwelche Abkürzungen, und sie hatte die Auszeichnung »Pro« verliehen bekommen, was immer das auch bedeutete. Adam war nie ein Fan der muskulösen Gewichtheberinnen gewesen, wie man sie früher so oft sah, und auf manchen ihrer Wettkampffotos sah auch Kristin wirklich ein bisschen sehnig und knochig aus. Die Haare waren ein bisschen zu blond, die Zähne leuchteten ein bisschen zu weiß, die Haut ein bisschen zu orange, aber wenn man ihr direkt gegenüberstand, sah sie verdammt gut aus.

»Hey, Adam.«

Er wusste nicht, ob er aussteigen sollte, und entschied sich schließlich dagegen. »Hey, Kristin.«

»Ist Corinne noch unterwegs?«

»Ja.«

»Sie kommt aber morgen wieder, oder nicht?«

»Genau.«

»Okay, ich meld mich dann mal. Wir müssen trainieren. In zwei Wochen sind die Landesmeisterschaften.«

Auf ihrer Facebook-Seite bezeichnete sie sich als »Fitnessmodel« und »WBFF Pro«. Corinne beneidete sie um ihren Körper. Die beiden hatten kürzlich angefangen, gemeinsam zu trainieren. Wie bei den meisten Dingen, die gut oder schlecht für einen waren, erreichte man irgendwann ein Stadium, wo das, was anfangs eine nette Angewohnheit war, sich zu einer Art Obsession entwickelte.

Thomas kam mit der Shorts zurück.

»Tschüs, Thomas.«

»Tschüs, Mrs Hoy.«

»Gute Nacht, Jungs. Treibt es nicht zu wild, wo eure Mom nicht da ist.«

Sie tänzelte zurück zum Haus.

Thomas sagte: »Die nervt ein bisschen.«

»Das ist nicht nett.«

»Die Küche müsstest du mal sehen.«

»Wieso? Was ist mit der Küche?«

»Sie hat Bikinifotos von sich am Kühlschrank hängen«, sagte Thomas. »Das ist eklig.«

Dagegen ließ sich nicht viel sagen. Thomas fuhr aus der Einfahrt und musste sich dabei ein Lächeln verkneifen.

»Was ist?«, fragte Adam.

»Kyle nennt sie Butterface«, sagte Thomas.

»Wen?«

»Mrs Hoy.«

Adam wusste nicht, ob das ein neues Wort für MILF war oder etwas anderes. »Was ist ein Butterface?«

»Das sagt man, wenn jemand nicht hübsch ist, aber 'nen guten Körper hat.«

»Ich kann dir nicht folgen«, sagte Adam.

»Butterface.« Dann wiederholte Thomas es noch mal langsam. »But. Her. Face.«

Adam schüttelte missbilligend den Kopf und versuchte, nicht zu lächeln. Gerade wollte er seinen Sohn zurechtweisen – er wusste aber noch nicht, wie er dabei ernst bleiben sollte –, als sein Handy klingelte. Er sah aufs Display.

Es war Corinne.

Er drückte auf »Ablehnen«. Er musste sich beim Fahren auf seinen Sohn konzentrieren. Corinne würde das verstehen. Er wollte gerade das Handy einstecken, als es vibrierte.

Ganz schön fix für eine SMS, dachte er, aber es war eine Mail von seiner Bank. Er öffnete sie. Die mitgeschickten Links zu den Details der Käufe nahm Adam kaum wahr.

»Dad? Alles okay bei dir?«

»Guck auf die Straße, Thomas.«

Zu Hause würde er sich das genauer ansehen, aber schon jetzt sagte ihm die erste Zeile der Mail mehr, als er wissen wollte.

Novelty Funsy ist ein Rechnungsname des folgenden Onlinehändlers:

Fake-A-Pregnancy.com

VIER

Als er wieder zu Hause in seinem Bürokabuff saß, klickte Adam den Link in der Mail an und wartete, bis die Website geladen war.

Fake-A-Pregnancy.com

Adam versuchte, nicht vorschnell zu urteilen. Er wusste, dass das Internet allen Sünden und Vorlieben eine Heimat bot, auch vielen, die die Vorstellungskraft der meisten Menschen überstiegen. Eine komplette Website zum Thema vorgetäuschte Schwangerschaften konnte einen vernünftigen Menschen allerdings wieder einmal an den Punkt bringen, einfach alles hinschmeißen zu wollen, in Tränen auszubrechen und einzugestehen, dass unsere niedersten Triebe den Sieg davongetragen hatten.

Unter den großen rosafarbenen Buchstaben stand in etwas kleinerer Schrift der Slogan: DIE BESTEN SCHERZ-ARTIKEL ALLER ZEITEN!

Scherze?

Er klickte auf den Link »Ihre Bestellungen«. Ganz oben wurde für einen brandneuen »Fake-Schwangerschaftstest!« geworben. Adam schüttelte nur den Kopf. Der ursprüngliche Preis von $ 34,95 war rot durchgestrichen zugunsten des Sonderangebotspreises von $ 19,99, und in schwarzer Kursivschrift stand darunter: »Sie sparen $ 15!«

Na toll, besten Dank, wieder was gespart. Ich will doch sehr hoffen, dass meine Frau nicht den vollen Preis bezahlt hat!

Das Produkt wurde innerhalb von vierundzwanzig Stunden in einer »diskreten Verpackung« verschickt. Er las sich den Rest durch:

Zu verwenden wie ein echter Schwangerschaftstest!

Einfach auf den Streifen urinieren und das Ergebnis ablesen!

Das Ergebnis ist immer positiv!

Adams Mund war trocken.

Jagen Sie Ihrem Freund, Ihren Schwiegereltern, Ihrem Cousin oder Ihrem Professor einen Heidenschreck ein!

Cousin oder Professor? Wer zum Henker will einen Cousin oder Professor erschrecken, indem … Adam wollte gar nicht drüber nachdenken. Ganz unten stand eine kleingedruckte Warnung.

WARNHINWEIS: Dieses Produkt kann zweckfremd eingesetzt werden. Indem Sie das unten stehende Formular ausfüllen und absenden, willigen Sie ein, dieses Produkt nicht in illegaler, unmoralischer oder betrügerischer Absicht einzusetzen oder so, dass es andere Menschen gefährden könnte.

Unglaublich. Er klickte auf das Produktfoto und vergrößerte es. Der Test war ein weißer Streifen, ein rotes Kreuz zeigte die Schwangerschaft an. Adam zermarterte sich sein Gehirn. War das der Test, den Corinne verwendet hatte? Er erinnerte sich nicht. Hatte er ihn überhaupt angesehen? Er war sich nicht sicher. Die sahen doch sowieso alle gleich aus, oder?

Doch dann fiel ihm wieder ein, dass Corinne den Test gemacht hatte, als er zu Hause war.

Das hatte sie sonst nicht getan. Bei Thomas und Ryan hatte Corinne ihn breit lächelnd an der Tür empfangen und ihm davon erzählt. Aber beim letzten Mal hatte sie gewollt, dass er dabei war. Das wusste er noch. Er hatte im Bett gelegen und im Fernsehprogramm herumgezappt. Sie war ins Bad gegangen. Er hatte gedacht, dass der Test ein paar Minuten dauern würde, aber so war es nicht gewesen. Sie war mit dem Teststreifen aus dem Bad gestürzt.

»Adam, sieh dir das an! Ich bin schwanger!«

Hatte der Streifen so ausgesehen?

Er wusste es nicht.

Adam klickte auf den zweiten Link und ließ den Kopf auf die Hände sinken.

FAKE-SILIKONBÄUCHE!

Es gab sie in verschiedenen Größen: Erstes Trimester (1. bis 12. Woche), zweites Trimester (13. bis 27. Woche), drittes Trimester (28. bis 40. Woche). Im Angebot war auch eine extra große Version, eine für Zwillinge, Drillinge und sogar Vierlinge. Ein Foto zeigte eine schöne Frau, die glückselig auf ihren »schwangeren« Bauch herabsah. Sie trug Hochzeitskleidweiß und hielt Lilien in der Hand.

Der Slogan über dem Foto lautete:

Nichts verschafft Ihnen größere Aufmerksamkeit als eine Schwangerschaft!

Und darunter das weniger subtile Verkaufsargument:

Das Produkt bestand aus »hochwertigem medizinischem Silikon«, ein »authentischeres Gefühl als andere Materialien«. Darunter fanden sich Video-Kundenbewertungen von »echten Fake-A-Pregnancy-Kundinnen«. Adam klickte eines von ihnen an. Eine hübsche Brünette lächelte in die Kamera und sagte: »Hi! Ich liebe meinen Silikonbauch. Er ist so natürlich!« Er sei schon nach zwei Werktagen geliefert worden (nicht ganz so schnell wie der Schwangerschaftstest, aber das war ja auch nicht nötig, oder?). Sie und ihr Mann wollten ein Kind adoptieren, ihre Freunde sollten aber nichts von der Adoption wissen. Die zweite Frau – diesmal eine dünne Rothaarige – erklärte, dass sie und ihr Mann eine Leihmutter gefunden hatten, was ihre Freunde nicht erfahren sollten. (Adam hoffte für sie, dass ihre Freunde nicht so schräg drauf waren, dass sie diese Website besuchten und sie outeten.) Das letzte Video zeigte eine Frau, die sich mit ihren Freunden dank falschem Bauch »den lustigsten Jux aller Zeiten« erlaubt hatte.

Das mussten ziemlich seltsame Freunde sein.

Adam ging zurück auf die Seite mit der Bestellung. Das letzte Produkt auf der Liste waren... o Mann... falsche Ultraschallbilder.

2-D oder 3-D! Wählen Sie selbst!

Die falschen Ultraschallbilder waren im Sonderangebot für $ 29,99. Hochglanz, matt und sogar Folienbilder. Es gab Felder, in die man den Namen eines Arztes, einer Klinik und das Datum des Ultraschallbilds eingeben konnte. Man konnte das Geschlecht des Fötus auswählen oder auch eine

Wahrscheinlichkeit (»Männlich – 80% Wahrscheinlichkeit«), ganz zu schweigen von Alter, Zwillingsschwangerschaften und so weiter. Es gab alles. Gegen einen Aufpreis von $ 4,99 konnte man »ein Hologramm zum Fake-Ultraschallbild hinzufügen, damit es authentischer wirkt«.

Ihm war schlecht. Hatte Corinne Geld in das Hologramm investiert? Adam erinnerte sich nicht mehr.

Und wieder versuchten die Anbieter den Eindruck zu erwecken, als würden ihre Kunden all diese Dinge nur als Scherzartikel benutzen. »Ideal für Junggesellenabschiede!« Ja, der Brüller. »Ideal für Geburtstagspartys und sogar als Weihnachtsgag!« Weihnachtsgag? Einen falschen Schwangerschaftstest einpacken und für Mom und Dad unter den Baum legen. Selten so gelacht.

Natürlich diente das ganze »Gag«-Gerede nur dazu, eine mögliche Klage abzuwenden. Ausgeschlossen, dass die Macher dieser Website nicht wussten, dass die Leute diese Produkte benutzten, um andere zu täuschen.

Genau, Adam. Reg dich weiter auf. Ignorier weiter das Offensichtliche.

Wieder fühlte er sich benommen. Heute Abend konnte er nichts weiter tun. Er wollte ins Bett. Er wollte sich hinlegen und nachdenken. Nichts überstürzen. Es stand zu viel auf dem Spiel. Ruhig bleiben. Zur Not nichts davon an sich heranlassen.

Auf dem Weg zum Schlafzimmer kam er an den Zimmern seiner Söhne vorbei. Ihre Zimmer, dieses ganze Haus wirkte plötzlich so fragil, als wäre es aus Eierschalen gebaut, und wenn er nicht aufpasste, konnte das, was der Fremde gesagt hatte, alles zum Einsturz bringen.

Er trat ins gemeinsame Schlafzimmer. Auf Corinnes Nachttisch lag der Debüt-Roman einer Pakistanerin, daneben eine Ausgabe der Zeitschrift *Real Simple* mit Eselsohren als Lesezeichen. Ihre zweite Lesebrille. Sie war nicht sehr stark, und Corinne trug die Brille nicht gern in der Öffentlichkeit. Der Radiowecker war gleichzeitig die Ladestation für ihr iPhone. Adam und Corinne hatten einen ähnlichen Musikgeschmack. Springsteen gehörte zu ihren Lieblingsinterpreten. Sie hatten rund ein Dutzend Live-Konzerte gesehen, Adam flippte jedes Mal aus, wurde so von der Musik gepackt, dass er die Kontrolle verlor. Corinne lauschte konzentriert. Sie stand da, bewegte sich auch gelegentlich ein bisschen, hatte den Blick aber meistens auf die Bühne gerichtet.

Während Adam wie ein Idiot herumtanzte.

Er ging ins Bad und putzte sich die Zähne. Corinne verwendete so eine neumodische elektrische Ultraschallzahnbürste, die aussah wie von der NASA entworfen. Adam war da eher altmodisch. Eine Packung L'Oréal-Haarfärbemittel stand herum. Ein Hauch des chemischen Geruchs hing noch in der Luft. Corinne hatte wahrscheinlich die grauen Haare nachgefärbt, bevor sie nach Atlantic City aufgebrochen war. Das Grau schien sich in einzelnen, langen Haaren zu zeigen. Anfangs hatte sie sie ausgerissen und untersucht. Sie hatte die Stirn gerunzelt, das Haar hochgehalten und gesagt: »Das fühlt sich an wie Stahlwolle und sieht auch so aus.«

Sein Handy klingelte. Er sah aufs Display, obwohl er bereits wusste, wer dran war. Er spuckte die Zahncreme aus, spülte sich schnell den Mund aus und ging ans Telefon.

»Hey«, sagte er.

»Adam?«

Natürlich war es Corinne.

»Ja.«

»Ich hab vorhin schon mal angerufen«, sagte sie. In ihrer

Stimme lag leichte Panik. »Warum bist du nicht rangegangen?«

»Thomas ist gefahren. Ich wollte mich nicht ablenken lassen.«

»Oh.«

Im Hintergrund hörte er Musik und Gelächter. Sie war vermutlich noch mit ihren Kollegen in der Bar.

»Und wie ist es gelaufen?«, fragte sie.

»Alles gut. Er ist im Team.«

»Wie war Bob?«

»Wie meinst du das, wie war Bob? Eine Witzfigur. Wie immer.«

»Du musst dich gut mit ihm stellen, Adam.«

»Nein, muss ich nicht.«

»Er will Ryan in die Mitte ziehen, damit er nicht mit Bob Junior konkurriert. Liefer ihm keinen Vorwand.«

»Corinne?«

»Ja?«

»Es ist schon spät, und ich hab morgen einen langen Tag. Können wir morgen drüber reden?«

Im Hintergrund brach jemand – ein Mann – in schallendes Gelächter aus.

»Alles in Ordnung bei dir?«, fragte sie.

»Bestens«, sagte er, bevor er auflegte.

Er spülte die Zahnbürste aus und wusch sich das Gesicht. Vor zwei Jahren, Thomas war vierzehn gewesen und Ryan zehn, war Corinne schwanger geworden. Völlig überraschend. Adams Spermienzahl war mit dem Alter sehr niedrig geworden, und ihre Verhütungsmethode war etwa genauso effektiv, als spräche man ein stilles Gebet. Das war natürlich verantwortungslos von ihnen gewesen. Sie hatten damals nicht darüber geredet, dass sie keine weiteren Kinder wollten. Es war – zumindest bis zu diesem Tag – eine Art schweigende Übereinkunft gewesen.

Adam sah sein Spiegelbild. Die Stimme in seinem Kopf meldete sich wieder. Leise tappte er noch einmal den Flur entlang. Er öffnete den Browser und suchte nach DNA-Tests. Bei Walgreens fand er den ersten. Er wollte schon den Bestellbutton drücken, überlegte es sich dann aber noch einmal. Jemand anders könnte das Päckchen öffnen. Er würde sich morgen einen kaufen.

Adam ging ins Schlafzimmer zurück und setzte sich aufs Bett. Corinnes Geruch, nach all den Jahren immer noch ein mächtiges Pheromon, hing im Raum. Vielleicht war aber auch nur seine Fantasie heiß gelaufen.

Wieder hatte er die Stimme des Fremden im Ohr.

»Sie hätten nicht mit ihr zusammenbleiben müssen...«

Adam legte den Kopf aufs Kissen, sah blinzelnd zur Decke und ließ sich von den sanften Geräuschen seines stillen Hauses überwältigen.

FÜNF

Adam wachte um 7 Uhr auf. Ryan wartete an der Schlafzimmertür. »Dad...?«

»Ja.«

»Kannst du in die Mail schauen, ob Coach Baime die Ergebnisse schon rumgeschickt hat?«

»Schon erledigt. Du bist in der ersten Mannschaft.«

Ryan ließ sich äußerlich nicht anmerken, wie froh er war. Das war nicht seine Art. Er nickte und versuchte sich das Lächeln zu verkneifen. »Kann ich nach der Schule zu Max?«

»Was habt ihr denn vor an diesem schönen Tag?«

»Im Dunkeln sitzen und Computer spielen«, sagte Ryan.

Adam runzelte die Stirn, obwohl er wusste, dass das ein Witz war.

»Jack und Colin kommen auch rüber. Wir spielen Lacrosse.«

»Klar.« Adam stellte die Beine neben das Bett. »Hast du schon gefrühstückt?«

»Noch nicht.«

»Soll ich dir Daddy-Eier machen?«

»Nur wenn du versprichst, dass du sie nicht Daddy-Eier nennst.«

Adam lächelte. »Deal.«

Für einen Moment vergaß Adam den letzten Abend, den Fremden, Novelty Funsy und Fake-A-Pregnancy. Das Ganze kam ihm, wie das oft so ist, ein bisschen vor wie ein

Traum, sodass er sich fragte, ob er sich das alles nur eingebildet hatte. Aber er wusste es natürlich besser. Es war Verdrängung. Erstaunlicherweise hatte er recht gut geschlafen. Falls er geträumt hatte, erinnerte er sich nicht daran. Adam schlief meistens gut. Corinne war diejenige, die wach lag und sich Sorgen machte. Adam hatte irgendwann gelernt, sich nicht wegen Angelegenheiten zu sorgen, die er nicht beeinflussen konnte, sondern den Dingen ihren Lauf zu lassen. Die Fähigkeit, sich abzuschotten, war ihm gut bekommen. Doch jetzt fragte er sich, ob er den Dingen ihren Lauf ließ oder einfach nur dichtmachte.

Er ging nach unten und bereitete das Frühstück vor. »Daddy-Eier« waren Rühreier mit Milch, Senf und Parmesan. Als Ryan sechs war, hatte er Daddy-Eier geliebt, aber aus dieser Phase war er wie alle Kinder herausgewachsen, hatte die Eier irgendwann als langweilig bezeichnet und geschworen, sie nie wieder anzurühren. Vor Kurzem hatte sein neuer Trainer Ryan geraten, jeden Tag mit einem proteinreichen Frühstück in den Tag zu starten, also waren die Daddy-Eier aus der Versenkung aufgetaucht wie ein nostalgisches Musical.

Adam sah zu, wie sein Sohn auf den Teller losging, als hätte das Essen ihn beleidigt, und versuchte, den sechsjährigen Ryan vor sich zu sehen, der im selben Raum dasselbe Gericht verzehrt hatte. Es gelang ihm nicht.

Thomas hatte eine Mitfahrgelegenheit, sodass Ryan und Adam in gemütlichem Schweigen zur Schule fuhren. Vater und Sohn. Ihr Weg führte an einem Baby-Gap-Laden und einer Tiger-Schulmann's-Karateschule vorbei. In dem »todgeweihten« Eckladen, dem Laden, den es in jeder Stadt gab und in dem sich kein Geschäft lange hielt, hatte eine Subway-Filiale eröffnet. Dort hatten sich schon ein Bagel-

Laden, ein Schmuckgeschäft, eine Matratzenkette und ein Blimpie versucht – wobei Adam nie ganz verstand, was der Unterschied zwischen Blimpie und Subway war.

»Tschüs, Dad. Danke.«

Ryan sprang aus dem Auto, ohne ihn auf die Wange zu küssen. Wann hatte Ryan aufgehört, ihn zu küssen? Er erinnerte sich nicht.

Er bog in die Oak Street, fuhr am 7-Eleven vorbei und sah die Walgreens-Filiale. Er seufzte. Dann fuhr er auf den Parkplatz und blieb minutenlang im Auto sitzen. Ein alter Mann humpelte vorbei, die Apothekentüte im Todesgriff zwischen der knorrigen Hand und dem Rollator. Er musterte Adam mit einem bösen Blick, vielleicht war es einfach der Blick, mit dem er in seinem Alter auf die ganze Welt schaute.

Adam betrat den Laden. Er nahm einen kleinen Einkaufskorb. Sie brauchten Zahncreme und antibakterielle Seife, aber das diente ihm nur als Tarnung. Er dachte an seine Jugend, in der er ein paar Körperpflegeprodukte in einen ähnlichen Korb geworfen hatte, damit es nicht so aussah, als kaufe er nur Kondome, die er dann unbenutzt in der Brieftasche mit sich herumtrug, bis sie rissig wurden.

Die DNA-Tests gab es in der Nähe des Apothekentresens. Adam näherte sich und versuchte dabei möglichst lässig auszusehen. Er guckte nach links. Er guckte nach rechts. Er nahm die Packung und las, was auf der Rückseite stand:

DREISSIG PROZENT ALLER »VÄTER«,
DIE DIESEN TEST MACHEN,
FINDEN HERAUS,
DASS SIE KINDER GROSSZIEHEN,
DIE NICHT VON IHNEN SIND.

Er stellte die Schachtel wieder ins Regal und hastete davon, als könne die Schachtel ihn zurückbeordern. Nein. Damit würde er nicht anfangen. Jedenfalls nicht heute.

Er brachte die anderen Drogerieartikel zur Kasse, legte noch ein Päckchen Kaugummi dazu und bezahlte. Schließlich fuhr er auf die Route 17, an ein paar weiteren Matratzenketten vorbei – was war eigentlich los in New Jersey, dass es so viele Matratzenläden gab? – und parkte vor dem Fitnessstudio. Er zog sich um und begann sein Hanteltraining. Sein ganzes Erwachsenenleben lang hatte Adam die verschiedensten Trainingsprogramme ausprobiert – Yoga (ungelenkig), Pilates (verwirrt), Bootcamp (wieso nicht gleich zum Militär?), Zumba (fragen Sie nicht), Wassersport (fast ertrunken), Spinning (wunder Hintern) – am Ende war er immer wieder zum Hanteltraining zurückgekehrt. Manchmal war er so versessen darauf, seine Muskeln zu beanspruchen, dass er sich gar nicht vorstellen konnte, ohne auszukommen. Dann wieder graute ihm vor jeder Sekunde, und das einzige Gewicht, das er heben wollte, war der Erdnussbutter-Proteinshake zum Abschluss.

Er arbeitete sein Programm ab und versuchte, sich darauf zu konzentrieren, die Muskeln anzuspannen und die Position so einen Moment lang zu halten. Das war, wie er inzwischen wusste, der Schlüssel zum Erfolg. Nicht nur beugen. Beugen, eine Sekunde halten und dabei den Bizeps anspannen, langsam wieder strecken. Er duschte, zog den Anzug an und machte sich auf den Weg zur Arbeit an der Midland Avenue in Paramus. Das Bürogebäude war ein vierstöckiger Glaskasten, architektonisch allenfalls deshalb bemerkenswert, weil es sich um das Klischee eines Bürogebäudes handelte, das genau wie alle anderen aussah. Man konnte es unmöglich für etwas anderes halten.

»Yo, Adam, hast du mal kurz Zeit?«

Es war Andy Gribbel, Adams bester Rechtsanwaltsgehilfe. Als er hier angefangen hatte, hatten ihn alle den *Dude* genannt, weil er ein bisschen schmuddelig wirkte, ähnlich Jeff Bridges in diesem Film. Er war älter als die meisten Rechtsanwaltsgehilfen – älter als Adam genau genommen – und hätte leicht Jura studieren und seine Zulassungsprüfung zum Anwalt bestehen können, aber wie Gribbel einmal gesagt hatte: »Das ist nicht so mein Ding, Mann.«

Ja, er hatte es genau so gesagt.

»Was gibt's?«, fragte Adam.

»Der alte Rinsky.«

Adams Spezialgebiet war das Enteignungsrecht des Staates. Dabei ging es um Fälle, in denen die Regierung versuchte, Personen ihr Grundeigentum wegzunehmen, wenn ein Highway, eine Schule oder dergleichen gebaut werden sollte. In diesem Fall versuchte die Gemeinde Kasselton Rinsky sein Haus wegzunehmen, weil ein Stadtteil gentrifiziert werden sollte. Kurz gefasst: Der Stadtteil wurde, wenn man es höflich ausdrückte, als »unattraktiv« oder umgangssprachlich als »Müllkippe« bezeichnet, und die Machthaber hatten einen Bauträger gefunden, der alles abreißen und dort schicke neue Wohnhäuser, Läden und Restaurants bauen wollte.

»Was ist mit ihm?«

»Wir haben ein Treffen in seinem Haus.«

»Okay, gut.«

»Soll ich die, äh, die hohen Tiere mitbringen?«

Sie waren ein Teil der atomaren Erstschlagsoption, die Adam sich für alle Fälle zurechtgelegt hatte. »Noch nicht«, sagte er. »Sonst noch was?«

Gribbel lehnte sich zurück. Er hievte seine Arbeitsstiefel auf den Schreibtisch. »Ich hab heute Abend einen Gig. Kommst du?«

Adam schüttelte den Kopf. Andy Gribbel spielte in einer Siebziger-Coverband, die in den renommiertesten Spelunken des nördlichen New Jersey auftrat. »Ich kann nicht.«

»Keine Eagles-Songs, versprochen.«

»Ihr spielt doch nie die Eagles.«

»Bin kein Fan«, sagte Gribbel. »Aber wir spielen zum ersten Mal *Please Come to Boston*. Erinnerst du dich an den Song?«

»Klar.«

»Und was hältst du davon?«

»Bin kein Fan.«

»Echt nicht? Das ist ein Liebeslied, Mann. Du stehst doch auf Liebeslieder.«

»Das ist kein Liebeslied«, sagte Adam.

Gribbel sang: »Hey, ramblin' boy, why don't you settle down?«

»Wahrscheinlich, weil seine Freundin nervt«, sagte Adam. »Er fragt sie immer wieder, ob sie mit ihm in eine andere Stadt zieht. Sie sagt immer wieder Nein und jammert rum, dass er in Tennessee bleiben soll.«

»Weil sie der größte Fan von dem Mann aus Tennessee ist.«

»Vielleicht braucht er keinen Fan. Vielleicht braucht er eine Frau fürs Leben und eine Geliebte.«

Gribbel strich sich über den Bart. »Verstehe.«

»Und er sagt bloß ›Please come to Boston for the springtime‹. Nur für den Frühling. Er will ja gar nicht, dass sie Tennessee für immer verlässt. Und was sagt sie? ›She said no, boy.‹ Was ist denn das für eine Einstellung? Keine Diskussion, sie hört ihm gar nicht zu – einfach nein. Dann schlägt er ganz freundlich Denver vor oder sogar L.A. Immer die gleiche Antwort. Nein, nein, nein. Ich meine, komm mal ein bisschen aus dir raus, *Sister. Live a little.*«

Gribbel lächelte. »Du spinnst, Mann.«

»Und«, fuhr Adam fort, der spürte, dass er sich in etwas hineinsteigerte, »dann behauptet sie, dass in diesen Großstädten – Boston, Denver, Los Angeles – niemand so ist wie sie. Ist das eingebildet oder was?«

»Adam?«

»Ja?«

»Vielleicht interpretierst du da ein bisschen viel rein, Mann.«

Adam nickte. »Möglich.«

»Du interpretierst in 'ne Menge Zeug ein bisschen viel rein, Adam.«

»Das stimmt.«

»Deshalb bist du auch der beste Anwalt, den ich kenne.«

»Danke«, sagte Adam. »Und nein, du kannst nicht früher aufhören und zu deinem Gig.«

»Ach komm. Sei nicht so.«

»Tut mir leid.«

»Adam?«

»Was?«

»Der Typ in dem Song. Der Herumtreiber, der will, dass sie mit ihm nach Boston kommt?«

»Was ist mit dem?«

»Du musst auch dem Mädchen gegenüber fair sein.«

»Inwiefern?«

»Er sagt zu seiner Freundin, dass sie ihre Bilder auf dem Gehweg verkaufen kann, vor den Cafés, in denen er bald zu arbeiten hofft.« Gribbel breitete die Arme aus. »Ich meine, was ist das für eine Finanzplanung?«

»Touché«, sagte Adam mit dem Anflug eines Lächelns. »Klingt, als wäre es besser, wenn sie sich einfach trennen.«

»Nee. Die haben da eine gute Sache am Laufen. Hört man an seiner Stimme.«

Adam zuckte die Achseln und ging in sein Büro. Das Geplänkel war eine willkommene Ablenkung gewesen. Jetzt war er wieder in seinen Gedanken gefangen. Kein schöner Ort. Er erledigte ein paar Anrufe, traf sich mit zwei Mandanten, redete mit den Rechtsanwaltsgehilfen und vergewisserte sich, dass die richtigen Instruktionen herausgegangen waren. Das Leben geht weiter, und das ist ungeheuerlich. Adam hatte das mit vierzehn erfahren müssen, als sein Vater überraschend an einem Herzinfarkt gestorben war. Er hatte in dem großen schwarzen Auto neben seiner Mom gesessen, aus dem Fenster geguckt und zugesehen, wie alle anderen auf der Welt ihr Leben weiterlebten. Kinder gingen weiter zur Schule. Eltern gingen weiter zur Arbeit. Autos hupten. Die Sonne schien weiter. Sein Dad war tot. Und nichts hatte sich geändert.

Er wurde gerade wieder einmal an das Offensichtliche erinnert: Die Welt schert sich einen feuchten Kehricht um uns und unsere Problemchen. Das wollen wir nie wirklich wahrhaben. Unser Leben liegt in Scherben – müssten die anderen das nicht merken? Nein, sie merkten es nicht. Für den Rest der Welt sah Adam aus wie immer, benahm sich wie immer, wirkte wie immer. Wir regen uns über Menschen auf, die uns die Vorfahrt nehmen, bei Starbucks zu lange zum Bestellen brauchen oder nicht genau so reagieren, wie wir es erwarten, dabei haben wir keine Ahnung, ob sie in ihren Köpfen nicht womöglich mit irgendwelchen gewaltigen Dämonen kämpfen. Vielleicht lag ihr Leben in Scherben. Sie konnten mitten in einer unauslotbaren Tragödie stecken, in Aufruhr sein, oder ihre geistige Gesundheit hing an einem seidenen Faden.

Aber das war uns egal. Wir sahen es nicht. Wir drängten einfach weiter voran.

Auf dem Weg nach Hause schaltete er sich durch die Radiosender und blieb schließlich bei einer anspruchslosen Diskussion auf einem Sportsender hängen. Die Welt war voller Kontroversen, ständig herrschte irgendwo Krieg, da war es nett, wenn die Leute sich über so was Bedeutungsloses wie Profi-Basketball stritten.

Als Adam in seine Straße einbog, war er ein wenig überrascht, Corinnes Honda Odyssey in der Einfahrt zu sehen. Der Autohändler hatte die Farbe, ohne mit der Wimper zu zucken, »Dark Cherry Pearl« genannt. Auf der Heckklappe prangte eine ovale Magnetfolie mit dem Namen ihrer Stadt – heutzutage offenbar ein unentbehrliches »Tribal« für jedes Vorstadtauto. Außerdem hafteten da noch ein rundes Schild mit gekreuzten Lacrosse-Schlägern und der Aufschrift PANTHER LACROSSE, das Stadtmaskottchen und ein großes grünes W für die Willard Middle School, Ryans Schule.

Corinne war früher als erwartet aus Atlantic City zurückgekommen.

Das brachte seinen Zeitplan etwas durcheinander. Er hatte die bevorstehende Aussprache den ganzen Tag im Kopf geprobt. Seit Stunden ging sie ihm als Endlosschleife durch den Kopf. Er hatte verschiedene Herangehensweisen erwogen, richtig gut erschien ihm keine. Er wusste, dass es keinen Sinn hatte, so etwas zu planen. Sobald er aussprach, was der Fremde ihm mitgeteilt hatte – sie mit dem konfrontierte, was auch er inzwischen glaubte –, tickte der Zeitzünder der sprichwörtlichen Bombe. Man wusste nicht, wer wie reagieren würde.

Würde sie es abstreiten?

Vielleicht. Es lag immer noch im Bereich des Möglichen, dass es eine harmlose Erklärung für das Ganze gab. Adam versuchte, unvoreingenommen zu bleiben, auch wenn es sich eher so anfühlte, als würde er sich falsche Hoffnungen machen, als wie ein Versuch zum Thema *Vorverurteilungen vermeiden*. Er parkte neben ihrem Auto in der Einfahrt. Sie hatten eine Doppelgarage, aber alte Möbel, Sportgeräte und andere Insignien der Konsumgesellschaft hatten sich darin breit gemacht. Also blieben die Autos in der Einfahrt stehen.

Adam stieg aus und ging zum Haus. Das Gras hatte etwas zu viele braune Flecken. Corinne würde das bemerken und sich darüber beklagen. Sie korrigierte Menschen und versuchte, *die Dinge in Ordnung zu bringen*. Adams Motto war eher »leben und leben lassen«, auch wenn andere seine Haltung vielleicht für Faulheit hielten. Auf dem Rasen der Bauers nebenan hätte man jederzeit ein Golfturnier veranstalten können. Corinne konnte nicht anders, sie verglich. Adam war das scheißegal.

Die Haustür ging auf. Thomas kam mit seiner Lacrosse-Sporttasche heraus. Er trug das Auswärts-Trikot seines Teams und lächelte seinen Vater an. Den Mundschutz hielt er lose im Mund. Eine angenehme Wärme durchströmte Adams Brust.

»Hey, Dad.«

»Hey, was machst du?«

»Ich hab ein Spiel, schon vergessen?«

Verständlicherweise hatte Adam es tatsächlich vergessen, aber es erklärte, warum Corinne unbedingt so früh zu Hause sein wollte. »Stimmt. Gegen wen?«

»Glen Rock. Mom fährt mich hin. Kommst du nachher auch noch?«

»Natürlich.«

Als Corinne in der Tür erschien, rutschte Adam das Herz in die Hose. Sie war immer noch eine schöne Frau. Adam hatte Probleme, sich an seine Söhne in jungen Jahren zu erinnern, bei Corinne ging es ihm umgekehrt. Er sah in ihr immer noch die dreiundzwanzigjährige Granate, in die er sich verliebt hatte. Klar, wenn er ganz genau hinsah, hatte sie ein paar Fältchen um die Augen, und mit den Jahren waren auch ein paar Polster dazugekommen, aber vielleicht war es Liebe oder es lag einfach daran, dass er sie täglich sah und die Veränderungen langsam vonstattengingen, aber für ihn sah sie keinen Tag älter aus als damals.

Corinnes Haar war noch nass vom Duschen. »Hey, Schatz.«

Er blieb einfach stehen. »Hey.«

Sie beugte sich zu ihm herüber und küsste ihn auf die Wange. Ihr Haar duftete wunderbar nach Flieder. »Kannst du Ryan abholen?«

»Wo ist er?«

»Zum Spielen bei Max.«

Thomas verzog das Gesicht. »Sag das nicht, Mom.«

»Was?«

»Zum Spielen. Er ist in der Mittelstufe. Zum Spielen geht man mit sechs.«

Corinne seufzte, aber mit einem Lächeln. »Meinetwegen, er hat ein Meeting mit Max.« Sie sah Adam an. »Kannst du ihn abholen, bevor du zum Lacrosse-Spiel kommst?«

Adam wusste, dass er nickte, obwohl er sich nicht daran erinnerte, den Entschluss dazu gefasst zu haben. »Klar. Wir sehen uns dann beim Spiel. Wie war's in Atlantic City?«

»Schön.«

»Ähm, Leute?«, unterbrach Thomas. »Könnt ihr den Smalltalk auf später verschieben? Der Trainer wird sauer, wenn wir nicht mindestens eine Stunde vor Spielbeginn da sind.«

»Alles klar«, sagte Adam. Er wendete sich wieder Corinne zu und versuchte locker zu wirken. »Wir können, äh, den Smalltalk auf später verschieben.«

Aber Corinne zögerte eine halbe Sekunde – lange genug. »Okay, kein Problem.«

Als sie zum Auto gingen, blieb er auf der Türschwelle stehen und sah ihnen nach. Corinne betätigte die Fernbedienung des Minivans, und die Heckklappe öffnete sich wie ein riesiges Maul. Thomas warf seine Tasche hinten ins Auto und setzte sich auf den Beifahrersitz. Das Maul schloss sich und schluckte die Ausrüstung unzerkaut hinunter. Corinne winkte ihm zu. Er winkte zurück.

Corinne und er hatten sich in Atlanta kennengelernt, bei einem fünfwöchigen Vorbereitungskurs für LitWorld, einer Wohltätigkeitsorganisation, die Lehrer in bedürftige Ecken der Welt schickte, damit sie Schreiben und Lesen unterrichteten. Das war vor der Zeit, als alle Jugendlichen nach Sambia fuhren, um dort Hütten zu bauen, damit sie das in ihre College-Bewerbungen schreiben konnten. Damals hatten die Freiwilligen schon ihre College-Abschlüsse. Die Volontäre meinten es ernst, vielleicht sogar zu ernst, aber sie hatten das Herz am rechten Fleck.

Corinne und er waren sich nicht auf dem Campus der Emory University begegnet, wo der Kurs stattfand, sondern in einer Bar in der Nähe, wo Studierende über einundzwanzig bei schlechter Countrymusic ungestört trinken und flirten konnten. Sie war mit ein paar Freundinnen unterwegs gewesen, er mit ein paar Freunden. Adam war auf der Suche nach einem One-Night-Stand gewesen. Corinne hatte etwas Längerfristiges im Sinn gehabt. Die beiden Gruppen fanden nur langsam zusammen, die Jungs näherten sich den Mädchen wie in einer dieser Tanzszenen aus einem schlechten Film. Adam fragte Corinne, ob er ihr einen Drink spendieren dürfe. Klar, sagte sie, es würde ihm aber nichts nutzen. Er zahlte trotzdem für ihren Drink mit der beeindruckend cleveren Begründung, die Nacht sei ja noch jung.

Die Drinks wurden gebracht. Adam und Corinne kamen ins Gespräch. Es lief gut. Irgendwann spät nachts, kurz bevor die Bar schloss, erzählte Corinne ihm, dass sie ihren Vater früh verloren hatte, und dann erzählte Adam, der noch nie mit jemandem darüber gesprochen hatte, vom Tod seines Vaters und auch, dass die Welt sich nicht dafür interessiert hatte.

Die Geschichten ihrer Väter verbanden sie. Das war der Anfang gewesen.

Nach ihrer Hochzeit zogen sie in eine ruhige Eigentumswohnung an der Interstate 78. Er versuchte immer noch, als Pflichtverteidiger den Menschen zu helfen. Sie arbeitete als Lehrerin in den härtesten Vierteln in Newark, New Jersey. Als Thomas zur Welt kam, wurde es Zeit für ein richtiges Haus. So lief das offenbar einfach. Adam war es ziemlich egal gewesen, wo sie hinzogen. Ihn interessierte nicht, ob sie ein modernes Haus kauften oder etwas Traditionelleres wie das, was sie jetzt besaßen. Er wollte, dass Corinne glücklich war, nicht so sehr, weil er ein feiner Kerl war, sondern weil es ihn nicht weiter kümmerte. Also hatte Corinne sich aus offensichtlichen Gründen für diese Stadt entschieden.

Vielleicht hätte er sie damals davon abhalten sollen, aber als junger Mann hatte er keinen Grund dafür gesehen. Sie hatte auch dieses Haus ausgesucht, einfach weil sie es haben wollte. Die Stadt. Das Haus. Die Garage. Die Autos. Die Jungs.

Und was hatte Adam gewollt?

Er wusste es nicht, aber das Haus – die Gegend – waren eine finanzielle Belastung gewesen. Letztendlich hatte Adam seinen Job als Pflichtverteidiger gegen eine deutlich besser bezahlte Anstellung bei der Kanzlei *Bachmann Simpsons Feagles* eingetauscht. Es war nicht so sehr sein eigener Wunsch gewesen, eher der glatte, gepflasterte Weg, den Männer wie er am Ende irgendwann einschlugen: eine sichere Wohngegend, in der man die Kinder aufziehen konnte, ein schönes Haus mit vier Schlafzimmern, Doppelgarage, einem Basketballkorb in der Einfahrt, dem Gasgrill auf der Holzveranda mit Blick auf den Garten.

Nett, oder?

Tripp Evans hatte wehmütig »der reinste Traum« dazu gesagt. Der amerikanische Traum. Corinne hätte ihm recht gegeben.

»*Sie hätten nicht mit ihr zusammenbleiben müssen…*«

Aber das stimmte natürlich nicht. Der Traum war aus hochempfindlichem und dabei unschätzbar wertvollem Stoff gewoben. Man zerstörte ihn nicht leichthin. Wie undankbar, egoistisch und verschroben musste man sein, nicht zu merken, wie gut es einem ging.

Er öffnete die Tür und ging in die Küche. Auf dem Küchentisch herrschte Chaos, er präsentierte sich im Stil »Frühe Amerikanische Hausaufgaben«. Thomas' Algebra-Buch war aufgeschlagen und hielt eine Aufgabe bereit, bei der er die Nullstellen der quadratischen Funktion $f(x) = 2x^2 - 6x = 4$ mittels quadratischer Ergänzung berechnen sollte. Im Buch befand sich ein Bleistift mittlerer Härte.

Ansonsten lag überall weiß-blaues Millimeterpapier. Ein paar Blätter waren zu Boden gefallen.

Adam bückte sich, hob sie auf und legte sie wieder auf den Tisch. Er betrachtete kurz die Hausaufgaben.

Sei vorsichtig, sagte er sich. Nicht nur Corinnes und sein Traum standen auf dem Spiel.

SECHS

Als Adam und Ryan ankamen, fing Thomas' Spiel gerade an. Mit einem leisen »Bis nachher, Dad« machte sich Ryan aus dem Staub, um mit anderen Geschwistern abzuhängen, ohne Gefahr zu laufen, mit einem leibhaftigen Elternteil gesehen zu werden. Adam ging zur linken Spielfeldseite, dem »Auswärtsbereich«, wo er die anderen Eltern aus Cedarfield treffen würde. Eine Tribüne gab es nicht, aber manche Eltern brachten sich Faltstühle mit. Corinne hatte vier Netz-Faltstühle in ihrem Minivan, alle mit Getränkehalterungen an beiden Armlehnen (brauchte wirklich irgendjemand zwei Getränkehalterungen?) und integriertem Sonnenschirm. Meistens – so auch jetzt – stand sie aber lieber. Kristin Hoy hatte sich zu ihr gesellt. Sie trug ein ärmelloses Top und Shorts, die so winzig waren, dass man gar nicht anders konnte, als ihnen einen Vaterkomplex zu unterstellen.

Adam schlenderte zu seiner Frau und nickte unterwegs anderen Eltern zu. Tripp Evans stand mit ein paar Vätern in der Ecke, alle mit verschränkten Armen und Sonnenbrillen, eher Geheimdienstler als Zuschauer. Rechts lungerte ein grinsender Gaston mit seinem Cousin Daz herum. Cousin Daz war der Eigentümer von CBW Inc., einer renommierten Wirtschaftsdetektei, die sich auf die Überprüfung von Mitarbeitern spezialisiert hatte. Er führte auch die weniger aufwendigen Überprüfungen sämtlicher Trainer der Liga durch, um sicherzugehen, dass sie keine Vorstrafenregister oder dergleichen hatten. Gaston hatte darauf bestanden, dass das Lacrosse-Komitee die teure CBW Inc. mit dieser scheinbar einfachen Aufgabe betraute, die sich viel billiger online erledigen ließ. Wofür hatte man schließlich Familie?

Als Corinne Adam kommen sah, rückte sie zwei Schritte von Kristin weg. Als Adam in Hörweite war, flüsterte sie fast panisch: »Thomas ist nicht in der Startaufstellung.«

»Der Trainer wechselt die Aufstellung immer mal durch«, sagte Adam. »Ich würd mir da keine Sorgen machen.«

Corinne tat es trotzdem. »Pete Baime spielt auf seiner Position.« Gastons Sohn. Das erklärte das Grinsen. »Er hat noch nicht mal seine Gehirnerschütterung ganz auskuriert. Wie kann er schon wieder spielen?«

»Seh ich aus wie sein Arzt, Corinne?«

»Los, Tony!«, rief eine Frau. »Halt ihn!«

Man brauchte Adam nicht zu sagen, dass die Frau Tonys Mutter war. Man hörte es sofort, wenn Eltern ihr eigenes Kind anfeuerten. Der harsche, ungeduldige Unterton war unverkennbar. Niemand glaubte, dass er selbst so klang. Trotzdem taten es alle. Wir alle glauben, dass es nur anderen Eltern so geht und wir selbst auf magische Weise immun dagegen wären.

Hier galt ein altes kroatisches Sprichwort, das Adam im College gelernt hatte: »Der Bucklige sieht den Buckel der anderen – den eigenen sieht er nicht.«

Drei Minuten vergingen. Thomas war immer noch nicht eingewechselt worden. Adam warf einen vorsichtigen Blick zu Corinne hinüber. Mit verkniffenem Mund starrte sie den Trainer auf der gegenüberliegenden Seite an, als wollte sie ihn durch Willenskraft dazu zwingen, Thomas einzuwechseln.

»Das wird schon«, sagte Adam.

»Zu diesem Zeitpunkt war er sonst immer schon im Spiel. Was könnte da passiert sein?«

»Keine Ahnung.«

»Pete dürfte gar nicht spielen.«

Adam machte sich nicht die Mühe zu antworten. Pete fing den Ball und passte ihn zu einem Mitspieler – ein absoluter Routinespielzug. Auf der anderen Seite rief Gaston: »Wow, toller Pass, Pete!«, und klatschte Cousin Daz ab.

»Daz, was ist das überhaupt für ein Name für einen erwachsenen Mann?«, murmelte Adam.

»Was?«

»Nichts.«

Corinne kaute auf ihrer Unterlippe. »Ich glaube, wir waren ein oder zwei Minuten zu spät hier. Dann wären wir fünfundfünfzig Minuten vor dem Anpfiff hier gewesen, der Trainer hat aber gesagt, eine Stunde.«

»Ich glaube nicht, dass es etwas damit zu tun hat.«

»Ich hätte früher aufbrechen sollen.«

Adam war versucht zu sagen, dass sie ganz andere Probleme hatten, aber vielleicht war die Ablenkung im Moment ganz hilfreich. Das andere Team schoss ein Tor. Die Eltern stöhnten und analysierten, welcher Abwehrfehler das verursacht hatte.

Thomas lief aufs Feld.

Adam konnte fast hören, wie seiner Frau ein Stein vom Herzen fiel. Corinnes Gesicht entspannte sich. Sie lächelte ihn an und sagte: »Wie war's in der Kanzlei?«

»Plötzlich interessiert dich das?«

»Tut mir leid. Du kennst mich ja.«

»Das stimmt.«

»Irgendwie liebst du mich doch gerade deshalb.«

»Irgendwie.«

»Vor allem deshalb«, sagte sie. »Und natürlich wegen meinem Knackarsch.«
»Langsam kommen wir der Sache näher.«
»Ich hab doch immer noch einen tollen Hintern, oder?«
»Weltklasse, beste Qualität, hundert Prozent 1-a-Filetsteak ohne irgendwelche Füllstoffe.«
»Na ja«, sagte sie mit dem durchtriebenen Lächeln, das sie viel zu selten einsetzte. »Ein Füllstoff vielleicht schon.«
Ach, er liebte diese viel zu seltenen Momente, in denen sie sich gehen ließ und sogar ein bisschen unanständig wurde. Für einen Sekundenbruchteil vergaß er den Fremden. Nur einen Sekundenbruchteil, länger nicht. Warum jetzt?, fragte er sich. Solche Bemerkungen machte sie höchstens zwei, drei Mal im Jahr. Warum jetzt?
Er sah sie an. Corinne trug die Diamantohrstecker, die er ihr an der 47th Street gekauft hatte. Adam hatte sie ihr zum fünfzehnten Jahrestag im Chinarestaurant *Bamboo House* überreicht. Ursprünglich hatte er sie in einem Glückskeks unterbringen wollen – Corinne liebte es, Glückskekse aufzubrechen, ohne sie zu essen –, aber daraus war nichts geworden. Am Ende hatte der Kellner sie ihr einfach auf einem Teller unter einer Servierglocke präsentiert. Kitschig, klischeehaft, wenig originell, aber Corinne war begeistert gewesen. Sie hatte geweint, die Arme um ihn geschlungen und ihn so fest gedrückt, dass er sich gefragt hatte, ob je ein anderer Mann so umarmt worden war.
Sie nahm sie nur nachts und zum Schwimmen heraus, weil sie fürchtete, das Chlor könnte die Fassung angreifen. Alle anderen Ohrringe lagen unbenutzt in der kleinen Schmuckschachtel im Schrank, als wäre es eine Art Betrug, sie anstelle der Diamantstecker zu tragen. Die bedeuteten ihr etwas. Sie betrachtete sie als ein Zeichen von Verantwortung,

Liebe und Ehre – würde so eine Frau wirklich eine Schwangerschaft vortäuschen?

Corinne blickte aufs Spielfeld. Der Ball war hinten auf der Angriffsseite, wo Thomas inzwischen spielte. Adam spürte ihre Anspannung, wenn der Ball in die Nähe ihres Sohns kam.

Dann gelang Thomas ein schöner Spielzug, als er dem Verteidiger den Ball aus dem Schläger schlug, ihn mit seinem Schläger aufnahm und aufs Tor zulief.

Wir geben etwas anderes vor, aber in Wahrheit sehen wir nur unseren eigenen Kindern zu. Als Adam noch ein junger Vater war, fand er diesen elterlichen Fokus fast rührend. Man ging zu einem Spiel oder einem Konzert, sah sich zwar alles an, hatte aber eigentlich nur Augen für das eigene Kind. Alles andere, alle anderen waren nur Nebengeräusche, Kulisse. Man betrachtete das Geschehen, und es war, als wäre ein Scheinwerfer auf dieses Kind gerichtet, nur auf das eigene, der Rest der Bühne oder des Spielfelds verdunkelte sich, und man spürte diese Wärme in der Brust, wie Adam sie auch verspürt hatte, als sein Sohn ihn angelächelt hatte. Und selbst in Gegenwart anderer Eltern und Kinder war Adam klar, dass es allen Eltern ganz genauso ging, dass alle Eltern die Scheinwerfer auf die eigenen Kinder richteten, und er fand das irgendwie tröstlich und richtig.

Plötzlich erschien ihm diese Kinder-Zentriertheit nicht mehr ganz so positiv. Jetzt kam es ihm vor, als sei diese Fokussierung eher Besessenheit als Liebe, als sei die einseitige Voreingenommenheit ungesund, unrealistisch, ja sogar schädlich.

Thomas lief einen Konter und passte zu Paul Williams. Terry Zobel stand frei vor dem Tor, aber bevor er schießen konnte, pfiff der Schiedsrichter ab und warf eine gelbe

Flagge. Freddie Friednash, ein Mittelfeldspieler in Thomas' Team, bekam eine Zeitstrafe von einer Minute wegen illegalen Schlagens. Die Väter in der Ecke erlagen einem kollektiven Wutanfall: »Soll das ein Witz sein, Schiri?«, »Schwachsinnige Entscheidung!«, »Bist du blind oder was!«, »So ein Blödsinn!«, »Kannste für uns auch ruhig mal pfeifen, Schiri!«

Die Trainer ließen sich anstecken. Sogar Freddie, der zügig vom Platz joggte, wurde langsamer und schüttelte den Kopf in Richtung Schiedsrichter. Immer mehr Eltern stimmten in den Chor der Beschwerdeführer ein – Herdentrieb in Aktion.

»Hast du den Schlag gesehen?«, fragte Corinne.

»Ich hab nicht hingeguckt.«

Becky Evans, Tripps Frau, kam herüber und sagte: »Hi, Adam. Hi, Corinne.«

Wegen der Strafe lag der Ball jetzt in der Verteidigungshälfte, weit entfernt von Thomas, sodass sie beide Zeit hatten, ihr Lächeln zu erwidern. Becky Evans, fünffache Mutter, strahlte eine nahezu übernatürliche Fröhlichkeit aus und hatte immer ein Lächeln und ein freundliches Wort auf den Lippen. Adam machten solche Leute in der Regel misstrauisch. Er lauerte bei diesen glücklichen Mamas gern auf den Moment der Unachtsamkeit, wenn das Lächeln versiegte oder hölzern wurde, und bei den meisten kam dieser Moment früher oder später. Nicht so bei Becky. Man sah sie ständig mit strahlendem Lächeln in ihrem Dodge Durango herumfahren, die Rücksitze voller Kinder und Sportgeräte, und während diese banalen Tätigkeiten die meisten Frauen irgendwann auslaugten, schien Becky Evans dafür zu leben und immer heiterer zu werden.

Corinne sagte: »Hi, Becky.«

»Tolles Wetter fürs Spiel, was?«

»Perfekt«, sagte Adam, weil man so etwas eben sagte.

Ein weiterer Pfiff wegen illegalen Schlagens gegen das Auswärtsteam. Die Väter drehten wieder durch, jetzt fluchten sie sogar. Adam runzelte die Stirn, sagte aber nichts. Machte ihn das zum Teil des Problems? Mit Überraschung nahm er zur Kenntnis, dass der bebrillte Cal Gottesman die Schreihälse anführte. Cal, dessen Sohn Eric sich in letzter Zeit auf seiner Verteidigerposition stark verbessert hatte, arbeitete als Versicherungsvertreter in Parsippany. Adam hatte ihn immer als freundlich und wohlgesinnt, wenn auch gelegentlich als etwas belehrend und langweilig wahrgenommen. In letzter Zeit war ihm jedoch aufgefallen, dass sich Cal Gottesman im direkten Verhältnis zu den Fortschritten seines Sohnes immer seltsamer benahm. Eric war im letzten Jahr fünfzehn Zentimeter gewachsen und stand jetzt in der Startaufstellung. Colleges umwarben ihn, und jetzt sah man Cal, der früher so zurückhaltend am Spielfeldrand gestanden hatte, oft auf und ab gehen und dabei Selbstgespräche führen.

Becky beugte sich zu ihnen. »Habt ihr das mit Richard Fee gehört?«

Richard Fee war der Torwart des Teams.

»Boston College hat ihn geholt.«

»Aber er ist doch erst in der Neunten«, sagte Corinne.

»Ja, genau! Also ehrlich, verpflichten sie die Jungs demnächst schon im Mutterleib?«

»Lächerlich«, pflichtete Corinne ihr bei. »Woher wollen die denn wissen, was er für einen Abschluss macht? Er hat doch gerade erst mit der Highschool angefangen.«

Becky und Corinne redeten weiter, aber Adam hörte nicht mehr hin. Da es sie nicht zu stören schien, nutzte Adam die Gelegenheit, ein bisschen Zeit allein zu verbringen. Er küsste Becky auf die Wange und machte sich auf den Weg. Becky und Corinne kannten einander von klein auf. Beide waren in Cedarfield geboren. Becky hatte die Stadt nie verlassen.

Corinne hatte es nicht so gut gehabt.

Adam steuerte ein Plätzchen auf halber Strecke zwischen den Müttern und den Vätern an und hoffte, dort etwas Ruhe zu finden. Er warf einen Blick zur Vätergruppe hinüber. Tripp Evans erwiderte seinen Blick und nickte, als verstünde er. Tripp fühlte sich in der Menge wahrscheinlich auch nicht wirklich wohl, aber er war der Grund dafür, dass es sie gab. Lokalprominenz, dachte Adam. Damit musste er zurechtkommen.

Als das Signal ertönte und das erste Viertel beendete, drehte Adam sich um und sah nach seiner Frau. Sie plauderte angeregt mit Becky. Einen Moment lang sah er nur ängstlich und verloren in ihre Richtung. Er kannte Corinne so gut. Er wusste alles über sie. Und paradoxerweise wusste er gerade, weil er sie so gut kannte, dass in dem, was der Fremde ihm mitgeteilt hatte, ein Hauch von Wahrheit mitschwang.

Was würden wir tun, um unsere Familie zu schützen?

Das Signal erklang, und die Spieler liefen wieder aufs Feld. Alle Eltern vergewisserten sich, dass ihre Kinder noch im Spiel waren. Thomas war dabei. Becky redete weiter. Corinne wurde stiller, sie nickte noch, konzentrierte sich aber auf Thomas. Corinne konnte sich gut konzentrieren. Früher hatte Adam diese Fähigkeit an seiner Frau bewundert. Corinne wusste, was sie vom Leben wollte, und konnte die Stationen, die sie dorthin führen würden, mit der Präzision eines Lasers anvisieren. Als sie sich kennenlernten, hatte Adam bestenfalls unklare Zukunftspläne gehabt – irgendwas in Richtung Arbeit mit den Benachteiligten und Unterdrückten –, jedoch keine konkrete Vorstellung, wo er leben wollte, was für ein Leben er führen wollte oder wie er zu diesem Leben oder dieser Familie gelangen könnte. Es war alles vage und unbestimmt – ganz im Gegensatz zu dieser eindrucksvollen, schönen, intelligenten Frau, die genau wusste, was sie beide tun sollten.

Seine Kapitulation hatte etwas Befreiendes gehabt.

Während Adam über die Entscheidungen (oder deren Abwesenheit) nachdachte, die ihn an diesen Punkt in seinem Leben gebracht hatten, bekam Thomas hinter dem Tor den Ball, täuschte einen Pass in die Mitte an, lief nach rechts, riss den Stick zurück und feuerte einen schönen flachen Schuss in die Ecke ab.

Tor.

Die Väter und Mütter jubelten. Thomas' Mitspieler liefen zu ihm und beglückwünschten ihn, indem sie ihm freundschaftlich auf den Helm klopften. Sein Sohn blieb ruhig und hielt sich an den bewährten Ratschlag »Tu so, als wäre es ganz normal«. Aber sogar aus dieser Entfernung, trotz Gesichtsmaske und Mundschutz wusste Adam, dass Thomas, sein Ältester, lächelte, dass er glücklich war und dass es seine erste und wichtigste Aufgabe als Vater war, diesen Jungen und seinen Bruder zu schützen, sodass sie weiter lächelten und glücklich waren.

Was würde er für das Glück und die Sicherheit seiner Jungs tun?

Alles.

Aber es ging im Leben nicht nur darum, was man tat oder zu opfern bereit war. Schicksal, Zufall und Chaos trugen auch ihren Teil bei. Er konnte – und würde – zwar alles in seiner Macht Stehende tun, um seine Kinder zu beschützen. Aber irgendwo tief drin wusste er – und zwar mit großer Sicherheit –, dass das nicht ausreichen würde, dass das Schicksal, der Zufall und das Chaos andere Pläne hatten und dass das Glück und die Sicherheit sich in der stillen Frühlingsluft verflüchtigen würden.

SIEBEN

Thomas gelang in den letzten zwanzig Spielsekunden noch ein zweites Tor – das Siegtor.

Das war das Verlogene an Adams zynischer Haltung gegenüber der mit überbordenden Gefühlen belegten Sportswelt: Als Thomas dieses letzte Tor des Spiels machte, sprang Adam in die Luft, reckte die Faust und schrie: »Yes!« Ob er wollte oder nicht, pure, reine Freude erfüllte ihn. Die wohlmeinenden Stimmen in ihm erklärten das folgendermaßen: Es ging dabei nicht um ihn selbst, vielmehr entsprang die Freude dem Wissen, dass sein Sohn sich noch mehr freute und dass es nur natürlich war, wenn Eltern so mit ihren Kindern fühlten. Adam rief sich dabei ins Gedächtnis, dass er nicht zu den Eltern gehörte, die in erster Linie durch ihre Kinder lebten oder die Lacrosse als Eintrittskarte zu einem besseren College betrachteten. Er mochte den Sport aus einem ganz einfachen Grund: Seine Söhne hatten Freude am Spiel.

Aber natürlich machten sich alle Eltern etwas vor. Der kroatische Bucklige, nicht wahr?

Nach dem Spiel nahm Corinne Ryan mit nach Hause. Sie wollte Abendessen machen. Adam wartete auf dem Parkplatz der Cedarfield High School auf Thomas. Natürlich wäre es viel einfacher gewesen, ihn direkt nach dem Spiel mitzunehmen, aber aus Versicherungsgründen mussten die Kinder mit dem Mannschaftsbus fahren. Also fuhr Adam zusammen mit den ganzen anderen Eltern hinter dem Bus nach Cedarfield, wo sie warteten, bis ihre Söhne fertig waren. Adam stieg aus dem Wagen und ging zum Hintereingang der Schule.

»Hey, Adam.«

Cal Gottesman kam auf ihn zu. Adam grüßte zurück. Die beiden Väter schüttelten sich die Hände.

»Schöner Sieg«, sagte Cal.

»Kann man sagen.«

»Thomas hat ein tolles Spiel gemacht.«

»Eric aber auch.«

Cals Brille saß irgendwie nie richtig. Sie rutschte immer wieder runter, sodass er sie mit dem Zeigefinger hochschieben musste, wo die Nasenabfahrt sofort von Neuem begann.

»Du hast, äh, ziemlich abwesend gewirkt.«

»Bitte?«

»Beim Spiel«, sagte Cal. Seine Stimme klang immer, als würde er nörgeln. »Ich weiß nicht, irgendwie hast du besorgt ausgesehen.«

»Echt?«

»Ja.« Er schob die Brille hoch. »Und mir ist auch aufgefallen, dass du, sagen wir mal, ziemlich genervt geguckt hast.«

»Ich weiß nicht, was …«

»Als ich die Schiedsrichter kritisiert habe.«

Kritisiert, dachte Adam. Aber er wollte keine Diskussion anfangen. »Ist mir gar nicht aufgefallen.«

»Hätte dir aber auffallen müssen. Der Schiri wollte einen Crosscheck gegen Thomas pfeifen, als er sich hinterm Tor den Ball erkämpft hat.«

Adam verzog das Gesicht. »Ich kann dir nicht folgen.«

»Ich provoziere die Schiris«, sagte Cal verschwörerisch, »absichtlich. Das solltest du zu schätzen wissen. Heute hat dein Sohn davon profitiert.«

»Ach so«, sagte Adam. Dann – für wen hielt sich dieser Kerl überhaupt, dass er ihn so ansprach – setzte er hinzu: »Und wozu unterschreiben wir zu Saisonbeginn so eine Fairplay-Erklärung?«

»Welche Erklärung?«

»Die Erklärung, in der wir versprechen, keine Spieler, Trainer oder Schiedsrichter zu beschimpfen«, sagte Adam. »Die meine ich.«

»Ziemlich naiv, oder«, sagte Cal. »Weißt du, wer Moskowitz ist?«

»Wohnt er am Spenser Place? Finanzmakler?«

»Nein, nein«, antwortete Cal ungeduldig. »Professor Tobias Moskowitz von der University of Chicago.«

»Äh, nein.«

»Siebenundfünfzig Prozent.«

»Was?«

»Studien zufolge gewinnt die Heimmannschaft in siebenundfünfzig Prozent aller Fälle – man nennt es den Heimvorteil.«

»Und?«

»Das heißt, dass der Heimvorteil real ist. Es gibt ihn wirklich. Es gibt ihn in allen Sportarten, zu allen Zeiten, in allen Ländern. Professor Moskowitz zufolge ist er bemerkenswert konsistent.«

Adam sagte noch einmal »Und?«

»Na ja, die üblichen Erklärungen für dieses Phänomen kennst du vermutlich. Das Auswärtsteam muss Bus fahren oder fliegen oder sonst was und ist erschöpft. Oder vielleicht hast du auch gehört, dass es wichtig ist, mit dem Spielfeld vertraut zu sein. Oder dass manche Mannschaften eher Kälte gewöhnt sind, andere Hitze.«

»Das sind hier Nachbarorte«, sagte Adam.

»Ganz genau. Das ist Wasser auf meine Mühlen.«

Herrje, darauf hatte Adam jetzt so was von keine Lust. Wo zum Henker blieb Thomas?

»Also«, fuhr Cal fort, »was hat Moskowitz deiner Ansicht nach herausgefunden?«

»Wie bitte?«

»Was glaubst du, wie er den Heimvorteil erklärt, Adam?«

»Keine Ahnung«, sagte Adam. »Vielleicht liegt's an der Unterstützung durch die Fans.«

Die Antwort gefiel Cal Gottesman sichtlich. »Ja und nein.«

Adam unterdrückte ein Seufzen.

»Professor Moskowitz und andere Forscher haben Studien zum Heimvorteil durchgeführt. Es steht nicht drin, dass etwa die Belastung durch die Anfahrt keine Rolle spielt, es gibt aber so gut wie keine Daten, die diese Vermutung stützen – allenfalls ein paar vereinzelte Beispiele. Nein, Fakt ist, dass es *eins* gibt, was den Heimvorteil wirklich erklärt und sich mit soliden Zahlen belegen lässt.« Er hielt den Zeigefinger hoch, weil Adam vielleicht nicht wusste, was »eins« bedeutete. Und für den Fall, dass das noch nicht eindeutig genug war, fügte er hinzu: »Nur *eins*.«

»Und zwar?«

Cal zog den Finger wieder ein und ballte die Faust. »Voreingenommene Schiedsrichter. Daran liegt's. Die Heimmannschaft wird bevorteilt.«

»Du meinst also, die Schiris verpfeifen das Spiel?«

»Nein, nein. Pass auf, das ist das Wichtigste an der Studie. Es ist nicht so, dass die Schiedsrichter absichtlich für die Heimmannschaft pfeifen. Sie sind ganz unabsichtlich parteiisch. Unbewusst. Hat alles mit Anpassung an die Umgebung zu tun.« Cal versank jetzt ganz in der Wissenschaft.

»Kurz gefasst: Wir alle wollen geliebt werden. Die Schiris sind Menschen wie wir alle, und daher passen sie sich den Gefühlen der Zuschauer an. Gelegentlich wird ein Schiedsrichter jedoch unbewusst eine Entscheidung fällen, die die Zuschauer glücklich macht. Schon mal ein Basketballspiel gesehen? Die Trainer bearbeiten alle die Schiris, weil sie mehr Menschenkenntnis haben als sonst irgendwer. Verstehst du?«

Adam nickte langsam. »Ja.«

»So sieht's aus, Adam.« Cal breitete die Arme aus. »Mehr ist an dem ganzen Heimvorteil nicht dran – es geht um den Wunsch des Menschen, dazuzugehören und geliebt zu werden.«

»Und deshalb schreist du die Schiedsrichter an…«

»Bei Auswärtsspielen«, unterbrach Cal. »Ich meine, zu Hause müssen wir darauf achten, unseren Heimvorteil zu sichern. Aber bei Auswärtsspielen, klar, wissenschaftlich gesehen ist das nötig. Als Ausgleich. Schweigen schadet da nur.«

Adam wandte den Blick ab.

»Was ist?«

»Nichts.«

»Doch, ich würd's gern hören. Du bist doch Anwalt? Du arbeitest in einer Branche, in der man es mit Gegnern zu tun hat.«

»Allerdings.«

»Und du tust dein Möglichstes, um den Richter oder den gegnerischen Anwalt zu beeinflussen.«

»Das stimmt.«

»Und?«

»Nichts und. Ich hab schon verstanden.«

»Aber du bist anderer Meinung.«

»Ich will da jetzt nicht näher drauf eingehen.«
»Die Datenlage ist aber ziemlich eindeutig.«
»Meinetwegen.«
»Was stört dich dann?«

Adam zögerte und dachte dann, was soll's. »Es ist nur ein Spiel, Cal. Der Heimvorteil gehört dazu. Deshalb spielen wir eine Hälfte der Spiele hier, die andere Hälfte auswärts. Dadurch gleicht sich das wieder aus. Meiner Meinung nach – und hey, versteh mich nicht falsch, es ist bloss meine Meinung – suchst du nach einer Rechtfertigung für dein schlechtes Benehmen. Lass es einfach laufen, mit Fehlentscheidungen und allem, was sonst noch dazugehört. Auf die Art wärst du für die Jungs ein besseres Vorbild, als wenn du Schiedsrichter anschreist. Und falls wir im Jahr ein oder zwei Spiele mehr verlieren sollten, was ich gar nicht glaube, wäre das ein geringer Preis für Anstand und Würde, oder nicht?«

Cal Gottesman wollte gerade Einspruch erheben, als Thomas aus der Umkleide kam. Adam hob die Hand und sagte: »Kein grosses Ding, Cal, so seh ich das eben. Entschuldige mich, ja?«

Adam eilte zurück zum Auto und betrachtete seinen Sohn, als er das Spielfeld überquerte. Man geht anders, wenn man sich nach einem Sieg gut fühlt. Thomas ging aufrechter und beschwingter. Der Anflug eines Lächelns lag auf seinem Gesicht. Adam wusste, dass Thomas sich seine Freude nicht anmerken lassen wollte, bis er im Auto sass. Er winkte ein paar Freunden zu, ganz der Politiker. Ryan war eher zurückhaltend, aber Thomas hatte das Zeug zum Bürgermeister.

Thomas warf die Sporttasche auf den Rücksitz. Die verschwitzten Schutzpolster begannen ihren Angriff auf die Geruchsnerven. Adam machte die Fenster auf. Das half ein bisschen, aber nach einem Spiel bei Hitze reichte es nie.

Thomas wartete, bis sie ungefähr einen Block gefahren waren, erst dann fing er an zu strahlen. »Hast du das erste Tor gesehen?«

Adam grinste: »Krass.«

»Ja. War erst mein zweites Tor mit links.«

»War ein schöner Move. Und das Siegtor war auch toll.«

So ging es noch eine ganze Weile. Man hätte es für Angeberei halten können. Aber eigentlich war es genau das Gegenteil. Im Umgang mit Mitspielern und Trainern war Thomas bescheiden und großzügig. Immer lobte er andere – den Passgeber, denjenigen, der den Ball erobert hatte – und wurde eher verlegen, wenn er auf dem Platz ins Zentrum der Aufmerksamkeit rückte.

Aber im Kreise der Familie konnte Thomas sich entspannt gehenlassen. Er erzählte gern detailliert vom Spiel, nicht nur von seinen Toren, sondern vom kompletten Spielgeschehen: was die anderen Jungs gesagt hatten, wer gut gespielt hatte und wer nicht. Zu Hause, im sicheren Hafen, konnte er das tun – in diesem Hort familiärer Ehrlichkeit, wenn man so wollte. Es klang kitschig, aber genau das war die Aufgabe einer Familie. Zu Hause brauchte er sich keine Sorgen zu machen, ob er angeberisch, großkotzig oder sonst irgendwie unangenehm rüberkam. Er konnte ungehemmt reden.

»Da ist er ja!«, rief Corinne, als Thomas zur Tür hereinkam. Er stellte die Umhängetasche ab und ließ sie liegen. Er erlaubte seiner Mutter, ihn zu umarmen.

»Tolles Spiel, Schatz.«

»Danke.«

Ryan gratulierte seinem Bruder, indem er vorsichtig die Faust gegen seine schlug.

»Was gibt's zu essen?«, fragte Thomas.

»Ich hab ein mariniertes Flanksteak auf den Grill gelegt.«

»Ah, toll.«

Flanksteak war Thomas' Lieblingsessen. Adam wollte die Stimmung nicht verderben und gab seiner Frau einen pflichtschuldigen Kuss. Alle machten sich frisch, und Ryan deckte den Tisch, was bedeutete, dass Thomas später abräumen würde. Es gab Wasser für alle. Den Erwachsenen hatte Corinne ein Glas Wein eingeschenkt, das Essen stellte sie auf die Anrichte der Kücheninsel. Alle holten sich Teller und bedienten sich selbst.

Es war ein verblüffend normales, eher fröhliches, gemeinsames Abendessen, und doch hatte Adam den Eindruck, dass eine tickende Bombe unter dem Tisch lag. Jetzt war es nur noch eine Frage der Zeit. Das Abendessen würde zu Ende gehen, die Jungs würden ihre Hausaufgaben machen, fernsehen, sich dann noch etwas an den Computer setzen oder ein Videospiel spielen. Würde er warten, bis Thomas und Ryan im Bett lagen? Wahrscheinlich. Allerdings schlief Corinne seit ein oder zwei Jahren vor Thomas ein. Adam musste also irgendwie dafür sorgen, dass Thomas auf sein Zimmer ging und die Tür schloss, bevor er seine Frau mit dem, was er herausgefunden hatte, konfrontieren konnte.

Tick, tick, tick…

Beim Essen hielt Thomas erst einmal Hof. Ryan lauschte gebannt. Corinne erzählte, dass ein Lehrer sich in Atlantic City betrunken und ins Casino gekotzt hatte. Die Jungs waren begeistert.

»Hast du Geld gewonnen?«, fragte Thomas.

»Ich spiele keine Glücksspiele«, sagte Corinne, ganz die sorgende Mutter, »und ihr solltet das auch nicht.«

Die Jungs verdrehten die Augen.

»Das ist mein Ernst. Es ist ein schreckliches Laster.«

Jetzt schüttelten sie die Köpfe.

»Was denn?«

»Du bist manchmal so langweilig«, sagte Thomas.

»Bin ich nicht.«

»Du und deine Ratschläge«, ergänzte Ryan lachend. »Lass sie einfach stecken.«

Corinne sah Adam hilfesuchend an. »Hör dir deine Söhne an.«

Adam zuckte die Achseln, und ein neues Thema wurde angeschnitten. Adam wusste bald nicht mehr, welches. Er konnte sich nicht richtig konzentrieren. Das Ganze kam ihm vor wie eine Filmmontage aus seinem eigenen Leben – die glückliche Familie, die Corinne und er aufgebaut hatten, das Abendessen, die Freude an der Gesellschaft der anderen. Er sah die Kamera vor sich, die langsam um den Tisch fuhr, die Gesichter filmte, die Rücken filmte. Das Ganze war so alltäglich, so banal, so perfekt.

Tick, tick, tick ...

Eine halbe Stunde später war alles sauber und weggeräumt. Die Jungs gingen nach oben. Kaum waren sie außer Sicht, verschwand das Lächeln von Corinnes Gesicht. Sie sah Adam an.

»Was ist los?«

Erstaunlich, wenn er es so bedachte. Seit achtzehn Jahren wohnte er mit Corinne zusammen. Er hatte sie in jeder Stimmung erlebt, kannte all ihre Gefühlslagen. Er wusste, wann er sich ihr nähern durfte, wann er sich fernhalten musste, wann sie eine Umarmung oder ein freundliches Wort brauchte. Er kannte sie so gut, dass er ihre Sätze und sogar ihre Gedanken vollenden konnte. Er wusste alles über sie.

Echte Überraschungen hatte es nicht gegeben. Er kannte sie sogar gut genug, um zu wissen, dass das, was der Fremde behauptet hatte, tatsächlich im Bereich des Möglichen lag.

Doch er hatte es nicht kommen sehen. Ihm war nicht klar gewesen, dass Corinne ihn ebenso durchschaute, dass sie seine Unruhe bemerkt hatte, obwohl er sich größte Mühe gegeben hatte, sie zu verbergen. Sie hatte sogar erkannt, dass es nicht nur um etwas Alltägliches ging, sondern um etwas Bedeutsames, das womöglich ihr Leben verändern würde.

Corinne stand da und wartete auf die schlechte Nachricht. Also überbrachte er sie.

»Hast du deine Schwangerschaft nur vorgetäuscht?«

ACHT

Der Fremde saß an einem Ecktisch im *Red Lobster* in Beachwood, Ohio, einem Vorort von Cleveland.

Er schlürfte die aktuelle Cocktailspezialität des *Red Lobster*, einen Mango-Mai-Tai. Seine Knoblauchgarnelen verklebten allmählich zu einer Substanz, die wie Fugendichtmasse aussah. Der Kellner hatte schon zweimal versucht, ihm den Teller wegzunehmen, aber der Fremde hatte ihn weggescheucht. Ingrid saß ihm gegenüber. Sie seufzte und sah auf die Uhr.

»Das muss das längste Mittagessen der Welt sein.«

Der Fremde nickte. »Fast zwei Stunden.«

Sie beobachteten einen Tisch mit vier Frauen, die schon die dritte Runde Cocktailspezialitäten tranken, dabei war es noch nicht einmal halb drei. Zwei hatten das Krabbenfest bestellt, eine Probierplatte von der Größe eines Kanaldeckels. Die dritte hatte sich für die Shrimps-Linguini »Alfredo« entschieden. Die Sahnesauce setzte sich immer wieder in ihren rosa geschminkten Mundwinkeln fest.

Der Grund für ihre Anwesenheit war die vierte Frau, die, wie sie wussten, Heidi hieß. Heidi hatte den Lachs vom Holzkohlengrill bestellt. Sie war neunundvierzig, groß und lebhaft und hatte strohiges Haar. Sie trug ein getigertes Top mit etwas tieferem Ausschnitt. Heidi lachte ausgelassen, aber melodisch. Seit zwei Stunden lauschte der Fremde diesem Lachen. Es lag etwas Hypnotisierendes darin.

»Sie ist mir ans Herz gewachsen«, sagte der Fremde.

»Mir auch.« Ingrid raffte ihr blondes Haar mit beiden Händen zu einem imaginären Pferdeschwanz zusammen und ließ es wieder los. Das tat sie oft. Sie hatte ziemlich lange, zu glatte Haare, die ihr dauernd ins Gesicht fielen. »Sie strahlt so eine gewisse Lebensfreude aus, weißt du?«

Er verstand genau, was Ingrid meinte.

»Letzten Endes«, sagte Ingrid, »tun wir ihr einen Gefallen.«

Das war ihre Rechtfertigung. Der Fremde teilte diese Ansicht. Wenn das Fundament morsch ist, muss man das ganze Haus abreißen. Ein neuer Anstrich oder ein paar ausgetauschte Bretter reichen nicht. Er wusste das. Er verstand es. Er lebte danach.

Er glaubte daran.

Das hieß aber nicht, dass er gern derjenige war, der den Sprengsatz zündete. Denn auch so konnte man das Ganze betrachten. Er war derjenige, der das Haus mit dem morschen Fundament in die Luft sprengte – aber er blieb nie lange genug, um herauszufinden, ob oder wie es wieder aufgebaut wurde.

Er blieb nicht einmal lange genug, um sich vergewissern zu können, dass bei der Sprengung niemand im Haus vergessen worden war.

Die Bedienung kam an den Tisch und brachte den Damen die Rechnung. Alle suchten ausgiebig in ihren Portemonnaies und holten Bargeld zum Vorschein. Die Frau mit den Linguini machte die Rechenarbeit und ermittelte präzise die jeweiligen Anteile. Die beiden Krabbenfest-Esserinnen zogen die Scheine einzeln hervor. Dann öffneten beide ihr Münzfach, als sei es ein rostiger Keuschheitsgürtel.

Heidi warf einfach ein paar Zwanziger auf den Tisch.

Irgendetwas an der Art, wie sie das machte – die Ruhe und Ungezwungenheit – berührte ihn. Er nahm an, dass es den Danns finanziell gut ging, aber wer wusste das heutzutage schon? Heidi und ihr Mann Marty waren seit zwanzig Jahren verheiratet. Sie hatten drei Kinder. Die älteste Tochter, Kimberly, studierte im ersten Semester an der NYU in Manhattan. Die beiden Söhne, Charlie und John, gingen noch auf die Highschool. Heidi arbeitete in der Make-up-Abteilung der Macy's-Filiale in University Heights. Marty Dann war stellvertretender Leiter der Sales- und Marketingabteilung bei *TTI Floor Care* in Glenwillow. TTI war *der* Staubsaugerhersteller. Zum Unternehmen gehörten die Marken Hoover, Oreck, Royal und die Abteilung, in der Marty seit elf Jahren arbeitete, Dirt Devil. Er reiste viel in seinem Beruf, vor allem nach Bentonville, Arkansas, weil sich dort die Firmenzentrale von Walmart befand.

Ingrid musterte das Gesicht des Fremden. »Ich kann es auch allein erledigen, wenn dir das lieber ist.«

Er schüttelte den Kopf. Das war sein Job. Ingrid war nur hier, weil er eine Frau ansprechen musste und das manchmal seltsam wirkte. Ein Paar, das jemanden ansprach? Kein Problem. Ein Mann, der in einer Bar oder einer American Legion Hall einen anderen Mann ansprach? Auch kein Problem. Aber ein siebenundzwanzigjähriger Mann, der eine neunundvierzigjährige Frau, sagen wir, in der Nähe eines Red-Lobster-Restaurants ansprach?

Das konnte schwierig werden.

Ingrid hatte schon bezahlt, daher beeilten sie sich. Heidi war allein in einem grauen Nissan Sentra gekommen. Ingrid und er hatten ihren Mietwagen zwei Plätze daneben geparkt. Sie stellten sich mit dem Schlüssel in der Hand ans Auto, als wollten sie jeden Moment einsteigen und wegfahren.

Sie durften keine Aufmerksamkeit auf sich ziehen.

Fünf Minuten nach ihnen kamen die vier Frauen aus dem Restaurant. Die beiden hofften, dass Heidi allein zu ihrem Wagen gehen würde, das konnte man aber nicht wissen. Womöglich begleitete eine Freundin sie zum Auto. In dem Fall mussten sie Heidi nach Hause folgen und entweder versuchen, sie dort anzusprechen (es war nie gut, die Opfer auf dem eigenen Grundstück anzusprechen – da waren sie kampfbereiter) oder warten, bis sie das Haus wieder verließ.

Die Frauen umarmten einander zum Abschied. Heidi war eine gute Umarmerin, das sah er. Sie umarmte die Leute mit Gefühl. Bei der Umarmung schloss sie die Augen, und die Person in ihren Armen machte es genauso. Solche Umarmungen waren das.

Die drei anderen Frauen gingen in die entgegengesetzte Richtung. Perfekt.

Heidi kam auf ihr Auto zu. Sie trug Caprihosen. Nach den Drinks war sie auf ihren hohen Absätzen ein bisschen wacklig auf den Beinen, ging damit aber routiniert und souverän um. Sie lächelte. Ingrid nickte dem Fremden zu, damit er sich bereithielt. Beide versuchten nach Kräften, harmlos zu wirken.

»Heidi Dann?«

Er versuchte, eine freundliche, schlimmstenfalls neutrale Miene aufzusetzen. Heidi drehte sich um und sah ihm in die Augen. Das Lächeln fiel aus ihrem Gesicht, als hätte jemand einen Anker daran befestigt.

Sie wusste Bescheid.

Das überrascht ihn nicht. Viele wussten es irgendwie, obwohl es auch nicht selten vorkam, dass sie die Realität verleugneten, wenn sich der Fremde meldete. Er spürte jedoch, dass sie eine starke, intelligente Frau war. Heidi war klar, dass nichts mehr so sein würde wie vorher, wenn er ihr gesagt hatte, was es zu sagen gab.

»Ja?«

»Es gibt eine Website namens FindYourSugarBaby.com«, sagte er.

Der Fremde hatte gelernt, dass man ohne Umschweife zur Sache kommen musste. Man fragte das Opfer nicht, ob es Zeit zum Reden hatte oder sich lieber setzen oder einen ruhigen Ort aufsuchen wollte. Man legte einfach los.

»Was?«

»Angeblich ist es eine moderne Online-Dating-Plattform. Aber das stimmt nicht. Männer – angeblich reiche Männer, die Geld übrig haben – melden sich an, um, na ja, Sugarbabys kennenzulernen. Haben Sie davon schon gehört?«

Heidi sah ihn eine Sekunde lang an. Dann wanderte ihr Blick zu Ingrid. Ingrid versuchte, beruhigend zu lächeln.

»Wer sind Sie?«

»Das spielt keine Rolle.«

Manche sträuben sich. Andere sehen ein, dass das im Großen und Ganzen sinnlose Zeitverschwendung war. Heidi gehörte zur zweiten Gruppe. »Nein, nie davon gehört. Klingt nach so einer Website für Verheiratete, die fremdgehen wollen.«

Der Fremde machte eine Kopfbewegung, die »Ja und nein« bedeutete, und sagte: »Eigentlich nicht. Es ist eher eine Website für eine geschäftliche Transaktion, wenn Sie verstehen, was ich meine.«

»Ich verstehe absolut nicht, was Sie meinen«, sagte Heidi.

»Sie müssen sich das Ganze bei Gelegenheit mal durchlesen. Auf der Website wird erläutert, dass jede Beziehung im Grunde eine geschäftliche Transaktion ist und wie wichtig es ist, Rollen klar festzulegen und zu wissen, was von einem selbst und von der oder dem Geliebten erwartet wird.«

Heidis Gesicht verlor die Farbe. »Der oder dem Geliebten?«

»Es funktioniert folgendermaßen«, fuhr der Fremde fort. »Sagen wir, ein Mann meldet sich an. Er geht eine Liste mit Frauen durch, die in der Regel viel jünger als er sind. Er findet eine, die ihm gefällt. Wenn sie akzeptiert, treten die beiden in Verhandlungen.«

»Verhandlungen?«

»Er sucht das, was sie dort ein Sugarbaby nennen. Die Website definiert es folgendermaßen: eine Frau, die man vielleicht zum Abendessen einlädt oder auf eine Geschäftsreise mitnimmt, so was in der Art.«

»Aber in Wirklichkeit geht es gar nicht darum«, sagte Heidi.

»Nein«, sagte der Fremde. »Darum geht es nicht.«

Heidi atmete tief aus. Sie stemmte die Hände in die Hüften. »Erzählen Sie weiter.«

»Also verhandeln die beiden.«

»Der reiche Mann und sein Sugarbaby.«

»Genau. Auf der Website wird den Frauen jede Menge Unsinn erzählt. Dass es klare Regeln gibt. Dass es bei dieser Art Dating keine Spielchen gibt. Dass die Männer reich und niveauvoll sind, nett zu ihnen sein werden, ihnen Geschenke kaufen und mit ihnen in exotische Gegenden im Ausland reisen.«

Heidi schüttelte den Kopf. »Fallen die Frauen da wirklich drauf rein?«

»Manche vielleicht schon. Die meisten vermutlich nicht. Die verstehen gleich, worum es geht.«

Es war, als hätte Heidi mit seinem Besuch gerechnet, als hätte sie auf diese Nachricht gewartet. Sie war jetzt ganz ruhig, trotzdem sah er ihr noch an, wie sehr sie das alles verstörte. »Also verhandeln sie?«, hakte sie nach.

»Genau. Am Ende gelangen sie zu einer Übereinkunft. Das steht alles in einem Onlinevertrag. Beispielsweise willigt die junge Frau ein, sich fünf Mal im Monat mit dem Mann zu treffen. Sie legen mögliche Wochentage fest. Er bietet achthundert Dollar.«

»Jedes Mal?«

»Pro Monat.«

»Ziemlich geizig.«

»Na ja, damit fängt es an. Aber sie verlangt zweitausend Dollar. Dann geht es hin und her.«

»Einigen sie sich?«, fragte Heidi.

Ihre Augen waren feucht.

Der Fremde nickte. »In diesem Fall einigen sie sich auf zwölfhundert Dollar im Monat.«

»Das sind vierzehntausendvierhundert Dollar im Jahr«, sagte Heidi und lächelte traurig. »Ich bin gut im Kopfrechnen.«

»Das stimmt.«

»Und die Frau«, sagte Heidi. »Was erzählt sie dem Mann, was sie macht? Moment, lassen Sie mich raten: Sie sagt, sie geht aufs College und braucht das Geld für die Studiengebühren.«

»In diesem Fall ja.«

»Ach«, sagte Heidi.

»Und in diesem Fall«, fuhr der Fremde fort, »sagt die Frau die Wahrheit.«

»Sie studiert?« Heidi schüttelte den Kopf. »Na toll.«

»Aber in diesem Fall«, sagte der Fremde, »belässt die

junge Frau es nicht dabei. Sie verabredet sich an verschiedenen Wochentagen mit verschiedenen Sugardaddys.«

»Oh, das ist ja eklig.«

»Mit einem trifft sie sich immer dienstags. Ein anderer hat die Donnerstage. Ein dritter kriegt die Wochenenden.«

»Da muss ganz schön was zusammenkommen. An Geld, meine ich.«

»Allerdings.«

»Von den Geschlechtskrankheiten ganz zu schweigen«, sagte Heidi.

»Dazu kann ich nichts sagen.«

»Das heißt?«

»Das heißt, dass wir nicht wissen, ob sie Kondome benutzt. Ihre Krankenakte kennen wir nicht. Wir wissen nicht einmal genau, was sie mit den Männern macht.«

»Ich bezweifle, dass sie Karten spielen.«

»Ich auch.«

»Warum erzählen Sie mir das?«

Der Fremde blickte Ingrid an. Ingrid meldete sich zum ersten Mal zu Wort. »Weil Sie es wissen sollten.«

»Das ist alles?«

»Das ist alles, was wir Ihnen sagen können, ja«, sagte der Fremde.

»Zwanzig Jahre.« Heidi schüttelte den Kopf und blinzelte die Tränen weg. »Der Schuft.«

»Wie bitte?«

»Marty. Der Schuft.«

»Oh, es geht nicht um Marty«, sagte der Fremde.

Zum ersten Mal wirkte Heidi vollkommen verwirrt. »Was? Um wen geht es denn dann?«

»Wir reden von Ihrer Tochter, Kimberly.«

NEUN

Corinne wich einen Schritt zurück, hielt sich aber auf den Beinen.

»Was redest du da?«

»Können wir den Teil überspringen?«, fragte Adam.

»Was?«

»Den Teil, wo du so tust, als hättest du keine Ahnung, wovon ich rede. Das ganze Leugnen, okay? Ich weiß, dass du die Schwangerschaft vorgetäuscht hast.«

Sie versuchte, etwas Zeit zu schinden, um sich zu sammeln. »Wenn du schon alles weißt, wieso fragst du dann?«

»Was ist mit den Jungs?«

Das verwirrte sie. »Was soll mit ihnen sein?«

»Sind sie von mir?«

Corinne machte große Augen. »Spinnst du?«

»Du hast eine Schwangerschaft vorgetäuscht. Wer weiß, wozu du sonst noch in der Lage bist?«

Corinne stand einfach da.

»Und?«

»Herrgott, Adam, schau sie dir doch an.«

Er sagte nichts.

»Natürlich sind sie von dir.«

»Es gibt Tests, weißt du? Vaterschaftstests. Man kriegt sie bei Walgreens, verdammt noch mal.«

»Dann kauf einen«, fauchte sie. »Die beiden sind von dir. Und das weißt du ganz genau.«

Sie standen einander an der Kücheninsel gegenüber. Sogar jetzt, so wütend und verwirrt, wie er war, konnte er ihre Schönheit nicht übersehen. Einfach unglaublich, dass sie sich von allen Männern, die hinter ihr her gewesen waren, ihn ausgesucht hatte. Corinne hatte zu den Frauen gehört, die die Männer heiraten wollten. Idiotischerweise betrachteten jüngere Männer die Frauen so. Sie teilten sie in zwei Gruppen ein. Bei der einen Gruppe dachten Männer an wollüstige Nächte und in die Luft gereckte Beine. Bei der zweiten dachten sie an Spaziergänge im Mondlicht, Hollywoodschaukeln und Ehegelübde. Corinne gehörte ganz klar zur zweiten Gruppe.

Adams eigene Mutter war exzentrisch gewesen, an der Grenze zum Manisch-Depressiven. Sein Vater hatte das dummerweise attraktiv gefunden. »Dieses Knistern«, hatte Dad erklärt. Aber das Knistern war im Laufe der Zeit eher krankhaft geworden. Das Knistern war unterhaltsam gewesen, die Unberechenbarkeit hatte seinem Vater jedoch zu schaffen gemacht, sodass er vor der Zeit alterte. Es gab tolle Hochs, aber schließlich gewannen die vielen Tiefs die Oberhand. Adam hatte nicht denselben Fehler gemacht. Das Leben war eine Kette von Reaktionen. Als Reaktion auf den Fehler seines Vaters hatte er eine Frau geheiratet, die er für verlässlich, beständig und beherrscht hielt. Als wären die Menschen so eindimensional.

»Rede mit mir«, sagte Adam.

»Wie kommst du darauf, dass ich die Schwangerschaft vorgetäuscht habe?«

»Die Kreditkartenabbuchung von Novelty Funsy«, sagte er. »Mir hast du gesagt, dass es Dekomaterial fürs Klassenzimmer ist. Aber das stimmt nicht. Es ist der Abrechnungsname von Fake-A-Pregnancy.com.«

Sie schien verwirrt. »Das versteh ich nicht. Wieso bist du einer Kreditkartenbuchung von vor zwei Jahren nachgegangen?«

»Spielt keine Rolle.«

»Für mich schon. Du bist doch nicht einfach mir nichts, dir nichts so auf die Idee gekommen, alte Rechnungen durchzugehen.«

»Stimmt es, Corinne?«

Ihr Blick war auf die Granitplatte der Kücheninsel gerichtet. Corinne hatte ewig nach genau der richtigen Granitfarbe gesucht und schließlich eine Sorte namens Ontario Braun gefunden. Sie entdeckte etwas angetrockneten Schmutz und fing an, ihn mit dem Fingernagel zu bearbeiten.

»Corinne?«

»Erinnerst du dich daran, dass ich mittags immer zwei Freistunden hatte?«

Der Themenwechsel brachte ihn kurz aus dem Konzept. »Was ist damit?«

Der Schmutz löste sich. Corinne hielt inne. »Das war das einzige Mal in meiner Lehrerlaufbahn, dass ich eine so lange Pause hatte. Ich hatte eine Sondergenehmigung, zum Mittagessen das Schulgelände zu verlassen.«

»Das weiß ich noch.«

»Ich war immer in dem Café im *Bookends*. Die machen da sehr gute Panini. Ich habe mir eins bestellt, meistens mit einem Glas hausgemachten Eistee oder einem Kaffee. Ich habe mich an den Ecktisch gesetzt und ein Buch gelesen.« Über ihr Gesicht ging der Anflug eines Lächelns. »Es war himmlisch.«

Adam nickte. »Tolle Geschichte, Corinne.«

»Sei nicht so sarkastisch.«

»Nein, nein, im Ernst, eine packende Geschichte. Passt

auch gut zum Thema. Ich meine, ich habe dich gefragt, ob du eine Schwangerschaft vorgetäuscht hast, aber deine Geschichte ist wirklich viel besser. Was war denn dein Lieblings-Panino? Ich mag ja das mit Putenbrust und Emmentaler.«

Sie schloss die Augen. »Du hast schon immer auf Sarkasmus als Verteidigungsmechanismus gesetzt.«

»Ja, klar, und du hattest schon immer ein großartiges Timing. So wie jetzt gerade, Corinne. Das ist der perfekte Moment, um mich zu analysieren.«

In ihrer Stimme lag jetzt etwas Flehendes. »Ich versuche, dir was zu erklären, okay?«

Er zuckte die Schultern. »Dann erklär.«

Sie nahm sich ein paar Sekunden Zeit, um sich zu fassen, bevor sie wieder ansetzte. Ihre Stimme klang vollkommen abwesend. »Ich bin fast jeden Tag im *Bookends* gewesen, und nach einer Weile ist man dann so was wie ein Stammgast. Es waren immer dieselben Leute da. Das war wie eine Gemeinschaft. Ein bisschen so wie in der alten Fernsehserie *Cheers*. Da war Jerry, der arbeitslos war. Und Eddie war in ambulanter Behandlung im Bergen Pines Hospital. Debbie hat immer ihren Laptop mitgebracht und geschrieben...«

»Corinne...«

Sie hob die Hand. »Und dann war da noch Suzanne, die im achten Monat schwanger war oder so.«

Schweigen.

Corinne drehte sich um. »Wo ist der Wein?«

»Ich weiß nicht, worauf du hinauswillst.«

»Ich brauch noch einen Schluck Wein.«

»Ich hab ihn in das Fach über der Spüle getan.«

Corinne ging hinüber, öffnete das Fach und holte die Flasche heraus. Sie nahm ihr Glas und schenkte sich ein.

»Suzanne Hope war ungefähr fünfundzwanzig. Es war ihr erstes Kind. Du weißt, wie werdende junge Mütter sind – sie strahlen die ganze Zeit und sind überglücklich, als wäre vor ihnen noch nie irgendwer schwanger gewesen. Suzanne war wirklich nett. Wir haben uns alle mit ihr über die Schwangerschaft und das Baby unterhalten. Du weißt schon. Sie hat von ihren Vitaminpräparaten erzählt und gefragt, was wir von diesem oder jenem Namen hielten. Sie wollte nicht wissen, ob es ein Junge oder ein Mädchen wird. Sie wollte sich überraschen lassen. Alle mochten sie.«

Er versuchte, sich einen sarkastischen Kommentar zu verkneifen, doch es gelang ihm nicht völlig: »Ich dachte, du wolltest in Ruhe lesen.«

»Wollte ich auch. Ich meine, so hat es angefangen. Aber nach einer Weile war mir diese Gemeinschaft ans Herz gewachsen. Ich weiß, dass es blöd klingt, aber ich habe mich darauf gefreut, die Leute zu sehen. Es war allerdings so, als existierten sie nur zu dieser Zeit und an diesem Ort. So ähnlich wie bei dir damals, als du zu diesem offenen Basketball gegangen bist. Auf dem Platz wart ihr beste Freunde, aber sonst wusstest du kaum etwas über die Leute. Einem gehörte das Restaurant, in dem wir mal waren, und du wusstest nichts davon, weißt du noch?«

»Ja, Corinne. Aber ich weiß nicht, worauf du hinauswillst.«

»Ich versuche nur, dir das zu erklären. Ich hab Freunde gefunden. Gelegentlich sind Leute dazugekommen oder verschwunden. So wie Jerry. Eines Tages war Jerry einfach weg. Wir sind davon ausgegangen, dass er wieder einen Job hatte, er ist aber nicht vorbeigekommen und hat uns Bescheid gesagt. Er ist einfach weggeblieben. Suzanne auch. Wir sind davon ausgegangen, dass sie das Kind bekommen hat. Es war auch längst überfällig. Und dann hat das neue Semester angefangen und ich hatte leider keine doppelte Mittagspause mehr, und deshalb bin ich dann auch weggeblieben. So war das eben. Ein ewiger Kreislauf. Die Gruppe existierte weiter, aber die Besetzung wechselte.«

Er hatte keine Ahnung, worauf sie hinauswollte, es gab aber auch keinen Grund, sie zur Eile zu drängen. Irgendwie war es ihm inzwischen ganz recht, dass es so langsam ging. Er wollte alle Möglichkeiten in Betracht ziehen. Er warf einen Blick nach hinten zum Küchentisch, an dem Thomas und Ryan eben noch gegessen und gelacht und sich sicher gefühlt hatten.

Corinne trank einen großen Schluck Wein. Um die Sache zu beschleunigen, fragte Adam: »Hast du irgendwen von den Leuten noch mal wiedergesehen?«

Corinne lächelte beinahe. »Genau darum geht's in der Geschichte.«

»Worum?«

»Ich habe Suzanne wiedergesehen. So etwa drei Monate später.«

»Bei Bookends?«

Sie schüttelte den Kopf. »Nein. In einem Starbucks in Ramsey.«

»Junge oder Mädchen?«

Ein trauriges Lächeln umspielte Corinnes Lippen. »Weder noch.«

Er wusste nicht, was er davon halten oder was er dazu sagen sollte, also sagte er nur: »Oh.«

Corinne sah ihn an. »Sie war schwanger.«

»Wer, Suzanne?«

»Ja.«

»Als du ihr bei Starbucks begegnet bist?«

»Ja. Allerdings war es drei Monate her, dass ich sie zuletzt gesehen hatte. Und sie war immer noch im achten Monat schwanger.«

Adam nickte und merkte endlich, worauf sie hinauswollte. »Was natürlich nicht sein konnte.«

»Natürlich nicht.«

»Die Schwangerschaft war vorgetäuscht.«

»Ja. Also, ich war in Ramsey, um mir ein neues Schulbuch anzusehen. Es war wieder um die Mittagszeit. Suzanne muss gedacht haben, dass sie niemanden von uns aus dem Bookends-Café treffen würde. Mit dem Auto ist das, na ja, sagen wir eine Viertelstunde entfernt?«

»Mindestens.«

»Ich steh also am Tresen und bestell einen Caffè Latte und hör ihre Stimme, und als ich mich umdrehe, sitzt sie in der Ecke und erzählt den begeisterten Gästen von ihren Vitaminpräparaten.«

»Ich versteh das nicht.«

Corinne legte den Kopf schief. »Wirklich nicht?«

»Du etwa?«

»Klar. Ich hab das sofort verstanden. Suzanne hat in der Ecke Hof gehalten, und ich bin zu ihr hingegangen. Als sie mich gesehen hat, verschwand das Strahlen. Kann man sich ja vorstellen. Wie soll man erklären, dass man seit einem halben Jahr hochschwanger ist? Ich bin einfach stehen geblieben und hab gewartet. Ich glaube, sie hat gehofft, dass ich gehe. Aber ich bin nicht gegangen. Eigentlich musste ich in die Schule, aber da habe ich erzählt, ich hätte eine Reifenpanne gehabt. Kristin hat mich vertreten.«

»Und du hast dich mit Suzanne unterhalten?«

»Ja.«

»Und?«

»Sie hat erzählt, dass sie eigentlich in Nyack, New York, wohnt.«

Das war, nach Adams Schätzung, rund eine halbe Stunde Fahrt sowohl nach Bookends als auch zum Starbucks.

»Sie hat mir etwas von einer Fehlgeburt erzählt. Ich glaube nicht, dass das stimmt, möglich wäre es aber. Aber wahrscheinlich ist Suzannes Geschichte viel banaler. Manche Frauen sind einfach gern schwanger. Nicht wegen der Hormone oder weil sie ein Kind in sich tragen. Aus viel niedrigeren Beweggründen. Sie haben so das Gefühl, etwas Besonderes zu sein. Die Leute halten ihnen die Türen auf. Sie fragen, wie es ihnen geht. Sie fragen, wann es so weit ist und wie sie sich fühlen. Kurz gesagt, diese Frauen bekommen Aufmerksamkeit. Fast so, als wären sie berühmt. Suzanne sah nicht besonders gut aus. Ich hatte nicht den Eindruck, dass sie besonders klug oder interessant war. Doch durch die Schwangerschaft ist sie sich vorgekommen, als wäre sie berühmt. Das war wie eine Droge.«

Adam schüttelte den Kopf. Er dachte wieder an den Text auf der Fake-A-Pregnancy-Website: »Nichts verschafft Ihnen größere Aufmerksamkeit als eine Schwangerschaft!«

»Also hat sie die Schwangerschaft vorgetäuscht, weil sie weiter high sein wollte?«

»Ja. Sie brauchte nur den falschen Bauch anzulegen und sich ins Café zu setzen. Schon stand sie im Mittelpunkt.«

»Aber das geht doch auf Dauer nicht gut«, sagte er. »Man kann doch nur, na ja, ein oder zwei Monate lang hochschwanger sein.«

»Genau. Deshalb hat sie die Cafés gewechselt. Wer weiß, wie lange sie das schon gemacht hat – oder ob sie das immer noch macht. Sie hat gesagt, dass ihr Mann sich nicht um sie kümmert. Wenn er nach Hause kommt, schaltet er sofort den Fernseher ein. Oder er kommt gar nicht nach Hause und zieht direkt nach der Arbeit mit seinen Freunden los. Auch in dem Fall weiß ich nicht, ob sie gelogen hat. Ist aber auch egal. Ach, und Suzanne hat es auch anderswo gemacht. Statt in den Supermarkt um die Ecke ist sie weiter weg zum Einkaufen gefahren, hat dort die Leute angestrahlt und alle haben zurückgestrahlt. Wenn sie ins Kino gegangen ist und einen guten Platz haben wollte, hat sie den Bauch angelegt. Beim Fliegen genauso.«

»Wow«, sagte Adam. »Das ist ganz schön kaputt.«

»Aber du verstehst es nicht?«

»Ich versteh es schon. Sie braucht eine Therapie.«

»Ich weiß nicht. Ich finde es ziemlich harmlos.«

»Einen falschen Bauch anzulegen, um sich Aufmerksamkeit zu verschaffen?«

Corinne zuckte die Achseln. »Zugegeben, das ist extrem, aber manche Leute bekommen Aufmerksamkeit, weil sie schön sind. Andere, weil sie Geld geerbt haben oder in einem tollen Beruf arbeiten.«

»Und manche, weil sie vorgeben, dass sie schwanger sind«, sagte Adam.

Schweigen.

»Ich nehme an, deine Freundin Suzanne hat dir von der Fake-A-Pregnancy-Website erzählt?«

Sie wandte sich ab.

»Corinne?«

»Mehr will ich jetzt nicht sagen.«

»Soll das ein Witz sein?«

»Nein.«

»Moment, das heißt, du hast dich nach Aufmerksamkeit gesehnt, so wie diese Suzanne? Das ist doch nicht normal. Das ist dir klar, oder? Das muss irgendeine Störung sein.«

»Ich muss darüber nachdenken.«

»Über was nachdenken?«

»Es ist spät. Ich bin müde.«

»Spinnst du?«

»Hör auf.«

»Was?«

Corinne drehte sich wieder zu ihm um. »Du spürst es auch, oder, Adam?«

»Was spüre ich auch?«

»Wir befinden uns in einem Minenfeld«, sagte sie. »Als hätte uns jemand mittendrin abgesetzt, und wenn wir uns unvorsichtig in irgendeine Richtung bewegen, treten wir auf einen Zünder und uns fliegt alles um die Ohren.«

Sie sah ihn an. Er sah sie an.

»Ich hab uns nicht in einem Minenfeld abgesetzt«, sagte er mit zusammengebissenen Zähnen. »Das warst du.«

»Ich geh ins Bett. Wir können morgen früh darüber reden.«

Adam versperrte ihr den Weg. »Du gehst nirgendwo hin.«

»Was willst du machen, Adam? Willst du es aus mir rausprügeln?«

»Du schuldest mir eine Erklärung.«

Sie schüttelte den Kopf. »Das verstehst du nicht.«

»Was versteh ich nicht?«

Sie sah ihm in die Augen. »Wie hast du es herausgefunden, Adam?«

»Das ist nicht wichtig.«

»Du hast ja keine Ahnung, wie wichtig das ist«, sagte sie mit leiser Stimme. »Wer hat dir gesagt, dass du dir die Kreditkartenrechnung anschauen sollst?«

»Ein Fremder«, sagte er.

Sie wich zurück. »Wer?«

»Weiß ich nicht. Irgendein Typ, den ich noch nie gesehen hatte. Er ist in der American Legion Hall zu mir gekommen und hat mir erzählt, was du getan hast.«

Sie schüttelte den Kopf, als wollte sie eine Benommenheit vertreiben. »Versteh ich nicht. Was für ein Typ?«

»Wie gesagt, ein Fremder.«

»Wir müssen darüber nachdenken«, sagte sie.

»Nein, du musst mir erzählen, was los ist.«

»Aber heute Abend nicht mehr.« Sie legte ihm die Hände auf die Schultern. Er wich zurück, als hätte er sich an ihr verbrannt. »Es ist anders, als du denkst, Adam. Es steckt mehr dahinter.«

»Mom?«

Adam fuhr herum. Oben auf der Treppe stand Ryan. »Kann mir einer von euch bei Mathe helfen?«, fragte er.

Corinne zögerte nicht. Das Lächeln war wieder da. »Ich komm sofort rauf, Schatz.« Sie drehte sich zu Adam um. »Morgen«, flüsterte sie ihm zu. In ihrer Stimme lag etwas Flehentliches. »Es steht so viel auf dem Spiel. Bitte. Gib mir einfach bis morgen Zeit.«

ZEHN

Was sollte er tun?

Corinne machte einfach dicht. Später, als sie allein im Schlafzimmer waren, versuchte er es mit Wut, Flehen, Forderungen, Drohungen. Er gebrauchte Wörter der Liebe, des Spotts, der Scham, des Stolzes. Sie zeigte keine Reaktion. Es war frustrierend.

Um Mitternacht nahm Corinne behutsam die Diamantstecker heraus, die er ihr zum Hochzeitstag geschenkt hatte, und legte sie auf den Nachttisch. Sie schaltete das Licht aus, wünschte ihm eine gute Nacht und schloss die Augen. Er wusste nicht weiter. Er war knapp davor – zu knapp vielleicht –, körperliche Gewalt anzuwenden. Er spielte mit dem Gedanken, ihr die Bettdecke wegzureißen, aber was hätte das genützt? Er wollte – wagte er es, sich das einzugestehen? – Hand an sie legen, sie schütteln und zum Reden oder wenigstens zur Vernunft bringen. Aber als Adam zwölf gewesen war, hatte er zugesehen, wie sein Vater Hand an seine Mutter gelegt hatte. Mom hatte ihn provoziert – so war sie leider. Sie beschimpfte oder kränkte ihn, indem sie seine Männlichkeit in Frage stellte, bis er es schließlich nicht mehr aushielt. Eines Abends sah er, wie sein Vater die Hände um den Hals seiner Mutter gelegt hatte und sie würgte.

Seltsamerweise belastete ihn nicht so sehr die Angst, das Grauen und die Gefahr zu sehen, wie sein Vater Hand an seine Mutter legte, sondern vielmehr, wie jämmerlich und hilflos sein Vater durch diese Dominanzgeste wirkte, weil es seiner Mutter – dem Opfer – gelungen war, seinen Vater so lange zu bearbeiten, bis er zu so einer jämmerlichen Figur wurde, dass er in dieser für ihn so untypischen Handlung Zuflucht suchen musste.

Adam könnte nie Hand an eine Frau legen. Nicht weil es falsch war. Sondern weil er wusste, wie er sich danach fühlen würde.

Weil er also nicht wusste, was er machen sollte, legte er sich zu Corinne ins Bett. Er klopfte sein Kissen in die richtige Form, legte den Kopf darauf und schloss die Augen. Er probierte es zehn Minuten lang. Nein, unmöglich. Dann ging er mit dem Kissen in der Hand nach unten und versuchte, auf dem Sofa zu schlafen.

Er stellte den Wecker auf fünf Uhr, damit er wieder im Schlafzimmer war, bevor die Jungs aufwachten. Es war nicht nötig. Wenn der Schlaf sich überhaupt einstellte, dann so kurz, dass er nichts davon mitbekam. Als er wieder nach oben ging, schlief Corinne tief und fest. Er hörte es an ihren Atemzügen, dass sie nicht schauspielerte – sie war im Tiefschlaf. Komische Sache. Er konnte nicht schlafen. Sie schon. Er hatte mal irgendwo gelesen, dass die Polizei oft Schuld oder Unschuld daran erkannte, ob die Verdächtigen schliefen. Ein Unschuldiger, den man in einer Verhörzelle allein ließ, so die Theorie, blieb vor lauter Verwirrung und Nervosität über die falschen Anschuldigungen wach. Ein Schuldiger schlief ein. Adam hatte nie richtig daran geglaubt, die Theorie klang zwar einleuchtend, hielt aber keiner Überprüfung stand. Trotzdem fand er, der Unschuldige, keinen Schlaf, während seine Frau – die Schuldige? – schlummerte wie ein Baby.

Adam war versucht, sie wachzurütteln, sie auf der Schwelle

zwischen Traum und Wachsein zu erwischen und ihr so vielleicht die Wahrheit zu entlocken, aber das würde nicht funktionieren. Sie hatte nicht unrecht damit, dass sie vorsichtig sein mussten. Dabei würde sie allerdings den zeitlichen Rahmen vorgeben, und er durfte nicht zu viel Druck ausüben. Vielleicht war das auch besser so.

Was also tun?

Die Wahrheit lag doch auf der Hand. Musste er wirklich darauf warten, dass sie bestätigte, eine Schwangerschaft und eine Fehlgeburt vorgetäuscht zu haben? Dann hätte sie es doch längst bestritten. Sie spielte auf Zeit – womöglich, weil sie über eine plausible Erklärung nachdachte, oder vielleicht, weil sie ihm Zeit geben wollte, sich zu beruhigen und seine Alternativen zu überdenken.

Was sollte er schon tun?

War er bereit, sie zu verlassen? War er bereit, sich scheiden zu lassen?

Er wusste es nicht. Adam stand neben dem Bett und starrte sie an. Welche Gefühle hegte er für sie? Ganz spontan fragte er sich: Wenn das alles stimmte, konnte er sie dann noch lieben und den Rest seines Lebens mit ihr verbringen?

Er hatte gemischte Gefühle, doch sein Bauchgefühl sagte: Ja.

Und wenn er das Ganze mal mit etwas Abstand betrachtete. Wie groß war dieser Betrug? Riesig. Kein Zweifel. Gewaltig.

Aber durfte diese Sache ihr Leben zerstören – oder konnten sie damit leben? Jede Familie hatte ihre blinden Flecke. Würde er es eines Tages ausblenden können?

Er wusste es nicht. Und deshalb musste er vorsichtig sein. Er musste warten. Er musste sich ihre Argumente anhören, auch wenn ihm das beinahe obszön vorkam.

»Es ist anders, als du denkst, Adam. Es steckt mehr dahinter.«

Das hatte Corinne gesagt, aber er konnte nichts damit anfangen. Er schlüpfte unter die Decke und schloss kurz die Augen. Als er sie wieder öffnete, waren drei Stunden vergangen. Die Erschöpfung hatte ihn übermannt. Er blickte neben sich. Das Bett war leer. Also schwang er die Beine heraus. Sie landeten dumpf auf dem Boden. Unten hörte er Thomas reden. Thomas der Erzähler. Ryan der Zuhörer.

Und Corinne?

Er sah aus dem Schlafzimmerfenster. Ihr Minivan stand in der Einfahrt. Leise schlich er die Treppe hinunter. Warum er das tat, konnte er nicht sagen, wahrscheinlich wollte er sich an Corinne anschleichen, bevor sie sich auf den Weg zur Arbeit machen konnte. Die Jungs saßen am Tisch. Corinne hatte Adam sein Lieblingsfrühstück gemacht – sie machte plötzlich ziemlich viele Lieblingsgerichte –, einen Sesam-Bagel mit Bacon, Ei und Käse. Ryan aß eine Schüssel *Reese's Puffs* – die mit Schokolade und Erdnussbutter, also echte Gesundheitskost – und las sich die Rückseite der Schachtel durch, als wäre es die Heilige Schrift.

»Hey, Leute.«

Beide grunzten. So unterschiedlich sie sonst auch waren, vor dem Frühstück unterhielten sich beide nicht gern mit den Eltern.

»Wo ist eure Mutter?«

Beiderseitiges Achselzucken.

Er trat in die Küche und sah aus dem Fenster in den Garten. Corinne war draußen. Sie wandte ihm den Rücken zu und hatte ein Handy am Ohr.

Adam lief rot an.

Als er die Hintertür öffnete, fuhr Corinne herum und hob

einen »Moment noch«-Finger. Er wartete nicht. Er stürmte auf sie zu. Sie legte auf und steckte das Handy ein.

»Wer war das?«

»Die Schule.«

»Blödsinn. Zeig mir das Handy.«

»Adam...«

Er streckte die Hand aus. »Gib her.«

»Mach keine Szene vor den Jungs.«

»Lass den Scheiß, Corinne. Ich will wissen, was los ist.«

»Dafür ist keine Zeit. Ich muss in zehn Minuten in der Schule sein. Kannst du die Jungs fahren?«

»Ist das dein Ernst?«

Sie trat näher. »Ich kann dir noch nicht sagen, was du wissen willst.«

Fast hätte er sie geschlagen. Fast hätte er die Faust hochgerissen und... »Was hast du vor, Corinne?«

»Was hast du vor?«

»Wie bitte?«

»Was ist dein Worst-Case-Szenario?«, fragte sie. »Überleg's dir. Was, wenn alles wahr ist? Verlässt du uns dann?«

»Uns?«

»Du weißt schon, was ich meine.«

Er brauchte einen Moment, um die Worte herauszubekommen. »Ich kann nicht mit einem Menschen zusammenleben, dem ich nicht vertraue«, sagte er.

Sie legte den Kopf auf die Seite. »Und du vertraust mir nicht?«

Er antwortete nicht.

»Wir haben alle unsere Geheimnisse, oder etwa nicht? Sogar du, Adam.«

»So was habe ich dir nie verheimlicht. Und damit habe ich auch meine Antwort.«

»Nein, hast du nicht.« Sie kam ganz nahe und sah zu ihm hoch. »Aber du bekommst sie bald. Versprochen.«

Er beherrschte sich und fragte: »Wann?«

»Lass uns heute Abend essen gehen. Um sieben in Janice's Bistro. An dem Tisch ganz hinten. Da können wir uns unterhalten.«

ELF

Hummel-Porzellanfiguren standen auf dem obersten Regal. Ein kleines Mädchen mit einem Esel, drei Kinder, die Anführer und Gefolge spielten, ein kleiner Junge mit einem Bierkrug und schließlich ein Junge, der ein Mädchen auf der Schaukel anschubste.

»Eunice liebt sie«, erklärte der alte Mann Adam. »Ich kann die verdammten Dinger nicht ausstehen. Mir graust davor. Ich finde, die sind Stoff für einen Horrorfilm – anstelle eines gruseligen Clowns oder eines Kobolds. Stellen Sie sich das mal vor, wie das wäre, wenn die Dinger zum Leben erwachen würden.«

Sie standen in einer alten, holzvertäfelten Küche. Am Kühlschrank klebte ein »Viva Las Vegas«-Magnet. Auf dem Sims über der Spüle stand eine Schneekugel mit drei rosa Flamingos. Auf dem Fuß der Kugel stand in verschnörkelter Schrift MIAMI, FLA – für den Fall, dass jemand nicht genau wusste, welches Miami gemeint war, dachte Adam. Die Wand zu seiner Rechten schmückten »Zauberer von Oz«-Sammelteller und eine Uhr im Eulendesign mit beweglichen Augen. Links von ihm hingen zahlreiche verblasste Urkunden und Plaketten aus dem Polizeidienst, eine Rückschau auf die lange und ehrenvolle Laufbahn von Michael Rinsky, Lieutenant Colonel a. D.

Rinsky sah, wie Adam die Urkunden las, und murmelte: »Eunice wollte die unbedingt aufhängen.«

»Sie ist stolz auf Sie«, sagte Adam.

»Ja, mag sein.«

Adam wandte sich ihm wieder zu. »Also, wie war das mit dem Besuch des Bürgermeisters?«

»Bürgermeister Rick Gusherowski. Hab ihn zweimal festgenommen, als er noch in der Highschool war, einmal wegen Trunkenheit am Steuer.«

»Gab es eine Anzeige?«

»Nee, ich hab bloß seinen Alten angerufen, dass er ihn abholen soll. Das war vor, weiß nicht, dreißig Jahren. Das haben wir früher öfter gemacht. Trunkenheit am Steuer war damals ein Kavaliersdelikt. Bescheuert.«

Adam nickte, um zu zeigen, dass er zuhörte.

»Heutzutage nehmen sie's mit dem Alkohol am Steuer ja ganz genau. Rettet Leben. Na ja, jedenfalls hat Rick bei mir geklingelt. Also der Bürgermeister. Trägt einen Anzug und hat 'ne amerikanische Flagge am Revers. Es ist gar nicht nötig, zum Militär zu gehen, dem kleinen Mann zu helfen, oder die Müden, die Armen, die geknechteten Massen aufzunehmen, es reicht, wenn du dir eine kleine Flagge ansteckst, schon bist du ein Patriot.«

Adam unterdrückte ein Lächeln.

»Rick kommt also zur Tür rein, mit rausgestreckter Brust und einem breiten Grinsen im Gesicht. ›Die Bauträger bieten Ihnen viel Geld‹, sagt er zu mir. Erzählt mir lang und breit, wie großzügig die sich zeigen.«

»Und was sagen Sie?«

»Noch gar nichts. Ich glotz ihn nur an. Ich lass ihn schwafeln.«

Er deutete in Richtung Küchentisch. Adam wollte sich nicht auf Eunice' Stuhl setzen – das kam ihm irgendwie falsch vor, also fragte er: »Wo soll ich mich hinsetzen?«

»Irgendwo.«

Adam nahm Platz. Die Vinyltischdecke war alt und ein bisschen klebrig und fühlte sich genau richtig an. Auch Rinsky setzte sich. Es standen immer noch fünf Stühle am Tisch, obwohl die drei Söhne, die Eunice und Rinsky in diesem Haus großgezogen hatten, längst erwachsen und ausgeflogen waren.

»Und dann fängt er an mit seinem Gerede über den Nutzen für die Gemeinde. ›Sie stehen dem Fortschritt im Weg‹, sagt er zu mir. ›Ihretwegen werden Leute arbeitslos. Die Kriminalitätsrate steigt.‹ Das kennen Sie ja alles.«

»Ich kenne das, ja«, sagte Adam.

Adam hatte die Geschichte schon oft gehört und fand sie nicht so abwegig. Im Laufe der Jahre war dieser Innenstadtbereich auf den Hund gekommen. Irgendein Bauträger, der dafür Steuererleichterungen ohne Ende bekam, hatte eines Tages einen ganzen Block Haus für Haus billig aufgekauft. Er wollte die ganzen heruntergekommenen Häuser, Wohnungen und Läden abreißen und schicke neue Eigentumswohnungen, Gap-Filialen und edle Restaurants bauen. Eigentlich keine schlechte Idee. Man konnte sich über die Gentrifizierung lustig machen, aber auch Städte brauchten frisches Blut.

»Er plappert also immer weiter über das vornehme neue Kasselton, dass das Viertel dadurch sicherer wird und die Leute wieder herziehen und so weiter. Dann kommt das große Zuckerbrot. Der Bauträger hat neue Seniorenwohneinheiten oben in den Heights. Und dann besitzt er doch die Frechheit, sich über den Tisch zu beugen, mich mit traurigem Blick anzugucken und zu sagen: ›Sie müssen auch an Eunice denken.‹«

»Wow«, sagte Adam.

»Ja, das hab ich mir auch gedacht. Dann sagt er, ich soll das Angebot annehmen, weil das nächste nicht so gut sein wird und sie mich rausschmeißen können. Können sie das wirklich?«

»Ja, können sie«, sagte Adam.

»Wir haben das Haus 1970 von meinem Wiedereingliederungsgeld nach der GI-Bill gekauft. Eunice … ihr geht's gut, aber manchmal ist sie geistig nicht ganz bei der Sache. Wenn sie einen Ort nicht kennt, kriegt sie richtig Angst. Sie fängt an zu weinen und zu zittern, aber wenn sie dann nach Hause kommt, ist alles gut. Sie sieht diese Küche, sie sieht ihre grässlichen Porzellanfiguren und den rostigen Kühlschrank da, und dann geht's ihr wieder gut. Verstehen Sie das?«

»Ja.«

»Können Sie uns helfen?«

Adam lehnte sich zurück. »Ja, ich glaube schon.«

Rinsky sah ihn eine Weile durchdringend an.

Adam rutschte auf seinem Stuhl hin und her. Man merkte, dass Rinsky ein guter Polizist war.

»Sie haben so einen komischen Gesichtsausdruck, Mr Pricey«

»Nennen Sie mich Adam. Was für einen komischen Gesichtsausdruck?«

»Ich bin ein alter Cop, schon vergessen?«

»Natürlich nicht.«

»Ich kann ganz gut in Gesichtern lesen.«

»Und was sehen Sie?«, fragte Adam.

»Dass Sie eine verdammt gute, schlagkräftige Idee haben.«

»Schon möglich. Ich glaube, ich kann die Sache schnell zu Ende bringen, wenn Sie die Nerven dafür haben.«

Der alte Mann lächelte. »Seh ich aus, als würde ich mich vor einer Auseinandersetzung fürchten?«

ZWÖLF

Als Adam um sechs nach Hause kam, stand Corinnes Auto nicht in der Einfahrt.

Er wusste nicht, ob ihn das überraschte. Normalerweise war Corinne vor ihm zu Hause, aber vermutlich war sie zu dem weisen Schluss gekommen, dass es eine Szene geben könnte, wenn sie sich vor ihrem Abendessen in Janice's Bistro zu Hause begegneten, und dass es daher das Beste war, ihm aus dem Weg zu gehen. Er hängte seinen Mantel auf und stellte die Aktentasche in die Ecke. Die Rucksäcke und Sweatshirts der Jungs lagen auf dem Boden verstreut wie Trümmer nach einem Flugzeugunglück.

»Hallo?«, rief er. »Thomas? Ryan?«

Keine Antwort. Früher hätte das etwas bedeutet, vielleicht sogar Anlass zur Sorge bereitet, aber mit den Computerspielen, den Kopfhörern und dem ständigen Bedürfnis der Teenager zu »duschen« – oder war das ein Euphemismus? – war jede Sorge nur von kurzer Dauer. Er ging die Treppe hinauf. Natürlich lief die Dusche. Wahrscheinlich Thomas. Ryans Zimmertür war geschlossen. Adam klopfte kurz an, öffnete dann aber, ohne auf eine Antwort zu warten. Wenn er die Kopfhörer laut genug aufgedreht hatte, würde er wahrscheinlich nie eine Antwort erhalten. Die Tür einfach zu öffnen wäre ihm aber als zu heftiger Eingriff in die Privatsphäre seines Sohnes erschienen. Zuerst anzuklopfen und dann die Tür zu öffnen schien irgendwie eine elterlich faire Möglichkeit zu sein, mit dem Dilemma umzugehen.

Wie erwartet lag Ryan mit Kopfhörer auf dem Bett und beschäftigte sich mit seinem iPhone. Er nahm den Kopfhörer ab und setzte sich auf. »Hey.«

»Hey.«

»Was gibt's zum Abendessen?«, fragte Ryan.

»Gut, danke. Viel Arbeit, klar, aber insgesamt würde ich sagen, der Tag war ganz okay. Und bei dir so?«

Ryan starrte seinen Vater nur an. Ryan starrte seinen Vater oft nur an.

»Hast du deine Mutter gesehen?«, fragte Adam.

»Nein.«

»Ich geh heute Abend bei Janice's mit ihr essen. Soll ich euch eine Pizza bei Pizzaiola bestellen?«

Man kann seinem Kind wohl kaum eine Frage stellen, die noch rhetorischer ist. Ryan sparte sich das Ja und kam gleich zur Sache: »Können wir Chicken Wings drauf haben?«

»Dein Bruder isst lieber scharfe Salami«, sagte Adam, »also bestell ich halbe-halbe.«

Ryan runzelte die Stirn.

»Was denn?«

»Nur eine Pizza?«

»Ihr seid doch nur zu zweit.«

Die Reaktion schien Ryan nicht zu beruhigen.

»Wenn das nicht reicht, sind im Gefrierschrank noch Eiscreme-Sandwiches zum Nachtisch«, sagte Adam. »Okay?«

Widerwillig: »Meinetwegen.«

Adam ging wieder hinaus auf den Flur und ins Schlafzimmer. Er setzte sich aufs Bett, rief die Pizzeria an und bestellte außerdem noch Mozzarella-Sticks. Zwei Söhne im Teenageralter durchzufüttern war fast, als wollte man eine

Badewanne mit einem Teelöffel füllen. Corinne beklagte sich regelmäßig – meistens äusserst wohlgelaunt –, dass sie mindestens jeden zweiten Tag Lebensmittel einkaufen musste.

»Hey, Dad.«

Thomas trug ein Handtuch um die Hüften. Wasser tropfte aus seinem Haar. Er lächelte und fragte: »Was gibt's zum Abendessen?«

»Ich hab euch gerade eine Pizza bestellt.«

»Mit scharfer Salami?«

»Halb scharfe Salami, halb Chicken Wings.« Adam hob die Hand, bevor Thomas weiterreden konnte. »Und eine Portion Mozzarella-Sticks.«

Thomas hob den Daumen. »Prima.«

»Ihr müsst nicht alles aufessen. Den Rest könnt ihr einfach in den Kühlschrank tun.«

Thomas sah ihn verwirrt an. »Was soll das heißen, welchen Rest?«

Adam schüttelte den Kopf und lachte. »Hast du mir noch warmes Wasser übrig gelassen?«

»Bisschen.«

»Toll.«

Adam hätte normalerweise nicht geduscht und sich umgezogen, aber er hatte noch Zeit und war seltsam nervös. Er duschte schnell, kam mit dem warmen Wasser gerade noch aus und rasierte sich den Homer-Simpson-Bartschatten. Er griff ganz nach hinten ins Badezimmerschränkchen und holte ein Rasierwasser heraus, von dem er wusste, dass Corinne es mochte. Er hatte es länger nicht benutzt. Warum das so war, konnte er nicht sagen. Warum er sich heute dazu entschlossen hatte, auch nicht.

Er zog ein blaues Hemd an, weil Corinne immer sagte, dass Blau gut zu seinen Augen passte. Er kam sich blöd dabei vor und hätte sich beinahe wieder umgezogen, aber dann dachte er: Was soll's. Beim Verlassen des Schlafzimmers drehte er sich um und warf einen langen Blick auf das Zimmer, das sie schon so lange teilten. Das Doppelbett war ordentlich gemacht. Es lagen zu viele Kissen darauf – wann hatten die Menschen damit begonnen, derart viele Kissen ins Bett zu legen? –, aber Corinne und er hatten hier viele Jahre zugebracht. Ein schlichter und wenig origineller Gedanke, aber so war es einfach. Eigentlich war es doch nur ein Zimmer, nur ein Bett.

Doch Adam hatte noch eine andere Stimme im Kopf, eine Stimme, die neugierige Fragen stellte: Je nachdem, wie dieses Abendessen verlief, würden Corinne und er hier vielleicht nie wieder eine Nacht gemeinsam verbringen?

Das war natürlich ein sehr melodramatischer Gedanke. Pure Übertreibung. Aber wenn Übertreibungen nicht einmal in seinem Kopf freien Auslauf genossen, wo sollten sie sich dann tummeln?

Es klingelte an der Tür. Die Jungs rührten sich nicht. Das war nichts Neues. Irgendwie hatten sie sich angewöhnt, nie ans Telefon zu gehen (schließlich war es nicht für sie) und nie an die Tür zu gehen (schließlich wurde meistens nur etwas geliefert). Als Adam bezahlt und die Tür geschlossen hatte, kamen sie die Treppe heruntergetrampelt wie durchgegangene Clydesdale-Zugpferde. Das Haus bebte, hielt dem Ansturm aber stand.

»Dürfen wir Pappteller?«, fragte Thomas.

Thomas und Ryan wollten nur von Papptellern essen, weil sie sich leichter abräumen ließen, aber wenn er sie heute, an einem Abend ohne Eltern, zwang, von richtigen Tellern zu essen, konnte man sich mehr oder weniger darauf verlassen, dass die Teller noch in der Spüle standen, wenn sie nach

Hause kamen. Corinne würde sich dann bei Adam beklagen. Adam würde die Jungs herunterrufen müssen, damit sie ihre Teller in die Spülmaschine stellten. Die Jungs würden behaupten, dass sie das sowieso vorgehabt hätten – ja, klar – und es keinen Grund zur Beunruhigung gäbe, weil sie, sobald ihre Serie in fünf Minuten (sprich: einer Viertelstunde) zu Ende wäre, runterkommen und sich darum kümmern würden. Fünf Minuten (also eine Viertelstunde) würden vergehen, dann würde Corinne sich wieder bei Adam über die Gleichgültigkeit der Jungs beklagen, und er würde sie, jetzt etwas aufgebrachter, ein zweites Mal herunterrufen müssen.

Der ewige Kreislauf des Familienlebens.

»Ja, Pappteller sind okay«, sagte Adam.

Die beiden Jungen fielen über die Pizza her wie bei der Generalprobe für das Finale von *Der Tag der Heuschrecke*. Zwischen zwei Bissen sah Ryan seinen Vater neugierig an.

»Was ist?«, sagte Adam.

Ryan schluckte mühsam. »Ich dachte, ihr wollt bloß zu Janice's zum Essen.«

»Wollen wir auch.«

»Warum dann der Aufzug?«

»Das ist kein Aufzug.«

»Und was riecht da so?«, fragte Thomas.

»Ist das Rasierwasser?«

»Iih. Das verdirbt einem ja die ganze Pizza.«

»Schluss jetzt«, sagte Adam.

»Tauschst du ein Stück Salami gegen ein Stück Chicken Wing?«

»Nein.«

»Komm, nur ein Stück.«

»Leg noch einen Mozzarella-Stick drauf.«

»Niemals ... Einen halben?«

Adam machte sich auf den Weg, als sich die Verhandlungen ihrem Ende näherten. »Wir kommen nicht allzu spät. Macht eure Hausaufgaben und legt den Pizzakarton bitte ins Altpapier, ja?«

Er fuhr an dem neuen heißen Yogaladen an der Franklin Avenue vorbei – mit heiß meinte er die Raumtemperatur während des Kurses, nicht die Beliebtheit oder das Aussehen der Teilnehmerinnen – und fand einen Parkplatz gegenüber von Janice's. Er war fünf Minuten zu früh. Er hielt nach Corinnes Auto Ausschau. Es war nirgends zu sehen, aber vielleicht parkte sie hinter dem Gebäude.

David, Janice' Sohn und so etwas wie der Oberkellner, begrüßte ihn am Eingang und begleitete ihn zum hintersten Tisch. Keine Corinne. Na gut, dann war er eben zuerst da. Kein Ding. Zwei Minuten später kam Janice aus der Küche. Adam erhob sich und küsste sie auf die Wange.

»Wo ist euer Wein?«, fragte Janice. Das Bistro hatte keine Lizenz für den Alkoholausschank. Adam und Corinne brachten sonst immer eine Flasche mit.

»Vergessen.«

»Vielleicht bringt Corinne welchen mit?«

»Das glaub ich nicht.«

»Ich kann David zu Carlo Russo schicken.«

Carlo Russo war die Weinhandlung ein paar Häuser weiter.

»Nein, ist schon okay.«

»Ist gar kein Problem. Im Moment ist nicht viel los. David?« Janice wandte sich wieder Adam zu. »Was wollt ihr essen?«

»Wahrscheinlich die Piccata alla Milanese.«

»Kalb... David, hol Adam und Corinne eine Flasche vom Paraduxx-Z Cuvée.«

David brachte den Wein. Corinne war immer noch nicht da. David entkorkte die Flasche und goss zwei Gläser ein. Corinne war immer noch nicht da. Um viertel nach sieben wurde Adam bang ums Herz. Er schrieb Corinne eine SMS. Keine Antwort. Um halb acht kam Janice zu ihm an den Tisch und fragte, ob alles in Ordnung sei. Er beruhigte sie und sagte, dass Corinne vermutlich nicht vom Elternabend wegkomme.

Adam starrte auf sein Telefon und versuchte, es durch bloße Willenskraft zum Vibrieren zu bringen. Um 19:45 geschah es.

Es war eine SMS von Corinne:

VIELLEICHT BRAUCHEN WIR BEIDE ETWAS ABSTAND. KÜMMER DU DICH UM DIE KINDER. VERSUCH NICHT, MICH ZU ERREICHEN. ALLES WIRD GUT.

Und dann:

GIB MIR EINFACH EIN PAAR TAGE ZEIT. BITTE.

DREIZEHN

Adam schickte mehrere verzweifelte SMS an Corinne, um sie zu einer Antwort zu bewegen: »so geht das doch nicht«, »ruf mich bitte an«, »wo bist du?«, »wie viele Tage«, »wie kannst du uns das antun« – und so weiter. Er versuchte es nett, böse, ruhig, wütend.

Aber er bekam keine Antwort.

Musste er sich Sorgen um Corinne machen?

Janice präsentierte er die lahme Ausrede, dass Corinne nicht wegkonnte und absagen musste. Janice bestand darauf, dass er zwei Portionen Piccata mit nach Hause nahm. Er sträubte sich kurz, sah dann aber ein, dass es aussichtslos war.

Beim Ausparken hatte er immer noch die Hoffnung, dass Corinne es sich anders überlegt hatte und nach Hause gefahren war. Dass sie wütend auf ihn war, war eine Sache, diese Wut an den Jungs auszulassen, eine ganz andere. Aber ihr Auto stand nicht in der Einfahrt, und Ryans erste Worte, als er die Tür öffnete, lauteten: »Wo ist Mom?«

»Sie muss noch was für die Arbeit erledigen«, sagte Adam in einem gleichermaßen unbestimmten wie abweisenden Tonfall.

»Ich brauch mein Heimspieltrikot.«

»Und?«

»Und ich hab's in die Wäsche gelegt. Weißt du, ob Mom gewaschen hat?«

»Nein«, sagte Adam. »Hast du schon im Wäschekorb nachgesehen?«

»Hab ich.«

»Und in deinen Schubladen?«

»Da hab ich auch schon geguckt.«

In seinen Kindern sieht man immer die eigenen Schwächen oder die des Partners. Ryan machte sich Sorgen über Kleinigkeiten, genau wie Corinne. Große Probleme – die Raten für das Haus, Krankheit, Verlust, Unfälle – belasteten Corinne nicht. Sie wuchs an ihren Aufgaben. Vielleicht war es eine Überkompensation, dass sie sich wie wahnsinnig wegen irgendwelchen Kleinkrams sorgte, oder es war bei Corinne wie bei großen Sportlern, die im entscheidenden Moment zur Stelle waren.

Fairerweise musste man natürlich sagen, dass dies für Ryan keine Kleinigkeit war.

»Dann ist es vielleicht in der Waschmaschine oder im Trockner«, sagte Adam.

»Hab ich schon geguckt.«

»Dann weiß ich auch nicht, wie ich dir helfen kann, Kleiner.«

»Wann kommt Mom denn nach Hause?«

»Weiß ich nicht.«

»Um zehn?«

»Was genau an ›Weiß ich nicht‹ ist so schwer zu verstehen?«

Sein Ton war schärfer als erwartet. Wie seine Mutter war auch Ryan sehr empfindlich.

»Ich wollte nicht…«

»Ich schreib Mom eine SMS.«

»Gute Idee. Ach, und sag mir, was sie antwortet, okay?«

Ryan nickte und schrieb.

Corinne antwortete nicht sofort. Nach einer Stunde nicht. Und auch nicht nach zwei Stunden. Adam dachte sich irgendeine Entschuldigung aus, sagte, dass ihre Lehrerkonferenz länger dauere. Die Jungs kauften sie ihm ab, weil sie solche Sachen nie hinterfragten. Er versprach Ryan, dass er das Trikot rechtzeitig vor dem Spiel finden würde.

Natürlich war das zum Teil Verdrängung. War Corinne in Gefahr? War ihr etwas Schreckliches zugestoßen? Musste er zur Polizei gehen?

Die letzte Frage kam ihm albern vor. Wenn er zur Polizei ging, würden sie von ihrem Krach erfahren, Corinnes SMS lesen und den Kopf schütteln. Und war es wirklich so absurd, dass seine Frau nach dem, was er herausgefunden hatte, erst einmal auf Distanz gehen wollte?

Der Schlaf kam stückchenweise. Adam sah ständig aufs Handy, wartete auf eine SMS von Corinne. Nichts. Um drei Uhr morgens schlich er in Ryans Zimmer und sah auf dessen Handy nach. Nichts. Er verstand es nicht. Dass sie ihm aus dem Weg ging, konnte er noch irgendwie nachvollziehen. Sie konnte wütend oder verwirrt sein, Angst haben oder sich in die Enge getrieben fühlen. Ihm leuchtete ein, dass sie ihn ein paar Tage nicht sehen wollte.

Aber ihre Söhne?

Würde Corinne wirklich einfach so verschwinden und ihre Jungs hängen lassen? Erwartete sie von ihm, dass er sich einfach irgendwelche Ausreden ausdachte?

…KÜMMER DU DICH UM DIE KINDER. VERSUCH NICHT, MICH ZU ERREICHEN…

Was sollte das alles? Warum sollte er sie nicht kontaktieren? Und was war mit…?

Als die ersten Sonnenstrahlen durchs Fenster fielen, setzte er sich im Bett auf.

Corinne konnte ihn sitzen lassen. Vielleicht wollte sie ihn sogar – war das möglich? – dazu zwingen, sich um die Jungs zu kümmern.

Aber was war mit ihren Schülern?

Ihre Verpflichtungen als Lehrerin nahm sie sehr ernst – wie fast alle wichtigen Angelegenheiten. Außerdem war sie ein bisschen zwanghaft veranlagt, und die Vorstellung, dass ein schlecht vorbereiteter Vertretungslehrer ihre Klasse auch nur für einen einzigen Tag übernahm, war ihr zuwider. Komisch, dass ihm das jetzt erst einfiel, aber in den letzten vier Jahren hatte Corinne tatsächlich nur einen Arbeitstag gefehlt.

Am Tag nach ihrer »Fehlgeburt«.

Es war ein Donnerstag gewesen. Er war spät von der Arbeit gekommen und hatte sie weinend im Bett vorgefunden. Als die Krämpfe einsetzten, war sie selbst zum Arzt gefahren. Es wäre zu spät gewesen, aber der Arzt hätte gesagt, dass sowieso nichts zu machen gewesen wäre. So etwas würde gelegentlich passieren.

»Warum hast du mich nicht angerufen?«, hatte Adam gefragt.

»Ich wollte nicht, dass du dir Sorgen machst oder nach Hause kommst. Du hättest ja auch nichts machen können.«

Und das hatte er ihr abgenommen.

Am nächsten Tag wollte Corinne zur Arbeit gehen, aber Adam hinderte sie daran. Sie hatte eine traumatische Erfahrung hinter sich. Da stand man am nächsten Tag nicht einfach auf und ging arbeiten. Er hatte das Telefon genommen und es ihr hingehalten.

»Ruf in der Schule an. Sag Bescheid, dass du heute nicht kommst.«

Widerstrebend hatte sie angerufen und die Schule informiert, dass sie erst Montag wieder zur Arbeit käme. Adam hatte damals gedacht, dass das eben ihre Art war. Weiterleben. Weiterarbeiten. Kein Grund, der Vergangenheit nachzutrauern. Er war erstaunt gewesen, wie schnell sie sich erholt hatte.

Mann, wie naiv konnte man sein?

Andererseits – war das seine Schuld? Wer zum Henker suchte in einem solch schlimmen Moment nach Anzeichen dafür, dass irgendetwas nicht stimmte? Warum sollte er in einer so ernsten Angelegenheit an ihrem Wort zweifeln? Selbst jetzt, im Rückblick, hatte er keine Ahnung, warum Corinne das getan hatte. Es war so ... Skrupellos? Verrückt? Verzweifelt? Manipulativ?

Oder noch etwas anderes?

Aber das spielte jetzt keine Rolle. Corinne war in der Schule, nur das zählte. Offenbar wollte sie ihn im Moment nicht sehen, anscheinend wollte sie nicht einmal ihre Jungs sehen, es gab aber keinen Grund, warum sie heute nicht in der Schule sein sollte.

Die Jungs waren alt genug, sich selbst für die Schule fertig zu machen. Adam gelang es, ihnen aus dem Weg zu gehen und ihren Fragen nach Mom auszuweichen, indem er kurz angebundene Antworten aus dem Schlafzimmer rief und eine lange Morgendusche vortäuschte.

Als die Jungs weg waren, fuhr er zur Highschool. Das allmorgendliche Treffen im Klassenzimmer hatte gerade begonnen. Also würde es gleich wieder läuten. Das war ideal. Adam konnte sie zur Rede stellen, wenn sie aus dem Klassenzimmer kam und zur ersten Stunde ging. Ihre Klasse war in Raum 233. Er würde vor der Tür auf sie warten.

Die Highschool war in den Siebzigern gebaut worden und das sah man ihr an. Was einst als elegant und modern gegolten hatte, war ähnlich gut gealtert wie die Kulisse eines alten Science-Fiction-Films – etwa so wie die in *Logan's Run*. Das Gebäude war grau mit verblichenen blauen Zierstreifen. Es war das architektonische Gegenstück zu *Cheez-Whiz*-Käsecreme oder den Vokuhila-Frisuren von Eishockeyspielern.

Auf dem Schulparkplatz war nichts frei. Schließlich parkte Adam im Halteverbot – lebe wild und gefährlich – und ging zur Schule. Der Seiteneingang war verschlossen. Adam hatte Corinne noch nie an einem Schultag besucht, aber er wusste, dass alle Schulen nach diversen Schießereien und anderen Gewalttaten strikte Sicherheitsvorkehrungen eingeführt hatten. Er ging ums Gebäude zum Haupteingang. Auch der war verschlossen. Adam drückte den Knopf der Gegensprechanlage.

Eine Kamera drehte sich surrend in seine Richtung, und eine müde Frauenstimme, die nur jemandem gehören konnte, der in der Verwaltung einer Schule arbeitete, fragte ihn, wer er sei.

Er setzte sein entwaffnendstes Lächeln auf. »Adam Price. Corinnes Mann.«

Der Türöffner summte. Adam drückte die Türen auf. Auf einem Schild stand MELDEN SIE SICH IM SEKRETARIAT. Er wusste nicht genau, wie er vorgehen sollte. Wenn er sich anmeldete, würden sie nach einem Grund fragen und wahrscheinlich Corinne benachrichtigen. Das wollte er vermeiden. Er wollte Corinne überraschen oder zumindest keine Erklärung abliefern müssen. Zum Sekretariat ging es nach rechts. Adam wollte gerade nach links verschwinden, als er den bewaffneten Wachmann sah. Er lächelte breit. Der Wachmann lächelte zurück. Jetzt blieb ihm keine Wahl mehr. Er musste zum Sekretariat. Also ging er durch die Tür und schlängelte sich zwischen ein paar Müttern hindurch. Mitten im Raum stand ein großer Wäschekorb, in dem Eltern die Pausenbrote für ihre Kinder hinterlegen konnten, die sie morgens vergessen hatten.

Die Wanduhr grunzte und tickte. Es war 8:17 Uhr. Noch drei Minuten bis zum Gong. So weit, so gut. Die Besucherliste lag auf dem Tresen. So beiläufig wie möglich ergriff er den Stift – Mr Sorglos – und unterschrieb schnell mit absichtlich unleserlicher Handschrift. Er nahm sich einen Besucherpass. Die beiden Frauen hinter dem Tresen waren beschäftigt. Sie sahen nicht einmal in seine Richtung.

Kein Grund, noch länger zu zögern.

Er eilte wieder in den Flur und zeigte dem Wachmann seinen Besucherpass. Wie in den meisten Schulen waren im Laufe der Jahre neue Gebäudeteile ergänzt worden, was die Navigation in diesen Arterien etwas komplizierter machte. Und dennoch befand Adam sich beim Gongschlag in einer perfekten Position, um die Tür zu Raum 233 im Auge zu behalten.

Die Schüler strömten heraus, rempelten einander an und verstopften den Gang wie in einer medizinischen Dokumentation über Herzinfarkte. Er wartete, bis der Schülerstrom dünner wurde und versiegte. Ein paar Sekunden später kam ein junger Mann zur Tür heraus, Adams Schätzung nach unter dreißig, und verschwand nach links.

Ein Vertretungslehrer.

Adam blieb einfach stehen und drückte sich an die Wand, um nicht vom Schülerstrom mitgerissen zu werden. Er wusste nicht, was er denken oder tun sollte. Überraschte ihn diese Entwicklung überhaupt? Er wusste es nicht. Er versuchte, die Einzelteile zusammenzusetzen, sämtliche Elemente einzubeziehen – die vorgetäuschte Schwangerschaft, den Fremden, die Konfrontation –, die dazu geführt hatten, dass seine Frau abgetaucht war.

Er wurde nicht schlau daraus.

Was nun?

Nichts, nahm er an. Jedenfalls nicht sofort. Geh arbeiten. Mach deinen Job. Denk gründlich über alles nach. Irgendwas hatte er übersehen. Das wusste er. Corinne hatte es doch praktisch zugegeben.

»*Es ist anders, als du denkst, Adam. Es steckt mehr dahinter.*«

Als der Schülerstrom nur noch tröpfelte, machte er sich auf den Weg zurück zum Ausgang. Er war in Gedanken versunken und wollte gerade um eine Ecke biegen, als ihn jemand wie mit einer Stahlklaue am Arm packte. Er drehte sich um und sah die Freundin seiner Frau, Kristin Hoy.

»Was zum Henker ist denn los?«, flüsterte sie.

»Was?«

Ihre Muskeln waren eindeutig nicht nur dekorativ. Sie zog ihn in einen leeren Chemiesaal und schloss die Tür. Es gab Laborarbeitsplätze mit Erlenmeyerkolben und Waschbecken mit hoch angebrachten Wasserhähnen. Eine Großansicht des Periodensystems – Grundausstattung jeden naturwissenschaftlichen Schulraums und Klischee gleichermaßen – nahm fast die gesamte gegenüberliegende Wand ein.

»Wo ist sie?«, fragte Kristin.

Adam wusste nicht, wie er vorgehen sollte, und setzte deshalb auf Ehrlichkeit. »Weiß ich nicht.«

»Wieso weißt du das nicht?«

»Wir waren gestern zum Abendessen verabredet. Sie ist nicht aufgetaucht.«

»Sie ist einfach nicht…?« Kristin schüttelte verwirrt den Kopf. »Hast du die Polizei informiert?«

»Was? Nein.«

»Wieso nicht?«

»Ich weiß auch nicht. Sie hat eine SMS geschickt. Sie meinte, sie braucht ein paar Tage Abstand.«

»Wovon?«

Adam sah sie an und schwieg.

Kristin sagte: »Von dir?«

»Sieht so aus.«

»Oh. Tut mir leid.« Kristin wich beschämt zurück. »Und was willst du hier?«

»Ich will wissen, ob es ihr gut geht. Ich dachte, sie ist bei der Arbeit. Sie meldet sich nie krank.«

»Nie«, stimmte Kristin zu.

»Außer heute offenbar.«

Kristin überlegte. »Ihr habt euch wahrscheinlich heftig gestritten.«

Adam wollte das Thema nicht vertiefen, aber was hatte er für eine Wahl? »Es gab da kürzlich ein Problem«, sagte er in möglichst neutralem Juristenton.

»Geht mich wohl nichts an, was?«

»Genau.«

»Aber irgendwie dann doch, weil Corinne mich mit reingezogen hat.«

»Wie meinst du das?«

Kristin seufzte und legte die Hand vor den Mund. In ihrer Freizeit trug sie nur Outfits, die ihren durchtrainierten Körper betonten, ärmellose Blusen, Shorts oder kurze Röcke, auch wenn es das Wetter nicht unbedingt hergab. In der Schule trug sie eine konservativere Bluse, aber die Muskeln in der Schlüsselbeingegend und am Hals waren trotzdem sichtbar.

»Ich hab auch eine SMS bekommen«, sagte sie.

»Was stand drin?«

»Adam?«

»Ja?«

»Ich will nicht zwischen die Fronten geraten. Verständlich, oder? Zwischen euch gibt es Probleme. Das versteh ich.«

»Zwischen uns gibt es keine Probleme.«

»Aber du hast doch gerade gesagt...«

»Zwischen uns gibt es *ein* Problem, und, na ja, das ist kürzlich aufgekommen.«

»Wann?«

»Vorgestern.«

»Oh«, sagte Kristin.

»Was soll das heißen: ›Oh‹?«

»Es ist bloß... Also, Corinne hat sich schon seit einem Monat oder so seltsam benommen.«

Adam versuchte, sich seine Überraschung nicht anmerken zu lassen. »Seltsam? Inwiefern?«

»Ich weiß auch nicht. Sie war halt anders. Unkonzentriert. Sie hat ein oder zwei Stunden gefehlt und gefragt, ob ich sie vertreten kann. Sie war ein paarmal nicht beim Training und hat gesagt...«

Kristin verstummte.

»Was hat sie gesagt?«, bohrte Adam nach.

»Sie hat gesagt, wenn irgendjemand fragt, wo sie war, soll ich sagen, sie wäre mit mir beim Training gewesen.«

Schweigen.

»Hat sie mich damit gemeint, Kristin?«

»Nein, das hat sie nicht gesagt. Pass auf, ich muss weg. Ich hab Unterricht...«

Adam versperrte ihr den Weg. »Was hat sie dir geschrieben?«

»Was?«

»Du hast gesagt, sie hat dir gestern eine SMS geschickt. Was stand drin?«

»Hör zu, wir sind befreundet. Das verstehst du doch?«

»Ich sage ja auch nicht, dass du ihr Vertrauen missbrauchen sollst.«

»Doch, Adam, eigentlich schon.«

»Ich will nur wissen, ob mit ihr alles okay ist.«

»Warum sollte es das nicht sein?«

»Weil das absolut nicht ihre Art ist.«

»Vielleicht geht es ja wirklich nur um das, was sie dir geschrieben hat. Sie braucht Zeit.«

»Hat sie dir das geschrieben?«

»Etwas Ähnliches, ja.«

»Wann?«

»Gestern Nachmittag.«

»Moment, wann? Nach der Schule?«

»Nein«, sagte Kristin zu langsam. »Währenddessen.«

»Während der Schulzeit?«

»Ja.«

»Wann?«

»Weiß ich nicht. So gegen zwei.«

»War sie nicht in der Schule?«

»Nein.«

»Sie hat gestern schon gefehlt?«

»Nein«, sagte Kristin. »Gestern Morgen habe ich Corinne noch gesehen. Sie schien wieder ein bisschen durcheinander zu sein. Ich nehme an, weil ihr euch gestritten hattet.«

Adam sagte nichts.

»Sie hätte in der Mittagspause die Aufsicht im Hausaufgabenraum gehabt, hat mich aber gefragt, ob ich sie vertreten kann. Das hab ich getan. Ich hab gesehen, wie sie zu ihrem Wagen gegangen ist.«

»Wo wollte sie hin?«
»Weiß ich nicht. Hat sie nicht gesagt.«
Schweigen.
»Ist sie noch mal zurückgekommen?«
Kristin schüttelte den Kopf. »Nein, Adam, sie ist nicht zurückgekommen.«

VIERZEHN

Der Fremde hatte Heidi den Link zu FindYourSugarBaby.com mit dem Nutzernamen und dem Passwort ihrer Tochter gegeben. Schweren Herzens meldete Heidi sich als Kimberly an und fand ausreichend Beweise dafür, dass alles, was der Fremde gesagt hatte, der Wahrheit entsprach.

Der Fremde hatte ihr nicht einfach aus Herzensgüte (oder Herzlosigkeit) davon erzählt. Er hatte natürlich Geld verlangt. Zehntausend waren gefordert. Wenn sie nicht innerhalb von drei Tagen bezahlte, würde die Nachricht von Kimberlys »Hobby« sich im Internet verbreiten.

Heidi loggte sich aus und setzte sich aufs Sofa. Sie überlegte, ob sie sich ein Glas Wein einschenken sollte, entschied sich aber dagegen. Dann weinte sie lange und ausgiebig. Als sie damit fertig war, ging sie ins Bad, wusch sich das Gesicht und setzte sich wieder aufs Sofa.

Okay, dachte sie, was jetzt?

Die erste Entscheidung war beinahe am einfachsten zu treffen: Sie würde Marty nichts davon erzählen. Sie hatte nicht gern Geheimnisse vor ihrem Mann, fand es aber auch nicht besonders schlimm. Das gehörte zum Leben. Marty würde komplett durchdrehen, wenn er herausfand, was sein kleines Mädchen trieb, während sie angeblich an der New York University studierte. Marty neigte zu Überreaktionen, und Heidi sah es geradezu vor sich, wie er ins Auto sprang, nach Manhattan fuhr und seine Tochter an den Haaren zurückzerrte.

Marty brauchte die Wahrheit nicht zu erfahren. Und eigentlich hätte Heidi auch gut darauf verzichten können.

Diese beiden verdammten Fremden.

Als Kimberly auf die Highschool ging, hatte sie sich auf einer Party bei einer Mitschülerin betrunken. Der Alkohol hatte, wie so oft, dazu geführt, dass sie mit einem Jungen etwas zu weit gegangen war. Nicht bis zum Schluss, aber zu weit. Eine andere Mutter, eine Wichtigtuerin, die es gut meinte, hatte gehört, wie ihre Tochter von dem Vorfall erzählte. Sie hatte Heidi angerufen und gesagt: »Ich sag's Ihnen nicht gern, aber wenn ich Sie wäre, würde ich darüber Bescheid wissen wollen.«

Also hatte sie Heidi davon erzählt. Heidi hatte es Marty erzählt, der völlig überreagiert hatte. Die Beziehung zwischen Vater und Tochter hatte sich nie ganz davon erholt. Wie wäre das Ganze verlaufen, fragte sich Heidi, wenn diese Wichtigtuerin nicht angerufen hätte? Was hatte es im Endeffekt gebracht? Ihre Tochter war beschämt gewesen. Die Vater-Tochter-Beziehung war belastet. Und es hatte, das glaubte Heidi zumindest, großen Einfluss auf Kimberlys Entscheidung gehabt, sich ein so weit entfernt liegendes College zu suchen. Und vielleicht hatte dieser blöde Anruf von dieser blöden Wichtigtuerin sogar Kimberly und letztlich auch Heidi zu dieser schrecklichen Website und den furchtbaren Beziehungen ihrer Tochter zu drei verschiedenen Männern geführt.

Heidi wollte es nicht wahrhaben, doch sie schaute direkt auf die »geheimen« Verhandlungen zwischen ihrer jungen Tochter und diesen älteren Männern. Wie immer man es auch drehte und wendete, es führte kein Weg an der Erkenntnis vorbei, dass ihre Tochter schlichtweg Prostitution betrieb.

Ihr kamen schon wieder die Tränen. Am liebsten hätte sie gar nichts unternommen und vergessen, dass diese beiden sonderbar ruhigen Fremden ihr jemals irgendetwas erzählt hatten. Aber ihr blieb keine Wahl. Sie hatten ihr das Geheimnis unter die Nase gerieben, und man bekam die Zahnpasta nicht zurück in die Tube, um ein weiteres Bild zu bemühen. Vermutlich war es ein Widerspruch, mit dem sich Eltern seit Urzeiten herumschlugen: Sie wollte nichts davon wissen, gleichzeitig aber alles darüber erfahren.

Als sie ihre Tochter anrief, meldete Kimberly sich mit atemloser Begeisterung. »Hi, Mom.«

»Hallo, Süße.«

»Alles in Ordnung bei dir? Du klingst komisch.«

Zuerst stritt Kimberly alles ab. Das war zu erwarten gewesen. Dann versuchte sie, es ganz unschuldig darzustellen. Auch das war zu erwarten gewesen. Dann verlegte sie sich auf Trotz und beschuldigte ihre Mutter, ihren Account gehackt und ihre Privatsphäre verletzt zu haben. Auch das war zu erwarten gewesen.

Heidi versuchte, ruhig zu sprechen, auch wenn ihr das Herz brach. Sie erzählte Kimberly von den beiden Fremden. Sie wiederholte, was sie ihr erzählt hatten und was sie selbst gesehen hatte. Geduldig. Ruhig. Jedenfalls äußerlich.

Es dauerte ein bisschen, aber beide wussten, worauf dieses Gespräch hinauslief. Als der Schock langsam abklang, fing die so in die Ecke gedrängte Kimberly an, sich zu öffnen. Das Geld war knapp gewesen, erklärte sie.

»Du kannst dir gar nicht vorstellen, wie teuer hier alles ist.«

Eine Kommilitonin hatte Kimberly von der Website erzählt. Man bräuchte eigentlich gar nichts mit den Männern zu machen, sagte sie. Die suchten nur ein junges Mädchen als Begleitung. An dieser Stelle hätte Heidi beinahe laut losgelacht. Wie Heidi nur zu gut wusste und Kimberly schnell erfahren hatte, wollten Männer nie nur Begleitung. Das war nur das Lockangebot, mit dem sie einen in den Laden holten.

Heidi und Kimberly unterhielten sich zwei Stunden lang. Am Ende fragte Kimberly ihre Mutter, was sie tun sollte.

»Mach Schluss. Heute. Auf der Stelle.«

Kimberly versicherte, dass sie genau das vorhätte. Die nächste Frage war, wie sie vorgehen sollten. Heidi sagte, dass sie sich ein paar Tage freinehmen und nach New York kommen würde. Kimberly sträubte sich.

»Das Semester ist in zwei Wochen zu Ende. Lass uns bis dahin warten.«

Heidi gefiel das nicht. Schließlich einigten sie sich darauf, dass sie am nächsten Morgen weiter darüber reden würden. Bevor sie auflegten, sagte Kimberly: »Mom?«

»Ja?«

»Bitte sag Dad nichts davon.«

Das war längst beschlossen, was sie Kimberly aber verschwieg. Als Marty nach Hause kam, sagte sie nichts. Marty grillte Burger im Garten. Heidi machte beiden Drinks. Er erzählte von seinem Tag. Sie erzählte von ihrem. Das Geheimnis war natürlich da. Es saß auf Kimberlys altem Stuhl am Küchentisch, sagte zwar nichts, ging aber auch nicht weg.

Am nächsten Morgen, nachdem Marty zur Arbeit gegangen war, klopfte es an der Tür.

»Wer ist da?«

»Mrs Dann? Hier ist Detective John Kuntz vom New York Police Department. Könnte ich Sie kurz...«

Heidi riss die Tür auf und brach fast zusammen. »O Gott, meine Tochter...?«

»Oh, nein, mit Ihrer Tochter ist alles in Ordnung, Ma'am«, sagte Kuntz schnell und trat einen Schritt vor, um sie zu stützen. »Himmel, das tut mir leid. Ich hätte es Ihnen gleich sagen sollen. Das kann ich mir vorstellen – Ihre Tochter studiert in New York und plötzlich steht ein Beamter vom NYPD bei Ihnen vor der Tür.« Kuntz schüttelte den Kopf. »Ich habe selbst Kinder. Ich versteh das schon. Aber keine Sorge, Kimberly fehlt gar nichts. Also gesundheitlich. Es gibt andere Umstände, die...«

»Umstände?«

Kuntz lächelte. Seine Zähne standen etwas zu weit auseinander. Er hatte eine entsetzliche Drüberkämmfrisur, die Sorte, bei der man am liebsten eine Schere nehmen und die wenigen Haare abschneiden würde. Sie schätzte ihn auf Mitte vierzig, mit einem Bierbauch, hängenden Schultern und den tief in den Höhlen liegenden Augen eines Menschen, der nicht gut aß oder nicht genug Schlaf bekam.

»Darf ich kurz reinkommen?«

Kuntz zeigte ihr seine Dienstmarke. Heidis ungeübtem Auge erschien sie echt.

»Worum geht es denn?«

»Ich glaube, Sie wissen schon so ungefähr, worum es geht.« Kuntz nickte in Richtung Tür. »Darf ich?«

Heidi trat einen Schritt zurück. »Weiß ich nicht.«

»Wie bitte?«

»Ich weiß nicht, worum es geht.«

Kuntz trat ein und sah sich um, als wollte er das Haus kaufen. Er strich ein paar der Drüberkämmhaare glatt, die sich statisch aufgeladen hatten und zu entkommen versuchten.

»Na ja, Sie haben gestern Abend mit Ihrer Tochter telefoniert. Ist das richtig?«

Heidi suchte nach einer Antwort. Unnötigerweise. Kuntz fuhr bereits fort, ohne darauf zu warten.

»Uns ist bekannt, dass Ihre Tochter in Aktivitäten verwickelt ist, die möglicherweise illegal sind.«

»Was für Aktivitäten?«

Er setzte sich aufs Sofa. Sie nahm den Stuhl gegenüber.

»Darf ich Sie um einen Gefallen bitten, Mrs Dann?«

»Welchen?«

»Es ist nur eine Kleinigkeit, ich glaube aber, es würde dieses Gespräch für alle Beteiligten einfacher machen. Hören Sie auf, sich zu verstellen, okay? Das ist Zeitverschwendung. Ihre Tochter Kimberly war in Online-Prostitution verwickelt.«

Heidi saß einfach nur da.

»Mrs Dann?«

»Ich glaube, es wäre besser, wenn Sie gehen.«

»Ich will Ihnen helfen.«

»Das klingt nach einer Anschuldigung. Ich rede lieber mit einem Anwalt.«

Wieder drückte Kuntz ein paar abtrünnige Strähnen auf den Kopf. »Da haben Sie mich falsch verstanden.«

»Wieso?«

»Was Ihre Tochter getan hat oder nicht getan hat, ist uns egal. Das ist eine Bagatelle, und ich kann Ihnen sagen, dass es bei diesen Onlinesachen eine große Grauzone zwischen Geschäftsbeziehung und Prostitution gibt. Womöglich war das aber auch schon immer so. Wir haben kein Interesse daran, Ihnen oder Ihrer Tochter irgendwelchen Ärger zu machen.«

»Was wollen Sie dann?«, fragte Heidi.

»Ihre Mitarbeit. Weiter nichts. Wenn Sie und Kimberly

mit uns kooperieren, wüsste ich nicht, warum wir ihre Rolle in dieser ganzen Geschichte nicht einfach vergessen sollten.«

»Ihre Rolle in was für einer Geschichte?«

»Eins nach dem anderen.« Kuntz griff in seine Tasche und zog einen kleinen Block heraus. Dann holte er einen kleinen Bleistift heraus, wie ihn Golfer verwenden, um ihre Punkte zu notieren. Er leckte die Bleistiftspitze an und wandte sich wieder Heidi zu. »Als Erstes wüsste ich gern, wie Sie davon erfahren haben, dass Ihre Tochter diese Sugarbaby-Website nutzt.«

»Warum wollen Sie das wissen?«

Kuntz zuckte die Achseln. »Reine Routinefrage.«

Heidi sagte nichts. Das leichte Kribbeln in ihrem Nacken nahm zu.

»Mrs Dann?«

»Ich glaube, ich rede lieber mit einem Anwalt.«

»Oh«, sagte Kuntz. Er guckte wie ein Lehrer, der von einer Lieblingsschülerin enttäuscht wird. »Dann hat Ihre Tochter uns belogen. Ich muss ehrlich sagen, das macht sich gar nicht gut.«

Heidi wusste, dass er darauf wartete, dass sie anbiss. Das Schweigen wurde so drückend, dass sie kaum noch atmen konnte. Schließlich hielt sie es nicht mehr aus und fragte: »Warum meinen Sie, dass meine Tochter Sie belogen hat?«

»Ganz einfach. Kimberly hat uns erzählt, Sie hätten auf einem ganz legalen Weg von der Website erfahren. Sie hat behauptet, dass zwei Personen – ein Mann und eine Frau – Sie vor einem Restaurant abgefangen und Ihnen mitgeteilt hätten, was da vor sich geht. Wenn das stimmen sollte, verstünde ich allerdings nicht, warum Sie uns das nicht erzählen wollen. Daran ist nichts Verbotenes.«

In Heidis Kopf drehte sich alles. »Ich versteh das alles nicht. Was wollen Sie denn eigentlich hier?«

»Eine berechtigte Frage.« Kuntz seufzte und setzte sich auf dem Sofa zurecht. »Wissen Sie, was die Cyber Crime Unit ist?«

»Ich nehme an, es hat was mit Kriminalität im Internet zu tun.«

»Genau. Ich arbeite für die CCU – das steht für Cyber Crime Unit –, und das ist eine ziemlich neue Abteilung des NYPD. Wir kümmern uns um Kriminelle, die das Internet auf illegale Weise nutzen – Hacker, Onlinebetrüger und so weiter –, und wir haben den Verdacht, dass die Person oder die Personen, die Sie vor dem Restaurant angesprochen haben, zu einem schwer zu fassenden Syndikat von Cyberkriminellen gehören, hinter denen wir schon lange her sind.«

Heidi schluckte. »Verstehe.«

»Wir würden die an diesem Vergehen beteiligten Personen gern finden und identifizieren, und dabei bräuchten wir Ihre Hilfe. Können Sie mir so weit folgen? Okay, dann kommen wir wieder zur Sache. Sind Sie auf dem Parkplatz vor dem Restaurant von zwei Personen angesprochen worden, ja oder nein?«

Es kribbelte immer noch, aber sie sagte: »Ja.«

»Sehr gut.« Kuntz lächelte wieder mit seinen weit auseinanderstehenden Zähnen. Er notierte etwas und sah sie wieder an. »Vor welchem Restaurant?«

Sie zögerte.

»Mrs Dann?«

»Eins versteh ich nicht«, sagte Heidi langsam.

»Was denn, Ma'am?«

»Ich habe erst gestern Nachmittag mit meiner Tochter telefoniert.«

»Ja.«

»Und wann haben Sie mit ihr geredet?«

»Gestern Abend.«

»Und wie sind Sie so schnell hierhergekommen?«

»Die Angelegenheit ist für uns von größter Bedeutung. Ich bin heute Morgen hergeflogen.«

»Aber woher wussten Sie überhaupt davon?«

»Bitte?«

»Meine Tochter hat nichts davon gesagt, dass sie die Polizei eingeschaltet hat. Woher wissen Sie also…?« Sie hielt inne. Ihr gingen ein paar Möglichkeiten durch den Kopf. Sie waren alle ziemlich unerfreulich.

»Mrs Dann?«

»Ich glaube, Sie gehen jetzt besser.«

Kuntz nickte. Wieder bearbeitete er seine wenigen Haarsträhnen und wischte sie von einem Ohr zum anderen. Dann sagte er: »Tut mir leid, aber das kann ich nicht machen.«

Heidi stand auf und ging zur Tür. »Ich rede nicht mehr mit Ihnen.«

»Doch, das tun Sie.«

Kuntz blieb sitzen, stieß so etwas wie einen kurzen Seufzer aus, zog seine Waffe, zielte auf Heidis Kniescheibe und drückte ab. Der Knall war leiser, als sie gedacht hatte, der Einschlag jedoch gewaltig. Sie sackte zusammen wie ein kaputter Klappstuhl. Er war sofort bei ihr, hielt ihr den Mund zu, um ihren Schrei zu ersticken. Er senkte den Kopf und flüsterte ihr ins Ohr:

»Wenn Sie schreien, bringe ich erst Sie ganz langsam um und dann Ihre Tochter«, flüsterte Kuntz. »Haben Sie mich verstanden?«

Die Schmerzen kamen in Schüben und waren so stark,

dass sie fast ohnmächtig wurde. Kuntz drückte ihr die Waffe ans andere Knie. »Haben Sie mich verstanden, Mrs Dann?«

Sie nickte.

»Wunderbar. Also noch mal. Vor welchem Restaurant war das?«

FÜNFZEHN

Adam saß in seinem Büro und ließ sich zum tausendsten Mal alles durch den Kopf gehen, als ihm eine einfache Frage in den Sinn kam: Wenn Corinne wirklich beschlossen hatte, sich für eine Weile zurückzuziehen, wohin würde sie dann gehen?

Die Wahrheit? Er hatte keine Ahnung.

Corinne und er waren so unzertrennlich gewesen, so eine feste Einheit, dass ihm die Vorstellung, sie könnte ohne ihn oder ohne die Familie untertauchen, vollkommen fremd war. Vermutlich hatte Corinne ein paar Freundinnen, die sie anrufen konnte. Ein paar Frauen, die sie von früher aus dem College kannte. Und auch ein paar Verwandte. Aber er konnte sich nicht vorstellen, dass sie sich ihnen unter solchen Umständen anvertraute oder versuchte, bei ihnen unterzukommen. Sie war einfach nicht so offen gegenüber anderen Personen, die ... na ja, die nicht Adam waren.

Also war sie vielleicht allein.

Das kam ihm am wahrscheinlichsten vor. Vermutlich war sie in einem Hotel. Aber so oder so – das war der springende Punkt – brauchte sie Geld, also eine Kreditkarte oder Bares. Also musste es auch irgendwelche Buchungen auf der Kreditkarte oder an Geldautomaten geben.

Dann sieh nach, du Trottel.

Corinne und er hatten zwei Konten, beides Gemeinschaftskonten. Das eine benutzten sie mit einer Bankkarte, das andere mit einer Kreditkarte. In Finanzangelegenheiten war Corinne nicht gut. Also kümmerte Adam sich im Rahmen ihrer häuslichen Arbeitsteilung um alles, was mit Geld zu tun hatte. Daher kannte er auch alle Nutzernamen und Passwörter.

Kurzum, er konnte alle Kontenbewegungen einsehen.

Die nächsten zwanzig Minuten beschäftigte Adam sich mit Corinnes Kreditkarten und Bankkonten. Er arbeitete sich von der jeweils neuesten Buchung nach hinten durch – zuerst alle Geldbewegungen von heute und gestern. Da war nichts. Er ging noch ein paar Tage weiter zurück, nur um zu sehen, ob es irgendein Muster gab. Corinne bezahlte nicht gern bar. Mit der Kreditkarte war es einfacher, und es gab bei jedem Kauf Bonuspunkte. Das gefiel ihr.

Ihr finanzielles Dasein – oder genauer ihr Konsumentendasein – enthielt keinerlei Überraschungen. Sie war im A&P-Supermarkt gewesen, bei Starbucks, im Lacrosse-Shop. Sie hatte bei Baumgart's zu Mittag gegessen und sich bei Ho-Ho-Ku Sushi geholt. Der Mitgliedsbeitrag fürs Fitnessstudio wurde automatisch von der Karte abgebucht, dazu noch irgendeine Onlinebestellung bei Banana Republic. Alles ganz normal. Praktisch jeden Tag mindestens eine Buchung.

Nur heute nicht. Und gestern auch nicht.

Nicht eine einzige.

Was sollte er davon halten?

Zum einen, dass Corinne zwar vielleicht unbedarft war, wenn es um das Bezahlen von Rechnungen ging, aber keinesfalls dumm. Anscheinend war ihr klar, dass er Kontobewegungen online einsehen und sie so womöglich ausfindig machen konnte.

Also gut. Was würde sie stattdessen tun? Bar zahlen.

Er prüfte die Abhebungen an Geldautomaten. Zuletzt hatte sie vor zwei Wochen $ 200 abgehoben.

Reichte das, um abzutauchen?

Eher nicht. Er überlegte.

Wenn sie eine längere Strecke fahren wollte, musste sie tanken. Wie viel Bargeld hatte sie wohl bei sich? Sie hatte ihre Flucht ja nicht geplant. Schließlich konnte sie nicht wissen, dass er sie auf die vorgetäuschte Schwangerschaft ansprechen oder dass der Fremde sich bei ihm melden würde …

Oder doch?

Er hielt inne. Hatte Corinne vielleicht Geld beiseitegeschafft, weil sie wusste, dass so etwas passieren würde? Er versuchte sich zu erinnern. War sie überrascht gewesen, als er sie damit konfrontiert hatte? Oder hatte sie eher resigniert gewirkt?

Hatte sie irgendwie damit gerechnet, dass dieser Betrug eines Tages ans Licht kommen würde?

Er konnte es nicht sagen. Als er sich zurücklehnte, um gründlich über alles nachzudenken, wurde ihm bewusst, dass er so gut wie nichts sicher wusste. In ihrer SMS hatte Corinne ihn gebeten – nein, sie hatte ihn angefleht –, sie in Ruhe zu lassen: »GIB MIR EIN PAAR TAGE. BITTE.« Und vielleicht wäre das ja auch das Beste. Vielleicht musste sie einfach etwas Dampf ablassen oder was sie da eben machte, und er musste Geduld haben und abwarten. Genau darum hatte sie ihn in der SMS doch gebeten.

Andererseits konnte es genauso gut sein, dass Corinne etwas Schreckliches zugestoßen war, nachdem sie von der Schule weggefahren war. Vielleicht kannte sie den Fremden. Vielleicht war sie zu dem Fremden gefahren, hatte ihn zur Rede gestellt, worauf er wütend geworden war und sie entführt hatte oder Schlimmeres. Wobei der Fremde nicht der Typ für so etwas zu sein schien. Dazu die beiden SMS, in denen es hieß, dass sie Zeit brauchte und er sie ein paar Tage in Ruhe lassen sollte. Allerdings... – in seinem Kopf ging es wirklich drunter und drüber – hätte jeder diese SMS schreiben können.

Sogar ein Mörder.

Vielleicht hatte jemand Corinne umgebracht und ihr Handy an sich genommen und...

Halt, jetzt mal langsam. Nichts überstürzen.

Er spürte tatsächlich, wie sein Herz gegen seinen Brustkorb schlug, als diese Sorge in seinem Kopf auftauchte. Eigentlich war sie schon die ganze Zeit in seinem Kopf gewesen, aber jetzt hatte er sie in Worte gefasst. Die Angst blieb und rührte sich nicht von der Stelle wie ein unwillkommener Verwandter, der einfach nicht gehen will. Er sah sich die SMS noch einmal an:

VIELLEICHT BRAUCHEN WIR BEIDE ETWAS ABSTAND. KÜMMER DU DICH UM DIE KINDER. VERSUCH NICHT, MICH ZU ERREICHEN. ALLES WIRD GUT.

Und dann:

GIB MIR EINFACH EIN PAAR TAGE ZEIT. BITTE.

Irgendwas stimmte an den Texten nicht, aber er kam nicht dahinter, was es war. Und wenn Corinne wirklich in Gefahr war? Wieder überlegte er, ob er zur Polizei gehen sollte. Schließlich war das auch Kristin Hoys erste Frage gewesen. Sie wollte wissen, ob er zur Polizei gegangen war, weil seine Frau vermisst wurde. Aber sie wurde nicht vermisst.

Sie hatte eine SMS geschickt. Es sei denn, sie hatte die SMS nicht selbst geschickt.

In seinem Kopf drehte sich alles.

Na gut, angenommen, er ginge zur Polizei. Was dann? Er müsste zur Polizei vor Ort gehen. Und was genau sollte er dort sagen? Sie würden einen Blick auf die SMS werfen und ihm sagen, dass er abwarten solle. Und – auch wenn er nicht gern zugab, dass das eine Rolle spielte: Die Polizisten würden darüber reden. Die meisten kannte er. Len Gilman war der Polizeichef in Cedarfield. Wahrscheinlich würde er die Vermisstenanzeige aufnehmen. Er hatte einen Sohn in Ryans Alter. Die beiden gingen sogar in dieselbe Klasse. Klatsch und Tratsch über Corinne würde sich ausbreiten wie, na ja, wie Klatsch und Tratsch. Interessierte ihn das? Er hätte leicht Nein sagen können, wusste aber, dass es Corinne interessierte. Hier war ihre Heimat. Sie hatte hart darum gekämpft, sich hier ein Leben aufzubauen und sich wieder heimisch zu fühlen.

»Hey, Bro.«

Andy Gribbel kam ins Büro, ein breites Grinsen im bärtigen Gesicht. Er trug heute eine Sonnenbrille, nicht so sehr, weil er cool wirken wollte, sondern um die roten Augen zu verbergen, die entweder auf eine lange Nacht oder gewisse Kräuter zurückzuführen waren.

»Hey«, sagte Adam. »Wie ist euer Gig gestern gelaufen?«

»Die Band hat total gerockt«, sagte Gribbel. »Alles in Grund und Boden gerockt.«

Adam lehnte sich zurück, er war froh über die Ablenkung. »Womit habt ihr angefangen?«

»*Dust in the Wind*. Von Kansas.«

»Hmm«, sagte Adam.

»Was?«

»Eine ruhige Ballade als Opener?«

»Schon richtig, hat aber super funktioniert. Dunkle Bar, schummrig, viel Atmosphäre, und dann haben wir ohne Pause mit *Paradise by the Dashboard Light* weitergemacht. Der Laden ist total abgegangen.«

»Meat Loaf«, nickte Adam. »Schön.«

»Ja, oder?«

»Moment, seit wann habt ihr eine Sängerin?«

»Haben wir nicht.«

»Aber *Paradise* ist ein Duett mit einem Mann und einer Frau.«

»Ich weiß.«

»Und zwar ein ziemlich aggressives«, fuhr Adam fort, »mit dem ganzen ›Will you love me forever‹ und seinem Flehen, ihn noch eine Nacht drüber schlafen zu lassen.«

»Ich weiß.«

»Und das bringt ihr ohne Sängerin?«

»Ich sing beide Stimmen«, sagte Gribbel.

Adam richtete sich auf und versuchte, sich das vorzustellen. »Du singst das Duett zwischen Mann und Frau allein?

»Immer.«

»Das muss ja eine Wahnsinnsnummer sein.«

»Du musst mich mal bei *Don't Go Breaking My Heart* hören. Erst bin ich Elton John. Dann Kiki Dee. Treibt dir die Tränen in die Augen, ehrlich. Apropos ...«

»Ja?«

»Corinne und du, ihr braucht mal einen freien Abend. Du auf jeden Fall. Wenn die Säcke unter deinen Augen noch größer werden, musst du beim nächsten Flug Übergepäck bezahlen.«

Adam runzelte die Stirn. »Bisschen sehr konstruiert, was?«

»Komm, so übel war der gar nicht.«

»Ist für den Termin mit Mike und Eunice Rinsky morgen alles vorbereitet?«

»Deshalb wollte ich dich sprechen.«

»Probleme?«

»Nope, aber Bürgermeister Gush-Dingens-ski will mit dir über die Rinsky-Räumung reden. Er hat um sieben irgendeine Bürgerversammlung einberufen und lässt fragen, ob du auch vorbeikommen kannst. Die Adresse hab ich dir als SMS geschickt.«

Adam sah auf sein Handy. »Ja, okay, ich denke, wir müssen uns ihn mal anhören.«

»Ich sag seiner Sekretärin Bescheid. Schönen Abend noch, Alter.«

Adam sah auf die Uhr. Überrascht stellte er fest, dass es schon sechs war. »Schönen Abend.«

»Sag mir Bescheid, ob der Termin morgen steht.«

»Geht klar.«

Damit verschwand Gribbel und ließ Adam allein. Der hielt inne und lauschte einen Moment. Nur leise Geräusche aus der Ferne, das Büro lag in seinem langsamen abendlichen Todeskampf. Okay, er trat noch mal einen Schritt zurück. Spielte das alles im Kopf noch mal durch. Ausgehend von dem, was er sicher wusste.

Erstens wusste er, dass Corinne gestern in der Schule war. Zweitens hatte Kristin Corinne um die Mittagszeit vom Schulparkplatz wegfahren sehen. Drittens... na gut, kein Drittens, aber...

Mautstellen.

Wenn Corinne nicht in der direkten Umgebung geblieben war, hatte sie Spuren an den Mautstellen hinterlassen. Die Schule lag in der Nähe der Mautstelle am Garden State Parkway, das würde sich in ihren E-ZPass-Daten niederschlagen. Ob Corinne daran gedacht hatte, ihren E-ZPass vor der Mautstelle abzunehmen? Eher nicht. Den E-ZPass-Transponder klebte man einmal an die Windschutzscheibe und vergaß ihn dann. Eher im Gegenteil – Adam hatte schon einmal ein Auto gemietet und sich auf der E-ZPass-Spur eingereiht, weil er vergessen hatte, dass er seinen E-ZPass nicht dabeihatte.

Einen Versuch war es jedenfalls wert.

Über eine Google-Suche fand er die E-ZPass-Website. Um Daten abzufragen, brauchte man allerdings die Kundennummer und ein Passwort. Beides hatte er nicht – er war noch nie auf der Website gewesen –, aber beides würde zu Hause auf den Rechnungen stehen. Also gut. Es war sowieso Zeit, sich auf den Heimweg zu machen.

Er nahm seine Jacke und ging zum Auto. Als er gerade auf die Interstate 80 einbog, klingelte sein Handy. Thomas war dran.

»Wo ist Mom?«

Er überlegte, wie er es angehen sollte, aber jetzt war nicht die Zeit für detaillierte Ehrlichkeit. »Sie ist nicht da.«

»Wo ist sie?«

»Erklär ich euch später.«

»Kommst du zum Abendessen heim?«

»Ich bin schon auf dem Weg. Tu mir einen Gefallen. Nimm für dich und deinen Bruder Burger aus dem Tiefkühlschrank. Ich grill sie, wenn ich da bin.«

»Ich mag die Burger nicht.«

»Dein Pech. Wir sehen uns in einer halben Stunde.«

Beim Fahren zappte er durch die Radiosender, auf der Suche nach dem nicht existierenden perfekten Song, der mit den Worten von Stevie Nicks »hauntingly familiar« sein müsste, verstörend vertraut, dabei aber noch nicht so oft gespielt, dass er völlig abgenudelt war. Wenn er so einen Song fand – ein seltenes Glück –, erwischte er immer die letzte Strophe, dann ging die ganze Suche von vorn los.

Als er in seine Straße bog, sah Adam zu seiner Überraschung den Dodge Durango der Familie Evans in der Einfahrt stehen. Tripp Evans stieg gerade aus, als Adam neben ihm parkte. Die beiden Männer schüttelten sich die Hände und klopften sich auf den Rücken. Beide trugen Anzüge, hatten ihre Krawatten gelockert, und plötzlich lag die Auswahl für die Lacrosse-Teams in der American Legion Hall vor drei Tagen sehr lange zurück.

»Hey, Adam.«

»Hey, Tripp.«

»Entschuldige, dass ich einfach so reinschneie.«

»Kein Problem. Was kann ich für dich tun?«

Tripp war ein großer Mann mit großen Händen. Er gehörte zu den Menschen, denen man sofort ansah, dass sie sich in einem Anzug nicht wohlfühlten. Entweder spannte der Anzug an den Schultern oder ein Ärmel war zu lang, sodass er ständig an sich herumzupfte und man sah, dass er sich das verdammte Ding am liebsten vom Leib gerissen hätte. Adam fand, dass viele Männer so aussahen. Irgendwann hatte man sie in einen Anzug gesteckt wie in die sprichwörtliche Zwangsjacke, und dann waren sie ihn einfach nicht wieder losgeworden.

»Ich würde gern kurz mit Corinne sprechen«, sagte Tripp.

Adam rührte sich nicht und hoffte, dass man ihm nichts ansah.

»Ich hab ihr ein paar SMS geschrieben«, fuhr Tripp fort, »aber, äh, sie hat nicht geantwortet. Also hab ich gedacht, ich schau einfach mal vorbei.«

»Worum geht's denn?«

»Eigentlich nichts Wichtiges«, sagte er, und es klang furchtbar gezwungen für jemanden, der sonst so geradeheraus war. »Nur eine Lacrosse-Angelegenheit.«

Vielleicht bildete Adam es sich nur ein. Vielleicht war es nur der Wahnsinn der letzten Tage. Aber er hatte das Gefühl, dass sich zwischen ihnen eine gewisse Spannung aufbaute.

»Was denn für eine Lacrosse-Angelegenheit?«, fragte Adam.

»Gestern Abend war ein Vorstandstreffen. Corinne hat gefehlt. Das kam mir komisch vor. Ich wollte sie nur auf den neuesten Stand bringen, sonst nichts.« Er schaute zum Haus, als erwartete er, dass sie jeden Moment in der Tür auftauchte. »Das kann aber auch warten.«

»Sie ist nicht da«, sagte Adam.

»Okay, macht nichts. Sag ihr einfach, dass ich da war.« Tripp drehte sich um und sah Adam ins Gesicht. Die Spannung zwischen ihnen nahm zu. »Alles in Ordnung?«

»Klar«, sagte Adam. »Mir fehlt nichts.«

»Lass uns demnächst mal ein Bier trinken gehen.«

»Gute Idee.«

Tripp öffnete seine Autotür. »Adam?«

»Ja?«

»Wenn ich ehrlich bin«, sagte Tripp, »siehst du ein bisschen verwirrt aus.«

»Tripp?«

»Was?«

»Wenn ich ehrlich bin, du auch.«

Tripp versuchte, es wegzulächeln. »Ist wirklich nichts Wichtiges.«

»Ja, das sagtest du schon. Nichts für ungut, aber das glaub ich dir nicht.«

»Ist eine Lacrosse-Angelegenheit. Das ist die Wahrheit. Ich hoffe immer noch, dass nicht viel dran ist, aber mehr kann ich dir gerade nicht sagen.«

»Wieso nicht?«

»Vertrauliche Vorstandssache.«

»Ist das dein Ernst?«

Es war sein Ernst. Adam merkte, dass Tripp in dem Punkt nicht nachgeben würde, aber mal ehrlich, wenn Tripp die Wahrheit sagte, was zum Henker konnte der Lacrosse-Vorstand mit irgendeinem wirklich wichtigen Punkt zu tun haben?

Tripp Evans setzte sich wieder ins Auto. »Sag Corinne einfach, sie soll mich so bald wie möglich anrufen. Schönen Abend noch, Adam.«

SECHZEHN

Adam hatte erwartet, dass Bürgermeister Gusherowski aussah wie ein fetter Politik-Bonze frisch aus der Korruptions-Mühle – dicklich, rotes Gesicht, abgeklärtes Lächeln, vielleicht ein Ring am kleinen Finger –, und er wurde nicht enttäuscht. Adam hätte gern gewusst, ob Gusherowski schon immer wie der Prototyp des korrupten Politikers ausgesehen hatte oder ob sich das erst im Laufe seiner »Karriere« in seiner DNA verankert hatte.

Drei der letzten vier Bürgermeister Kasseltons waren vor der US-Staatsanwaltschaft gestanden. Rick Gusherowski hatte unter zwei von ihnen gearbeitet und während der Amtszeit des dritten im Stadtrat gesessen. Adam wollte ihn wirklich nicht nur aufgrund seines Aussehens oder seiner Vorgeschichte beurteilen, aber bei Korruption in kleinen und mittleren Orten New Jerseys galt die Regel: Wo Rauch ist, da ist meistens auch ein loderndes Feuer vom Ausmaß einer Supernova.

Die spärlich besuchte Bürgerversammlung war bei Adams Ankunft gerade im Begriff, sich aufzulösen. Das Durchschnittsalter des Publikums schien zwischen achtzig und neunzig zu liegen, was vielleicht einfach daran lag, dass sie im funkelnagelneuen PineCliff Luxury Village abgehalten wurde, was ein eindeutiger Euphemismus für ein Pflege- und/oder Seniorenheim war.

Bürgermeister Gusherowski kam mit einem Guy-Smiley-Lächeln auf Adam zu – die perfekte Mischung aus einem

Showmaster und einem Muppet. »Adam, wie wunderbar, Sie zu sehen!« Er schüttelte Adam vorschriftsgemäß überenthusiastisch die Hand und zog ihn dabei außerdem leicht zu sich heran, was, wie Politiker glauben, dazu führt, dass sich das Gegenüber leicht unterlegen oder verpflichtet fühlt. »Ich darf Sie doch Adam nennen?«

»Selbstverständlich, Herr Bürgermeister.«

»Ach nein, das muss doch nicht sein. Nennen Sie mich Gush.«

Gush? O nein, lieber nicht.

Der Bürgermeister breitete die Arme aus. »Und wie gefällt es Ihnen hier? Ist es nicht wunderschön?«

Für Adam sah es aus wie in einem Konferenzsaal in einem Courtyard Marriott Hotel, also ordentlich, austauschbar und unpersönlich. Adam nickte unverbindlich.

»Kommen Sie mal mit, Adam. Ich geb Ihnen eine kleine Führung.« Er begann in einem Flur mit dunkelgrünen Wänden. »Toll, oder? Hier ist alles state-of-the-art.«

»Was heißt das?«, fragte Adam.

»Hm?«

»State-of-the-art. Was ist daran state-of-the-art?«

Der Bürgermeister rieb sich das Kinn und deutete so gründliches Nachdenken an. »Also zum einen gibt es Flachbildfernseher.«

»So wie in fast jedem Haushalt in Amerika.«

»Es gibt Internet.«

»Gibt es auch in fast allen Haushalten, ganz zu schweigen von fast allen Cafés, Bibliotheken und McDonald's-Filialen, zumindest denen in Amerika.«

Gush – Adam gefiel der Name immer besser – schmetterte die Frage ab, indem er sein Strahlen wieder einschaltete. »Ich zeig Ihnen mal unsere De-luxe-Einheit.«

Mit einem Schlüssel schloss er die Tür auf und öffnete sie mit der Geste – irgendwie war Adam in Gedanken bei Game Shows – eines Models aus der Sendung *Der Preis ist heiß*. »Na?«

Adam trat ein.

»Was sagen Sie dazu?«, fragte Gush.

»Sieht aus wie in einem Courtyard Marriott.«

Gushs Lächeln flackerte. »Die sind brandneu und State of …« Er bremste sich. »Hochmodern.«

»Spielt keine Rolle«, sagte Adam. »Ehrlich gesagt, würde es auch keine Rolle spielen, wenn es aussähe wie im Ritz-Carlton. Mein Mandant will nicht umziehen.«

Gush nickte überaus einfühlsam. »Verstehe ich. Versteh ich wirklich. Wir hängen doch alle an unseren Erinnerungen, stimmt's? Aber manchmal behindern sie uns auch. Sie halten uns davon ab, in der Gegenwart zu leben.«

Adam starrte ihn nur an.

»Und als Teil einer Gemeinschaft müssen wir manchmal auch an andere denken, nicht immer nur an uns selbst. Waren Sie mal bei den Rinskys im Haus?«

»Ja.«

»Das ist ein Loch«, sagte Gush. »Ach, ich mein das nicht so. Ich bin selbst in der Gegend aufgewachsen. Ich sage das als Mann, der sich aus genau diesem Viertel hochgearbeitet hat.«

Adam wartete auf die Metapher mit den eigenen Haaren, an denen Gush sich aus dem Sumpf gezogen hatte. Er war ein wenig enttäuscht, als sie ausblieb.

»Wir haben hier die Chance auf wirklichen Fortschritt, Adam. Wir haben eine Chance, die innerstädtische Kriminalität wegzufegen und Sonnenlicht in einen Stadtteil zu bringen, der es gut brauchen kann. Ich rede von neuen Wohnungen. Einem Gemeindezentrum, das seinen Namen verdient. Restaurants. Hochwertige Läden. Echte Jobs.«

»Ich hab die Pläne gesehen«, sagte Adam.

»Fortschrittlich, oder?«

»Das ist mir egal.«

»Ach?«

»Ich vertrete die Rinskys. Die sind mir nicht egal. Die Gewinnspannen von Old Navy oder Home Depot sind mir egal.«

»Das ist unfair, Adam. Wir wissen beide, dass der Allgemeinheit besser gedient wäre, wenn dieses Projekt umgesetzt wird.«

»Das wissen wir nicht«, sagte Adam. »Aber ich vertrete auch nicht die Allgemeinheit. Ich vertrete die Rinskys.«

»Und seien wir ehrlich. Schauen Sie sich um. Hier wären die beiden glücklicher.«

»Das bezweifle ich, aber wer weiß«, sagte Adam. »Es ist jedoch folgendermaßen: In den Vereinigten Staaten entscheidet nicht die Regierung, was jemanden glücklich macht. Die Regierung bestimmt nicht, dass ein Paar, das ein Leben lang hart gearbeitet, sich ein Haus gekauft und eine Familie großgezogen hat, jetzt in einer anderen Wohnung glücklicher wäre.«

Das Lächeln erschien langsam wieder auf Gushs Gesicht. »Darf ich kurz Klartext reden?«

»War das bis jetzt kein Klartext?«

»Wie viel?«

Adam legte die Fingerspitzen aneinander und sagte mit seiner besten Filmschurkenstimme: »Eine Milliarde Dollar.«

»Im Ernst. Ich könnte jetzt Spielchen spielen und so vorgehen, wie mir der Bauträger geraten hat – mit Ihnen feilschen und mein Angebot in Zehntausenderschritten erhöhen. Aber kommen wir doch gleich zur Sache. Ich bin befugt, das Angebot noch einmal um fünfzigtausend Dollar zu erhöhen.«

»Und ich bin befugt, es abzulehnen.«

»Das ist unvernünftig.«

Adam würdigte ihn keiner Antwort.

»Sie wissen doch, dass ein Richter uns schon grünes Licht für das Enteignungsverfahren gegeben hat.«

»Ja, weiß ich.«

»Und dass Mr Rinskys voriger Anwalt die Berufung schon verloren hat. Deshalb ist er jetzt weg vom Fenster.«

»Auch das weiß ich.«

Gush lächelte. »Also, Sie lassen mir keine Wahl.«

»Doch, natürlich«, sagte Adam. »Sie arbeiten ja nicht nur für den Bauträger, oder, Gush? Sie sind ein Mann des Volkes. Also bauen Sie Ihr Einkaufszentrum um sein Haus herum. Ändern Sie die Pläne. Das ist durchaus machbar.«

»Nein«, sagte Gush jetzt ohne das Lächeln. »Ist es nicht.«

»Also setzen Sie die beiden auf die Straße?«

»Das Recht ist auf meiner Seite. Und so wie Sie sich alle benommen haben?« Gush beugte sich so nah zu ihm herüber, dass Adam sein Tic Tac riechen konnte, und flüsterte: »Da wird es mir ein Vergnügen sein.«

Adam wich zurück und nickte. »Ja, das dachte ich mir schon.«

»Dann werden Sie also auf die Stimme der Vernunft hören?«

»Wenn ich die jemals zu hören kriege.« Mit einem angedeuteten Winken wandte Adam sich zum Gehen. »Schönen Abend noch, Gush. Wir sprechen uns bald wieder.«

SIEBZEHN

Dieses Mal war es dem Fremden sehr unangenehm. Aber Michaela Siegel, die gerade in Sicht kam, verdiente es, die Wahrheit zu erfahren, bevor sie einen schrecklichen Fehler machte. Der Fremde dachte an Adam Price. Er dachte an Heidi Dann. Beide waren nach seinem Besuch am Boden zerstört gewesen, aber hier, bei Michaela Siegel, würde es noch viel, viel schlimmer werden.

Vielleicht aber auch nicht.

Vielleicht war Michaela erleichtert. Vielleicht empfand sie die Wahrheit nach einem anfänglichen Schock als befreiend. Vielleicht brachte die Wahrheit ihr Leben wieder ins Gleichgewicht und führte sie auf den Weg zurück, den sie eigentlich hätte einschlagen müssen und auch eingeschlagen hätte, wenn alles anders gelaufen wäre.

Man wusste schließlich nie, wie jemand reagierte, bis die Bombe gezündet war.

Es war spät, fast zwei Uhr morgens. Michaela Siegel umarmte ihre lärmenden Freunde zum Abschied. Alle waren von den abendlichen Festivitäten etwas angeheitert. Der Fremde hatte schon vorher zweimal versucht, Michaela allein abzupassen. Es hatte nicht geklappt. Jetzt hoffte er, dass sie allein zum Fahrstuhl ging, sodass er endlich anfangen konnte.

Michaela Siegel. Sechsundzwanzig Jahre alt. Sie war im dritten Jahr ihrer Facharztausbildung als Internistin am Mount Sinai Hospital, nachdem sie am Columbia University

College Medizin studiert hatte. Eigentlich hatte sie als Assistenzärztin am Johns Hopkins Hospital angefangen, nach dem Vorfall war sie jedoch mit der Krankenhausverwaltung übereingekommen, dass ein Ortswechsel für alle Beteiligten das Beste wäre.

Als sie recht wackelig zum Lift stapfte, trat der Fremde in ihr Blickfeld. »Herzlichen Glückwunsch, Michaela.«

Sie wandte sich ihm mit einem schiefen Lächeln zu. Er hatte gewusst, dass sie ziemlich sexy war, und das machte diese Grenzüberschreitung in gewisser Weise noch schlimmer. Der Fremde spürte, wie er rot wurde beim Gedanken an das, was er gesehen hatte, aber er fuhr fort.

»Hmm«, sagte sie.

»Hmm?«

»Händigen Sie mir gleich eine Vorladung aus oder so was?«

»Nein.«

»Und Sie wollen mich doch sicher auch nicht anmachen. Ich bin verlobt.«

»Nein.«

»Hab ich auch nicht erwartet«, sagte Michaela Siegel. Wegen des Alkohols sprach sie ein kleines bisschen undeutlicher als sonst. »Ich spreche eigentlich nicht mit Fremden.«

»Verstehe«, sagte er, und weil er fürchtete, sie könnte ihm entwischen, zündete er die Bombe sofort. »Kennen Sie einen Mann namens David Thornton?«

Ihr Gesicht schloss sich wie eine Autotür, die man zuwirft. Damit hatte der Fremde gerechnet. »Hat der Sie geschickt?«, fragte sie.

Sie sprach jetzt nicht mehr undeutlich.

»Nein.«

»Sind Sie ein Perverser oder so was?«

»Nein.«

»Aber Sie haben es gesehen?«

»Ja«, sagte er. »Aber nur zwei Sekunden. Ich hab's mir nicht ganz angesehen oder geglotzt oder so. Es war bloß ... Ich musste mich bloß vergewissern.«

Jetzt sah er, dass sie vor demselben Dilemma stand wie so viele, die er ansprach – sollte sie vor diesem Irren fliehen oder ihn anhören? Bei den meisten gewann die Neugier die Oberhand, aber er wusste vorher nie, wie es ablaufen würde.

Michaela Siegel schüttelte den Kopf und fasste das Dilemma in Worte. »Wieso rede ich noch mit Ihnen?«

»Manche sagen, ich habe ein ehrliches Gesicht.«

Und das stimmte. Deshalb übernahm fast immer er diese Aufgabe. Eduardo und Merton hatten auch ihre Stärken, aber wenn sie jemanden so ansprachen, war dessen erster Impuls, schnell davonzulaufen.

»Das habe ich bei David auch immer gedacht. Dass er ein ehrliches Gesicht hat.« Sie legte den Kopf schief. »Wer sind Sie?«

»Das spielt keine Rolle.«

»Und was machen Sie hier? Das alles ist doch längst Vergangenheit.«

»Nein«, sagte er.

»Nein?«

»Es ist nicht Vergangenheit. Leider nicht.«

Ihre Stimme war ein ängstliches Flüstern. »Was zum Henker soll das heißen?«

»Sie haben sich von David getrennt.«

»Allerdings«, fauchte sie. »Am Wochenende heirate ich Marcus.«

Sie zeigte ihm den Verlobungsring an ihrem Finger.

»Nein«, sagte der Fremde. »Ich meine... Ich habe mich nicht richtig ausgedrückt. Darf ich es noch mal eins nach dem anderen versuchen?«

»Da kann Ihr Gesicht noch so ehrlich sein«, sagte Michaela. »Ich will darüber nicht mehr reden.«

»Ich weiß.«

»Das hab ich hinter mir.«

»Leider nicht. Jedenfalls noch nicht. Deshalb bin ich hier.«

Michaela starrte ihn nur an.

»Hatten David und Sie sich schon getrennt, als...?« Er wusste nicht, wie er es sagen sollte, also bewegte er bloß seine Hände vage vor und zurück.

»Sie können's ruhig sagen.« Michaela richtete sich auf. »Es heißt Racheporno. Soll gerade ziemlich angesagt sein...«

»Das war nicht meine Frage«, sagte der Fremde. »Ich wollte wissen, wie Ihr Beziehungsstatus war, *bevor* er das Video ins Netz gestellt hat.«

»Alle haben es gesehen, wissen Sie?«

»Ich weiß.«

»Meine Freunde. Meine Patienten. Meine Lehrer. Alle aus dem Krankenhaus. Meine Eltern...«

»Ich weiß«, sagte der Fremde sanft. »Hatten Sie und David Thornton sich schon getrennt?«

»Wir hatten einen Riesenkrach.«

»Das war nicht meine Frage.«

»Ich versteh nicht...«

»Hatten Sie sich schon getrennt, bevor das Video an die Öffentlichkeit gelangt ist?«

»Was macht das jetzt noch für einen Unterschied?«

»Bitte«, sagte der Fremde.

Michaela zuckte die Schultern. »Ich weiß nicht.«

»Sie haben ihn noch geliebt. Deshalb hat es doch so wehgetan.«

»Nein«, sagte sie. »Es hat so wehgetan, weil es ein schrecklicher Vertrauensbruch war. Es hat so wehgetan, weil der Mann, mit dem ich zusammen war, auf einer Racheporno-Seite ein Video von uns hochgeladen hat, auf dem wir...« Sie verstummte. »Können Sie sich das vorstellen? Wir haben uns gestritten, und das war seine Reaktion.«

»Er hat bestritten, dass er es hochgeladen hat, stimmt's?«

»Klar hat er das bestritten. Er hatte nicht den Mumm...«

»Er hat die Wahrheit gesagt.«

Sie waren von anderen Menschen umgeben. Ein Mann trat in einen Fahrstuhl. Zwei Frauen eilten nach draußen. Hinter dem Tresen stand ein Portier. Doch obwohl diese Menschen in ihrer Nähe waren, waren sie doch nicht da.

Ihre Stimme klang hohl und abwesend. »Wie meinen Sie das?«

»David Thornton hat den Film nicht ins Netz gestellt.«

»Sind Sie ein Freund von ihm oder so was?«

»Ich hab ihn nie gesehen und nie mit ihm geredet.«

Michaela schluckte. »Sind Sie derjenige, der das Video hochgeladen hat?«

»Nein, natürlich nicht.«

»Aber woher wissen Sie dann...?«

»Die IP-Adresse.«

»Was?«

Der Fremde trat einen Schritt näher. »Auf der Website wird behauptet, dass die IP-Adresse der Nutzer nicht erfasst wird, sodass niemand herausbekommen kann, wer einen Film hochgeladen hat, also auch niemand verklagt werden kann.«

»Aber Sie wissen Bescheid?«

»Ja.«

»Warum?«

»Die Leute glauben, dass eine Website anonym ist, weil das auf dieser Website behauptet wird. Das ist aber immer eine Lüge. Hinter jeder anonymen Website sitzt ein Mensch, der jeden Anschlag auf der Tastatur verfolgt. Da ist gar nichts geheim oder anonym.«

Schweigen.

Jetzt waren sie so weit. Der Fremde wartete. Sie würde nicht lange brauchen. Er sah ihre Mundwinkel zittern.

»Wessen IP-Adresse war es dann?«

»Ich glaube, das können Sie sich schon denken.«

Ihr Gesicht verzog sich vor Schmerz. Sie schloss die Augen. »War es Marcus?«

Der Fremde sagte weder Ja noch Nein. Es war nicht nötig.

»Die beiden waren enge Freunde, richtig?«, fragte der Fremde.

»Scheißkerl.«

»Oder sogar Mitbewohner. Ich kenne nicht alle Einzelheiten. Aber Sie hatten Streit mit David. Marcus hat die Gelegenheit erkannt und genutzt.« Der Fremde griff in seine Tasche und zog einen Umschlag heraus. »Ich habe hier den Beweis.«

Michaela hob die Hand. »Muss ich nicht sehen.«

Der Fremde nickte und steckte den Umschlag wieder ein.

»Warum erzählen Sie mir das?«, fragte sie.

»Das ist unser Job.«

»Die Hochzeit ist in vier Tagen.« Sie sah zu ihm hoch. »Was mach ich denn jetzt?«

»Das ist nicht meine Sache«, sagte der Fremde.

»Klar, wieso auch.« In ihrer Stimme lag Bitterkeit. »Sie

reißen nur Wunden in die Leben anderer. Sie wieder zuzunähen, das ist nicht Ihre Sache.«

Der Fremde sagte nichts.

»Sie haben sich wahrscheinlich gedacht, dass ich jetzt zu David zurückgehe? Ich sag ihm, dass ich die Wahrheit weiß, und bitte ihn um Vergebung? Und was dann? Dann nimmt er mich in den Arm und wir sind glücklich, bis dass der Tod uns scheidet? Haben Sie sich das so vorgestellt? Mit Ihnen in der Rolle des heldenhaften Retters unserer Liebe?«

Tatsächlich war dem Fremden dieser Gedanke durch den Kopf gegangen, jedoch ohne den Teil mit dem heldenhaften Retter. Aber die Vorstellung, dass er einen Fehler wiedergutmachte, das Ganze wieder ins Gleichgewicht brachte und ihr Leben wieder auf den Weg zurückführte, den sie ursprünglich eingeschlagen hatte – ja, auf so eine Lösung hatte er gehofft.

»Da gibt's nur ein Problem, Mr Geheimer Enthüller.« Michaela kam näher. »Ich war schon in Marcus verliebt, als ich noch mit David zusammen war. Das ist die Ironie an der Geschichte. Marcus hätte das gar nicht nötig gehabt. Wir wären sowieso ein Paar geworden. Keine Ahnung, aber vielleicht hat Marcus deshalb ein schlechtes Gewissen. Vielleicht fühlt er sich schuldig. Vielleicht will er das wieder geraderücken und behandelt mich deshalb so gut.«

»Das ist kein Grund, jemanden gut zu behandeln.«

»Ach, jetzt bekomme ich auch noch eine Lebensberatung?«, fauchte sie. »Wissen Sie, welche Wahlmöglichkeiten ich jetzt noch habe? Ich kann mein Leben vergessen oder eine Lüge leben.«

»Sie sind noch jung und attraktiv...«

»Und verliebt. In Marcus.«

»Immer noch? Obwohl Sie wissen, wozu er fähig ist?«

»Für die Liebe sind die Leute zu allem Möglichen fähig.«
Ihre Stimme war jetzt leise. Die Kampfbereitschaft war verschwunden. Sie wandte sich ab und drückte den Fahrstuhlknopf. »Erzählen Sie das noch irgendjemand?«, fragte sie.
»Nein.«
»Gute Nacht.«
»Sie heiraten ihn also trotzdem?«
Die Fahrstuhltür öffnete sich. Michaela ging hinein und drehte sich noch einmal zu ihm um. »Sie haben kein Geheimnis aufgedeckt«, sagte sie. »Sie haben nur ein neues erzeugt.«

ACHTZEHN

Als Adam den Stadtrand von Cedarfield erreichte, fuhr er rechts ran. Er holte sein Handy aus der Tasche und schrieb Corinne wieder eine SMS:

ICH MACHE MIR SORGEN. DIE JUNGS MACHEN SICH SORGEN. BITTE KOMM NACH HAUSE.

Er tippte auf ABSENDEN und fuhr weiter. Adam fragte sich nicht zum ersten Mal, wie es dazu gekommen war, dass er sein Leben in Cedarfield verbrachte. Es war nur ein Gedanke, aber wenn er ihn weiterdachte, machte ihm das zu schaffen. War diese wichtige Entscheidung bewusst getroffen worden? Es kam ihm nicht so vor. Ihm war klar, dass Corinne und er sich damals für jeden beliebigen Ort hätten entscheiden können – also, warum nicht Cedarfield? In vielerlei Hinsicht war es die Siegesbeute in dem Krieg, den man gemeinhin den *American Dream* nannte. Cedarfield hatte pittoreske Häuser mit großen Gärten. Es hatte eine hübsche Innenstadt mit diversen Restaurants, Läden und sogar einem Kino. Es hatte moderne Sporteinrichtungen, eine gut sortierte Bibliothek und einen Ententeich. Kein geringerer als die angesehene Zeitschrift *Money* hatte Cedarfield letztes Jahr auf Platz 27 der »Besten Wohnorte Amerikas« eingestuft. Laut Erziehungsministerium des Staates New Jersey besaß Cedarfield den sozioökonomischen Gebietsfaktor

J, die höchste von acht Kategorien. Ja, die Regierung kategorisierte Ortschaften wirklich so. Warum sie das tat, konnte sich jeder selbst überlegen.

Man musste zugeben, dass Cedarfield ein sehr guter Ort war, um dort Kinder großzuziehen, auch wenn man sie dazu erzog, zum Ebenbild seiner selbst zu werden. Für manche war es der Kreislauf des Lebens, für Adam fühlte es sich eher wie das Leben in einer Waschmaschine an: Waschen, Spülen, Wiederholen. Viele ihrer Nachbarn und Freunde – nette, anständige Menschen, die Adam sehr schätzte – wuchsen in Cedarfield auf, verließen es für vier Jahre, um aufs College zu gehen, kamen zurück, heirateten, zogen ihre eigenen Kinder in Cedarfield auf, die erwachsen wurden und für vier Jahre anderswo aufs College gingen, in der Hoffnung, wiederzukommen, zu heiraten und ihre Kinder hier großzuziehen.

Dagegen war doch schließlich auch gar nichts einzuwenden.

Corinne, die die ersten zehn Jahre ihres Lebens in Cedarfield verbracht hatte, war schließlich nicht in der glücklichen Lage gewesen, diesen ausgetretenen Lebensweg einzuschlagen. Als sie in der vierten Klasse gewesen war und die Stadt und ihre Werte sich bereits unauslöschlich in ihrer DNA festgesetzt hatten, war Corinnes Vater bei einem Autounfall ums Leben gekommen. Er war erst siebenunddreißig gewesen, vermutlich zu jung, als dass er sich um seine eigene Sterblichkeit oder Nachlassplanung gekümmert hätte. Seine Lebensversicherung war lächerlich niedrig gewesen, und so hatte Corinnes Mutter kurz darauf das Haus verkaufen und mit Corinne und deren älterer Schwester Rose in eine Mietwohnung in einer Wohnanlage aus Backstein in der nicht ganz so vornehmen Stadt Hackensack ziehen müssen.

Ein paar Monate lang hatte Corinnes Mutter die fünfzehn Kilometer Fahrt von Hackensack nach Cedarfield auf sich genommen, sodass Corinne Kontakt zu ihren Freunden halten konnte. Aber dann hatte die Schule angefangen und ihre Freunde waren, wie nicht anders zu erwarten, mit ihren Sportgruppen und Tanzkursen beschäftigt gewesen, die Corinne sich nicht mehr leisten konnte. Der räumliche Abstand war gleich geblieben, aber die gesellschaftliche Kluft ließ sich nicht mehr überbrücken. Die Kinderfreundschaften verschlissen schnell, bis sie sich völlig auflösten.

Corinnes Schwester Rose reagierte auf die übliche Art, brachte schlechte Noten nach Hause, rebellierte gegen ihre Mutter und experimentierte mit diversen weichen Drogen und nichtsnutzigen Jungs. Corinne hingegen lenkte die tiefe Kränkung und den Ärger in Kanäle, die die meisten als positive Reaktion werten würden. Sie konzentrierte sich auf die Schule und darauf, ihr Leben in den Griff zu bekommen, und war fest entschlossen, überall ihr Bestes zu geben. Corinne zog den Kopf ein, lernte viel, widerstand den üblichen Teenagerverlockungen und schwor sich insgeheim, siegreich an den Ort zurückzukehren, an dem sie offenbar ein glückliches Mädchen gewesen war, das einen Vater gehabt hatte. Die nächsten beiden Jahrzehnte verbrachte sie wie ein Kind, das das Gesicht an die Scheibe drückt, hinter der sich das Leben der besseren Vororte abspielte, in der Hoffnung, dass sich dieses Fenster endlich öffnete oder – was ebenso wahrscheinlich war – dass es zerbrach.

Corinne und Adam hatten sich ein Haus gekauft, das dem, in dem Corinne aufgewachsen war, verdächtig ähnlich sah. Adam wusste nicht mehr, ob ihn das damals gestört hatte, aber vielleicht hatte er einfach ihre Aufgabe zu seiner gemacht. Wenn man eine Ehe schließt, heiratet man auch die

Hoffnungen und Träume des Partners. Ihre handelten davon, triumphierend an einen Ort zurückzukehren, der sie im Stich gelassen hatte. Er nahm an, dass er es damals reizvoll fand, Corinne bei der Beendigung dieser zwanzigjährigen Odyssee zu helfen.

Im Hardcore-Fitnessstudio, das seinem Namen alle Ehre machte (Motto: Du bist nicht Hardcore, es sei denn, du trainierst bei Hardcore), brannte noch Licht.

Adam sah sich schnell auf dem Parkplatz um und entdeckte Kristin Hoys Auto. Er drückte die Kurzwahl von Thomas' Handy – das Festnetztelefon anzurufen war, wie gesagt, sinnlos, weil keiner seiner Söhne ranging – und wartete. Beim dritten Klingeln meldete sich Thomas mit seinem üblichen abwesenden und kaum hörbaren »Hallo?«.

»Zu Hause alles klar?«

»Ja.«

»Was machst du gerade?«

»Nichts.«

»Und mit ›nichts‹ meinst du was?«

»*Call of Duty* spielen. Hab gerade angefangen.«

Ah ja.

»Hausaufgaben gemacht?«, fragte Adam aus alter Gewohnheit. Ein ewig wiederkehrendes Eltern-Kind-Hamsterrad von einer Frage, die nie zu etwas führte, aber trotzdem irgendwie pflichtgemäß gestellt werden musste.

»So ziemlich.«

Er verkniff sich die Aufforderung, dass er sie erst einmal »so ziemlich« ganz erledigen sollte. Sinnlos. Lass es den Jungen auf seine Art machen. Gib ihm ein bisschen Freiraum.

»Wo ist dein Bruder?«

»Weiß ich nicht.«

»Aber er ist zu Hause?«

»Glaub schon.«

Brüder. »Schau mal nach ihm. Ich bin bald da.«

»Okay. Dad?«

»Ja?«

»Wo ist Mom?«

»Nicht da«, sagte er wieder.

»Wo denn?«

»So eine Lehrersache. Wir reden drüber, wenn ich nach Hause komme, okay?«

Die Pause war lang. »Ja, okay.«

Er parkte neben Kristins Audi-Cabrio und ging hinein. Der aufgeblasene Muskelfreak hinter dem Tresen musterte Adam von oben bis unten und war mit dem, was er sah, offenbar keineswegs zufrieden. Er hatte eine Neandertalerstirn. Seine Lippen waren zu einem höhnischen Grinsen erstarrt. Er trug eine Art eng anliegenden, ärmellosen Ganzkörperanzug. Adam fürchtete, dass der Mann ihn »Kumpel« nennen würde.

»Kann ich helfen?«

»Ich suche Kristin Hoy.«

»Mitglied?«

»Was?«

»Sind Sie Mitglied?«

»Nein, nur ein Freund von ihr. Meine Frau ist Mitglied. Corinne Price.«

Er nickte, als erkläre das alles. Dann fragte er: »Alles klar bei ihr?«

Die Frage überraschte Adam. »Wieso nicht?«

Vielleicht zuckte er die Schultern, aber die Bowlingkugeln, die er rechts und links vom Kopf trug, bewegten sich kaum. »Wichtige Woche. Freitag ist Wettkampf.«

Er wusste, dass Corinne nicht an Wettkämpfen teilnahm.

Sie hatte eine gute Figur und alles, aber es war undenkbar, dass sie sich in so einen knappen Bikini zwängte und anfing zu posen. Allerdings hatte sie Kristin im letzten Jahr zu den Landesmeisterschaften begleitet.

Muskelfreak deutete auf eine Ecke im hinteren Teil des Fitnessstudios und spannte dabei tatsächlich ein paar Muskeln an. »Raum B.«

Adam stieß die Glastür auf. In manchen Fitnessstudios war es still. In anderen lief laute Musik. Und in manchen, so wie hier, hörte man Urzeit-Grunzlaute und das Klirren schwerer Metallgewichte. Sämtliche Wände waren verspiegelt. Hier war der Ort – der einzige Ort –, an dem es nicht nur akzeptiert war, sondern zum guten Ton gehörte, sich zum reinen Selbstzweck herauszuputzen und zu posen. Es roch nach Schweiß, Desinfektionsmittel und Axe, zumindest stellte er sich den Geruch nach Betrachtung der Werbespots so vor.

Er fand Raum B, klopfte leise und öffnete die Tür. Drinnen sah es aus wie in einem Yogastudio, helle Holzböden, ein Schwebebalken. Auch hier war alles verspiegelt. Eine superdurchtrainierte Frau stolperte im Bikini auf absurd hohen High Heels über den Boden.

»Halt«, rief Kristin.

Die Frau blieb stehen. Kristin marschierte in einem knappen rosa Bikini auf ebenso absurd hohen Absätzen auf sie zu. Kein Gewackel, keine Ungeschicklichkeit, kein Zögern. Sie stolzierte durch den Raum, als sei der ihr etwas schuldig.

»Dein Lächeln ist halbherzig. Du siehst aus, als hättest du noch nie High Heels getragen.«

»Ich trag normalerweise keine«, sagte die Frau.

»Tja, dann musst du üben. Die Kampfrichter bewerten alles – wie du reinkommst, wie du rausgehst, deinen Gang, deine Haltung, dein Lächeln, dein Selbstvertrauen, dein Auftreten, deinen Gesichtsausdruck. Man hat nur einmal die Chance, einen ersten Eindruck zu machen. Du kannst so einen Wettkampf gleich beim ersten Schritt verlieren. Okay, alle mal hinsetzen.«

Fünf weitere superdurchtrainierte Frauen setzten sich auf den Boden. Kristin ging vor ihnen auf und ab. Bei jedem Schritt spannten und entspannten sich ihre Muskeln sichtlich.

»Im Moment müsst ihr noch abnehmen«, sagte Kristin. »Sechsunddreißig Stunden vor dem Wettbewerb werden die meisten von euch carboloaden. Das verhindert, dass die Muskeln schlaff werden, und sorgt für den natürlich gebauschten Look, den wir anstreben. Im Moment müsst ihr immer noch neunzig Prozent Proteine zu euch nehmen. Ihr habt doch alle den exakten Ernährungsplan, richtig?«

Kopfnicken.

»Haltet euch dran, als wär's die Heilige Schrift. Dazu müsst ihr sechs Liter Wasser am Tag trinken. Das ist das Minimum. Vor dem Wettkampf reduzieren wir das langsam. Am Tag vor den Landesmeisterschaften gibt es nur ein paar Schluck und am Wettkampftag überhaupt kein Wasser. Ich habe Entwässerungstabletten, falls eine von euch noch Wasser einlagert. Fragen dazu?«

Eine Hand hob sich.

»Ja?«

»Trainieren wir noch für den Abendkleid-Wettkampf?«

»Ja. Denkt dran, Ladys. Die meisten glauben, das ist ein Bodybuilding-Wettbewerb. Ist es aber nicht. Beim WBFF geht's um Fitness. Ihr braucht alle eure Posen, aber natürlich auch den Übergang in die Grundstellung, so wie wir's geübt haben. Aber die Kampfrichter suchen nach einer Mischung aus Miss America, Victoria's Secret, Fashion Week und ja, auch *MuscleMag*, alles elegant verpackt in einer einzigen Person. Harriet hilft euch bei der farblichen Abstimmung eurer Abendkleider. Ach ja, und jetzt gehen wir das Reisegepäck durch. Bitte bringt Folgendes mit: Hintern-Kleber für den Bikini, Tape für das Oberteil des Abendkleids, Alleskleber, Abdeck-Pads für die Brustwarzen, Blasenpflaster, Schuhkleber – es gibt immer Riemchenkatastrophen im letzten Moment –, Bräunungscreme, Handschuhe für die Bräunungscreme, Bräunungscreme-Blocker für Handflächen und Fußsohlen, Zahnweiß-Streifen, Augentropfen gegen gerötete Augen...«

Dann entdeckte sie Adam im Spiegel. Schlagartig veränderte sich ihr Gesicht. Verschwunden war die Projektleiterin für die WBFF-Landesmeisterschaft, und die Freundin und Lehrerkollegin kam wieder zum Vorschein. Bemerkenswert, wie leicht wir alle in Rollen schlüpfen und sie wieder abstreifen, dachte Adam.

»Arbeitet an euren Startposen«, sagte Kristin, die den Blick jetzt auf Adam richtete. »Wenn ihr rauskommt, stellt ihr euch zur Frontansicht, dann zur Rückenansicht, dann geht ihr wieder. Weiter nichts. Okay, Harriet führt euch an. Ich bin gleich wieder da.«

Kristin kam sofort zu ihm, durchquerte dazu noch einmal den Raum in den High Heels, auf denen sie fast so groß war wie er. »Gibt's was Neues?«, fragte sie.

»Eigentlich nicht.«

Kristin ging mit ihm in eine Ecke. »Okay, was ist?«

Eigentlich sollte es nicht peinlich sein, mit einer Frau im Bikini auf absurd hohen Absätzen zu reden. War es aber. Mit achtzehn hatte Adam zwei Wochen an der spanischen Costa del Sol Urlaub gemacht. Viele Frauen waren oben ohne herumgelaufen, und Adam hatte sich für zu abgeklärt gehalten, sie anzuglotzen. Er hatte sie auch nicht angeglotzt, es war ihm trotzdem peinlich gewesen. Im Moment fühlte er sich fast genauso wie damals.

»Ich nehme an, ihr bereitet euch gerade auf eine Show vor«, sagte Adam.

»Nicht irgendeine Show, sondern die Landesmeisterschaft. Wenn ich mal kurz egoistisch sein darf: Corinne ist in einem ganz blöden Moment verschwunden. Sie ist meine Reisebegleiterin. Ich weiß, unter diesen Umständen klingt das nicht wichtig, aber es ist meine erste Show als Pro, und... okay, es ist Quatsch, daran zu denken. Aber es beschäftigt mich natürlich trotzdem. Vor allem mache ich mir aber echt Sorgen. Das passt gar nicht zu ihr.«

»Ich weiß«, sagte Adam. »Deshalb wollte ich dich was fragen.«

»Bitte.«

Er wusste nicht, wie er es angehen sollte, deshalb kam er direkt zur Sache. »Es ist wegen ihrer Schwangerschaft vor zwei Jahren.«

Volltreffer.

Der Satz überrumpelte Kristin Hoy wie eine unerwartet hohe Welle am Strand, sodass auch sie jetzt auf den absurd hohen Absätzen ins Schwanken geriet. »Was ist damit?«

»Du wirkst überrascht«, sagte er.

»Was?«

»Als ich ihre Schwangerschaft erwähnt habe. Da hast du geguckt, als hättest du ein Gespenst gesehen oder so was.«

Sie guckte überallhin, nur nicht in seine Richtung. »Die Frage kam ja auch überraschend. Ich meine, Corinne verschwindet, und aus irgendeinem Grund fragst du plötzlich nach etwas, das zwei Jahre her ist. Ich seh da keinen Zusammenhang.«

»Aber du erinnerst dich an die Schwangerschaft?«

»Klar. Wieso?«

»Wie hat sie dir davon erzählt?«

»Von der Schwangerschaft?«

»Ja.«

»Ach, das weiß ich nicht mehr.« Aber sie wusste es sehr wohl. Das sah man. Kristin belog ihn. »Wieso ist es wichtig, wie sie es mir gesagt hat?«

»Denk noch mal nach. Weißt du noch, ob irgendwas daran seltsam war?«

»Nein.«

»An der Schwangerschaft war überhaupt nichts ungewöhnlich?«

Kristin stemmte die Hände in die Hüften. Auf ihrer Haut glänzte ein feiner Schweißfilm oder vielleicht ein Rest Bräunungscreme. »Worauf willst du hinaus?«

»Was war mit ihrer Fehlgeburt?«, probierte es Adam. »Wie hat sie sich da verhalten?«

Seltsamerweise schienen diese beiden Fragen sie ein bisschen zu beruhigen. Kristin ließ sich jetzt Zeit mit der Antwort, sie atmete so ruhig, als meditiere sie, ihr stark betontes Schlüsselbein hob und senkte sich. »Komisch.«

»Ja?«

»Ich fand ihre Reaktion ziemlich verhalten.«

»Das heißt?«

»Na ja, ich hab da auch schon drüber nachgedacht. Sie ist da so schnell drüber weggekommen. Und nachdem du heute in der Schule warst, bin ich ins Grübeln gekommen – also, zuerst hab ich gedacht, dass es Corinne nach der Fehlgeburt womöglich zu gut ging.«

»Ich kann dir nicht folgen.«

»Man muss doch trauern, Adam. Man muss seine Trauer

zulassen und ihr Ausdruck verleihen. Wenn man sie nicht zulässt und sich nichts anmerken lässt, bilden sich Toxine im Blut.«

Adam bemühte sich, nicht die Stirn zu runzeln wegen dieses New-Age-Geredes.

»Mir ist es so vorgekommen, als hätte Corinne ihren Kummer unterdrückt«, fuhr sie fort. »Und wenn man das macht, dann entstehen da nicht nur Toxine, sondern auch innerer Druck. Irgendwann wird der zu groß. Deshalb bin ich ins Nachdenken gekommen, als du weg warst. Vielleicht hat Corinne den Schmerz über die Fehlgeburt von sich weggeschoben. Vielleicht hat sie ihn unterdrückt und versucht, ihn nicht wieder hochkommen zu lassen, aber jetzt, zwei Jahre später, ist die Fassade, die sie aufgebaut hat, plötzlich zerbrochen.«

Adam sah sie an. »Zuerst?«

»Was?«

»Du hast gesagt, das hast du ›zuerst‹ gedacht. Danach hast du's dir also irgendwann anders überlegt.«

Sie antwortete nicht.

»Warum?«

»Adam, ich bin ihre Freundin.«

»Ich weiß.«

»Du bist doch der Mann, vor dem sie weggerannt ist. Ich meine, wenn du die Wahrheit sagst und ihr nichts zugestoßen ist.«

»Ist das dein Ernst?«

»Ja.« Kristin schluckte schwer. »Man geht hier so durch die Straßen, wo wir alle wohnen. Man sieht die schönen Viertel, die ordentlich gemähten Rasen und die hübschen Gartenmöbel. Aber keiner von uns weiß doch, was hinter diesen Fassaden wirklich vorgeht.«

Er stand nur schweigend da.

»Adam, woher soll ich wissen, ob du sie nicht misshandelst.«

»Ach komm...«

Kristin hob die Hand. »Ich sag ja nicht, dass du das tust. Es ist nur ein Beispiel. Wir wissen einfach nicht, was hier vorgeht.« Sie hatte Tränen in den Augen, und jetzt musste er an ihren Mann Hank denken und fragte sich, warum sie bei ihrer Figur manchmal doch lange Ärmel und Kleider trug. Er hatte angenommen, dass sie sich bescheiden geben wollte. Aber vielleicht lag es ja gar nicht daran.

Allerdings hatte sie nicht unrecht. Sie mochten in einem allem Anschein nach freundlichen Umfeld oder in einer gewachsenen Nachbarschaft wohnen, aber jedes Haus war eine eigene Insel und barg eigene Geheimnisse.

»Du weißt irgendwas darüber«, sagte Adam zu ihr.

»Nein, weiß ich nicht. Und jetzt muss ich mich wirklich wieder um die Mädchen kümmern.«

Kristin drehte sich um. Adam hätte sie beinahe am Arm gepackt. Stattdessen sagte er: »Ich glaube, Corinne war gar nicht wirklich schwanger.«

Kristin erstarrte.

»Du wusstest es, richtig?«

Sie wandte ihm immer noch den Rücken zu und schüttelte den Kopf. »Corinne hat mir nie etwas erzählt.«

»Aber du wusstest es.«

»Ich habe nichts gewusst«, sagte Kristin leise. »Du musst jetzt gehen.«

NEUNZEHN

Ryan wartete am Hintereingang auf ihn.
»Wo ist Mom?«
»Nicht da«, sagte Adam.
»Was meinst du mit ›nicht da‹?«
»Sie ist unterwegs.«
»Wo denn?«
»So eine Lehrersache. Sie kommt bald wieder.«
Ryans Stimme war ein panisches Wimmern. »Ich brauch mein Trikot, hast du das vergessen?«
»Hast du in deiner Schublade nachgesehen?«
»Ja!« Das panische Wimmern verwandelte sich in Geschrei. »Das hast du mich gestern schon gefragt! Ich hab in der Schublade nachgesehen und im Wäschekorb auch!«
»Und in der Waschmaschine und im Trockner?«
»Da hab ich auch gesucht! Ich hab überall gesucht!«
»Okay«, sagte Adam, »beruhige dich.«
»Aber ich brauch mein Trikot! Wenn man sein Trikot nicht hat, muss man bei Coach Jauss Extrarunden laufen und ein Spiel aussetzen.«
»Kein Problem. Komm, wir gehen suchen.«
»Du findest doch nie irgendwas! Wir brauchen Mom! Wieso antwortet sie nicht auf meine SMS?«
»Sie hat keinen Empfang.«
»Du verstehst das nicht! Du…«
»Nein, Ryan, *du* verstehst das nicht!«

Adam hörte seine Stimme durchs Haus dröhnen. Ryan verstummte. Adam nicht.

»Glaubst du, deine Mutter und ich sind bloß dazu da, euch zu bedienen? Glaubst du das? Dann lernst du am besten gleich mal was dazu, mein Freund. Deine Mom und ich, wir sind auch Menschen. Riesenüberraschung, was? Wir haben auch ein Leben. Manchmal sind wir traurig, so wie du. Wir machen uns Sorgen über unser Leben, so wie du. Wir sind nicht bloß dazu da, euch zu bedienen oder das zu tun, was ihr uns sagt. Hast du das kapiert?«

Seinem Sohn stiegen die Tränen in die Augen. Adam hörte Schritte. Er drehte sich um. Thomas stand oben an der Treppe und schaute ungläubig zu seinem Vater herunter.

»Entschuldige, Ryan. Ich hab's nicht so…«

Ryan rannte die Treppe hoch.

»Ryan!«

Ryan rannte an seinem Bruder vorbei. Adam hörte, wie die Zimmertür zugeknallt wurde. Thomas blieb oben an der Treppe stehen und sah ihn an.

»Mir ist der Geduldsfaden gerissen«, sagte Adam. »Das kommt vor.«

Thomas stand lange schweigend da. Dann sagte er: »Dad?«

»Ja?«

»Wo ist Mom?«

Er schloss die Augen. »Hab ich doch gesagt. Unterwegs bei so einer Lehrersache.«

»Sie war doch erst bei so einer Lehrersache.«

»Das ist eine andere.«

»Und wo?«

»Atlantic City.«

Thomas schüttelte den Kopf. »Nein.«

»Was soll das heißen, nein?«

»Ich weiß, wo sie ist«, sagte Thomas. »Und das ist nicht mal in der Nähe von Atlantic City.«

ZWANZIG

»Komm runter in die Küche, bitte«, sagte Adam.

Thomas zögerte, kam dann aber die Treppe herunter und ging in die Küche. Ryan war immer noch in seinem Zimmer, und die Tür war geschlossen – was vermutlich auch besser war. Alle konnten sich ein bisschen beruhigen. Aber jetzt musste Adam unbedingt dem nachgehen, was Thomas gesagt hatte.

»Du weißt, wo deine Mutter ist?«, fragte er.

»So ungefähr.«

»Was heißt das, so ungefähr? Hat sie dich angerufen?«

»Nein.«

»Hat sie dir eine SMS geschickt oder eine E-Mail?«

»Nein«, sagte Thomas. »Nichts in der Art.«

»Aber du weißt, dass sie ganz sicher nicht in Atlantic City ist.«

Er nickte.

»Woher weißt du das?«

Sein Sohn ließ den Kopf hängen. Von Zeit zu Zeit sah Adam, wie Thomas sich auf eine bestimmte Art bewegte oder eine Geste machte, und dann erkannte er darin ein Echo seiner selbst. Er hatte keinen Zweifel daran, dass Thomas sein Sohn war. Die Ähnlichkeit war zu groß. Hatte er Zweifel wegen Ryan? Bisher nicht, aber in einer geheimen, dunklen Ecke ihres Herzens hegten alle Männer diesen Verdacht. Sie sprachen ihn nie aus. Er wurde ihnen selten bewusst. Aber er war da, er schlummerte in dieser dunklen Ecke, und der Fremde hatte die Angst davor geweckt und sie ans Licht gezerrt.

Erklärte das Adams idiotischen Wutausbruch?

Er hatte die Geduld mit Ryan verloren, und ja, unter diesen Umständen war das mehr als verständlich, so wie der Junge sich wegen seines Trikots aufgeführt hatte.

Oder steckte noch mehr dahinter?

»Thomas?«

»Mom wird ganz schön sauer auf mich sein.«

»Nein, wird sie nicht.«

»Ich hab ihr versprochen, dass ich das nie mache«, sagte Thomas. »Aber ich meine, sie antwortet sonst immer auf meine SMS. Ich versteh nicht, was da los ist. Also hab ich was getan, was ich nicht tun soll.«

»Schon okay«, sagte Adam und versuchte, sich seine Verzweiflung nicht anmerken zu lassen. »Erzähl mir einfach, was du getan hast.«

Thomas atmete tief aus und sammelte sich. »Okay, also weißt du noch, wie ich dich gefragt habe, wo Mom ist, bevor du weggegangen bist?«

»Ja.«

»Und ich weiß auch nicht ... du hast dich so angehört ... war irgendwie merkwürdig, sonst nichts. Erst sagst du mir nicht, wo Mom ist, dann antwortet Mom nicht auf meine SMS ...« Er schaute auf. »Dad?«

»Ja?«

»Als du gesagt hast, dass Mom bei einer Lehrerkonferenz ist, hast du da die Wahrheit gesagt?«

Adam überlegte, aber nicht lange. »Nein.«

»Weißt du, wo Mom ist?«

»Nein. Wir hatten Streit, könnte man sagen.«

Sein Sohn nickte viel zu weise. »Und Mom ist dann vor dir weggelaufen oder was?«

»Ich weiß es nicht, Thomas. Das versuche ich gerade herauszufinden.«

Wieder nickte Thomas. »Dann will Mom vielleicht gar nicht, dass ich dir sage, wo sie ist.«

Adam lehnte sich zurück und rieb sich das Kinn. »Das kann sein«, gab er zu.

Thomas legte die Hände auf den Tisch. Er trug so ein Silikonarmband, wie man sie trägt, wenn man sich für eine Sache engagiert, auf seinem stand allerdings CEDARFIELD LACROSSE. Er ließ es mit der anderen Hand gegen sein Handgelenk schnipsen.

»Das Problem ist Folgendes«, sagte Adam. »Ich weiß nicht, was los ist, okay? Wenn deine Mom sich bei dir gemeldet hat und dir gesagt hat, dass du mir nicht sagen sollst, wo sie ist, dann musst du auf sie hören. Aber ich glaube nicht, dass das passiert ist. Ich kann mir nicht vorstellen, dass sie dich oder Ryan in so eine Lage bringen würde.«

»Hat sie auch nicht«, sagte Thomas und starrte immer noch auf das Armband.

»Okay.«

»Aber ich hab ihr versprochen, dass ich mich da nie einlogge.«

»Wo einlogge?«

»So eine App.«

»Thomas?«

Der Junge blickte auf.

»Ich habe keine Ahnung, was du meinst.«

»Also, wir haben eine Abmachung, Mom und ich.«

»Was für eine Abmachung?«

»Sie darf die App nur im Notfall verwenden, nicht um mir

nachzuspionieren. Aber ich darf sie überhaupt nie verwenden.«

»Wie meinst du das, was für Notfälle?«

»Wenn ich zum Beispiel vermisst werde oder sie mich überhaupt nicht erreichen kann.«

In Adams Kopf drehte sich wieder alles. Er hielt inne und versuchte sich zu konzentrieren. »Am besten erklärst du mir, was das für eine App ist.«

»Eine sogenannte Tracking-App. Man kann damit sein Handy wiederfinden ... wenn man es verloren hat oder wenn es geklaut wurde.«

»Okay.«

»Die zeigt dir auf einer Karte an, wo dein Handy ist. Alle Handys haben so eine App, glaube ich, aber dies ist ein Upgrade. Also, wenn uns was passiert wäre oder wenn Mom mich oder Ryan nicht finden kann, dann könnte sie in der App nachgucken und wüsste genau, wo wir sind.«

»Anhand der Telefondaten?«

»Genau.«

Adam streckte die Hand aus. »Lass mich mal sehen.«

Thomas zögerte. »Das ist ja die Sache. Ich darf das eigentlich nicht benutzen.«

»Hast du aber.«

Er senkte den Kopf und nickte.

»Du hast dich eingeloggt und gesehen, wo deine Mutter ist?«

Wieder Nicken.

Adam legte seinem Sohn die Hand auf die Schulter. »Ich bin nicht sauer«, sagte er. »Aber kannst du mir die App mal zeigen?«

Thomas zog sein Handy heraus. Seine Finger tanzten über das Display. Als er fertig war, reichte er seinem Vater das Handy. Adam betrachtete es. Eine Karte zeigte Cedarfield. Drei blinkende Punkte am selben Ort. Ein Punkt war blau, ein zweiter grün, ein dritter rot.

»Also diese Punkte...«, setzte Adam an.

»Das sind wir.«

»Wir?«

»Genau. Du und ich und Ryan.«

Der Pulsschlag dröhnte in Adams Kopf. Als er den Mund aufmachte, kam seine Stimme von weit her. »Ich?«

»Klar.«

»Einer von den Punkten bin ich?«

»Ja. Der grüne.«

Sein Mund wurde ganz trocken. »Mit anderen Worten, wenn deine Mom will, dann kann sie mich...« Er hielt inne. Es war nicht nötig, den Gedanken zu Ende zu führen. »Seit wann ist die App auf unseren Handys?«

»Weiß ich nicht. Drei, vier Jahre vielleicht.«

Adam saß regungslos da, während die Welle der Erkenntnis über ihm zusammenschlug. Drei oder vier Jahre. Seit drei oder vier Jahren konnte Corinne sich jederzeit in irgendeine App einloggen und genau sehen, wo ihre Kinder und vor allem ihr Mann sich gerade aufhielten.

»Dad?«

Er war stolz auf seine Unwissenheit und Naivität in Bezug auf die Herrschaft der Technik gewesen, die die Massen versklavt hatte und uns zwang, uns gegenseitig zu ignorieren, um ihren unersättlichen Wunsch nach Aufmerksamkeit zu stillen. Auf Adams Handy gab es seines Wissens keine unnötigen Apps. Keine Spiele, kein Twitter, kein Facebook, kein Shopping, keine Sportergebnisse, kein Wetter, gar nichts. Er hatte die Apps, die vorinstalliert gewesen waren – E-Mail, SMS, Telefon, solche Sachen. Er hatte sich von Ryan eine GPS-App installieren lassen, die die schnellsten Routen auf einer Karte anzeigte und dabei die Verkehrslage berücksichtigte.

Aber das war alles.

»Und wieso kann ich Mom nicht sehen?«, fragte Adam.

»Du musst rauszoomen.«

»Wie?«

Thomas nahm das Handy wieder an sich, legte zwei Finger auf das Display und zog sie zusammen. Er gab seinem Vater das Handy zurück. Adam sah jetzt den ganzen Staat New Jersey und im Westen Pennsylvania. In der linken Bildschirmhälfte leuchtete ein orangefarbener Punkt. Adam tippte ihn an, und er wurde herangezoomt.

Pittsburgh?

Adam war einmal nach Pittsburgh gefahren, um einen Mandanten gegen Kaution aus dem Gefängnis zu holen. Die Fahrt hatte über sechs Stunden gedauert.

»Warum blinkt der Punkt nicht?«, fragte Adam.

»Weil er nicht aktiv ist.«

»Was heißt das?«

Thomas unterdrückte den Seufzer, den er sonst immer hören ließ, wenn er seinem Vater etwas Technisches erklären musste. »Als ich vor ein paar Stunden nachgesehen habe, hat sie sich noch bewegt. Aber dann, vor einer Stunde ungefähr, da war sie eben in Pittsburgh.«

»Also hat sie da gehalten?«

»Glaub ich nicht. Schau mal, wenn du hier klickst...« Er griff über den Tisch und tippte auf das Display. Das Bild eines Handys mit dem Text CORINNE erschien. »Hier oben rechts steht, wie viel Akku man noch hat. Siehst du? Und als ich das letzte Mal nachgesehen habe, hatte ihr Handy nur noch ungefähr vier Prozent. Jetzt ist es aus, darum blinkt der Punkt nicht mehr.«

»Ist sie denn noch da, wo der Punkt ist?«

»Weiß ich nicht. Man sieht nur, wo sie war, bevor der Akku leer war.«

»Und jetzt kannst du nicht mehr sehen, wo sie ist?«

Thomas schüttelte den Kopf. »Das geht erst wieder, wenn Mom ihr Handy auflädt. Jetzt hat es auch keinen Sinn, ihr eine SMS zu schicken oder sie anzurufen.«

»Weil ihr Handy aus ist.«

»Genau.«

Adam nickte. »Aber wenn wir uns diese App angucken, merken wir, wenn sie wieder Strom hat?«

»Genau.«

Pittsburgh. Was in aller Welt wollte Corinne in Pittsburgh? Seines Wissens kannte sie dort niemanden. Seines Wissens war sie nie dort gewesen. Er konnte sich nicht erinnern, dass sie die Stadt je erwähnt hatte, auch nicht an irgendwelche Freunde oder Verwandte, die dort hingezogen waren.

Er zoomte auf den orangefarbenen Punkt. Der Straßenname lautete South Braddock Avenue. Er klickte auf den Button, der auf Satellitenbild umschaltete. Sie hatte sich in oder neben einem Einkaufszentrum aufgehalten. Es gab dort einen Supermarkt, einen 1-Dollar-Laden, einen Foot Locker, einen GameStop. Vielleicht hatte sie dort gehalten, weil sie sich was zu essen kaufen wollte, weil sie irgendwas brauchte oder dergleichen.

Oder sie traf sich dort mit dem Fremden.

»Thomas?«

»Ja?«

»Ist die App auch auf meinem Handy?«

»Muss ja. Wenn jemand dich sehen kann, kannst du den umgekehrt auch sehen.«

»Kannst du mir zeigen, wo ich die finde?«

Adam reichte ihm das Handy. Sein Sohn kniff die Augen zusammen und ließ die Finger wieder tanzen. Schließlich sagte er: »Ich hab sie.«

»Wie kommt's, dass ich die noch nie gesehen habe?«

»Sie war auf der letzten Seite, zusammen mit ein paar anderen Apps, die du wahrscheinlich nie benutzt.«

»Also wenn ich mich jetzt einlogge«, sagte Adam, »dann kann ich Moms Handy im Auge behalten?«

»Genau. Jetzt geht's aber nicht, weil ihr Akku ja leer ist.«

»Aber sobald sie ihr Handy lädt?«

»Ja, dann siehst du sie. Du brauchst nur das Passwort.«

»Und das ist?«

Thomas zögerte.

»Thomas?«

»LoveMyFamily«, sagte er. »Alles in einem Wort. Und mit großem L, M und F.«

EINUNDZWANZIG

Oh yeah, Superstar, in your face.
Bob Baime – oder, wie Adam ihn lieber nannte, Gaston – versenkte schon wieder einen Sprungwurf aus der Drehung. Jep, Big Bob spielte heute wie im Rausch. Er war im Tunnel.

Er spielte beim offenen Basketball-Treff an der Beth Lutheran Church. Dort trafen sich an zwei Abenden in der Woche in wechselnder Besetzung überwiegend Väter aus der Stadt. Das Niveau der Teilnehmer variierte stark. Manche waren sehr gut, einer von ihnen hatte sogar an der Duke University und in der Studenten-Nationalmannschaft gespielt, war dann in der ersten Runde von den Boston Celtics gedraftet worden, bevor ihn eine Knieverletzung aus dem Rennen geworfen hatte. Manche andere Spieler waren richtig mies und konnten kaum laufen.

Aber heute war Bob Baime der Mann der Stunde, Big Bob Baime, der Go-to-Guy, die Korbmaschine. Am Brett war er das Ein-Mann-Abrissunternehmen. Er setzte den Körper mit seinen knapp 120 Kilo ein, um die Leute aus dem Weg zu schieben. Er rannte Mr Basketball-Superstar aus der Nationalmannschaft um. Der Nationalspieler sah ihn finster an, aber Big Bob Baime starrte einfach zurück.

Der Nationalspieler schüttelte den Kopf und lief in die Verteidigung.

Yeah, Arschloch, beweg dich, sonst mach ich dir Beine.

Meine Damen und Herren, Big Bob Baime war wieder da. Der Nationalspieler mit seiner dämlichen Kniebandage machte ihn normalerweise nass. Aber heute nicht. O nein, auf keinen Fall. Bob hielt dagegen. Mann, wäre sein Alter stolz auf ihn gewesen. Sein Alter, der ihn als Kind meistens Betty statt Bobby genannt hatte, der ihn nutzlos und schwach genannt hatte und noch schlimmer, eine Muschi, eine Schwuchtel und sogar ein Mädchen. Sein Vater, der harte Mistkerl, war dreißig Jahre lang sportlicher Leiter der Cedarfield High School gewesen. Wenn man »alte Schule« im Wörterbuch nachschlug, dann fand man ein Bild von Robert Baime Senior. Es war schwer gewesen, mit so einem Vater aufzuwachsen, aber am Ende hatte sich die raue Liebe zweifellos ausgezahlt.

Schade. Schade, dass sein Alter nicht mehr sehen konnte, was für eine große Nummer sein einziger Sohn in dieser Stadt geworden war. Bob wohnte nicht mehr auf der schäbigen Seite der Stadt, wo die Lehrer und die Arbeiter sich durchzuschlagen versuchten. Nein, er hatte die große Villa mit dem Mansardendach im schnieken »Country-Club-Viertel« gekauft. Melanie und er fuhren beide einen Mercedes – im Partnerlook. Die Menschen respektierten sie. Bob war eingeladen worden, Mitglied im exklusiven Cedarfield Golf Club zu werden, den sein Vater nur einmal als Gast besuchen durfte. Bob hatte drei Kinder, alles tolle Sportler, auch wenn Pete es momentan im Lacrosse nicht leicht hatte und jetzt womöglich seine Chance auf ein Stipendium verlor, wo Thomas Price auf seiner Position spielte. Aber trotzdem, es war alles sehr gut gelaufen.

Und das würde es jetzt auch wieder.

Auch schade, dass sein Vater diesen Teil nicht miterlebt hatte. Schade, dass er nicht erlebt hatte, wie sein Sohn arbeitslos wurde, denn dann hätte er gesehen, was für ein Mann Bob war – ein Überlebenskünstler, ein Siegertyp, ein Mann, der sich schwierigen Situationen stellte. Er war dabei, dieses unschöne Kapitel seines Lebens zu beenden und wieder Big Bob, der Großverdiener, zu werden. Sogar Melanie würde das merken. Melanie, seine Frau, die ehemalige Kapitänin der Cheerleader. Früher hatte sie ihn fast angebetet, aber seit es bergab ging, war sie im ungebremsten Nörgelmodus und beklagte sich, dass er früher so großzügig gewesen war, dass er mit dem Geld nur so um sich geworfen hatte, sodass sie kein Erspartes hatten, als er arbeitslos wurde. Ja, die Geier kreisten schon. Die Bank wollte eine Zwangsvollstreckung des Hauses. Andere Gläubiger hatten schon laut über eine Pfändung der beiden Mercedes-S-Klasse-Cabrios nachgedacht.

Tja, und wer lachte jetzt zuletzt?

Jimmy Hochs Vater, ein renommierter Headhunter in New York, hatte ihm heute ein Vorstellungsgespräch verschafft, und Bob Baime hatte die Sache niet- und nagelfest gemacht. Er hatte seinen Gesprächspartner einfach überrannt. Er hatte Bob aus der Hand gefressen. Sie hatten ihn zwar noch nicht angerufen – Bob schielte immer wieder nach dem Handy am Spielfeldrand –, aber es konnte nicht mehr lange dauern. Er würde den Job an Land ziehen, vielleicht sogar auf ein höheres Einstiegsgehalt bestehen, und dann, tja, dann war er offiziell wieder im Rennen. Und wenn er Melanie erst von dem Vorstellungsgespräch erzählte! Sie würde ihn endlich wieder ranlassen und vielleicht das kleine rosa Ding anziehen, das er so gern hatte.

Auf dem Platz bekam Bob den Ball, zog kraftvoll Richtung Korb und machte die spielentscheidenden Punkte.

O ja, Bob war wieder da und besser denn je. Mann, wie

gern hätte er sich neulich so gefühlt, als dieser Pedant Adam Price sich beschwert hatte, weil er Jimmy Hoch in die Lacrosse-Mannschaft geholt hatte. Himmel noch mal, die Jungs taugten alle drei nichts. Sie würden als bessere Handtuchträger enden. Wen kratzte es da, dass sie in der Bewertung von ein paar gelangweilten Gutachtern, die sich sowieso nur für die guten Spieler interessierten, einen Zehntelpunkt auseinanderlagen? Er hatte auf keinen Fall dieses wichtige Vorstellungsgespräch aufs Spiel setzen wollen. Wobei es darauf ja gar nicht ankam. Schließlich war es nicht so, als hätte er irgendein Abkommen mit Jimmy Hochs Dad, aber hey, eine Hand wäscht die andere, so war das im Leben. Im Sport lernte man was fürs Leben, richtig? Da konnten die Kids sich gleich was abgucken.

Bobs Team wollte gerade ein neues Spiel beginnen, als sein Handy klingelte.

Er schnappte es sich. Seine Hand zitterte richtig, als er aufs Display sah.

GOLDMAN.

Jetzt war es so weit.

»Bob, kommst du?«

»Fangt ohne mich an, Leute. Ich muss da drangehen.«

Bob ging hinaus auf den Flur, um ungestört zu telefonieren. Er räusperte sich und lächelte, denn wenn man richtig lächelte, hörte man die Zuversicht sogar am anderen Ende.

»Hallo?«

»Mr Baime?«

»Ja.«

»Hier ist Jerry Katz von Goldman.«

»Ja, hallo, Jerry. Schön, dass Sie sich melden.«

»Ich habe leider keine guten Nachrichten, Mr Baime.«

Bob rutschte das Herz in die Hose. Jerry Katz redete weiter, er sagte, dass es ein sehr stark umkämpfter Markt sei und dass er sich sehr gern mit Bob unterhalten habe… Die Wörter verschwammen zu einem kaum hörbaren Rauschen. Jerry, dieser schwachbrüstige Idiot, schwafelte immer noch. Finsternis erfüllte Bobs Brust, und gleichzeitig erinnerte er sich. Er dachte noch einmal an den Abend neulich, als Adam ihn offen herausgefordert hatte wegen seiner Entscheidung für Jimmy Hoch. Erst jetzt wurde ihm bewusst, dass ihn das in mehr als einer Hinsicht überrascht hatte. Erstens, weil es Adam überhaupt nichts anging – einen Typen, der die Schulmannschaft nicht trainierte –, welche Spieler Bob auswählte. Der Sohn von Adam und Corinne war sowieso im Team. Was kümmerte ihn da Jimmy Hoch?

Aber viel wichtiger, besonders jetzt, wo er darüber nachdachte: Wie hatte Adam sich so schnell von den verheerenden Neuigkeiten erholt, die er nur wenige Minuten zuvor an der Bar der American Legion Hall erfahren hatte?

Jerry redete immer noch. Bob lächelte immer noch. Er lächelte und lächelte. Er lächelte wie ein Idiot, und als er schließlich sagte: »Jedenfalls vielen Dank, dass Sie sich gemeldet und mir Bescheid gesagt haben«, war Bob überzeugt, dass er sich wie ein wahrhaft gutgläubiger Idiot anhörte.

Er legte auf.

»Bob, bist du so weit?«

»Komm schon, Mann, wir brauchen dich.«

Und sie brauchten ihn wirklich. Vielleicht, dachte Bob, war es an dem Abend bei Adam auch so gewesen. So wie Bob jetzt aufs Spielfeld zurückging und dort ein Ventil für seine Wut finden würde, war Adam womöglich wegen Jimmy auf ihn losgegangen, weil auch er damals ein Ventil gebraucht hatte.

Bob überlegte, wie Adam wohl reagieren würde, wenn er

die ganze Wahrheit über seine Frau erfuhr. Nicht das mit dem Betrug, über den er jetzt Bescheid zu wissen glaubte. Sondern die ganze Wahrheit.

Tja, dachte Bob und lief wieder auf den Platz, das würde er wohl noch früh genug erfahren.

ZWEIUNDZWANZIG

Es war zwei Uhr morgens, als Adam etwas einfiel – oder genauer gesagt: jemand einfiel.

Suzanne Hope aus Nyack, New York.

Sie hatte Corinne auf die Idee mit der Fake-A-Pregnancy-Website gebracht. Damit hatte das schließlich alles angefangen. Corinne hatte Suzanne kennengelernt. Suzanne täuschte eine Schwangerschaft vor. Corinne beschloss aus irgendeinem Grund, das auch zu tun. Vermutlich. Und dann tauchte der Fremde auf.

Er rief die Suchmaschine auf seinem Smartphone auf und gab *Suzanne Hope Nyack, New York* ein. Er ging davon aus, dass das eher nicht klappen würde, weil die Frau vermutlich – passend zu ihrer falschen Schwangerschaft – auch einen falschen Namen oder einen falschen Wohnort erfunden hatte, aber er bekam sofort ein paar Treffer.

Im Telefonbuch stand eine Suzanne Hope aus Nyack, New York, deren Alter zwischen dreißig und fünfunddreißig Jahre angegeben war. Sowohl die Telefonnummer als auch die Adresse waren aufgeführt. Adam wollte gerade beides aufschreiben, als ihm einfiel, wie Ryan ihm vor ein paar Wochen beigebracht hatte, dass man durch das gleichzeitige Drücken zweier Tasten am Smartphone einen Screenshot machen konnte. Er probierte es, sah sich das Bild in der Kamera-App an und stellte fest, dass man den Text lesen konnte.

Er schaltete das Handy aus und versuchte, wieder in den Schlaf zu gleiten.

Das enge Wohnzimmer im Haus vom alten Rinsky roch nach »Pine-Sol«-Reinigungsmittel und Katzenpisse. Der Raum war zum Bersten voll, was nicht mehr besagte, als dass ungefähr zehn Leute erschienen waren. Mehr brauchte Adam aber auch gar nicht. Er sah den Glatzkopf, der normalerweise für den *Star-Ledger* über Sport schrieb. Auch die Reporterin vom *Bergen Record*, die er mochte, war da. Laut Adams Rechtsanwaltsgehilfen der Extraklasse Andy Gribbel waren auch die *Asbury Park Press* und der *New Jersey Herald* vertreten. Die großen Sender zeigten noch kein Interesse, aber *News 12 New Jersey* hatte ein Kamerateam vorbeigeschickt.

Das reichte.

Adam beugte sich zu Rinsky: »Sind Sie sicher, dass Ihnen das nichts ausmacht?«

»Soll das ein Witz sein?« Der alte Mann zog eine Augenbraue hoch. »Ich muss mich ja zusammenreißen, damit man mir die Freude nicht sofort anmerkt.«

Drei Reporter drängten sich auf dem Sofa mit der Plastikschutzhülle. Einer lehnte am Klavier an der Wand. An der gegenüberliegenden Wand hing eine klassische Kuckucksuhr. Auf dem Beistelltischchen standen weitere Hummelfiguren. Der ehemalige Hochflorteppich war so niedergetrampelt, dass er wie Kunstrasen aussah.

Adam warf noch einen kurzen Blick auf sein Handy. Immer noch keine Corinne auf der Tracking-App. Entweder hatte sie ihr Handy noch nicht wieder geladen oder... es brachte nichts, darüber zu spekulieren. Die Reporter betrachteten ihn ebenso erwartungsvoll wie skeptisch, aus ihren Mienen sprach eine Mischung aus »Jetzt zeigen Sie doch mal, was Sie haben« und »Das ist doch sowieso reine Zeitverschwendung«. Adam trat vor. Rinsky blieb stehen.

»Im Jahr 1970«, fing Adam ohne Vorrede an, »kehrte Michael J. Rinsky heim, nachdem er seinem Land auf den feindlichen vietnamesischen Schlachtfeldern gedient hatte. Er kam in seine geliebte Heimatstadt zurück und heiratete seine Highschool-Liebe Eunice Schaeffer. Dann kaufte sich Mike Rinsky vom Wiedereingliederungsgeld nach der GI-Bill ein Haus.«

Adam machte eine Pause. Dann ergänzte er: »Dieses Haus.«

Die Reporter kritzelten.

»Mike und Eunice bekamen drei Söhne und zogen sie in diesem Haus groß. Mike fing bei der örtlichen Polizei als einfacher Streifenpolizist an und arbeitete sich bis zum Polizeichef hoch. Eunice und er sind seit vielen Jahren wichtige Mitglieder dieser Gemeinde. Sie waren ehrenamtlich für das Obdachlosenheim tätig, für die Stadtbibliothek, für das Kinder- und Jugend-Basketballprogramm, die Parade am vierten Juli. In fast fünfzig Jahren haben sich Mike und Eunice für unglaublich viele Menschen in dieser Stadt eingesetzt. Sie haben hart gearbeitet. Wenn Mike den Arbeitsstress hinter sich lassen wollte, hat er sich in diesem Haus erholt. Die Heizungsanlage im Keller hat er selbst umgebaut. Seine Kinder sind herangewachsen, haben ihre Schulabschlüsse gemacht und sind ausgezogen. Mike hat weitergearbeitet und hatte nach dreißig Jahren schließlich das Haus abbezahlt. Jetzt gehört dieses Haus ihm – dieses Haus, in dem wir uns gerade befinden.«

Adam warf einen Blick hinter sich. Wie aufs Stichwort – na ja, es war ja auch das Stichwort – ließ der alte Mann die

Schultern und das Gesicht hängen und hielt ein altes gerahmtes Foto von Eunice hoch.

»Und dann«, fuhr Adam fort, »wurde Eunice Rinsky krank. Wir wollen ihre Privatsphäre nicht verletzen und ins Detail gehen. Aber Eunice liebt dieses Haus. Es beruhigt sie. Sie hat neuerdings Angst vor neuen Orten, und sie findet Trost in dem Haus, in dem sie und ihr geliebter Mann Mike Junior, Danny und Bill großgezogen haben. Und jetzt, nach einem Leben voller aufopferungsvoller Arbeit, will ihr die Regierung dieses Haus – ihr Heim – nehmen.«

Das Gekritzel hörte auf. Adam wollte den Augenblick auf die Reporter wirken lassen, griff hinter sich, nahm die Wasserflasche und trank einen Schluck. Als er weitersprach, schäumte seine Stimme und überschlug sich fast vor mühsam beherrschter Wut.

»Die Regierung will Mike und Eunice aus dem Zuhause vertreiben, das sie ihr ganzes Leben beherbergt hat, damit irgendein reicher Konzern das Haus abreißen und stattdessen eine *Banana-Republic*-Filiale hinstellen kann.« Stimmte nicht ganz, dachte Adam, aber es war nahe genug an der Wahrheit. »Dieser Mann…«, Adam deutete hinter sich auf den alten Rinsky, der seine Rolle mit Begeisterung spielte und es schaffte, jetzt irgendwie noch gebrechlicher zu wirken, »…dieser amerikanische Held und Patriot möchte nur das Haus behalten, für das er so hart gearbeitet hat. Sonst nichts. Und das will man ihm wegnehmen. Ich frage Sie: Klingt das nach den Vereinigten Staaten von Amerika? Beschlagnahmt unsere Regierung das Eigentum hart arbeitender Bürger und schenkt es den Reichen? Setzen wir Kriegshelden und alte Damen auf die Straße? Nehmen wir Leuten ihr Haus weg, das sie ihr halbes Leben lang abbezahlt haben? Zerstören wir ihre Träume, um ein weiteres Einkaufszentrum zu bauen?«

Jetzt sahen alle den alten Rinsky an. Sogar Adam bekam feuchte Augen. Klar, er hatte ein paar Details weggelassen – zum Beispiel, dass man den Rinskys für das Haus mehr geboten hatte, als es wert war –, aber es ging hier nicht um eine ausgewogene Darstellung. Anwälte waren parteiisch. Wenn die Gegenseite reagierte, würde sie die Fakten auch in ihrem Sinne drehen. Er musste parteiisch sein. So funktionierte das System.

Jemand machte ein Foto vom alten Rinsky. Dann noch jemand. Reporter hoben die Hände, weil sie Fragen stellen wollten. Einer fragte den alten Rinsky quer durchs Zimmer, wie er sich fühle. Der stellte sich geschickt an, guckte verloren und gebrechlich, eher ratlos als wütend. Er zuckte die Achseln, hob das Bild seiner Frau noch etwas weiter an und sagte einfach: »Eunice möchte ihre letzten Tage hier verbringen.«

Spiel, Satz und Sieg, dachte Adam.

Jetzt konnte die Gegenseite die Fakten drehen und wenden, wie sie wollte. Sie hatten das entscheidende Soundbite, das Zitat, das den Menschen im Ohr bleiben würde. Sie hatten die bessere Geschichte – und genau danach suchten die Medien, nicht nach der Wahrheit. Welche Geschichte klang wohl überzeugender: »Großes Firmenkonglomerat wirft Kriegshelden und dessen kranke Frau aus ihrem Haus« oder »Sturer alter Mann verhindert die Erneuerung eines Stadtteils, weil er sich nicht auszahlen lassen und in eine schönere Wohnung ziehen will«?

Das Rennen würde noch nicht einmal knapp ausfallen.

Eine halbe Stunde später waren die Reporter weg. Gribbel lächelte und tippte Adam auf die Schulter. »Bürgermeister Gush will dich sprechen.«

Adam nahm das Handy. »Hallo, Herr Bürgermeister.«

»Glauben Sie, dass Sie damit durchkommen?«

»Die *Today*-Show hat gerade angerufen. Wir sollen morgen früh zu einem Exklusivinterview vorbeikommen. Ich hab sie hingehalten.«

Es war ein Bluff, aber ein ziemlich guter.

»Wissen Sie, wie kurz die Lebensdauer von Nachrichten heutzutage ist?«, konterte Gush. »Das können wir aussitzen.«

»Ach, das glaub ich nicht«, sagte Adam.

»Und warum nicht?«

»Weil wir uns bisher dafür entschieden haben, den Fall sachlich und von der geschäftlichen Seite her anzugehen. Im nächsten Schritt werden wir allerdings etwas weitergehen.«

»Das heißt?«

»Das heißt, dass wir aufdecken würden, dass der Bürgermeister, der unbedingt ein altes Ehepaar auf die Straße setzen will, womöglich persönliche Aversionen gegen einen ehrlichen Cop hegt, der ihn früher einmal festgenommen hat. Auch wenn er ihn wieder laufen ließ.«

Schweigen. Dann: »Da war ich ein Teenager.«

»Ja, das macht sich bestimmt gut in der Zeitung.«

»Sie wissen nicht, mit wem Sie sich da anlegen, mein Freund.«

»Doch, ich glaube, das weiß ich ganz genau«, sagte Adam. »Gush?«

»Ja?«

»Bauen Sie Ihr neues Dorf um das Haus herum. Das ist machbar. Ach, und einen schönen Tag noch.«

Inzwischen hatten alle wieder Rinskys Haus verlassen.

Adam hörte in der Frühstücksecke vor der Küche eine Tastatur klappern. Als er hereinkam, wurde er von der Masse an Technik erschlagen, die ihn umgab. Auf dem Resopaltisch standen zwei Computer mit riesigen Bildschirmen und ein Laserdrucker. Eine Wand war komplett mit Kork verkleidet, auf dem Fotos, Zeitungsausschnitte und ausgedruckte Internetartikel angepinnt waren.

Rinsky hatte eine Lesebrille auf der Nase. Im Widerschein der Bildschirme wirkten seine Augen noch blauer.

»Was ist das denn alles?«, fragte Adam.

»Ich versuche nur, mich zu beschäftigen.« Er lehnte sich zurück und nahm die Brille ab. »Ist mein Hobby.«

»Im Internet surfen?«

»Nicht ganz.« Er deutete hinter sich. »Sehen Sie das Foto?«

Es war das Bild eines Mädchens mit geschlossenen Augen. Adam schätzte das Mädchen auf achtzehn bis zwanzig Jahre. »Ist sie tot?«

»Seit 1984«, sagte Rinsky. »Ihre Leiche wurde in Madison, Wisconsin, gefunden.«

»Eine Studentin?«

»Wahrscheinlich nicht«, sagte er. »Man sollte annehmen, dass eine Studentin leicht zu identifizieren wäre. Das hat aber keiner geschafft.«

»Eine unbekannte Tote?«

»Genau. Ich und noch ein paar Leute im Netz, wir crowdsourcen das Problem. Wir tauschen Informationen aus.«

»Sie lösen alte Fälle?«

»Na ja, wir versuchen es.« Er grinste Adam entwaffnend an. »Wie gesagt, mein Hobby. Ein alter Cop muss doch etwas zu tun haben.«

»Hey, da hab ich kurz eine Frage an Sie.«

Rinsky machte eine ermunternde Geste.

»Ich muss eine Zeugin kontaktieren. Ich war immer der Ansicht, dass man das am besten persönlich macht.«

»Ist immer das Beste«, stimmte Rinsky zu.

»Genau, ich weiß aber nicht, ob sie zu Hause ist, und ich will sie nicht vorwarnen oder um ein Meeting bitten.«

»Sie wollen sie überraschen?«

»Genau.«

»Wie heißt sie?«

»Suzanne Hope«, sagte Adam.

»Haben Sie eine Telefonnummer?«

»Ja, Andy hat sie für mich im Netz gefunden.«

»Okay. Wie weit wohnt sie von hier entfernt?«

»Vielleicht zwanzig Minuten mit dem Auto.«

»Geben Sie mir die Nummer.« Rinsky streckte die Hand aus und wackelte mit den Fingern. »Ich zeig Ihnen einen cleveren kleinen Polizistentrick, den Sie nutzen können, es wäre jedoch nett, wenn Sie es für sich behalten.«

Adam reichte ihm das Handy. Rinsky setzte die Lesebrille wieder auf, griff zu einem schwarzen Telefon, wie Adam es seit seiner Kindheit nicht mehr gesehen hatte, und wählte die Nummer. »Keine Sorge«, sagte er, »die Rufnummer wird nicht angezeigt.« Es klingelte zweimal, dann meldete sich eine Frau. »Hallo?«

»Suzanne Hope?«

»Wer ist da?«

»Ich arbeite für den Acme Schornsteinreinigungsdienst…«

»Kein Interesse, löschen Sie meine Nummer.«

Klick.

Rinsky zuckte die Schultern und lächelte. »Sie ist zu Hause.«

DREIUNDZWANZIG

Die Fahrt dauerte genau zwanzig Minuten.

Adam parkte vor einer dieser traurigen Wohnanlagen aus monotonem Backstein, Zielgruppe junge Paare, die auf ihr erstes Haus sparten, und geschiedene Väter, die pleite waren und/oder in der Nähe der Kinder wohnen wollten. Er suchte Apartment 9B und klopfte.

»Wer ist da?«

Eine Frauenstimme. Die Tür blieb geschlossen.

»Suzanne Hope?«

»Was wollen Sie?«

Er hatte sich nicht vorbereitet. Aus irgendeinem seltsamen Grund war er davon ausgegangen, dass sie die Tür öffnen und ihn hereinbitten würde, sodass er den Grund für seinen Besuch erklären konnte, obwohl ihm dieser Grund selbst immer noch nicht ganz klar war. Suzanne Hope war ein dünner Faden, eine zarte Verbindung, und konnte ihn vielleicht zu der Ursache für Corinnes Flucht führen. Vielleicht konnte er behutsam an diesem Faden ziehen und dann, um ein weiteres Bild zu bemühen, neue Wege beschreiten.

»Ich heiße Adam Price«, sagte er zur geschlossenen Tür. »Corinne ist meine Frau.«

Schweigen.

»Erinnern Sie sich? Corinne Price?«

»Sie ist nicht hier«, sagte die Stimme, die er für die von Suzanne Hope hielt.

»Das habe ich auch nicht erwartet«, antwortete er, obwohl es ihm jetzt, wenn er darüber nachdachte, so vorkam, als hätte er vielleicht die winzige, unausgesprochene Hoffnung gehegt, dass Corinne so leicht zu finden sein könnte.

»Was wollen Sie?«

»Kann ich kurz mit Ihnen sprechen?«

»Wieso?«

»Wegen Corinne.«

»Das geht mich nichts an.«

Sich schreiend durch eine Tür hindurch zu unterhalten, schaffte natürlich etwas viel Distanz, aber Suzanne Hope war offenbar noch nicht so weit, sie zu öffnen. Er wollte sie jedoch nicht bedrängen und sie so ganz verschrecken. »Was geht Sie nichts an?«, fragte er.

»Das mit Corinne und Ihnen. Die Probleme, die Sie miteinander haben.«

»Wieso glauben Sie, dass wir Probleme haben?«

»Wieso sollten Sie sonst hier sein?«

Auch wieder wahr. Der Punkt ging an Suzanne Hope. »Wissen Sie, wo Corinne ist?«

Ein Stück den Gehweg hinunter beäugte ein Briefträger Adam misstrauisch. Kein Wunder. Er hatte an die geschiedenen Väter gedacht, die hierherzogen, aber natürlich gab es auch geschiedene Mütter. Adam versuchte dem Briefträger zuzunicken, um ihm zu zeigen, dass er nichts Böses im Schilde führte, aber das schien nicht zu helfen.

»Woher soll ich das wissen?«, fragte die Stimme.

»Sie ist verschwunden«, sagte Adam. »Ich suche sie.«

Mehrere Sekunden vergingen. Adam trat einen Schritt zurück, ließ die Arme locker hängen, er versuchte so harmlos wie irgend möglich zu wirken. Schließlich öffnete sich die Tür einen Spalt. Die Türkette war immer noch vorgelegt, aber jetzt konnte er einen schmalen Streifen von Suzanne Hopes Gesicht sehen. Er wäre immer noch lieber reingekommen und hätte sich hingesetzt, von Angesicht zu Angesicht mit ihr geredet, sie in ein Gespräch verwickelt, entwaffnet, abgelenkt, was eben nötig war. Aber wenn Suzanne Hope sich hinter einer Türkette sicherer fühlte, bitte.

»Wann haben Sie Corinne das letzte Mal gesehen?«, fragte er.

»Ist lange her.«

»Wie lange?«

Adam sah ihre Augen nach oben rechts wandern. Er glaubte nicht, dass man Lügen an den Augenbewegungen erkennen konnte, aber er wusste, dass ein Blick nach oben rechts meistens bedeutete, dass sich jemand visuell an etwas zu *erinnern* versuchte, während ein Blick nach links bedeutete, wenn man etwas visuell *konstruierte*. Natürlich war darauf kein Verlass, und visuelles Konstruieren war nicht dasselbe wie Lügen. Wenn man jemanden aufforderte, an eine lila Kuh zu denken, führte das dazu, dass man visuell etwas konstruierte, was weder Lüge noch Verstellung war.

So oder so glaubte er nicht, dass sie log.

»Vor zwei oder drei Jahren vielleicht.«

»Wo?«

»In einem Starbucks.«

»Sie haben sie also nicht gesehen, seit…«

»Seit sie rausgefunden hat, dass das mit meiner Schwangerschaft gelogen war«, beendete sie den Satz für ihn. »Das ist richtig.«

Mit der Antwort hatte Adam nicht gerechnet. »Keine Telefonate?«

»Keine Telefonate, keine Mails, keine Briefe, gar nichts. Tut mir leid, dass ich Ihnen nicht weiterhelfen kann.«

Der Briefträger ging weiter, warf Briefe ein – und beäugte Adam. »Corinne hat es auch getan, wissen Sie.«

»Was meinen Sie damit?«, fragte sie.

»Sie wissen schon.«

Durch den Türspalt sah er Suzanne Hope nicken. »Sie hat eine Menge Fragen gestellt.«

»Was für Fragen?«

»Wo ich den falschen Bauch gekauft hatte, woher die Ultraschallbilder kamen und so weiter.«

»Sie haben sie also mit Fake-A-Pregnancy in Kontakt gebracht.«

Suzanne Hope legte die linke Hand an den Türrahmen. »Ich hab sie mit niemandem in Kontakt gebracht.« Ihr Tonfall war jetzt etwas scharf.

»So habe ich es nicht gemeint.«

»Corinne hat mich gefragt, und ich hab es ihr erzählt. Das war alles. Aber ja, sie war fast ein bisschen zu neugierig. Als wären wir Geistesverwandte.«

»Ich kann Ihnen nicht folgen.«

»Ich dachte, sie will mein Verhalten verurteilen. Ich meine, das hätten doch die meisten gemacht? Das kann man keinem verdenken. Spinnerin täuscht Schwangerschaft vor. Aber es war so, als wären wir Geistesverwandte. Sie hat sofort verstanden, warum ich das gemacht habe.«

Wie schön, dachte Adam, behielt seinen Sarkasmus aber für sich.

»Wenn ich fragen darf«, sagte er langsam, »inwiefern haben Sie meine Frau belogen?«

»Was meinen Sie?«

»Zum einen…«, er deutete auf die Hand am Türrahmen, »… tragen Sie keinen Ehering.«

»Wow, Sie sind ja ein richtiger Sherlock.«

»Waren Sie überhaupt verheiratet?«
»Ja.«

In ihrer Stimme lag Bedauern, und für einen Moment rechnete er damit, dass sie die Hand wegziehen und die Tür zuknallen würde.

»Entschuldigung«, sagte Adam. »Ich wollte nicht…«

»Es lag an ihm, wissen Sie.«

»Was?«

»Dass wir keine Kinder kriegen konnten. Da hätte man doch erwarten können, dass Harold etwas mehr Verständnis zeigt. Er war schließlich derjenige mit der niedrigen Spermienzahl. Platzpatronen. Schlechte Schwimmer. Ich hab ihm nie einen Vorwurf gemacht. Es lag an ihm, aber er konnte ja nichts dafür, verstehen Sie?«

»Ja«, sagte er. »Sie sind also nie schwanger gewesen?«

»Nie«, sagte sie, und er hörte ihrer Stimme an, wie verheerend das für sie war.

»Corinne haben Sie gesagt, dass Sie eine Fehlgeburt hatten.«

»Ich dachte, vielleicht versteht sie mich besser, wenn ich das sage. Oder na ja, eigentlich ging's nicht darum, dass sie mich versteht. Eigentlich im Gegenteil. Dass sie trotzdem Mitgefühl hat. Aber ich wäre so gern schwanger geworden, und vielleicht war das auch meine Schuld. Harold hat das gefühlt. Und deshalb hat er sich immer mehr zurückgezogen. Denke ich. Oder er hat mich nie geliebt. Ich blick da schon lange nicht mehr durch. Aber ich wollte immer Kinder. Schon als kleines Mädchen wollte ich eine große Familie. Meine Schwester Sarah, die geschworen hat, dass sie nie Kinder kriegt, na ja, die hat drei. Und ich weiß noch, wie glücklich sie war, als sie schwanger war. Wie sie gestrahlt hat. Ich glaube, ich wollte einfach nur wissen, wie das ist. Sarah meinte, sie hätte sich so wichtig gefühlt, als sie schwanger war und alle ständig gefragt haben, wann es denn so weit ist, ihr viel Glück gewünscht haben und so weiter. Und eines Tages hab ich es dann gemacht.«

»Eine Schwangerschaft vorgetäuscht?«

Suzanne nickte im Türrahmen. »Eigentlich nur als Gag. Ich wollte einfach verstehen, wie es so ist. Und Sarah hatte recht. Die Leute haben mir die Tür aufgehalten. Sie wollten meine Einkaufstaschen tragen oder mir ihren Parkplatz überlassen. Sie haben mich gefragt, wie's mir geht, und ich glaube, die Antwort hat sie wirklich interessiert. Manche Menschen werden doch auch drogenabhängig, ja? Sie werden abhängig von diesem High-Sein, und ich hab gelesen, dass das alles am Dopamin-Schub liegt. Und so war das auch für mich. Es war ein Dopamin-Schub.«

»Machen Sie das immer noch?«, fragte er, obwohl er nicht wusste, warum es ihn interessierte. Suzanne Hope hatte seiner Frau die Website gezeigt. Das hatte er vorher schon gewusst. Hier war nichts Neues zu erfahren.

»Nein«, sagte sie. »Wie alle Abhängigen habe ich aufgehört, als ich ganz unten angekommen war.«

»Wann war das, wenn ich fragen darf?«

»Vor vier Monaten. Als Harold es rausgefunden und mich abgelegt hat wie ein gebrauchtes Taschentuch.«

»Tut mir leid«, sagte er.

»Nicht nötig. Es war besser so. Ich mach jetzt eine Therapie. Die Krankheit ist mein Problem – das lag an mir, nicht an sonst irgendwem –, aber Harold hat mich auch nicht geliebt. Das ist mir inzwischen klar geworden. Vielleicht hat er mich nie geliebt, ich weiß es nicht, oder er hat irgendwann einfach angefangen, mich zu verabscheuen. Wenn ein Mann keine Kinder kriegen kann, fühlt er sich in seiner Männlichkeit verletzt. Also lag es vielleicht daran. Jedenfalls habe ich mir meine Bestätigungen woanders gesucht. Und das hat unsere Beziehung vergiftet.«

»Tut mir leid«, sagte Adam.

»Wie auch immer. Deswegen sind Sie ja nicht hergekommen. Ich kann nur sagen, dass ich froh bin, dass ich nicht bezahlt habe. Dass dieser Typ Harold mein Geheimnis gesteckt hat, war vielleicht das Beste, was mir passieren konnte.«

Die Kälte entstand irgendwo in Adams Brust und breitete sich bis in die Finger aus. Seine Stimme schien von woanders zu kommen, von weit her. »Was für ein Typ?«

»Was?«

»Sie haben gesagt, ein Typ hat Ihrem Mann Ihr Geheimnis verraten«, sagte er. »Was für ein Typ war das?«

»Mein Gott.« Endlich öffnete Suzanne Hope die Tür und sah ihn bekümmert an. »Er war auch bei Ihnen?«

VIERUNDZWANZIG

Adam setzte sich Suzanne Hope gegenüber aufs Sofa. Ihre Wohnung hatte weiße Wände und weiße Möbel und wirkte trotzdem irgendwie dunkel und bedrückend. Trotz der Fenster fiel wenig Tageslicht hinein, und obwohl weder Flecken noch Schmutz zu sehen waren, machte die Wohnung einen unsauberen Eindruck. Die Kunstdrucke an den Wänden, wenn man sie so nennen wollte, wären selbst für ein Motel 6 zu belanglos gewesen.

»Haben Sie so von der falschen Schwangerschaft erfahren?«, fragte Suzanne Hope. »War der Typ auch bei Ihnen?«

Er fröstelte immer noch. Suzanne Hope trug ihr Haar zu einer Frisur hochgesteckt, die womöglich einmal ein Dutt gewesen war. Eine Schildpattklammer hielt die Überreste zusammen. Ein Haufen Armbänder zierten ihr rechtes Handgelenk und klimperten bei jeder Bewegung. Sie hatte große Augen und blinzelte oft. Diese Augen hatten ihr in jungen Jahren vielleicht den Anschein von Eifer und Lebhaftigkeit verliehen, aber inzwischen wirkten sie eher so, als rechnete sie jederzeit damit, eine Ohrfeige zu bekommen.

Adam beugte sich vor. »Sie haben also nicht bezahlt, richtig?«

»Richtig.«

»Erzählen Sie.«

Suzanne Hope stand auf. »Möchten Sie ein Glas Wein?«

»Nein.«

»Ich dürfte eigentlich auch keinen.«

»Wie ist es abgelaufen, Suzanne?«

Sie blickte sehnsüchtig Richtung Küche. Adam fiel noch eine Regel ein, die bei Befragungen galt, so wie im ganzen Leben: Alkohol enthemmte. Die Leute erzählten bereitwilliger, und auch wenn die Wissenschaft in diesem Punkt widersprach, war Adam überzeugt, dass Alkohol auch ein Wahrheitsserum war. So oder so würde sie vermutlich eher reden, wenn er ihr freundliches Angebot annahm.

»Ein kleines Gläschen vielleicht«, sagte er.

»Weißen oder roten?«

»Ist egal.«

Sie ging mit beschwingtem Schritt, der nicht in diese bedrückende Wohnung zu passen schien, in die Küche. Als sie in den Kühlschrank griff, sagte Suzanne: »Ich arbeite in Teilzeit an der Kasse bei *Kohl's*. Mir gefällt der Job. Ich bekomme Angestelltenrabatt, und die Leute sind nett.«

Sie nahm zwei Gläser und schenkte ein.

»Irgendwann bin ich in der Mittagspause nach draußen gegangen. Im Hinterhof sind so Picknicktische. Ich geh raus, und da wartet so ein Typ mit Baseballkappe auf mich.«

Baseballkappe. Adam schluckte. »Wie sah er aus?«

»Jung, weiß, dünn. Ein bisschen nerdig. Ich weiß, das klingt jetzt komisch, vor allem wenn man weiß, wie es weiterging, aber eigentlich war er ganz nett. Als ob wir Freunde wären. Bei seinem Lächeln habe ich mich sogar ein bisschen entspannt.«

Sie stellte die Weinflasche zurück in den Kühlschrank. »Und dann?«, fragte Adam.

»Plötzlich fragt er aus heiterem Himmel: ›Weiß Ihr Mann davon?‹ Ich bleib stehen und sage: ›Wie bitte?‹ oder so was in der Art. Und er fragt: ›Weiß Ihr Mann, dass Sie Ihre Schwangerschaft vorgetäuscht haben?‹«

Suzanne hob ihr Glas und trank einen kräftigen Schluck. Adam stand auf und ging zu ihr hinüber. Sie reichte ihm sein Glas und machte dann eine einladende Geste. Er stieß mit ihr an.

»Erzählen Sie weiter«, sagte Adam.

»Er hat mich gefragt, ob mein Mann von der Lüge weiß. Ich habe ihn gefragt, wer er ist. Er hat es nicht gesagt. Nur irgendwas, dass er der Fremde ist, der die Wahrheit enthüllt oder so. Er sagt, er hat Beweise dafür, dass ich die Schwangerschaft vorgetäuscht habe. Zuerst dachte ich, er hat mich bei Bookends oder Starbucks gesehen, so wie Corinne. Aber ich hatte ihn noch nie gesehen, und so wie er geredet hat… das hörte sich einfach nicht so an.«

Suzanne Hope trank noch einen Schluck. Er nahm auch einen. Der Wein schmeckte wie Eselspisse.

»Der Typ will fünftausend Dollar. Er sagt, wenn ich zahle, verschwindet er und ich seh ihn nie wieder, aber – und das war ganz seltsam – er sagte, ich darf nie wieder lügen.«

»Wie hat er das gemeint?«

»Das hat er erklärt. Er hat gesagt, ich mache Ihnen folgendes Angebot: Sie zahlen mir fünftausend Dollar und hören auf, Schwangerschaften vorzutäuschen, und ich verschwinde für immer. Aber wenn ich bei der Täuschung bleibe – das war sein Ausdruck, *Täuschung* –, dann sagt er meinem Mann die Wahrheit. Außerdem hat er versprochen, dass es bei der einen Zahlung bleibt.«

»Und Sie?«

»Als Erstes hab ich ihn gefragt, woher ich wissen soll, dass ich ihm vertrauen kann. Wenn ich ihm das Geld gebe, woher weiß ich dann, dass er nicht noch mehr verlangt?«

»Wie hat er reagiert?«

»Er hat wieder so gelächelt und gesagt: So läuft das bei uns nicht, so machen wir das nicht. Und wissen Sie, was das Komische ist? Ich hab es ihm geglaubt. Vielleicht lag das an dem Lächeln, vielleicht auch nicht, keine Ahnung. Aber ich glaube, er war ehrlich zu mir.«

»Aber Sie haben nicht bezahlt, richtig?«

»Woher wissen Sie das? Ach so, das hab ich Ihnen ja schon gesagt. Komisch. Zuerst dachte ich, wo soll ich so viel Geld hernehmen? Und dann hab ich drüber nachgedacht und gedacht, Moment, was hab ich denn schon getan? Ich hab ein paar fremde Menschen belogen. Ist ja nicht so, als hätte ich Harold belogen...«

Ohne Rücksicht auf den Geschmack trank Adam noch einen Schluck. »Stimmt.«

»Vielleicht, ich weiß nicht, vielleicht wollte ich's einfach drauf ankommen lassen. Vielleicht war's mir egal. Oder, ach, vielleicht wollte ich auch, dass er's Harold erzählt. Wahrheit macht frei, stimmt's? Vielleicht wollte ich das letztendlich. Ich dachte, Harold versteht das als eine Art Hilferuf und kümmert sich dann mehr um mich.«

»Aber es ist anders gekommen«, sagte Adam.

»Ganz anders«, sagte sie. »Ich weiß nicht, wann oder wie der Typ es Harold erzählt hat. Aber erzählt hat er's ihm auf jeden Fall. Er hat Harold irgendeinen Link geschickt, wo man alles sehen konnte, was ich auf der Website mit den falschen Schwangerschaften bestellt hatte. Harold ist durchgedreht. Ich dachte, das öffnet ihm die Augen, er sieht, was ich durchmache, aber es war genau andersrum. Das hat seine ganze Unsicherheit nur noch verstärkt. Er hat sich erst richtig in die Sache reingesteigert, dass er kein echter Mann ist. Das ist verdammt komplex, wissen Sie? Von einem Mann wird erwartet, dass er seinen Samen verbreitet, und wenn der Samen nichts taugt, na ja, dann trifft ihn das ins Mark. Idiotisch.«

Sie trank noch einen Schluck und sah ihm in die Augen.

»Das überrascht mich«, sagte Suzanne.

»Was überrascht Sie?«

»Dass Corinne sich auch so entschieden hat. Ich hätte gedacht, sie bezahlt.«

»Wieso sagen Sie das?

Suzanne zuckte die Achseln. »Weil sie Sie geliebt hat. Weil sie so viel zu verlieren hatte.«

FÜNFUNDZWANZIG

War es so einfach?
War das Ganze die Folge eines fehlgeschlagenen Erpressungsversuchs? Von Suzanne Hope hatte der Fremde Geld für sein Schweigen verlangt. Sie hatte sich geweigert zu zahlen, woraufhin der Fremde ihrem Mann von der vorgetäuschten Schwangerschaft erzählt hatte.

War es bei Corinne und Adam auch so abgelaufen?

Auf eine Weise fand er das vollkommen einleuchtend. Die Hopes waren erpresst worden. Warum sollte es bei Corinne und ihm nicht genauso gewesen sein? Man verlangte Geld, man bekam keines, man verriet jemanden. So funktionierte Erpressung. Als Adam auf dem Nachhauseweg jedoch über die Glaubwürdigkeit des Gehörten nachsann, schien irgendetwas an der Sache nicht zu passen. Er konnte den Finger nicht darauf legen. Aber aus irgendeinem Grund roch die vermeintliche Erpressungstheorie mehr als nur ein wenig faul.

Corinne war ehrgeizig und klug. Sie sorgte sich häufig und plante gründlich. Wenn sie beschlossen hätte, nicht auf eine Erpressung einzugehen, wäre sie, die Musterschülerin, vorbereitet gewesen. Als Adam sie nach dem Besuch des Fremden zur Rede gestellt hatte, war Corinne jedoch verwirrt gewesen. Sie hatte keine Antwort parat gehabt und hatte einen halbherzigen Versuch unternommen, auf Zeit zu spielen. Er hatte nicht die geringsten Zweifel, dass Corinne damals überrascht gewesen war.

Warum? Hätte sie nicht damit rechnen müssen, dass der Fremde Adam informierte, wenn sie erpresst worden war?

Und dann war sie verschwunden. War das eine nachvollziehbare Reaktion? Sie war so plötzlich und völlig ins Blaue hinein geflohen, hatte weder ihn noch die Schule richtig informiert und, was noch überraschender war, die Jungs einfach hängen lassen.

Das passte nicht zu Corinne.

Hier musste irgendetwas anderes laufen.

Noch einmal ließ er sich den Abend in der American Legion Hall durch den Kopf gehen. Er dachte an den Fremden – und seine junge blonde Begleiterin. Er dachte darüber nach, wie ruhig und betroffen der Fremde gewirkt hatte. Es hatte ihm keinen Spaß gemacht, Adam zu erzählen, was Corinne getan hatte – es gab absolut keinen Hinweis darauf, dass er ein Psychopath oder ein Soziopath war –, geschäftsmäßig hatte er allerdings auch nicht gewirkt.

Zum hundertsten Mal an diesem Tag schaute Adam auf die Tracking-App und hoffte, dass Corinne ihr Handy nach ihrem Aufenthalt in Pittsburgh wieder geladen hatte. Wieder überlegte er, ob sie dort geblieben oder nur durchgefahren war. Durchgefahren – er war sich ziemlich sicher. Außerdem war er ziemlich sicher, dass ihr unterwegs eingefallen war, dass einer der Jungs auf die Idee kommen würde, sie mit der Tracking-App zu suchen, und dass sie das Handy oder die App dann einfach abgeschaltet hatte.

Also gut, wenn Corinne von Cedarfield über Pittsburgh fuhr, wohin wollte sie dann?

Er hatte keine Ahnung. Aber irgendwas stimmte hier ganz und gar nicht. Na toll. Kluges Kerlchen. Corinne hatte gesagt, er solle sich da raushalten. Sollte er nicht lieber auf sie hören? Sollte er sich zurücklehnen und abwarten? Oder war die Bedrohung zu ernst, als dass er tatenlos zusehen konnte?

Sollte er Hilfe holen? Sollte er sich an die Polizei wenden oder nicht?

Adam hätte nicht sagen können, wohin das Pendel ausgeschlagen hätte – beide Optionen brachten mehr als genug Probleme mit sich –, aber als er in seine Straße einbog, war das alles plötzlich kein Thema mehr. Drei Männer standen am Straßenrand vor seinem Haus. Der eine war sein Nachbar Cal Gottesman, der gerade wieder seine Brille hochschob. Die anderen beiden waren Tripp Evans und Bob »Gaston« Baime.

Was zum...?

Einen Augenblick, nur einen Sekundenbruchteil lang befürchtete Adam das Schlimmste: Corinne war etwas Schreckliches zugestoßen. Aber nein, eine solche Nachricht würde nicht von den dreien hier überbracht werden. Das hätte Len Gilman übernommen, der Ortspolizist, der auch zwei Kinder beim Lacrosse hatte.

Als hätte jemand seine Gedanken gelesen, bog ein Streifenwagen mit der Aufschrift CEDARFIELD POLICE DEPARTMENT in die Straße ein und hielt bei den drei Männern. Len Gilman saß am Steuer.

Adam rutschte das Herz in die Hose.

Er stellte den Schalthebel auf Parkposition und öffnete die Autotür. Gilman tat dasselbe. Als Adam sich aufrichten wollte, gaben seine Knie beinahe nach. Auf wackeligen Beinen rannte er zu den vier Männern hinüber, die sich am Straßenrand vor seinem Haus versammelt hatten.

Alle vier sahen ihn besorgt an.

»Wir müssen reden«, sagte Len Gilman.

SECHSUNDZWANZIG

Johanna Griffin, Polizeichefin von Beachwood, Ohio, war noch nie am Tatort eines Mordes gewesen.

Natürlich hatte sie schon die eine oder andere Leiche gesehen. Viele Leute riefen die Polizei, wenn jemand, der ihnen nahesteht, eines natürlichen Todes gestorben war. Das galt auch bei einer Überdosis und Selbstmord, und so war Johanna dem Tod mehr als einmal begegnet. Es hatte im Laufe der Jahre auch nicht wenige blutige Autounfälle gegeben. Vor zwei Monaten war ein Sattelzug auf die Gegenfahrbahn geraten und mit einem Ford Fiesta so zusammengestoßen, dass dessen Fahrer geköpft und der Schädel seiner Frau wie ein Styroporbecher zerdrückt worden war.

Weder Blut, Verstümmelungen noch der Tod an sich machten Johanna wirklich etwas aus. Aber, herrje, dies schon.

Warum das so war? Erstens ging es um Mord. Alleine schon das Wort auszusprechen fiel ihr schwer. *Mord.* Man brauchte es nur laut zu sagen, schon begann man zu frösteln. Nichts kam dem nahe. Durch Krankheit oder einen Unfall aus dem Leben zu scheiden war eine Sache. Aber die Vorstellung, dass einem jemand absichtlich das Leben nahm, dass ein Mitmensch einfach beschloss, deiner Existenz ein Ende zu setzen, war in jedweder Hinsicht abstoßend. Es war obszön. Es war irgendwie mehr als ein Verbrechen. Da spielte jemand auf die denkbar gottloseste Art Gott.

Aber sogar damit hätte Johanna vielleicht leben können.

Sie versuchte, ruhig zu atmen, spürte aber, wie sie hastig und stoßweise nach Luft schnappte. Sie sah auf die Leiche herab. Heidi Dann schaute mit starrem Blick zu ihr hinauf. Sie hatte ein Einschussloch in der Stirn. Eine zweite Kugel – bei näherer Überlegung vermutlich eher die erste – hatte ihre Kniescheibe zertrümmert. Heidi war auf dem Orientteppich verblutet, den sie für einen Apfel und ein Ei von einem Mann namens Ravi erstanden hatte, der vor dem Bioladen von der Ladefläche eines Transporters Teppiche verkaufte. Johanna hatte Ravi mehr als einmal, wenn auch etwas halbherzig, einen Platzverweis erteilt, doch Ravi, der »gute Preise machte« und immer ein Lächeln für seine Kunden übrig hatte, war einfach immer wiedergekommen.

Der Neue, mit dem Johanna zusammenarbeitete, ein junger Mann namens Norbert Pendergast, versuchte, sich seine Begeisterung nicht anmerken zu lassen. Er stellte sich neben Johanna und sagte: »Die Kollegen vom County sind unterwegs. Die nehmen uns den Fall aus der Hand, oder?«

Natürlich würden sie das tun, dachte Johanna. In dieser Gegend verbrachten Ortspolizisten ihre Arbeitszeit größtenteils mit Verkehrssündern, halfen Kindern und Erziehern bei der Ausbildung für den Fahrradführerschein und versuchten gelegentlich, eine häusliche Auseinandersetzung zu schlichten. Um Kapitalverbrechen wie Mord kümmerte sich die County-Polizei. Also würden in ein paar Minuten die großen Jungs vorfahren und sich die Schwänze zurechtrücken, damit auch jeder wusste, dass sie hier das Sagen hatten. Sie würden sie rausdrängen, obwohl es doch – und das sollte nicht allzu melodramatisch klingen – ihre Stadt war. Johanna war hier aufgewachsen. Sie kannte die Gegend. Sie kannte die Menschen. Sie wusste zum Beispiel, dass Heidi gern tanzte, sehr gut Bridge spielte und oft dreckig und ansteckend lachte. Sie wusste, dass Heidi gern mit Nagellack in seltsamen Farben experimentierte, dass ihre Lieblingsfernsehserien *Mary Tyler Moore* und *Breaking Bad* waren (ja, so war Heidi) und dass sie den Orientteppich, auf dem sie verblutet war, für 400 Dollar vor dem Bioladen von Ravi gekauft hatte.

»Norbert?«

»Ja?«

»Wo ist Marty?«, fragte Johanna.

»Wer?«

»Ihr Mann.«

Norbert deutete hinter sich. »In der Küche.«

Johanna zog ihre Hose hoch – sie konnte sich noch so viel Mühe geben, der Bund der Polizeiuniform saß nie richtig – und ging in die Küche. Als sie hereinkam, wirkte es, als würden Martys bleiche Gesichtszüge von einer Schnur hochgezogen. Seine Augen sahen aus wie zersprungene Glasmurmeln.

»Johanna?«

Die Stimme hohl und geisterhaft.

»Es tut mir so leid, Marty.«

»Ich versteh nicht…«

»Eins nach dem anderen.« Johanna zog sich den Küchenstuhl gegenüber heran – ja, das war Heidis Platz gewesen – und setzte sich. »Ich muss dir ein paar Fragen stellen, Marty. Ist das okay?«

Die Schwanzrücker vom County würden viel Zeit darauf verschwenden, Marty die Tat nachzuweisen. Er hatte es nicht getan. Johanna war sich da sicher, aber es brachte nichts, ihnen das zu erklären, weil… nun, sie wusste es eben einfach, weil, tja, weil sie es eben wusste. Die Schwänze vom County würden sich darüber lustig machen und sie darauf hinweisen, wie hoch der Anteil an Ehemännern unter den Tätern bei vergleichbaren Morden war. Also sollten sie machen. Und wer wusste das schon so genau? Vielleicht hatten sie recht (hatten sie nicht), aber von ihr aus konnten sie ruhig in diese Richtung ermitteln. Sie würde ein paar andere Richtungen ausprobieren.

Marty nickte wie betäubt. »Ja, okay.«

»Du bist also gerade erst nach Hause gekommen?«

»Ja. Ich war bei einer Tagung in Columbus.«

Nach Zeugen brauchte sie nicht zu fragen. Das würden die Schwänze vom County machen. »Und dann?«

»Ich hab in der Einfahrt geparkt.« Seine Stimme war tonlos und schien von sehr weit weg zu kommen. »Ich hab die Tür aufgesperrt. Ich hab Heidi gerufen – ich wusste ja, dass sie da ist, weil ihr Auto draußen stand. Dann bin ich ins Wohnzimmer gegangen und …« Martys Gesicht verzog sich zu einer kaum als menschlich zu bezeichnenden Grimasse und fiel dann zu einer allzu menschlichen zusammen.

Normalerweise hätte Johanna einem trauernden Ehepartner Zeit gegeben, sich zu erholen, aber hier würden bald Schwänze zurechtgerückt werden. »Marty?«

Er versuchte wieder, sich zu sammeln.

»Fehlt irgendwas?«

»Was?«

»War es vielleicht ein Einbruch?«

»Glaub ich nicht. Mir ist nichts aufgefallen. Ich hab aber auch nicht genau nachgesehen.«

Sie wusste, dass ein Einbruch unwahrscheinlich war. Zum einen war nichts besonders Wertvolles im Haus. Zum anderen hatte Heidi noch ihren Verlobungsring am Finger, von dem Johanna wusste, dass er ihrer Großmutter gehört hatte und das Teuerste war, was sie besaß. Ein Dieb hätte ihn mitgenommen.

»Marty?«

»Ja?«

»Wer ist die erste Person, die dir einfällt?«

»Wie meinst du das?«

»Wer kann es gewesen sein?«

Marty dachte einen Moment schweigend darüber nach. Dann verzog er wieder das Gesicht. »Du kennst doch meine Heidi, Johanna.«

Kennst. Immer noch im Präsens.

»Sie hat auf der ganzen Welt nicht einen einzigen Feind.«

Johanna zog ihr Notizbuch heraus. Sie schlug eine leere Seite auf, starrte darauf und hoffte, dass Marty ihre feuchten Augen nicht sah. »Denk nach, Marty.«

»Tu ich ja.« Er stöhnte. »O Gott, ich muss es Kimberly und den Jungs sagen. Wie soll ich ihnen das sagen?«

»Da kann ich dir helfen, wenn du willst.«

Marty klammerte sich an den Vorschlag wie an ein Rettungsboot. »Würdest du das tun?« Er war ein netter Kerl, dachte Johanna, aber er war eindeutig niemals gut genug für jemanden wie Heidi gewesen. Heidi war etwas ganz Besonderes. Heidi war ein Mensch, der es fertigbrachte, dass sich alle um sie herum auch wie etwas ganz Besonderes fühlten. Heidi hatte einfach etwas Magisches gehabt.

»Die Kinder bewundern dich, das weißt du ja. Und Heidi auch. Sie hätte gewollt, dass du das machst.«

Johanna hatte den Blick immer noch auf die leere Seite geheftet. »Ist in letzter Zeit irgendwas vorgefallen?«

»Was? Du meinst, so was wie das hier?«

»Ich meine irgendwas. Habt ihr irgendwelche beunruhigenden Anrufe bekommen? Hat Heidi sich bei Macy's mit jemandem gestritten? Hat ihr jemand auf der 271 die Vorfahrt genommen? Hat sie jemandem den Stinkefinger gezeigt, der sich bei Jack's vorgedrängelt hat? Irgend so was.«

Er schüttelte langsam den Kopf.

»Komm, Marty. Denk nach.«

»Nichts«, sagte er. Er sah mit seinem vor Qual zerfurchten Gesicht zu ihr empor. »Ich weiß gar nichts.«

»Was geht hier vor?«

Eine herrische Stimme hinter ihr. Johanna wusste, dass ihre Zeit um war. Sie stand auf und sah sich zwei Schwanzrückern vom County gegenüber. Sie stellte sich vor. Die beiden beäugten sie, als wollte sie silberne Löffel klauen, dann erklärten sie ihr, dass sie den Fall jetzt übernahmen.

Dagegen ließ sich nichts machen. Johanna würde nichts dagegen unternehmen. Sie hatten Erfahrung in solchen Dingen, und Heidi hatte nur das Beste verdient. Johanna brach auf, bereit, die Detectives von der Mordkommission ihren Job machen zu lassen.

Das hieß allerdings nicht, dass sie nicht auch ihren Job machen würde.

SIEBENUNDZWANZIG

Sind deine Kinder zu Hause?«, fragte Len Gilman.
Adam schüttelte den Kopf. Sie standen immer noch zu fünft am Straßenrand. Len Gilman sah nicht wie ein Cop aus, hatte aber die barsche Art zu einer Kunstform ausgebaut. Er erinnerte Adam an die alternden Mitglieder einer Motorradgang, die immer noch Leder tragen und in Spelunken abhängen. Gilmans ergrauender Schnauzbart hatte gelbe Nikotinflecken. Selbst wenn er in Uniform war, trug er gern kurzärmlige Hemden, und die Behaarung seiner Arme hätte einem Bären alle Ehre gemacht.

Einen Moment lang rührte sich niemand, fünf Kleinstadt-Papas, die an einem Donnerstagabend am Straßenrand herumstehen.

Das ergibt keinen Sinn, dachte Adam, und vielleicht war das ein gutes Zeichen.

Wenn Len Gilman in seiner Rolle als Polizist hier war, um eine schlechte Nachricht zu überbringen, warum hätte er dann Tripp, Gaston und Cal mitbringen sollen?

»Könnten wir vielleicht reingehen«, sagte Len, »um zu reden?«

»Worum geht's denn?«

»Das besprechen wir besser unter uns.«

Adam war versucht zu sagen, dass sie schon »unter uns« wären, schließlich standen sie am Straßenrand vor seinem Garten, wo sie niemand hören konnte. Aber Len war schon auf dem Weg, und Adam wollte das Gespräch nicht noch weiter hinauszögern. Die anderen drei warteten auf Adam. Gaston hatte den Kopf gesenkt und musterte den Rasen. Cal wirkte nervös, aber das war bei ihm mehr oder weniger der Normalzustand. Tripp ließ sich nichts anmerken.

Adam folgte Len, die anderen im Schlepptau. An der Tür trat Len zur Seite und wartete, bis Adam aufgeschlossen hatte. Die Hündin Jersey stürzte auf sie zu, ihre Krallen klapperten auf dem Parkett, aber vielleicht spürte sie, dass irgendetwas nicht stimmte, denn ihre Begrüßung fiel stumm und wenig begeistert aus. Schließlich schlich sie zurück in die Küche.

Im Haus wurde es still, eine Stille, die vorsätzlich wirkte, als hätten selbst Wände und Möbel in sie eingestimmt. Adam vergeudete keine Zeit mit Höflichkeiten, bot keine Plätze oder Drinks an. Len Gilman ging voraus ins Wohnzimmer, als gehörte ihm das Haus – oder wie ein Cop, der sich in seiner Haut wohlfühlte.

»Was ist los?«, fragte Adam.

Len sprach für alle. »Wo ist Corinne?«

Adam überkamen zwei Gefühle gleichzeitig. Zum einen Erleichterung: Wenn Corinne etwas zugestoßen wäre, wüsste Len, wo sie war. Also mochte zwar etwas Schlimmes geschehen sein, es war aber nicht das Worst-Case-Szenario. Zum zweiten verspürte er Angst: Ja, Corinne war vielleicht für den Moment in Sicherheit, aber sowohl das aggressive Auftreten als auch Lens Stimme machten klar, dass es bei diesem Besuch um nichts Gutes ging.

»Sie ist nicht da«, sagte Adam.

»Ja, das sehen wir. Würdest du uns sagen, wo sie ist?«

»Würdet ihr mir sagen, warum ihr das wissen wollt?«

Len Gilman sah Adam unverwandt an. Die anderen Männer traten von einem Fuß auf den anderen. »Setzen wir uns.«

Adam wollte protestieren, wollte sagen, dass es sein Haus sei und immer noch er entscheide, wann oder wo sich jemand setze, doch es schien Energieverschwendung zu sein. Len ließ sich mit einem Seufzen in den großen Sessel fallen, in dem Adam sonst saß. Adam war die Machtdemonstration, die darin lag, bewusst, aber auch in diesem Fall brachte es nichts, sich darüber zu ärgern. Die anderen drei setzten sich auf die Couch wie die »Nichts sagen, nichts hören, nichts sehen«-Affen. Adam blieb stehen.

»Was zum Henker ist hier los?«, fragte Adam noch einmal.

Len Gilman streichelte seinen Schnauzbart wie ein kleines Tier. »Eins würde ich gern von Anfang an klarstellen. Ich bin hier als dein Freund und Nachbar. Nicht als Polizeichef.«

»Oh, das hört man natürlich gerne.«

Len ignorierte den ironischen Unterton und fuhr fort. »Und als dein Freund und Nachbar sage ich dir, dass wir nach Corinne suchen.«

»Und als dein Freund und Nachbar, vor allem aber auch als besorgter Ehemann, frage ich dich, wieso.«

Len Gilman nickte, er spielte auf Zeit und überlegte, wie er am besten vorgehen sollte. »Ich weiß, dass Tripp gestern hier war.«

»Das ist richtig.«

»Er hat gesagt, dass wir ein Meeting des Lacrosse-Vorstands hatten.«

Daraufhin verstummte Len Gilman und setzte auf die Cop-Strategie, zu schweigen und zu hoffen, dass der andere etwas sagte. Adam kannte die Technik aus seiner Zeit bei der

Staatsanwaltschaft nur zu gut. Er wusste auch, dass die, die Gleiches mit Gleichem vergolten und das Schweigen des Cops auszusitzen versuchten, meistens etwas zu verbergen hatten. Adam hatte nichts zu verbergen. Außerdem wollte er, dass es weiterging, und sagte deshalb noch einmal: »Das stimmt.«

»Corinne war nicht bei dem Meeting. Sie ist einfach nicht erschienen.«

»Und? Braucht sie ein Entschuldigungsschreiben von den Eltern?«

»Lass die Klugscheißerei, Adam.«

Len hatte recht. Er musste seinen Sarkasmus in den Griff kriegen.

»Bist du im Vorstand, Len?«, fragte Adam.

»Ich bin außerordentliches Mitglied.«

»Was heißt das?«

Len lächelte und hob die Hände. »Keine Ahnung. Tripp ist Präsident. Bob hier ist der Vize. Und Cal ist Schriftführer.«

»Ich weiß, und ich bin schwer beeindruckt.« Wieder schalt er sich innerlich für seinen Tonfall. Das war nicht der richtige Moment für so was. »Aber ich weiß immer noch nicht, warum ihr alle nach Corinne sucht.«

»Und wir wissen nicht, warum wir sie nicht finden«, konterte Len und breitete die fleischigen Hände aus. »Mysteriös, findest du nicht? Wir haben es per SMS versucht. Per Mail. Wir haben auf der Handy- und auf der Festnetznummer angerufen. Ich bin sogar in der Schule gewesen. Wusstest du das?«

Adam verkniff sich die Antwort.

»Corinne war nicht da. Sie ist nicht erschienen – ohne Entschuldigungsschreiben von den Eltern. Also hab ich mit

Tom gesprochen.« Tom Gorman war der Schuldirektor. Er wohnte selbst hier in der Stadt und hatte drei Kinder. Städte wie diese waren aberwitzig inzestuös. »Er sagt, dass Corinne normalerweise die geringsten Fehlzeiten im ganzen Bezirk hat, aber plötzlich ist sie nicht mehr aufgetaucht. Er macht sich Sorgen.«

»Len?«

»Ja?«

»Könnt ihr mal mit dem Blödsinn aufhören und mir erzählen, warum ihr alle so dringend nach meiner Frau sucht?«

Len sah die drei Affen auf der Couch an. Bobs Gesicht war versteinert. Cal putzte sich die Brille. Blieb nur noch Tripp Evans. Tripp räusperte sich und sagte: »Es gibt da offenbar ein paar Unstimmigkeiten bei den Lacrosse-Finanzen.«

Rumms.

Oder vielleicht auch das Gegenteil. Es wurde noch stiller im Haus. Adam glaubte, sein eigenes Herz schlagen zu hören. Er tastete nach dem Sessel hinter sich und sank hinein.

»Wie meint ihr das?«

Aber er wusste natürlich, was los war.

Jetzt fand auch Bob seine Stimme wieder. »Was glaubst du wohl, wie wir das meinen?«, fauchte er fast. »Auf dem Konto fehlt Geld.«

Cal nickte, um auch etwas beizutragen.

»Und ihr glaubt…?« Adam brachte den Gedanken nicht zu Ende. Zum einen war es offensichtlich, was die anderen glaubten. Zum anderen war die Unterstellung so lachhaft, dass es sich nicht einmal lohnte, sie auszusprechen.

Aber war sie denn wirklich so lachhaft?

»Wir wollen der Sache mal nicht vorgreifen«, sagte Len und spielte den Vernünftigen. »Im Moment wollen wir einfach nur mit Corinne reden. Ich bin, wie gesagt, als Freund

und Nachbar und vielleicht noch als Vorstandsmitglied hier. So wie wir alle. Wir sind Corinnes Freunde. Und deine Freunde. Wir wollen, dass das unter uns bleibt.«

Alle nickten.

»Und das soll heissen?«

»Das soll heissen«, sagte Len und beugte sich verschwörerisch vor, »dass die Sache vom Tisch ist, sobald der Fehlbetrag in den Büchern ausgeglichen wird. Das bleibt unter uns. Es gibt keine Fragen. Wenn die Unstimmigkeiten verschwinden und die Buchhaltung wieder in Ordnung ist, dann interessiert uns das Warum und Wieso nicht. Schwamm drüber.«

Adam sagte nichts. Alle Organisationen sind gleich. Vertuschen und lügen. Wegen des Allgemeinwohls und so weiter. Trotz seiner Verwirrung und Angst verspürte Adam eine gewisse Verachtung. Er konnte nicht anders. Aber das tat nichts zur Sache. Er musste jetzt ganz vorsichtig sein. Len Gilman hatte seinen »Freund/Nachbar/Vorstandsmitglied«-Spruch zwar wiederholt vorgebracht, trotzdem blieb er ein Cop. Er war nicht aus Höflichkeit hier. Er sammelte Informationen. Adam musste aufpassen, wie viel er ihm mitteilte.

»Dieser Fehlbetrag«, sagte Adam. »Wie hoch ist der?«

»Sehr hoch«, sagte Len Gilman.

»In Zahlen…«

»Tut mir leid, das ist vertraulich.«

»Ihr glaubt doch nicht im Ernst, dass Corinne irgendwas…«

»Im Moment«, sagte Len Gilman, »wollen wir nur mit ihr reden.«

Adam schwieg.

»Wo ist sie, Adam?«

Das durfte er ihnen natürlich nicht sagen. Er durfte nicht

einmal einen Erklärungsversuch wagen. Der Anwalt in ihm gewann die Oberhand. Wie oft hatte er seine eigenen Mandanten ermahnt, kein Wort zu sagen? Wie viele Beschuldigte hatte er vor Gericht bringen können, weil irgendein Idiot versucht hatte, sich herauszureden?

»Adam?«

»Ich glaube, ihr geht jetzt lieber.«

ACHTUNDZWANZIG

Dan Molino versuchte, nicht zu weinen, als er seinem Sohn Kenny dabei zusah, wie er sich in die Startposition für den 40-Yard-Sprint aufstellte.

Kenny war in der letzten Klasse der Highschool und einer der aussichtsreichsten Nachwuchsspieler im ganzen Bundesstaat. Er hatte eine herausragende Saison gespielt, die Aufmerksamkeit und den Respekt der wichtigen Scouts auf sich gezogen, und jetzt stand er da und wärmte sich auf für die letzte Disziplin im Kombinationswettbewerb. Dan stand auf der Tribüne und spürte den vertrauten Rausch, den Elternrausch, als er seinem großen Sohn zusah – Kenny wog inzwischen 130 Kilo –, der gleich die Füße auf den Startblock setzen würde. Dan selbst war auch groß und kräftig gebaut, knapp eins neunzig, hundertacht Kilo. Er hatte früher selbst ein bisschen Football gespielt, war Linebacker in der ersten College-Mannschaft gewesen, für die landesweite *Division 1* war er eine Spur zu langsam und etwas zu klein gewesen. Vor fünfundzwanzig Jahren hatte er sich als Möbellieferant selbstständig gemacht, und jetzt besaß Dan zwei Trucks und hatte neun Angestellte. Die großen Ketten hatten meist einen eigenen Fuhrpark. Dan hatte sich auf die Familienbetriebe spezialisiert, deren Anzahl allerdings Tag für Tag abnahm. Sie wurden von den großen Ketten aus dem Markt gedrängt, so wie die großen Lieferunternehmen wie UPS und FedEx ihn aus dem Markt zu drängen drohten.

Aber Dan konnte davon leben. Ein paar von den großen Matratzenketten hatten in letzter Zeit beschlossen, den eigenen Fuhrpark abzuschaffen. Für sie war es billiger, vor Ort jemanden wie Dan zu beauftragen. Das half ein bisschen. Okay, Dan verdiente sich keine goldene Nase, aber es lief ziemlich gut. Carly und er hatten ein schönes Haus in Sparta am See. Sie hatten drei Kinder. Ronald war der Jüngste. Er war zwölf. Karen war im ersten Jahr an der Highschool und kam gerade in das Alter, wo Aufsässigkeit und Pubertät sich bemerkbar machten und die Jungs auf sie aufmerksam wurden. Dan hoffte, dass er das überleben würde. Und dann noch Kenny, sein Erstgeborener, der Oberstufenschüler, der drauf und dran war, über ein Football-Programm ein Vollstipendium für eine große Universität zu bekommen. Alabama und Ohio State hatten bereits Interesse gezeigt.

Wenn Kenny nur diesen Vierzig-Yard-Sprint hinkriegte.

Beim Beobachten seines Sohns bekam Dan nasse Augen. Das war immer so. Es war ein bisschen peinlich, dass es ihm jedes Mal so erging. Aber er konnte nichts dagegen tun. Zu Kennys Highschool-Spielen trug er jetzt immer eine Sonnenbrille, damit man es nicht sah. Das war natürlich keine Lösung für die Gelegenheiten, die drinnen stattfanden, wenn Kenny zum Beispiel ein Preis überreicht wurde wie damals, als sie ihn beim Abschlussdinner der Mannschaft zum *Most Valuable Player* ernannt hatten. Dan hatte bei den Angehörigen gesessen, und zack hatte er schon wieder feuchte Augen gehabt. Manchmal liefen ihm sogar ein oder zwei Tränen über die Wangen. Wenn es jemand bemerkte, behauptete Dan, er leide an einer Allergie oder einem Schnupfen oder so etwas. Wer weiß, vielleicht schluckten die Leute das sogar. Carly liebte diese Seite an ihm, sie nannte ihn ihren empfindsamen Teddybären oder umarmte ihn. Was auch immer

Dan sonst getan und welche Fehler er im Leben gemacht hatte, als Carly Applegate ihn zum Mann an ihrer Seite erwählte, war das für ihn der absolute Volltreffer gewesen.

Nüchtern betrachtet glaubte Dan nicht, dass Carly genauso viel Glück gehabt hatte. Eddie Thompson hatte ihr damals schöne Augen gemacht. Eddies Familie war frühzeitig ins McDonald's-Franchisegeschäft eingestiegen und hatte ein Vermögen gemacht. Jetzt standen sie ständig in der Lokalzeitung, Eddie und seine Frau Melinda, bei irgendwelchen Wohltätigkeitsveranstaltungen oder so. Carly hatte nie etwas dazu gesagt, Dan wusste aber, dass es sie beschäftigte. Vielleicht war es auch nur Dans Problem. Er wusste es nicht mehr so genau. Er wusste nur, dass er nasse Augen bekam, wenn seinen Kindern etwas Besonderes gelang – wenn sie Football spielten oder eine Auszeichnung bekamen. Er war nah am Wasser gebaut und versuchte das zu verstecken, aber Carly kannte die Wahrheit und liebte ihn dafür.

Heute trug Dan eine Sonnenbrille. So viel war klar.

Unter dem wachsamen Blick der wichtigsten Scouts hatte Kenny sich in den anderen Disziplinen sehr gut geschlagen – beim Hochsprung, beim 7-gegen-7-Spiel und beim *Trench Warfare*, wo man versuchen musste, an einem Gegner vorbeizukommen. Aber der 40-Yard-Sprint würde es besiegeln. Ein Vollstipendium einer großen Universität. Ohio State, Penn State, Alabama, vielleicht sogar – o Mann, er wagte fast nicht daran zu denken – Notre Dame. Der Scout von Notre Dame war hier, und Dan war nicht entgangen, dass der Typ sich Notizen zu Kenny gemacht hatte.

Nur noch ein allerletzter Sprint. Wenn Kenny unter 5,2 Sekunden blieb, war er fein raus. Das sagten alle. Wenn ein Kandidat langsamer war, verloren die Scouts das Interesse, auch wenn er in allen anderen Disziplinen sehr gut abgeschnitten hatte. Sie wollten ein Ergebnis von 5,2 oder besser. Wenn Kenny das gelang, wenn Kenny bloß in diesem einen Rennen seine Bestzeit erreichen konnte…

»Sie wissen Bescheid, oder?«

Die unbekannte Stimme schreckte ihn kurz auf, aber Dan ging davon aus, dass der Typ nicht ihn gemeint hatte. Doch als er kurz hinguckte, sah er, dass ihm ein Fremder direkt in die sonnenbebrillten Augen starrte.

Ein Winzling, dachte Dan, allerdings waren aus Dans Perspektive alle winzig. Nicht nur kurz geraten. Einfach winzig. Kleine Hände, dünne Arme, fast zerbrechlich. Der Mann, der ihn anstarrte, fiel auf, weil er unübersehbar nicht hierhergehörte. Nichts an ihm passte zum Football. Zu klein. Zu nerdig. Große Baseballkappe, zu tief in die Stirn gezogen. Dazu dieses sanfte, freundliche Lächeln.

»Meinen Sie mich?«, fragte Dan.

»Ja.«

»Ich bin gerade beschäftigt.«

Der Typ lächelte weiter, und Dan drehte sich langsam wieder zur Laufbahn. Kenny setzte gerade die Füße in den Startblock. Dan beobachtete ihn und wartete, dass die Wasserspiele einsetzten.

Doch ausnahmsweise blieben seine Augen trocken.

Dan riskierte noch einen Blick. Der Typ lächelte und guckte ihn weiter an.

»Was ist denn?«

»Das hat Zeit bis nach dem Rennen, Dan.«

»Was hat Zeit? Woher wissen Sie, wer ich…?«

»Psst, warten wir, wie es läuft.«

Auf dem Feld rief jemand »Auf die Plätze, fertig«, und dann fiel der Startschuss. Dan fuhr herum zu seinem Sohn. Kenny war schwungvoll gestartet und stürmte die Bahn entlang wie ein außer Kontrolle geratener Truck. Dem stellte man sich besser nicht in den Weg, dachte er. Kenny würde einen niederwalzen wie einen Grashalm.

Das Rennen dauerte nur wenige Sekunden, kam ihm aber viel länger vor. Einer von Dans neuen Fahrern, ein Junge, der seinen Studienkredit abarbeitete, hatte ihm einen Artikel geschickt, in dem stand, dass die Zeit langsamer verging, wenn man neue Erfahrungen machte. Und dies war neu. Vielleicht vergingen die Sekunden deshalb so langsam. Dan sah seinem Jungen zu, wie er eine neue persönliche Bestzeit im 40-Yard-Sprint lief und sich damit ein Vollstipendium an einem tollen Ort sicherte, an einer Uni, an die Dan nie hätte gehen können, und als Kenny in der Rekordzeit von 5,07 die Ziellinie überquerte, wusste Dan, dass jetzt die Tränen fließen mussten.

Das taten sie aber nicht.

»Tolle Zeit«, sagte der kleine Typ. »Sie müssen sehr stolz auf ihn sein.«

»Darauf können Sie wetten.«

Dan sah den Fremden jetzt direkt an. Er sollte sich verpissen. Dies war einer der größten Momente – wenn nicht *der* größte – in Dans Leben, da würde ihm kein dahergelaufener Trottel in die Quere kommen. »Kennen wir uns?«

»Nein.«

»Sind Sie ein Scout?«

Der Fremde lächelte. »Seh ich aus wie ein Scout, Dan?«

»Woher wissen Sie, wie ich heiße?«

»Ich weiß eine ganze Menge. Hier.«

Der Fremde hielt ihm einen braunen Umschlag hin.

»Was ist das?«

»Sie wissen doch Bescheid, ja.«

»Was glauben Sie eigentlich, wer Sie …«

»Ich kann mir halt nur schwer vorstellen, dass Sie noch niemand darauf angesprochen hat.«

»Worauf angesprochen?«

»Sehen Sie Ihren Sohn doch mal an.«

Wieder fuhr Dan herum zur Laufbahn. Kenny hatte ein breites Grinsen im Gesicht, blickte zur Tribüne, um sich die Anerkennung seines Vaters zu sichern. Jetzt kamen Dan doch noch die Tränen. Er winkte, und sein Sohn, der nachts nicht ausging, der weder trank noch kiffte und sich auch nicht in schlechter Gesellschaft herumtrieb, der immer noch – ja, das glaubte einfach niemand – gern Zeit mit seinem Alten verbrachte, mit ihm Sport guckte oder bei Netflix einen Film, dieser Sohn winkte zurück.

»Was hat er letztes Jahr gewogen? Hundertfünf?«, fragte der Fremde. »Er hat fünfundzwanzig Kilo zugelegt, und niemand hat etwas gemerkt?«

Dan runzelte die Stirn, und gleichzeitig stockte ihm das Herz. »Das nennt man Pubertät, Arschloch. Das nennt man hartes Training.«

»Nein, Dan. Das nennt man Stanozolol.«

»Was?«

»Ein Dopingmittel. Umgangssprachlich bekannt als ein Anabolikum.«

Dan drehte sich um und rückte ganz nah an den kleinen Fremden heran. Der Fremde lächelte einfach weiter. »Was haben Sie gesagt?«

»Ich will mich nicht wiederholen, Dan. Im Umschlag finden Sie alles. Ihr Sohn hat auf der Silk Road eingekauft. Wissen Sie, was das ist? Das Deep Web? Die Unterwelt des Onlinehandels? Bitcoin? Ich weiß nicht, ob Ihr Sohn dabei Ihren Segen hatte oder ob er das selbst bezahlt hat.«

Dan stand nur da und sagte nichts.

»Was glauben Sie, was die Scouts sagen werden, wenn das Material an die Öffentlichkeit kommt?«

»Sie verarschen mich doch. Sie denken sich das aus. Das ist alles...«

»Zehntausend Dollar, Dan.«

»Was?«

»Ich will jetzt nicht ins Detail gehen. In dem Umschlag finden Sie alle Beweise. Kenny hat mit Stanozolol angefangen. Das war sein Hauptdopingmittel, aber er hat auch Oxymetholon genommen und Nandrolon. Sie können nachsehen, wie oft er was gekauft hat und wie er bezahlt hat. Sie finden dort auch die IP-Adresse von Ihrem Computer zu Hause. Kenny hat in der Elften damit angefangen. Das heißt, dass alle Pokale, alle Siege, die ganze Statistik... also, wenn die Wahrheit ans Licht kommt, bleibt nichts davon übrig, Dan. Das Rückenklopfen, wenn Sie in O'Malley's Pub gehen, die ganzen Glückwünsche, die Nachbarn, die so eine hohe Meinung von dem netten Jungen haben – was werden die von Ihnen denken, wenn sie rausfinden, dass Ihr Sohn betrogen hat? Was werden sie von Carly denken?«

Dan legte dem kleinen Typen einen Finger auf die Brust. »Wollen Sie mir drohen?«

»Nein, Dan. Ich will zehntausend Dollar. Einmalzahlung. Sie wissen, dass ich viel mehr verlangen könnte, so viel, wie ein College-Besuch heutzutage kostet. Sie haben also noch Glück gehabt.«

Dann erklang zu seiner Rechten die Stimme, die immer die Tränen zum Fließen brachte: »Dad?«

Mit freudiger und hoffnungsvoller Miene lief Kenny auf ihn zu. Dan erstarrte und musterte seinen Sohn. Einen Augenblick lang konnte er sich nicht bewegen.

»Ich lasse Sie jetzt allein, Dan. Sämtliche Informationen

befinden sich in dem braunen Umschlag, den ich Ihnen gegeben habe. Schauen Sie sich das zu Hause in Ruhe an. Was morgen passiert, ist Ihre Sache, aber jetzt...«, der Fremde deutete auf Kenny, der fast bei ihnen war, »...genießen Sie doch erst einmal den großen Moment gemeinsam mit Ihrem Sohn.«

NEUNUNDZWANZIG

Die American Legion Hall lag in der Nähe der relativ geschäftigen Innenstadt von Cedarfield. Dadurch wurde sie zu einem beliebten Parkplatz, wenn die begrenzte Anzahl kostenpflichtiger Parkplätze an den Straßen sich füllten. Damit das nicht überhandnahm, hatten die Zuständigen der American Legion einen Ortsansässigen namens John Bonner damit beauftragt, den Parkplatz zu »bewachen«. Bonner war hier aufgewachsen – im letzten Highschool-Jahr sogar Kapitän des Basketballteams gewesen –, aber irgendwann begannen psychische Probleme an ihm zu nagen, bis sie sich schließlich dauerhaft in ihm einnisteten. Jetzt war Bonner in Cedarfield das, was einem Obdachlosen am nächsten kam. Er verbrachte die Nächte in der »Pines Mental Health«-Klinik, tagsüber schlurfte er durch die Stadt und murmelte wildes Zeug, meist über politische Verschwörungen, in die der Bürgermeister und Stonewall Jackson verwickelt seien. Ein paar alte Klassenkameraden von der Cedarfield High hatten Mitleid und versuchten, ihm zu helfen. Rex Davies, der Präsident der American Legion, war dann auf die Idee mit der Parkplatzaufsicht gekommen, vor allem um Bonner von der Straße zu holen.

Adam wusste, dass Bonner seinen neuen Job ernst nahm. Zu ernst. Seine Zwangsstörung bewirkte, dass er ein umfangreiches Notizbuch führte. Es enthielt eine bedrohliche Mischung aus vagen Verschwörungstheorien und ultraspezifischen Details der Marken, Farben und Nummernschilder sämtlicher Fahrzeuge, die sich auf seinem Parkplatz einfanden. Wenn man dort in Angelegenheiten parkte, die nicht die American Legion betrafen, wurde man entweder von Bonner verwarnt und vertrieben, manchmal mit etwas zu viel Leidenschaft, oder aber er ließ einen illegal parken, vergewisserte sich, dass man wirklich zu *Stop&Shop* oder *Backyard Living* ging statt in die American Legion Hall und rief daraufhin seinen alten Teamkollegen Rex Davies an, der zufällig eine Autowerkstatt mit Abschleppdienst betrieb.

Alles ist Beschiss.

Als Adam auf den Parkplatz der American Legion Hall fuhr, beäugte Bonner ihn misstrauisch. Bonner trug wie immer einen blauen Blazer mit zu vielen Knöpfen, der aussah wie eine Requisite aus einem Bürgerkriegsdrama, und ein rot-weiß kariertes, zum Hemd umfunktioniertes Tischtuch. Seine Hosenaufschläge waren ausgefranst, ein Paar schnürsenkelloser Chucks zierte seine Füße.

Adam war inzwischen überzeugt, dass er es sich nicht länger leisten konnte, tatenlos auf Corinnes Rückkehr zu warten. Es kursierten inzwischen zu viele Lügen und Verdächtigungen, dachte er. Aber was auch immer da in den letzten Tagen so furchtbar schiefgegangen war: Hier hatte es seinen Anfang genommen, in der American Legion Hall, als der Fremde ihm von dieser verdammten Website erzählt hatte.

»Hey, Bonner.«

Bonner erkannte ihn womöglich, womöglich aber auch nicht. »Hey«, sagte er zaghaft.

Adam machte den Motor aus und stieg aus. »Ich hab ein Problem.«

Bonners zuckende Augenbrauen waren so buschig, dass Adam an Ryans Wüstenmäuse denken musste. »Ach?«

»Ich hoffe, Sie können mir helfen.«
»Magst du Buffalo Wings?«
Adam nickte. »Klar.« Angeblich war Bonner vor seiner Erkrankung ein Genie gewesen, aber das hörte man ja fast immer über Leute mit schweren psychischen Problemen. »Soll ich Ihnen von Bub's welche holen?«
Bonner guckte entsetzt. »Bub's ist scheiße!«
»Stimmt, tut mir leid.«
»Ach, lass stecken.« Er machte eine wegwerfende Handbewegung. »Du weißt doch gar nichts, Mann.«
»Tut mir leid. Ehrlich. Also Folgendes: Ich brauche Ihre Hilfe.«
»Eine Menge Leute brauchen meine Hilfe. Aber ich kann ja nicht überall sein.«
»Nein. Aber hier könnten Sie doch sein, oder?«
»Hä?«
»Auf dem Parkplatz. Sie könnten mir mit einem Problem hier auf dem Parkplatz helfen. Das könnten Sie doch.«
Bonner zog die buschigen Augenbrauen so tief herunter, dass Adam die Augen nicht mehr sehen konnte. »Ein Problem? Auf meinem Parkplatz?«
»Ja. Ich bin nämlich neulich Abend hier gewesen.«
»Zur Auswahl der Lacrosse-Mannschaft«, sagte Bonner. »Ich weiß.«
Die plötzliche Erinnerung hätte Adam eigentlich aufrütteln müssen, ließ ihn aber aus irgendeinem Grund kalt. »Genau, jedenfalls hat da jemand von außerhalb meinen Wagen gerammt.«
»Was?«
»Ein ziemlicher Blechschaden.«
»Hier auf meinem Parkplatz?«
»Ja. Ein paar junge Leute, glaube ich. Nicht hier aus

Cedarfield. Die waren in einem grauen Honda Accord unterwegs.«

Bonner lief vor Empörung rot an. »Hast du das Kennzeichen?«

»Nein, ich hatte gehofft, dass Sie es mir geben könnten. Damit ich Anzeige erstatten kann. Die sind so gegen viertel nach zehn gefahren.«

»Ja, klar, an die erinnere ich mich.« Bonner holte sein riesiges Notizbuch heraus und blätterte es durch. »Das war am Montag.«

»Ja.«

Immer hektischer blätterte er weiter. Adam blickte Bonner kurz über die Schulter. Winzige Buchstaben bedeckten jede Seite des dicken Notizbuchs von oben bis unten und von ganz rechts bis ganz links. Bonner blätterte immer noch in rasender Geschwindigkeit.

Dann hielt er inne.

»Gefunden?«

Ein Grinsen breitete sich langsam auf Bonners Gesicht aus. »Hey, Adam?«

»Ja?«

Bonner grinste ihn direkt an. Dann ließ er noch mal die Wüstenmäuse zappeln und sagte: »Hast du zweihundert Mäuse?«

»Zweihundert?«

»Weil du mich nämlich belügst.«

Adam versuchte ein erstauntes Gesicht zu machen. »Ich weiß nicht, was Sie meinen.«

Bonner schlug das Notizbuch zu. »Ich bin nämlich hier gewesen. Wenn jemand dein Auto gerammt hätte, hätte ich das gehört.«

Adam wollte widersprechen, aber Bonner hob die Hand.

»Und bevor du mir jetzt erzählst, dass es spät war oder laut oder dass es bloß ein Kratzer war, dann vergiss nicht, dass dein Auto da drüben steht. Ohne Blechschaden. Und erzähl mir nicht, dass du mit dem Auto deiner Frau unterwegs warst oder sonst was.« Bonner hielt das Notizbuch hoch und sah ihn immer noch grinsend an. »Hier steht alles über den Abend drin.«

Ertappt. Von Bonner bei einer ungeschickten Lüge ertappt.

»Also, wie ich das sehe«, fuhr Bonner fort, »willst du das Kennzeichen von dem Typen aus irgendeinem anderen Grund. Von dem Typen und der süßen Blonden, mit der er unterwegs war. Jaja, an die erinnere ich mich, weil ich den Rest von euch Clowns schon eine Million Mal gesehen hab. Das waren Fremde. Nicht von hier. Ich hab mich schon gewundert, was die hier wollten.« Er grinste wieder. »Jetzt weiß ich's.«

Adam fiel ein Dutzend möglicher Erwiderungen ein, aber er gab sich mit der einfachsten zufrieden: »Zweihundert Dollar, sagen Sie?«

»Ein fairer Preis. Oh, und ich nehm keine Schecks. Und auch keine Münzen.«

DREISSIG

Der alte Rinsky sagte: »Das ist ein Mietwagen.«
Sie saßen in der Hightech-Frühstücksnische. Rinsky war heute ganz in Beige – beige Cordhose, beiges Wollhemd, beige Weste. Eunice saß am Küchentisch, gekleidet, als wollte sie auf eine Gartenparty gehen, und trank Tee. Ihr Make-up sah aus, als hätte sie es mit einer Paintball-Pistole aufgetragen. Als Adam hereingekommen war, hatte sie ihn mit den Worten: »Guten Morgen, Norman«, begrüßt. Er hatte überlegt, ob er sie korrigieren sollte, aber Rinsky hatte ihn davon abgehalten. »Nicht«, hatte er gesagt. »Das nennt sich Validationstherapie. Lassen Sie sie in dem Glauben.«

»Irgendeine Idee, wer das Auto am Montag gemietet hat?«, fragte Adam.

»Hab ich hier vor mir liegen.« Rinsky kniff die Augen zusammen. »Die Frau hat den Namen Lauren Barna benutzt, das ist aber ein Pseudonym. Ich habe ein bisschen herumgesucht, und Barna heißt in Wirklichkeit Ingrid Prisby. Sie wohnt in Austin, Texas.« Seine Lesebrille war mit einem Kettchen befestigt. Er ließ sie wieder auf die Brust fallen und drehte sich um. »Sagt Ihnen der Name was?«

»Nein.«

»Das dauert vielleicht ein bisschen, aber ich könnte ein paar Nachforschungen über sie anstellen.«

»Das würde helfen.«

»Kein Problem.«

Und jetzt? Er konnte nicht einfach nach Austin fliegen. Sollte er sich die Telefonnummer der Frau besorgen und sie anrufen? Aber was sollte er sagen? *Hallo, ich heiße Adam Price, und Sie und so ein Typ mit Baseballkappe haben mir ein Geheimnis über meine Frau verraten...*

»Adam?«

Er blickte auf.

Rinsky verschränkte die Finger und legte die Hände auf den Bauch. »Sie müssen mir nicht sagen, worum es geht. Das ist Ihnen doch klar?«

»Ja, ist es.«

»Aber Ihnen ist doch auch klar, dass alles, was Sie mir erzählen, unter uns bleibt?«

»Tut mir leid, aber ich bin derjenige, der das Recht hat zu schweigen«, sagte Adam, »nicht Sie.«

»Schon klar, aber ich bin ein alter Mann. Ich habe ein schlechtes Gedächtnis.«

»Das bezweifle ich.«

Rinsky lächelte. »Wie Sie wollen.«

»Nein, nein. Wenn ich Ihnen nicht zur Last falle, würde ich wirklich gern Ihre Meinung dazu hören.«

»Ich bin ganz Ohr.«

Adam wusste nicht genau, wie viel er Rinsky erzählen sollte, aber der alte Cop war ein guter Zuhörer. Er musste seinerzeit ein oscarverdächtig guter »Good Cop« gewesen sein, denn Adam konnte gar nicht aufhören. Am Ende hatte er ihm die ganze Geschichte erzählt, von dem Moment, in dem der Fremde in der American Legion Hall aufgetaucht war, bis zum heutigen Tag.

Als Adam fertig war, saßen die beiden Männer sich schweigend gegenüber. Eunice trank ihren Tee.

»Was meinen Sie, soll ich damit zur Polizei gehen?«, fragte Adam.

Rinsky runzelte die Stirn. »Sie waren doch Staatsanwalt, ja?«

»Genau.«

»Dann wissen Sie's besser.«

Adam nickte.

»Sie sind der Ehemann«, sagte Rinsky, als erkläre das alles. »Sie haben gerade erfahren, dass Ihre Frau Sie ziemlich schwer hintergangen hat. Jetzt ist sie weg. Sagen Sie's mir, Herr Staatsanwalt, was würden Sie annehmen?«

»Dass ich ihr etwas angetan habe.«

»Das wäre Punkt eins. Punkt zwei wäre, dass Ihre Frau – wie heißt sie gleich?«

»Corinne.«

»Genau, Corinne. Punkt zwei wäre, dass Corinne das Geld von diesem Sportverein, oder was das war, gestohlen hat, damit sie vor Ihnen flüchten kann. Sie müssten dem zuständigen Ortspolizisten auch von der vorgetäuschten Schwangerschaft erzählen. Ist er verheiratet?«

»Ja.«

»Damit wüsste es also die ganze Stadt, und zwar schneller, als Sie gucken können. Spielt eigentlich keine Rolle im Vergleich zum Rest, hilft aber auch niemandem. Aber machen wir uns nichts vor. Die Cops werden entweder glauben, dass Sie Ihre Frau umgebracht haben oder dass Ihre Frau das Geld geklaut hat.«

Rinsky bestätigte nur, was Adam sich schon gedacht hatte.

»Und was schlagen Sie vor?«

Rinsky setzte die Lesebrille wieder auf. »Zeigen Sie mir mal die SMS, die Ihre Frau Ihnen geschickt hat, bevor sie auf und davon ist.«

Adam suchte sie heraus. Er reichte Rinsky das Handy und las über die Schulter des alten Mannes hinweg die SMS noch einmal:

VIELLEICHT BRAUCHEN WIR BEIDE ETWAS ABSTAND. KÜMMER DU DICH UM DIE KINDER. VERSUCH NICHT, MICH ZU ERREICHEN. ALLES WIRD GUT.

Dann:

GIB MIR EINFACH EIN PAAR TAGE ZEIT. BITTE.

Rinsky las sie, zuckte die Achseln, nahm die Brille wieder ab. »Was soll man da machen? Soweit Sie wissen, braucht Ihre Frau etwas Zeit für sich. Sie hat Sie gebeten, keinen Kontakt aufzunehmen. Also machen Sie das.«

»Ich kann nicht rumsitzen und nichts tun.«

»Nein, das können Sie nicht. Aber wenn die Cops fragen, dann haben Sie da Ihre Antwort.«

»Warum sollten die Cops mich das fragen?«

»Keine Ahnung. In der Zwischenzeit tun Sie, so viel Sie können. Sie haben sich das Kennzeichen beschafft und sind zu mir gekommen. Das war beides richtig. Wahrscheinlich kommt Ihre Corinne bald von allein nach Haus. Aber Sie haben trotzdem recht – wir müssen schon vorher versuchen, Sie zu finden. Ich guck mal, was sich bei dieser Ingrid Prisby machen lässt. Vielleicht hilft uns das ja weiter.«

»Okay, danke. Ich weiß das sehr zu schätzen.«

»Adam?«

»Ja?«

»Es ist ziemlich wahrscheinlich, dass Ihre Corinne dieses Geld gestohlen hat. Das ist Ihnen doch klar, oder?«

»Dann hatte sie einen Grund.«

»Sie musste abhauen. Oder den Erpresser bezahlen.«

»Oder einen anderen, auf den wir noch nicht gekommen sind.«

»Egal«, sagte Rinsky. »Geben Sie den Cops lieber nichts in die Hand, das Ihre Frau belasten könnte.«

»Schon klar.«

»Sie war in Pittsburgh, sagen Sie?«

»Das haben wir jedenfalls auf der Tracking-App gesehen, ja.«

»Kennen Sie da jemanden?«

»Nein.« Er sah Eunice an. Sie lächelte und prostete ihm mit der Teetasse zu. Für einen neutralen Beobachter wäre es eine vollkommen normale häusliche Szene, wenn man aber über ihren Zustand Bescheid wusste...

Da fiel Adam etwas ein.

»Was?«

»Am Morgen vor ihrem Verschwinden bin ich die Treppe runtergekommen. Die Jungs saßen am Frühstückstisch, aber Corinne war hinten im Garten und telefonierte. Als sie mich gesehen hat, hat sie aufgelegt.«

»Wissen Sie, mit wem sie gesprochen hat?«

»Nein, aber ich kann im Internet nachsehen.«

Der alte Rinsky stand auf und überließ ihm den Stuhl. Adam setzte sich und rief die Verizon-Website auf. Er tippte die Telefonnummer und das Passwort ein. Er wusste es auswendig, nicht weil sein Gedächtnis so gut war, sondern weil Corinne und er für dergleichen immer ungefähr dasselbe Passwort verwendeten. Es lautete BARISTA, in Großbuchstaben, überall. Warum? Weil sie in einem Café nach einem Passwort gesucht hatten, sich in ihrer Umgebung nach einem Zufallsbegriff umgesehen hatten und voilà, da stand ein Barista. Das Wort war perfekt, weil es nichts mit ihnen zu tun hatte. Wenn ein Passwort länger als sieben Zeichen sein musste, war es BARISTABARISTA. Wenn es außer Buchstaben auch Zahlen enthalten musste, war es BARISTA77.

Ganz einfach.

Beim zweiten Versuch traf Adam das richtige Passwort – BARISTA77. Er klickte sich durch diverse Links und gelangte zu ihren letzten abgehenden Telefonaten. Er hoffte auf einen Glückstreffer, darauf, dass sie vielleicht vor ein paar Stunden oder gestern spätabends noch jemanden angerufen hatte. Aber nichts. Ihr letzter Anruf war wirklich derjenige gewesen, nach dem er suchte – um 7:53 Uhr an dem Morgen, an dem sie verschwunden war.

Der Anruf hatte nur drei Minuten gedauert.

Sie hatte draußen im Garten gestanden, leise gesprochen und sofort aufgelegt, als er auftauchte. Er hatte sie bedrängt, aber Corinne hatte sich geweigert, ihm zu sagen, mit wem sie telefoniert hatte. Aber jetzt...

Adams Blick wanderte nach rechts zur Telefonnummer auf dem Bildschirm. Er erstarrte.

»Kennen Sie die Nummer?«, fragte der alte Rinsky.

»Allerdings.«

EINUNDDREISSIG

Kuntz warf beide Waffen in den Hudson River. Kein Ding, er hatte noch mehr.

Er nahm den *A Train* zur 168th Street. Er nahm den Ausgang zum Broadway und ging drei Blocks zum Eingang eines Krankenhauses, das früher einmal Columbia Presbyterian hieß. Inzwischen nannte es sich Morgan Stanley Children's Hospital of New York-Presbyterian.

Morgan Stanley. Ja, wenn man an Gesundheitsfürsorge für Kinder dachte, kam einem sofort der internationale Finanzriese Morgan Stanley in den Sinn.

Aber Geld regiert die Welt. Und es stinkt nicht.

Kuntz machte sich nicht die Mühe, seinen Ausweis vorzuzeigen. Die Wachleute am Empfang kannten ihn längst von seinen viel zu häufigen Besuchen. Sie wussten auch, dass er ein ehemaliger Polizist war. Manche, vielleicht sogar die meisten, wussten sogar, warum er gezwungen gewesen war, das NYPD zu verlassen. Es hatte alles in den Zeitungen gestanden. Die liberalen Vollidioten in den Medien hatten ihn fertiggemacht – wenn es nach denen gegangen wäre, hätte er nicht nur seinen Job und sein Einkommen verloren, sondern wäre auch noch wegen Mordes in den Knast gegangen –, aber die einfachen Leute waren auf seiner Seite gewesen. Die hatten verstanden, dass Kuntz übel mitgespielt worden war.

Sie hatten es begriffen.

Alle Zeitungen hatten über den Fall berichtet. Ein großer Schwarzer, der sich der Festnahme widersetzt hatte. Er war in einem Lebensmittelladen an der 93rd Street beim Ladendiebstahl erwischt worden, und als der koreanische Besitzer ihn zur Rede stellte, stieß der große Schwarze ihn zu Boden und trat auf ihn ein. Kuntz und sein Partner Scooter stellten den Kerl. Dem Kerl war das egal. Er knurrte nur und sagte: »Ich komm nicht mit. Ich wollte bloß ein paar Kippen.« Der große Schwarze ging. Einfach so. Zwei Cops vor Ort, er hatte gerade ein Verbrechen verübt, trotzdem wollte er einfach weitermachen, wie es ihm gerade passte. Als Scooter sich ihm in den Weg stellte, stieß der große Schwarze ihn beiseite und ging weiter.

Also holte Kuntz ihn mit Schmackes von den Beinen.

Woher hätte er wissen sollen, dass der große Kerl gesundheitliche Probleme hatte? Mal ehrlich. Musste man einen Kriminellen wirklich einfach so davonspazieren lassen? Was sollte man denn machen, wenn einer nicht gehorchte? Versuchen, ihn auf nette Art von den Beinen zu holen? Womöglich etwas tun, was das eigene Leben oder das des Partners gefährdete?

Was waren das für dumme Arschlöcher, die sich diese Regeln ausdachten?

Langer Rede kurzer Sinn: Der Kerl starb und die liberalen Vollidiotenmedien bekamen einen Orgasmus. Die Lesbenschlampe vom Kabelfernsehen fing damit an. Sie nannte Kuntz einen rassistischen Mörder. Al Sharpton organisierte Protestmärsche. Das Übliche, man kennt das ja. Dass Kuntz sich vorher nie etwas hatte zuschulden kommen lassen, spielte keine Rolle. Diverse Belobigungen für seine Tapferkeit interessierten ebenso wenig wie seine ehrenamtliche Arbeit mit schwarzen Kids in Harlem. Seine eigenen privaten Probleme, allen voran der Knochenkrebs seines zehnjährigen Sohns, kümmerte dabei absolut niemanden.

Er war jetzt ein rassistischer Mörder – schlimmer als die meisten Verbrecher, die er je festgenommen hatte.

Kuntz nahm den Lift in den siebten Stock. Auf dem Weg zu Zimmer 715 nickte er den Schwestern im Schwesternzimmer zu. Barb saß wie üblich auf ihrem Stuhl. Sie sah ihn kurz an und lächelte erschöpft. Sie hatte dunkle Augenringe. Ihre Haare sahen aus, als hätte sie eine nächtliche Fahrt im Fernbus hinter sich. Doch wenn sie ihn anlächelte, sah er nur dieses Lächeln.

Sein Sohn schlief.

»Hey«, flüsterte er.

»Hey«, flüsterte Barb zurück.

»Wie geht's Robby?«

Barb zuckte die Achseln. Kuntz trat ans Bett seines Sohns und schaute auf den Jungen herunter. Es brach ihm das Herz. Es stärkte seine Entschlossenheit.

»Willst du nicht mal für eine Weile nach Hause?«, sagte er zu seiner Frau. »Dich etwas ausruhen.«

»Mach ich bald«, antwortete Barb. »Setz dich hin und erzähl, was passiert ist.«

Man hört oft, dass die Medien Parasiten sind, es steckte aber selten so viel Wahrheit dahinter wie bei John Kuntz. Sie waren ausgeschwärmt und hatten alles vernichtet, bis nichts mehr übrig war. Er hatte seinen Job verloren. Er hatte seine Pension und seine Sozialleistungen verloren. Das Schlimmste war jedoch, dass er sich nicht mehr die beste Behandlung für seinen Sohn leisten konnte. Das war am härtesten für ihn gewesen. Egal, was ein Vater in diesem Leben sonst noch war – Cop, Feuerwehrmann, Indianerhäuptling –, er sorgte für seine Familie. Er saß nicht tatenlos herum, wenn sein Sohn litt. Er versuchte alles, um das Leid seines Sohnes zu lindern.

Und dann, als er auf dem Tiefpunkt angekommen war, hatte John Kuntz die Erlösung gefunden.

War es nicht immer so?

Ein Freund eines Freundes hatte Kuntz dem jungen Absolventen einer Ivy-League-Universität namens Larry Powers vorgestellt, der irgendeine neue Handy-App entwickelt hatte, mit der man Christen für Reparaturen und Handwerksarbeiten im Haushalt finden konnte. Irgend so was. Wohltätigkeit und Reparaturen, damit warben sie. Ehrlich gesagt interessierte Kuntz das Geschäftliche nicht sonderlich. Er war für die Sicherheit des Personals und der Firma zuständig – er schützte die wichtigen Mitarbeiter und sämtliche Firmengeheimnisse – und nur darauf konzentrierte er sich.

Er war sehr gut darin.

Das Unternehmen, so hatte man ihm erklärt, sei ein Startup, daher wäre das Einstiegsgehalt ziemlich mies. Aber es war immerhin ein Anfang, ein Job, etwas, das einem Selbstbewusstsein gab. Es ging auch mehr um die langfristige Perspektive. Er bekam Aktienoptionen. Riskant, klar, aber so entstanden große Vermögen. Es gab eine Beteiligung – eine dicke, fette Beteiligung, wenn alles wirklich gut lief.

Und das tat es.

Die App stieß auf viel größeres Interesse als erwartet, und jetzt, nach drei Jahren, hatte die *Bank of America* sich bereit erklärt, ihre Aktien aufzulegen. Der Börsengang wurde vorbereitet, und wenn alles einigermaßen lief (es musste gar nicht supertoll sein, einigermaßen reichte), würde John Kuntz' Beteiligung in zwei Monaten, wenn die Aktien an der Börse gehandelt wurden, ungefähr siebzehn Millionen Dollar wert sein.

Die Zahl musste man erst mal auf sich wirken lassen. Siebzehn Millionen Dollar.

Eine Rehabilitation oder die Rückkehr in den Dienst interessierten ihn dann nicht mehr. Mit so viel Geld konnte er für seinen Sohn die besten Ärzte der Welt bezahlen. Er konnte Robby zu Hause pflegen und ihm von allem nur das Beste zukommen lassen. Er konnte seine anderen Kinder – Kari und Harry – auf gute Schulen und Universitäten schicken und sie vielleicht eines Tages beim Aufbau ihrer eigenen Firmen unterstützen. Er würde Barb eine Hilfe für den Haushalt besorgen und vielleicht sogar mit ihr in den Urlaub fahren. Vielleicht auf die Bahamas. Sie guckte sich immer die Anzeigen für dieses Atlantis-Hotel an, und seit der dreitägigen Kreuzfahrt vor sechs Jahren waren sie nicht mehr weg gewesen.

Siebzehn Millionen Dollar. Alle ihre Träume würden wahr werden.

Und jetzt wollte ihm wieder jemand alles wegnehmen.

Ihm und seiner Familie.

ZWEIUNDDREISSIG

Adam fuhr am *MetLife Stadium* vorbei, dem Heimstadion der *New York Giants* und der *New York Jets*. Er ließ das Auto knapp einen halben Kilometer weiter auf dem Parkplatz eines Bürogebäudes stehen, das genau wie das Stadion und die umgebenden Häuser auf einem ehemaligen Sumpfgebiet stand. Es roch nach allem, was New Jersey ausmachte und zu den falschen Vorstellungen führte, die man sich von dem Staat machte. Es roch nach Sumpf (logischerweise), nach den Chemikalien, mit denen der Sumpf trockengelegt worden war, und nach der Wasserpfeife eines Studentenwohnheims, die nie ausgespült wurde.

Alles in allem ziemlich muffig.

Das Bürogebäude aus den Siebzigern sah aus, als wäre es von der Fernsehserie *Drei Mädchen und drei Jungen* inspiriert. Die beherrschende Farbe war braun, und der PVC-Belag wirkte, als bestünde er aus Einzelteilen mit Klickverbindung. Adam klopfte an die Tür eines Büros im Erdgeschoss mit Blick auf die Laderampe.

Tripp Evans öffnete sie. »Adam?«

»Warum hat meine Frau dich angerufen?«

Es war seltsam, Tripp außerhalb seiner normalen Umgebung zu sehen. Im Ort war er beliebt und eine bedeutende Persönlichkeit in dieser kleinen Welt. Hier wirkte er verblüffend normal. Adam kannte die Eckdaten von Tripps Lebensgeschichte. Als Corinne noch ein Kind war, gehörte Tripps

Vater *Evans Sporting Goods*, das Sportgeschäft im Ortszentrum – heute war dort der *Rite Aid*-Drogeriemarkt mit Apotheke. Dreißig Jahre lang hatten praktisch alle Kinder der Stadt ihre Sportausrüstung von Evans bezogen. Sie führten dort auch Cedarfield-Collegejacken und die Trikots für die Highschool-Teams. Familie Evans hatte noch zwei Läden in Nachbarorten eröffnet. Nach seinem College-Abschluss war Tripp nach Cedarfield zurückgekommen und hatte das Marketing übernommen. Er gestaltete Werbebeilagen für die Sonntagszeitung und organisierte Veranstaltungen, damit *Evans Sporting Goods* im Gespräch blieb. Er holte Profisportler aus der Umgebung zu Gesprächsrunden und Autogrammstunden in die Stadt. Es waren gute Zeiten.

Und dann ging alles den Bach runter wie bei den meisten Familienbetrieben.

Herman's World of Sporting Goods siedelte sich an. Dann eröffnete ein *Modell's* am Highway, ein *Dick's* und noch ein paar andere. Der Familienbetrieb siechte dahin und musste schließlich aufgeben. Aber Tripp hatte Glück. Aufgrund seiner Erfolgsbilanz gelang es ihm, eine Stelle bei einer großen Werbeagentur an der Madison Avenue an Land zu ziehen, wohingegen es dem Rest der Familie ziemlich schlecht ging. Vor ein paar Jahren war Tripp ins Umland gezogen und hatte dort seine eigene kleine Agentur eröffnet. Um es in Bruce Springsteens Worten zu sagen: …*here in the swamps of Jersey*.

»Willst du dich setzen? Dann können wir uns unterhalten«, sagte Tripp.

»Gern.«

»Nebenan ist ein Café. Lass uns ein paar Schritte gehen.«

Adam wollte widersprechen – ihm war nicht nach einem Spaziergang –, aber Tripp war schon unterwegs.

Tripp Evans trug ein kurzärmliges, cremefarbenes Hemd,

das so dünn war, dass man das T-Shirt mit V-Ausschnitt darunter sehen konnte. Seine Anzughose war braun wie die eines Mittelschuldirektors. Seine Schuhe wirkten zu groß für seine Füße – kein orthopädisches Schuhwerk, aber eine bequeme, nicht ganz so edle Marke, die gleichzeitig förmlich und lässig wirken sollte. Im Ort sah man Tripp meistens in seinem deutlich bequemeren Coach-Outfit: Polohemd mit *Cedarfield Lacrosse*-Logo, gebügelte Khakis, Baseballkappe mit steifem Schirm und Pfeife um den Hals.

Ein erstaunlicher Unterschied.

Das Café war ein klassischer Imbiss, inklusive Kellnerin, die ihren Stift in den Dutt steckte. Beide bestellten Kaffee. Einfach Kaffee. Dies war kein Laden, in dem man Latte macchiato oder Cappuccino trank.

Tripp legte die Hände auf den klebrigen Tisch. »Verrätst du mir, was los ist?«

»Meine Frau hat dich angerufen.«

»Woher weißt du das?«

»Ich hab mir die Verbindungsdaten angesehen.«

»Du hast…« Tripps Augenbrauen hüpften ein Stück nach oben. »Ist das dein Ernst?«

»Warum hat sie dich angerufen?«

»Was glaubst du?«, konterte Tripp.

»Ging es um das gestohlene Geld?«

»Natürlich ging es um das gestohlene Geld. Was denn sonst?«

Tripp wartete auf eine Antwort. Umsonst.

»Und was hat sie gesagt?«

Die Kellnerin kam an den Tisch und stellte die Tassen so schwungvoll ab, dass der Kaffee auf die Untertassen schwappte.

»Sie hat gesagt, dass sie noch etwas Zeit braucht. Ich

habe geantwortet, dass ich es schon lang genug rausgezögert habe.«

»Das heißt?«

»Das heißt, dass die anderen Vorstandsmitglieder langsam ungeduldig wurden. Einige wollten aggressiver vorgehen. Ein paar wollten direkt zur Polizei und die Sache amtlich machen.«

»Wie lange ging das denn schon?«, fragte Adam.

»Was, die Untersuchung?«

»Ja.«

Tripp rührte Zucker in seinen Kaffee. »Seit ungefähr einem Monat.«

»Einem Monat?«

»Ja.«

»Wieso hast du nie was davon gesagt?«

»Hätte ich fast. An dem Abend, als die Mannschaften in der American Legion Hall ausgewählt wurden. Aber als du auf Bob losgegangen bist, da dachte ich, du wüsstest es vielleicht schon.«

»Ich hatte keine Ahnung.«

»Inzwischen weiß ich das auch.«

»Du hättest mir was sagen können, Tripp.«

»Hätte ich«, gab er zu. »Das ging aber nicht.«

»Warum nicht?«

»Weil Corinne mich gebeten hatte, dir nichts davon zu sagen.«

Adam rührte sich nicht. Dann sagte er: »Ich will das nur richtig verstehen.«

»Ich helf dir auf die Sprünge. Corinne wusste, dass wir sie wegen des Diebstahls im Auge haben, und sie hat klar gesagt, dass wir dir nichts sagen sollen«, sagte Tripp. »Du hast mich schon richtig verstanden.«

Adam lehnte sich zurück.

»Und was hat Corinne gesagt, als sie dich morgens angerufen hat?«

»Sie hat mich gebeten, ihr mehr Zeit zu geben.«

»Hast du ihr mehr Zeit gegeben?«

»Nein. Ich hab ihr gesagt, dass ihre Zeit um ist. Ich hatte den Vorstand schon lange genug hingehalten.«

»Wenn du Vorstand sagst…«

»Alle. Aber vor allem Bob, Cal und Len.«

»Wie hat Corinne reagiert?«

»Sie hat mich gebeten, ihr noch eine Woche zu geben – nein, angefleht ist wohl das bessere Wort. Sie hat gesagt, sie könne beweisen, dass sie völlig unschuldig ist, sie bräuchte dafür aber noch etwas Zeit.«

»Hast du ihr geglaubt?«

»Soll ich ehrlich sein?«

»Wenn möglich.«

»Nein, nicht mehr.«

»Was hast du gedacht?«

»Ich hab gedacht, sie würde versuchen, das Geld irgendwie zurückzuzahlen. Sie wusste, dass wir nicht zur Polizei gehen wollten. Wir wollten nur, dass das Geld zurückkommt. Also dachte ich, sie würde Verwandte oder Freunde fragen, um das Geld irgendwie zusammenzukriegen.«

»Wieso hat sie sich nicht an mich gewendet?«

Tripp antwortete nicht. Er trank nur seinen Kaffee.

»Tripp?«

»Die Frage kann ich nicht beantworten.«

»Ich versteh das nicht.«

Tripp trank weiter Kaffee.

»Seit wann kennst du meine Frau, Tripp?«

»Das weißt du doch. Wir sind beide in Cedarfield aufgewachsen. Sie war zwei Jahre unter mir – im selben Jahrgang wie meine Becky.«

»Dann kennst du sie doch und weißt, dass sie so was nicht tun würde.«

Tripp starrte in seinen Kaffee. »Das hab ich auch erst gedacht.«

»Und wieso hast du deine Meinung geändert?«

»Na komm, Adam. Du warst mal Staatsanwalt. Ich glaube nicht, dass Corinne von Anfang an Geld klauen wollte. Du weißt doch, wie das läuft. Wenn du von der reizenden alten Dame hörst, die in die Kirchenkollekte gegriffen hat, oder, na ja, von Vorstandsmitgliedern eines Sportvereins, die Geld unterschlagen, dann haben die das nicht geplant. Man fängt mit den besten Absichten an, stimmt's? Und dann entwickelt sich das ganz allmählich.«

»Nicht bei Corinne.«

»Bei niemandem. Das glauben wir doch alle. Und dann sind wir jedes Mal schockiert.«

Adam merkte, dass Tripp gleich zu irgendeinem philosophischen Sermon ansetzen würde. Er erwog kurz, ob er ihn daran hindern sollte, aber dann erschien es ihm besser, ihn einfach reden zu lassen. Je mehr Tripp redete, desto mehr würde Adam erfahren.

»Aber nehmen wir mal an, du bleibst abends lange auf, um den Trainingsplan für die Lacrosse-Teams zu entwerfen. Du arbeitest hart, setzt dich vielleicht in ein Café wie dieses hier und bestellst dir einen Kaffee, so wie wir es gerade getan haben. Vielleicht vergisst du deine Brieftasche im Auto und denkst dir, was soll's, eigentlich müsste der Verein das sowieso übernehmen. Sind schließlich Spesen, oder?«

Adam antwortete nicht.

»Und ein paar Wochen später taucht plötzlich ein Schiedsrichter nicht auf, wenn ihr, sagen wir, ein Spiel in Toms River habt. Also musst du ihn drei Stunden lang vertreten, und hey, da ist es doch das Mindeste, dass der Verein für deinen Sprit aufkommt. Dann geht's vielleicht um ein Abendessen, weil du weit weg von zu Hause bist und das Spiel länger gedauert hat. Dann musst du die Pizza für die Trainer bezahlen, weil ihr alle wegen einer Sitzung nicht zum Abendessen zu Hause sein könnt. Dann müssen vor Ort ein paar Teenager als Schiris für die Kinder-Liga angeheuert werden, also sorgst du dafür, dass dein Sohn den Job kriegt. Hey, wieso nicht? Wer wäre denn besser geeignet? Darf deine Familie nicht von deinem ganzen ehrenamtlichen Einsatz profitieren?«

Adam wartete einfach ab.

»So rutschst du immer tiefer rein. So fängt das an. Und eines Tages bist du mit einer Ratenzahlung fürs Auto spät dran und sieh mal an ... dein Verein hat eine Menge Geld in der Kasse. Deinetwegen. Also leihst du dir ein bisschen was. Keine große Sache, du zahlst es ja zurück. Wem schadet das schon? Keinem. Das redest du dir jedenfalls ein.«

Tripp hielt inne und sah Adam an.

»Das kann nicht dein Ernst sein«, sagte Adam.

»Ist mir so ernst wie ein Herzinfarkt, mein Freund.« Tripp sah umständlich auf die Uhr. Er legte ein paar Scheine auf den Tisch und stand auf. »Und wer weiß? Vielleicht täuschen wir uns alle in Corinne.«

»Du auf jeden Fall.«

»Das würde mich sehr freuen.«

»Sie hat um etwas mehr Zeit gebeten«, sagte Adam. »Kannst du ihr die nicht einfach geben?«

Tripp seufzte leise und zog seine Hose etwas höher. »Ich kann's versuchen.«

DREIUNDDREISSIG

Schließlich sagte Audrey Fine etwas Bedeutsames. Und das brachte Johanna auf ihre erste echte Spur.
Polizeichefin Johanna Griffin hatte richtiggelegen mit ihrer Einschätzung der Kollegen vom County. Sie trugen ihre Ehemann-Scheuklappen und stürzten sich daher sofort auf Marty Dann als Tatverdächtigen. Nicht einmal die Tatsache, dass der arme Marty für den Tatzeitpunkt ein grundsolides Alibi hatte, konnte sie davon abbringen. Noch nicht. Sie gingen von Anfang an von einem »professionellen Auftragsmord« aus und durchforsteten deshalb die Telefonrechnungen, SMS und E-Mails des armen Marty. Sie fragten in den Büros von *TTI Floor Care*, ob er sich in letzter Zeit seltsam verhalten hatte, mit wem er sprach und telefonierte, wo er zum Trinken oder zum Mittagessen hinging und so weiter, in der Hoffnung, irgendeine Verbindung zwischen Marty und einem möglichen Auftragskiller zu finden.
Doch das Mittagessen war der Schlüssel.
Allerdings nicht Martys Mittagessen. Da lagen die County-Jungs wieder mal falsch.
Sondern Heidis Mittagessen.
Johanna wusste von Heidis wöchentlichem Mittagessen mit den Mädels. Sie war sogar schon ein oder zwei Mal dabei gewesen. Zuerst hatte Johanna das Treffen als dekadent und reine Zeitverschwendung betrachtet. Da war ja auch was dran. Andererseits legten die Frauen Wert darauf, den Kon-

takt zueinander zu pflegen. Frauen, für die es wichtig war, ihre Mittagspause ein bisschen zu verlängern, damit sie Zeit mit Freundinnen verbringen und sich zwischendurch mit etwas anderem als ihrer eigenen Familie oder Karriere befassen konnten.

Was war dagegen einzuwenden?

In dieser Woche hatten sie sich zum Mittagessen im *Red Lobster* getroffen. Audrey Fine, Katey Brannum, Stephanie Keiles und Heidi waren dort gewesen. Niemandem war etwas Ungewöhnliches aufgefallen. Alle waren sich einig, dass Heidi keine vierundzwanzig Stunden, bevor sie zu Hause ermordet wurde, ganz die Alte und genauso überschwänglich wie immer gewesen war. Alle hatten das Gefühl, mit Heidi ihre engste Freundin verloren zu haben, die Person, der sie sich anvertrauen konnten, die Stärkste im Freundeskreis.

Johanna empfand es genauso. Ja, Heidi hatte etwas Magisches gehabt. In ihrer Nähe waren die Menschen einfach zufriedener mit sich selbst.

Wie, fragte sich Johanna, konnte eine einzige Kugel so einen Geist zerstören?

Also traf sie sich mit den Mitgliedern der Mittagessens-Gruppe und hörte sich an, wie sie ihr nichts sagen konnten. Gerade wollte sie aufgeben und sich auf die Suche nach einer anderen Spur machen, irgendetwas, das den County-Jungs entgehen würde, als Audrey etwas einfiel.

»Auf dem Parkplatz hat Heidi noch mit einem jungen Paar geredet.«

Johanna war in Gedanken abgeschweift, versunken in eine Erinnerung. Vor zwanzig Jahren war Johanna nach vielen erfolglosen Versuchen wie durch ein Wunder durch eine künstliche Befruchtung schwanger geworden. Heidi war mit ihr bei der Frauenärztin gewesen, als sie davon erfahren hatte. Und Heidi war auch die Erste gewesen, die Johanna nach der Fehlgeburt angerufen hatte. Heidi war zu ihr gekommen. Johanna hatte sich auf den Beifahrersitz gesetzt und ihr davon erzählt. Die beiden Frauen hatten lange im Auto gesessen und gemeinsam geweint. Johanna würde nie vergessen, wie Heidi den Kopf aufs Lenkrad gelegt hatte, worauf sich ihre Haare wie ein Fächer ausbreiteten, und um Johannas Verlust weinte. Irgendwie hatten sie es beide gewusst.

Ein zweites Wunder würde es nicht geben. Diese Schwangerschaft war Johannas einzige Chance gewesen. Ricky und sie hatten nie Kinder bekommen.

»Moment«, sagte Johanna. »Was für ein junges Paar?«

»Wir haben uns voneinander verabschiedet und sind in unsere Autos gestiegen. Ich wollte Richtung *Orange Place* rausfahren, als ein LKW so schnell vorbeigerast ist, dass ich dachte, er reißt mir den Kühlergrill ab. Ich hab in den Rückspiegel gesehen, und da hat Heidi mit so einem jungen Paar geredet.«

»Kannst du sie beschreiben?«

»Nicht so richtig. Die Frau war blond. Der Typ trug eine Baseballkappe. Ich dachte, die fragen sie nach dem Weg oder so was.«

An mehr erinnerte Audrey sich nicht. Warum auch? Aber überall hingen Überwachungskameras, vor allem auf Parkplätzen von Supermärkten und Restaurants. Es würde zu lange dauern, einen richterlichen Beschluss zur Beschlagnahmung der Videos zu bekommen, also ging Johanna selbst zu *Red Lobster*. Der Security-Chef kopierte das Video auf eine DVD, was ihr etwas altmodisch vorkam, und bat sie, die DVD zurückzubringen. »Unternehmensrichtlinie«, sagte er zu Johanna. »Wir brauchen sie zurück.«

»Kein Problem.«

Auf dem Polizeirevier in Beachwood gab es einen DVD-Player. Johanna zog sich eilig in ihr Büro zurück, schloss die Tür und schob die DVD in den Schlitz. Der Bildschirm erwachte zum Leben. Der Security-Chef wusste, was er tat. Nach zwei Sekunden erschien Heidi rechts unten in der Ecke. Johanna schnappte hörbar nach Luft. Ihre tote Freundin lebendig zu sehen, wie sie auf den hohen Absätzen schwankte, war einfach zu viel.

Heidi war tot. Für immer verschwunden.

Die Aufnahme hatte keinen Ton. Heidi ging weiter. Plötzlich blieb sie stehen und blickte auf. Ein Mann mit Baseballkappe und eine blonde Frau standen neben ihr. Die beiden sahen wirklich jung aus. Später, beim zweiten, dritten und vierten Durchgang, würde Johanna versuchen, ihre Gesichter genauer zu erkennen, aber aus dieser Höhe und diesem Winkel war nicht viel zu sehen. Irgendwann würde sie das Video ans County schicken, da konnten die Computerleute und Technikprofis alles aus der Aufnahme herausholen.

Aber noch nicht.

Anfangs sah es ohne Ton tatsächlich so aus, als frage das junge Paar nach dem Weg. Für einen beiläufigen Beobachter mochte das einleuchtend erscheinen. Aber Johanna spürte, wie es allmählich kälter wurde um sie herum. Das Gespräch dauerte viel zu lange, und außerdem kannte Johanna ihre Freundin. Sie kannte ihre Angewohnheiten und ihre Körpersprache, und Johanna merkte selbst ohne Ton, dass beides nicht zu Heidi passte.

Im Verlauf des Gesprächs wurde Heidi immer schweigsamer. Irgendwann meinte Johanna sogar zu sehen, wie ihre Freundin weiche Knie bekam. Kurz darauf stieg das junge Paar in seinen Wagen und fuhr davon. Heidi blieb fast eine ganze Minute lang wie betäubt und verloren auf dem Parkplatz stehen, bis sie sich schließlich ins Auto setzte. Johanna konnte ihre Freundin aus dieser Perspektive nicht mehr sehen. Aber die Zeit verging. Zehn Sekunden. Zwanzig, dreißig. Dann bewegte sich plötzlich etwas hinter der Windschutzscheibe. Johanna kniff die Augen zusammen und beugte sich näher heran. Es war schwer zu sehen, schwer zu erkennen, aber Johanna erkannte es.

Heidis Haare breiteten sich aus wie ein Fächer.

O nein...

Heidi hatte den Kopf auf das Lenkrad gelegt, genau wie vor zwanzig Jahren, als Johanna ihr von der Fehlgeburt erzählt hatte.

Johanna war sicher, dass sie weinte.

»Was haben die dir bloß erzählt?«, fragte Johanna laut.

Sie ging ein paar Minuten zurück und sah zu, wie das junge Paar vom Parkplatz fuhr. Sie verlangsamte die Geschwindigkeit, dann drückte sie auf Pause. Sie zoomte ins Bild, griff zum Telefon und wählte eine Nummer.

»Hey, Norbert«, sagte sie, »du müsstest mal ein Kennzeichen für mich überprüfen. Jetzt sofort.«

VIERUNDDREISSIG

Thomas wartete in der Küche auf seinen Vater.
»Hast du was von Mom gehört?«

Adam hatte gehofft, dass die beiden noch nicht zu Hause waren. Nachdem er die ganze Heimfahrt darüber nachgedacht hatte, wie er weiter vorgehen sollte, hatte sich eine Art Plan herauskristallisiert. Er musste sich oben an den Computer setzen und noch ein bisschen recherchieren.

»Sie müsste bald wieder da sein«, sagte Adam. Und um das Thema möglichst schnell zu beenden, fügte er hinzu: »Wo ist dein Bruder?«

»Schlagzeugunterricht. Er geht nach der Schule zu Fuß hin, normalerweise holt Mom ihn dann ab.«

»Wann?«

»In einer Dreiviertelstunde.«

Adam nickte. »Das ist da an der Goffle Road, oder?«

»Genau.«

»Gut. Pass auf, ich muss noch etwas arbeiten. Vielleicht könnten wir im *Café Amici* zu Abend essen, wenn ich deinen Bruder abgeholt habe, okay?«

»Ich geh zum Fitnessstudio rüber und trainiere mit Justin.«

»Jetzt?«

»Ja.«

»Du musst doch was essen.«

»Ich mach mir was, wenn ich wiederkomme. Dad?«

»Ja?«

Sie standen in der Küche, Vater und Sohn, der Sohn auf der Schwelle zum Mannesalter. Thomas war nur noch zwei, drei Zentimeter kleiner als sein Vater, und so wie er Gewichte stemmte und trainierte, fragte Adam sich, ob sein Sohn ihm inzwischen überlegen war. Thomas hatte seinen Vater zuletzt vor ungefähr einem halben Jahr zu einem Eins-gegen-eins-Basketballspiel herausgefordert, und zum ersten Mal hatte Adam sich richtig Mühe geben müssen, um schließlich knapp mit 11:8 zu gewinnen. Jetzt überlegte er, ob es diesmal umgekehrt ausgehen und wie er sich dabei fühlen würde.

»Ich mach mir Sorgen«, sagte Thomas.

»Das brauchst du nicht.«

Er sagte das aus einem elterlichen Reflex heraus. Es hatte wenig mit der Wahrheit zu tun.

»Wieso ist Mom einfach abgehauen?«

»Hab ich dir doch gesagt. Pass auf, Thomas, du bist alt genug, du verstehst das. Deine Mutter und ich, wir lieben uns sehr. Aber manchmal brauchen Eltern ein bisschen Abstand.«

»Kann ja sein, dass sie etwas Abstand von dir braucht«, sagte Thomas mit einem angedeuteten Nicken. »Aber von Ryan und mir doch nicht.«

»Ja und nein. Manchmal muss man einfach eine Weile alles hinter sich lassen.«

»Dad?«

»Ja?«

»Ich kauf dir das nicht ab«, sagte Thomas. »Das soll nicht klingen, als ob ich mir sonst was auf mich einbilde oder so. Und... ich versteh dich schon. Ihr habt euer eigenes Leben. Ihr seid nicht nur für uns da. Also, vielleicht kann ich verstehen, dass Mom, keine Ahnung, mal raus muss oder Dampf ablassen oder so was. Aber Mom ist eine Mom. Weißt du, was ich meine? Sie hätte uns vorher Bescheid gesagt, wenn auch in letzter Sekunde. Sie hätte sich gemeldet oder so. Sie würde auf unsere SMS antworten. Sie würde uns sagen, dass wir uns keine Sorgen machen sollen. Mom ist alles Mögliche, aber in erster Linie, sorry, ist sie unsere Mom.«

Adam wusste nicht genau, was er dazu sagen sollte, also sagte er etwas Blödes: »Alles wird gut.«

»Was heißt das?«

»Sie hat mir gesagt, dass ich mich um euch kümmern und ihr ein paar Tage Zeit geben soll. Und dass ich nicht versuchen soll, sie zu erreichen.«

»Wieso?«

»Das weiß ich nicht.«

»Ich hab wirklich Angst«, sagte Thomas. Und jetzt klang der fast erwachsene Mann wieder wie ein kleiner Junge. Es war die Aufgabe des Vaters, diese Sorge zu zerstreuen. Thomas hatte recht. Corinne war vor allem eine Mutter – und er, Adam, war ein Vater. Als Vater beschützte man seine Kinder.

»Alles wird gut«, sagte er und hörte, wie hohl seine eigene Stimme klang.

Thomas schüttelte den Kopf, seine Reife kehrte ebenso schnell zurück, wie sie verschwunden war. »Nein, Dad, das stimmt nicht.« Er wandte sich ab, wischte sich die Tränen aus den Augen und ging zur Tür. »Ich muss zu Justin.«

Adam wollte ihn zurückrufen, aber was hätte das genutzt? Er hatte keine tröstenden Worte, und vielleicht lenkte die Gesellschaft des Freundes seinen Sohn ja ab. Die Lösung – der einzige echte Trost – bestand darin, Corinne zu finden. Adam musste sie weiter suchen, feststellen, was los war, seinen Söhnen ein paar echte Antworten besorgen. Also ließ er

Thomas ziehen und ging nach oben. Er hatte noch Zeit, bevor er Ryan vom Schlagzeugunterricht abholen musste.

Er überlegte noch einmal kurz, ob er nicht doch die Polizei einschalten sollte. Er hatte eigentlich keine Angst mehr davor, dass sie vermuten könnten, er hätte seiner Frau etwas angetan – sollten sie doch. Aber er wusste aus eigener Erfahrung, dass sich die Polizei verständlicherweise für Fakten interessiert. Fakt eins: Corinne und Adam hatten sich gestritten. Fakt zwei: Corinne hatte Adam eine SMS geschickt und ihm mitgeteilt, dass sie ein paar Tage Zeit brauche und er nicht versuchen solle, sie zu erreichen.

Bräuchte die Polizei noch mehr Fakten?

Er setzte sich an den Computer. Beim alten Rinsky hatte Adam nur einen flüchtigen Blick auf Corinnes letzte Telefonate geworfen. Jetzt wollte er sich genauer mit ihren Telefon- und SMS-Gewohnheiten beschäftigen, feststellen, ob der Fremde oder diese Ingrid Prisby Corinne angerufen oder ihr SMS geschrieben hatten. Es kam ihm zwar sehr unwahrscheinlich vor – schließlich hatte der Fremde ihn selbst ohne Vorwarnung angesprochen –, es bestand aber die Möglichkeit, dass sich aus Corinnes Telefondaten Hinweise ergaben.

Er merkte schnell, dass es nichts zu holen gab. Was die Verbindungsdaten betraf, war seine Frau ein offenes Buch. Es gab keinerlei Überraschungen. Die meisten Nummern kannte er auswendig – Anrufe und SMS an ihn, an die Jungs, an Freunde, an Lehrerkollegen, an den Lacrosse-Vorstand, und das war es dann auch schon fast. Vereinzelt fanden sich noch ein paar andere Nummern, Tischreservierungen in Restaurants, ein Abholtermin in der Reinigung oder Ähnliches.

Nicht ein einziger Hinweis.

Adam stützte den Kopf auf die Hand und überlegte, was er tun könnte. Ja, Corinne war ein offenes Buch. Zumindest legten das ihre aktuellen Telefonate und SMS nahe.

Aktuell, das war das Schlüsselwort.

Er dachte an die Überraschung auf seiner Kreditkarte – die Buchung von Novelty Funsy vor zwei Jahren.

Damals hatte Corinne weit mehr ungewöhnliche Dinge getan.

Dieser Kauf musste eine Vorgeschichte haben. Wie mochte die aussehen? Man beschloss nicht aus heiterem Himmel, eine Schwangerschaft vorzutäuschen. Irgendetwas musste vorgefallen sein. Sie hatte jemanden angerufen. Oder einen Anruf bekommen. Oder eine SMS geschrieben.

Irgendetwas.

Es dauerte ein paar Minuten, bis Adam die archivierten Daten aus dem vorletzten Jahr gefunden hatte. Er wusste, dass Corinne im Februar zum ersten Mal bei Fake-A-Pregnancy bestellt hatte. Also fing er dort an. Er ging die Verbindungsdaten auf dem Bildschirm von unten nach oben durch.

Zuerst waren es nur die üblichen Verdächtigen – Anrufe und SMS an ihn, an die Jungs, Freunde, Kollegen…

Dann entdeckte er eine bekannte Nummer und ihm stockte das Herz.

FÜNFUNDDREISSIG

Sally Perryman saß alleine am Ende der Theke, trank ein Bier und las die *New York Post*. Sie trug eine weiße Bluse und einen grauen Bleistiftrock. Ihre Haare waren zu einem Pferdeschwanz gebunden. Sie hatte ihren Mantel auf den Barhocker neben sich gelegt, um ihm den Platz freizuhalten. Als Adam näher kam, nahm sie den Mantel weg, ohne von der Zeitung aufzublicken. Adam setzte sich auf den Hocker.

»Lange nicht gesehen«, sagte sie.

Sally hatte immer noch nicht von der Zeitung aufgeblickt.

»Allerdings«, sagte er. »Was macht die Arbeit?«

»Viel los, eine Menge Mandanten.« Endlich sah sie ihm in die Augen. Der Blick traf ihn wie ein leichter Schlag, er hielt ihm aber stand. »Aber deshalb hast du nicht angerufen.«

»Nein.«

Es war einer dieser Momente, in dem der Lärm verstummt, der Rest der Welt in den Hintergrund tritt und sich alles nur um sie und ihn zu drehen scheint.

»Adam?«

»Ja?«

»Eine große Szene verkrafte ich jetzt nicht. Sag mir einfach, was du willst.«

»Hat meine Frau dich jemals angerufen?«

Sally blinzelte, als hätte diese Frage ihr einen weiteren Schlag versetzt. »Wann meinst du?«

»Irgendwann.«

Sie wandte sich ihrem Bier zu. »Ja«, sagte sie. »Einmal.«

Sie saßen in der lauten Bar einer Restaurantkette von jener Sorte, in der man frittierte Vorspeisen bekam und etwa zwei verschiedene Sportereignisse auf geschätzten tausend Fernsehern gleichzeitig betrachten konnte. Der Barkeeper kam zu Adam und stellte sich mit großem Tamtam vor. Adam bestellte ein Bier, um ihn schnell wieder loszuwerden.

»Wann?«, fragte er.

»Vor zwei Jahren, glaub ich. Während des Falls.«

»Das hast du mir nie erzählt.«

»Es war nur dieses eine Mal.«

»Trotzdem.«

»Was für eine Bedeutung hat das jetzt noch, Adam?«

»Was wollte sie?«

»Sie wusste, dass du bei mir gewesen bist.«

Beinahe hätte Adam gefragt, woher sie das hatte wissen können, aber er kannte die Antwort natürlich. Sie hatte eine Tracking-App auf den Handys installiert. Sie konnte jederzeit sehen, wo die Jungs sich aufhielten.

Und wo er sich aufhielt.

»Und was noch?«

»Sie wollte wissen, wieso du da warst.«

»Was hast du geantwortet?«

»Dass es um die Arbeit ging«, sagte Sally Perryman.

»Du hast ihr gesagt, dass da nichts war, oder?«

»Es war auch nichts, Adam. Wir waren besessen von dem Fall.« Dann: »Aber es wäre fast was gewesen.«

»Fast zählt nicht.«

Ein trauriges Lächeln umspielte Sallys Lippen. »Deine Frau sieht das vermutlich anders.«

»Hat sie dir geglaubt?«

Sally zuckte die Achseln. »Ich habe nie mehr etwas von ihr gehört.«

Er saß reglos da und guckte sie an. Er öffnete den Mund, ohne zu wissen, was er sagen wollte, aber sie hob die Hand und hielt ihn davon ab. »Lass es gut sein.«

Sie hatte recht. Er rutschte von seinem Barhocker und ging.

SECHSUNDDREISSIG

Als er die Garage betrat, dachte der Fremde wie bei fast all seinen Besuchen an die vielen berühmten Unternehmen, die angeblich auch auf diese Weise angefangen hatten. Steve Jobs und Steve Wozniak hatten Apple gegründet (wieso hatten sie die Firma eigentlich nicht *The Steves* genannt?) und fünfzig von Wozniaks neuen »Apple I«-Computern von einer Garage in Cupertino, Kalifornien aus verkauft. Jeff Bezos hatte Amazon als Online-Buchhandlung in seiner Garage in Bellevue, Washington gegründet. Google, Disney, Mattel, Hewlett-Packard, Harley-Davidson, alle waren, wenn man den Legenden Glauben schenken durfte, in winzigen, unauffälligen Garagen entstanden.

»Gibt's was Neues von Dan Molino?«, fragte der Fremde.

Sie waren zu dritt in der Garage. Alle saßen vor leistungsstarken Computern mit großen Monitoren. Vier WLAN-Router lagen im Regal neben Farbdosen, die Eduardos Vater dort vor über zehn Jahren abgestellt hatte. Eduardo, der sich in den technischen Aspekten ihrer Arbeit eindeutig am besten auskannte, hatte ein System eingerichtet, bei dem sie die Daten einmal um die ganze Welt schickten und dabei verschiedene Router verwendeten, sodass sie so anonym blieben, wie es im Internet eben möglich war. Selbst wenn jemand sie irgendwie zurückverfolgen könnte, würden die Router automatisch tätig werden und ihre Daten zu einem anderen Host umleiten. Ehrlich gesagt, verstand der Fremde nicht ein Wort davon. Das war aber auch nicht nötig.

»Hat bezahlt«, sagte Eduardo.

Eduardo hatte strähniges Haar, das ständig auf einen Haarschnitt wartete, und einen unrasierten Look, mit dem er eher speckig als hip aussah. Er war ein Hacker der alten Schule, dem die Jagd ebenso viel Spaß machte wie die moralische Entrüstung oder das Bargeld.

Neben ihm saß Gabrielle, alleinerziehende Mutter zweier Kinder und mit vierundvierzig mit Abstand die Älteste. Sie hatte vor zwanzig Jahren mit einem Telefonsex-Unternehmen angefangen. Dabei ging es darum, den Mann so lange wie möglich in der Leitung zu halten und ihm dafür $ 3,99 pro Minute zu berechnen. In der jüngeren Vergangenheit hatte Gabrielle auf einer Website für »unverbindlichen Sex« diverse heiße Hausfrauen dargestellt. Ihr Job bestand darin, Neukunden (lies: Trottel) so lange glauben zu machen, dass sie heißer Sex erwartete, bis die kostenlose Probezeit abgelaufen war, und sie eine Jahresmitgliedschaft abschlossen, deren Gebühr von der Kreditkarte abgebucht wurde.

Merton, der neueste Kollege, war neunzehn, dünn, stark tätowiert, hatte einen rasierten Kopf, hellblaue Augen und einen ziemlich irren Blick. Er trug weite Jeans mit Ketten an den Taschen, was womöglich auf eine Vorliebe für Motorräder oder für Bondage hindeutete, der Fremde konnte es nicht sagen. Er reinigte seine Fingernägel mit einem Klappmesser und arbeitete in seiner Freizeit ehrenamtlich für einen Fernsehprediger, der seine Gottesdienste in einer Arena mit zwölftausend Sitzplätzen abhielt. Ingrid hatte Merton bei ihrem Job aufgegabelt, den sie für die Website einer Firma namens *Five* machte.

Merton sah den Fremden an. »Du siehst enttäuscht aus.«

»Dann kommt er damit durch.«

»Damit, dass er als Football-Spieler Anabolika nimmt? Ganz was Neues. Selbst in den College-Ligen schlucken wahrscheinlich mindestens achtzig Prozent der Spieler irgendwas.«

Eduardo pflichtete ihm bei. »Wir halten uns an unsere Prinzipien, Chris.«

»Ja«, sagte der Fremde. »Ich weiß.«

»Obwohl es ja eigentlich deine Prinzipien sind.«

Der Fremde, der in Wirklichkeit Chris Taylor hieß, nickte. Chris war der Gründer dieser Bewegung, auch wenn die Garage Eduardo gehörte. Eduardo war sein erster Mitarbeiter gewesen. Das Unternehmen hatte als Spaß begonnen, als Versuch, ein paar Missstände zurechtzurücken. Bald merkte Chris, dass ihre Bewegung sowohl ein profitables Unternehmen sein und gleichzeitig die Welt verbessern konnte. Damit das funktionierte, damit keiner dieser beiden Ansätze die Oberhand gewann, mussten sie sich an ihre Gründungsprinzipien halten.

»Was ist denn los?«, fragte Gabrielle ihn.

»Was soll denn los sein?«

»Du lässt dich hier doch nur blicken, wenn es Probleme gibt.«

Das stimmte allerdings.

Eduardo lehnte sich zurück. »Gab's Ärger mit Dan Molino oder seinem Sohn?«

»Ja und nein.«

»Wir haben das Geld«, sagte Merton. »So schlimm kann's nicht gewesen sein.«

»Ja, aber ich musste das alles allein erledigen.«

»Und?«

»Eigentlich hätte Ingrid dabei sein sollen.«

Alle sahen sich an. Gabrielle brach das Schweigen. »Wahrscheinlich dachte sie, dass eine Frau bei einem Football-Leistungstest unnötig auffällt.«

»Möglich«, sagte Chris. »Habt ihr was von ihr gehört?«

Eduardo und Gabrielle schüttelten den Kopf. Merton stand auf und sagte: »Moment, wann hast du sie das letzte Mal gesehen?«

»In Ohio. Als wir mit Heidi Dann gesprochen haben.«

»Und sie hätte sich eigentlich bei diesem Football-Test mit dir treffen sollen?«

»So war es geplant. Wir haben uns ans Protokoll gehalten, sind separat angereist und hatten vorher keinen Kontakt.«

Wieder gab Eduardo etwas in den Computer ein. »Einen Moment, Chris, ich muss kurz was nachsehen.«

Chris. Es war seltsam, jemanden seinen Namen aussprechen zu hören. In den letzten Wochen war er anonym unterwegs gewesen, der Fremde, und keiner hatte ihn beim Namen genannt. Selbst der Kontakt mit Ingrid war im Protokoll klar geregelt: Keine Namen. Anonym. Darin lag natürlich eine gewisse Ironie. Die Menschen, die er ansprach, hatten sich gewünscht, anonym zu bleiben, und nicht bemerkt, dass es für sie keine Anonymität gab.

Für Chris – für den Fremden – gab es sie.

»Laut Plan«, sagte Eduardo und sah auf den Bildschirm, »hätte Ingrid gestern nach Philadelphia fahren und den Mietwagen zurückgeben sollen. Ich guck mal nach...« Er blickte auf. »Verdammt.«

»Was?«

»Sie hat das Auto nicht zurückgegeben.«

Es wurde kalt im Raum.

»Wir müssen sie anrufen«, sagte Merton.

»Riskant«, sagte Eduardo. »Wenn sie aufgeflogen ist, könnte ihr Handy in die falschen Hände geraten sein.«

»Wir müssen vom Protokoll abweichen«, sagte Chris.

»Vorsichtig«, ergänzte Gabrielle.

Eduardo nickte. »Ich ruf sie via Viber an und leite die Verbindung über zwei bulgarische IPs. Müsste in fünf Minuten erledigt sein.«

Er brauchte nur drei.

Das Telefon klingelte. Einmal, zweimal und beim dritten Klingeln meldete sich jemand. Sie rechneten damit, Ingrids Stimme zu hören. Aber es kam anders.

Eine Männerstimme fragte: »Wer ist da, bitte?«

Eduardo unterbrach die Verbindung. Die vier waren einen Augenblick ganz still und rührten sich nicht. Dann sprach der Fremde – Chris Taylor – das aus, was sie alle dachten.

»Wir sind aufgeflogen.«

SIEBENUNDDREISSIG

Sie hatten nichts Falsches getan.

Sally Perryman war Juniorpartnerin in der Kanzlei und sollte Adam in einem zeitaufwendigen Fall unterstützen, in dem es um die eingewanderten Inhaber eines griechischen Restaurants ging. Die Inhaber hatten vierzig Jahre lang glücklich und erfolgreich am gleichen Ort in Harrison gearbeitet, bis ein großer Hedgefonds in derselben Straße ein neues Bürohochhaus errichtete und die Behörden zu dem Schluss kamen, dass die Straße, die zu dem Hochhaus führte, dem Verkehr nicht mehr gewachsen wäre und verbreitert werden müsste. Dazu hätte man das Restaurant abreißen müssen. Adam und Sally hatten es mit der Regierung, Bankern und schließlich auch schwerer Korruption zu tun gehabt.

Es gab Fälle, da konnte man es morgens nach dem Aufstehen kaum erwarten, zur Arbeit zu gehen, und wünschte sich, dass der Tag nie zu Ende ging. Man war besessen. Man dachte beim Essen, Trinken und Schlafen nur an den Fall. Und so ein Fall war das gewesen. Bei dem man den Menschen nahekam, die in dieser Angelegenheit, die mit der Zeit für sie zum glorreichen, erbitterten Kreuzzug wurde, auf derselben Seite standen.

Sally Perryman und er waren sich nahegekommen.
Sehr nahe.
Aber nicht körperlich. Da war nichts passiert – sie hat-

ten sich nicht einmal geküsst. Es waren keine Grenzen überschritten worden, sie hatten sich diesen Grenzen jedoch genähert, sie ausgetestet und waren vielleicht sogar ein paar Mal draufgetreten. Adam hatte festgestellt, dass man irgendwann ein Stadium erreicht, wo man an dieser Grenze steht und ins Schwanken gerät, das Leben auf der einen Seite mit dem auf der anderen vergleicht. Dann überquert man die Grenze entweder irgendwann, oder etwas in einem verdorrt und stirbt ab. In diesem Fall war etwas abgestorben. Zwei Monate nach Beendigung des Falls hatte Sally Perryman eine neue Stelle bei einer Anwaltskanzlei in Livingston angenommen.

Es war vorbei.

Aber Corinne hatte Sally angerufen.

Warum? Die Antwort schien auf der Hand zu liegen. Adam dachte darüber nach, versuchte Theorien und Hypothesen zu entwickeln, die erklärten, was mit Corinne passiert war. Ein paar Puzzleteile schienen halbwegs zusammenzupassen. Das Bild, das sich ergab, war nicht besonders schön.

Es war nach Mitternacht. Die Jungs lagen im Bett. Die Stimmung im Haus war getrübt. Eigentlich wollte Adam, dass die Jungs mit ihren Ängsten zu ihm kamen, im Moment hoffte er jedoch, dass sie alles verdrängten, zumindest für die nächsten ein oder zwei Tage, bis Corinne nach Hause kam. Letztlich war es das Einzige, was alles wieder in Ordnung bringen konnte.

Er musste Corinne finden.

Der alte Rinsky hatte ihm vorab einige Auskünfte über Ingrid Prisby geschickt. Bisher hatte er nichts Besonderes oder Spektakuläres entdeckt. Sie wohnte in Austin, hatte vor acht Jahren ihren Abschluss an der Rice University in

Houston gemacht und für zwei Internet-Start-ups gearbeitet. Rinsky hatte auch eine Festnetznummer geliefert. Unter der Nummer meldete sich sofort ein Anrufbeantworter mit der voreingestellten Automatenstimme. Adam hinterließ die Nachricht, dass Ingrid ihn anrufen solle. Rinsky hatte ihm auch die Festnetznummer und die Adresse von Ingrids Mutter besorgt. Adam überlegte, ob er sie anrufen sollte, wusste aber nicht, was er ihr sagen könnte. Es war spät. Er beschloss, darüber zu schlafen.

Was weiter?

Ingrid Prisby war bei Facebook, und er fragte sich, ob er dort vielleicht etwas Neues finden würde. Adam war auch bei Facebook, schaute aber selten rein. Corinne und er hatten sich vor ein paar Jahren angemeldet, nachdem Corinne in einem Anflug von Nostalgie einen Artikel darüber gelesen hatte, wie Leute in ihrem Alter über die sozialen Netzwerke wieder mit alten Freunden in Kontakt kamen. Die Vergangenheit reizte Adam zwar wenig, er hatte trotzdem mitgemacht. Nach dem Hochladen seines Profilbilds hatte er seine Facebook-Seite allerdings kaum noch angerührt. Corinne hatte etwas mehr Begeisterung an den Tag gelegt, er bezweifelte aber, dass sie sich öfter als zwei-, dreimal die Woche eingeloggt hatte.

Aber wer wusste das schon so genau?

Er erinnerte sich, wie er hier in diesem Zimmer mit Corinne gesessen hatte, als sie ihre Facebook-Profile anlegten. Sie hatten nach Verwandten und Freunden gesucht und Freundschaftsanfragen gestellt. Adam war die Bilder durchgegangen, die seine Kollegen ausgewählt hatten – grinsende Familien am Strand, Weihnachtsessen, die Kinder beim Sport, Skiurlaub in Aspen, Colorado, die gebräunte Frau, die die Arme um den lächelnden Mann legte, und so weiter.

»Die sehen alle so glücklich aus«, hatte er zu Corinne gesagt.

»Jetzt fang du nicht auch noch damit an.«

»Womit?«

»Bei Facebook sehen alle glücklich aus«, sagte Corinne. »Das ist wie eine ›Greatest Hits‹-Sammlung aus deinem Leben.« In ihrer Stimme lag jetzt eine gewisse Schärfe. »Das ist nicht die Wirklichkeit, Adam.«

»Hab ich ja auch nicht gesagt. Ich hab gesagt, dass die alle so glücklich *aussehen*. Und genau das meinte ich. Wenn man die Welt durch die Facebook-Brille betrachtet, fragt man sich, warum so viele Leute *Prozac* nehmen.«

Daraufhin war Corinne verstummt. Adam hatte darüber gelacht und die Sache zu den Akten gelegt, aber jetzt, Jahre später, wo er sein Leben durch die frisch geputzte Brille der Rückschau betrachtete, nahm vieles eine dunklere, hässlichere Färbung an.

Er verbrachte fast eine Stunde auf Ingrid Prisbys Facebook-Seite. Als Erstes checkte er ihren Beziehungsstatus – vielleicht hatte er ja Glück und der Fremde war ihr Mann oder ihr Freund –, aber Ingrid hatte »Single« angegeben. Er klickte sich durch ihre 188 Freunde in der Hoffnung, den Fremden darunter zu finden. Nichts. Er suchte nach bekannten Namen oder Fakten, Leuten aus seiner oder Corinnes Vergangenheit. Er fand keine. Er arbeitete sich auf Ingrids Seite nach unten und ging ihre Updates durch. Nichts deutete auf den Fremden hin, auf das Vortäuschen von Schwangerschaften oder dergleichen. Er versuchte, ihre Fotos kritisch unter die Lupe zu nehmen. Sie strahlte eine positive Stimmung aus. Schon auf den Partyfotos, wenn sie etwas getrunken hatte und sich gehenließ, sah Ingrid Prisby glücklich aus, aber auf den Fotos, die sie bei ihren ehrenamtlichen Tätigkeiten zeigten, sah sie noch viel glücklicher aus. Und sie leistete viel ehrenamtliche Arbeit: in Suppenküchen, beim Roten Kreuz, bei der Unterstützung für Angehörige der Streitkräfte, in der Jugendarbeit. Und noch etwas fiel ihm an ihr auf. Es waren alles Gruppenbilder, kein einziges Foto zeigte sie allein – es gab weder ein Porträt noch ein Selfie.

Bei der Suche nach Corinne brachten diese Feststellungen ihn allerdings kein Stück weiter.

Irgendetwas übersah er.

Es war schon spät, doch Adam ließ nicht locker. Die erste Frage war, woher Ingrid den Fremden kannte. Sie mussten sich irgendwie nahestehen. Er dachte an Suzanne Hope, die man mit ihrer vorgetäuschten Schwangerschaft erpresst hatte. Das Naheliegendste war, dass man Corinne auch erpresst hatte, und beide Frauen hatten nicht bezahlt…

Oder doch? Dass Suzanne nicht bezahlt hatte, wusste er. Sie hatte es ihm gesagt. Aber vielleicht hatte Corinne bezahlt. Er lehnte sich zurück und überlegte kurz. Wenn Corinne das Lacrosse-Geld gestohlen hatte – er glaubte es immer noch nicht –, aber falls sie es getan hatte, könnte sie sich damit das Schweigen der Erpresser erkauft haben.

Und vielleicht gehörten sie zu solchen Erpressern, die das Geheimnis dann trotzdem verrieten.

Wie wahrscheinlich war das?

Schwer zu sagen. Er konzentrierte sich lieber auf die aktuelle Frage: Woher kannten sich Ingrid und der Fremde? Er ordnete die verschiedenen Möglichkeiten nach absteigender Wahrscheinlichkeit.

Am wahrscheinlichsten: Arbeitsplatz. Ingrid hatte für mehrere Internetfirmen gearbeitet. Vielleicht arbeiteten diejenigen, die hinter der Sache steckten, für Fake-A-Pregnancy.

com oder hatten sich auf das Internet spezialisiert, waren Hacker oder so etwas, oder vielleicht traf auch beides zu.

Platz zwei auf der Wahrscheinlichkeitsskala: Die beiden kannten sich vom College. Vom Alter her war es durchaus möglich, dass sie sich auf dem Campus kennengelernt hatten und Freunde geblieben waren. Also fand er die Antwort vielleicht an der Rice University.

Dritter Platz: Beide kamen aus Austin, Texas.

Konnte das sein? Adam wusste es nicht, ging aber noch einmal Ingrids Freunde durch und hielt dabei Ausschau nach Personen, die ebenfalls Internetjobs hatten. Davon gab es einige. Er schaute sich ihre Profile an. Ein paar waren privat oder nur für Freunde einsehbar, die meisten Menschen sind allerdings nicht auf Facebook, um sich zu verstecken. Die Zeit verging. Schließlich ging er die Freunde ihrer Freunde durch, die Internetjobs hatten. Und sogar die Freunde dieser Freunde. Er las Profile und die Listen früherer Arbeitgeber, und als die kleine Digitaluhr in der Menüleiste seines Computers 4:48 anzeigte, wurde Adam endlich fündig.

Den ersten Hinweis hatte die *Fake-A-Pregnancy*-Website geliefert. Unter KONTAKT gab das Unternehmen eine Postadresse in Revere, Massachusetts an. Adam googelte die Adresse und fand einen Konzern namens *Downing Place*, der mehrere Start-ups und Websites betrieb.

Jetzt hatte er einen Ausgangspunkt.

Als er Ingrids Freunde noch einmal durchging, fand er jemanden, der *Downing Place* als Arbeitgeber nannte. Er klickte dessen Profil an. Viel stand dort nicht, der Mann hatte aber zwei Freunde, die ebenfalls bei *Downing* arbeiteten. Er klickte deren Seiten an, und so machte er weiter, bis er zur Facebook-Seite einer Frau namens Gabrielle Dunbar gelangte.

Auf ihrer INFO-Seite erfuhr Adam, dass Gabrielle Dunbar Betriebswirtschaft am *Ocean County College* in New Jersey studiert und vorher die *Fair Lawn High School* besucht hatte. Sie hatte keine aktuellen oder früheren Arbeitgeber angegeben – weder *Downing Place* noch irgendeine andere Website –, und sie hatte seit acht Monaten nichts mehr bei Facebook geschrieben.

Was seine Aufmerksamkeit weckte, war die Tatsache, dass sie drei »Freunde« hatte, die *Downing Place* als Arbeitgeber nannten. Außerdem las er, dass Gabrielle Dunbar in Revere, Massachusetts, wohnte.

Also klickte Adam sich durch ihr Profil und ging ihre Fotoalben durch, bis er ein drei Jahre altes Foto fand. Es war in einem Album namens *Mobile Uploads* hinterlegt und trug den Titel FIRMENFEIER. Es war ein typisches »schnell alle aufs Bild, bevor wir zu betrunken sind«-Firmenpartyfoto, das an den Mailverteiler verschickt oder bei Facebook veröffentlicht wird. Die Party hatte in einem holzvertäfelten Restaurant oder einer Bar stattgefunden. Auf dem Foto waren etwa zwanzig bis dreißig Personen, viele rotgesichtig und rotäugig von Kamerablitz und Alkohol.

Und ganz links stand jemand mit einem Bier in der Hand, der nicht in die Kamera sah und wahrscheinlich nicht einmal gemerkt hatte, dass das Foto gemacht wurde: der Fremde.

ACHTUNDDREISSIG

Johanna Griffin hatte zwei Havaneser namens Starsky und Hutch. Anfangs hatte sie keine Havaneser gewollt. Sie galten als Schoßhündchen, und für Johanna, die mit Deutschen Doggen aufgewachsen war, waren kleine Hunde, mit Verlaub, bessere Nagetiere. Aber Ricky hatte darauf bestanden, und er hatte verdammt noch mal recht behalten. Johanna hatte ihr Leben lang Hunde besessen, und diese beiden waren so liebenswert, dass es kaum auszuhalten war.

Normalerweise ging Johanna gern frühmorgens mit Starsky und Hutch Gassi. Sie war stolz auf ihren guten Schlaf. Alle Schrecken oder Probleme, die sie im Alltag plagten, durften nicht durch die Schlafzimmertür. So lautete ihre Regel. In der Küche oder im Wohnzimmer konnte sie sich zu Tode sorgen, aber wenn sie dieses Tor durchschritt, dann legte sie einen Schalter um. Das war's. Ende der Probleme.

Aber zweierlei raubte ihr in letzter Zeit den Schlaf. Das eine war Ricky. Vielleicht lag es daran, dass er ein paar Pfund zugenommen hatte, oder vielleicht war es auch nur das Alter, aber sein Schnarchen, das früher noch erträglich gewesen war, war zu einer ständig nervenden Kreissäge geworden. Er hatte schon einiges ausprobiert – ein Nasenpflaster, ein anderes Kissen, diverse rezeptfreie Medikamente –, aber es half alles nichts. Sie sprachen bereits über getrennte Schlafzimmer, aber das kam Johanna wie eine Kapitulation vor. Sie musste es einfach aushalten, bis sich eine Lösung fand.

Das zweite war natürlich Heidi.

Ihre Freundin erschien Johanna im Schlaf, nicht als Furcht einflößende, blutige Erscheinung, nicht als Gespenst, und Heidi flüsterte auch nicht: »Räche mich.« Nichts dergleichen. Johanna hätte gar nicht sagen können, worum es in ihren Heidi-Träumen eigentlich ging. Es waren ganz normale Träume, die ihr wie das richtige Leben vorkamen, in denen eine gut gelaunte, häufig lachende Heidi auftauchte, mit der Johanna eine nette Zeit verbrachte, bis ihr irgendwann wieder einfiel, dass Heidi einem Mord zum Opfer gefallen war. Dann wurde Johanna von Panik erfasst. Der Traum begann zu verblassen, Johanna ergriff ihre Freundin und umklammerte sie verzweifelt, als könnte sie sie festhalten – als könnte sie, wenn sie sich nur genug anstrengte, den Mord ungeschehen machen und Heidi wieder zum Leben erwecken.

Johanna wachte immer mit tränennassem Gesicht auf.

Um diesen Kreislauf zu durchbrechen, ging sie in letzter Zeit öfter spätnachts mit Starsky und Hutch spazieren. Johanna versuchte, die Einsamkeit zu genießen, aber draußen war es dunkel, und trotz der Straßenbeleuchtung hatte sie immer Angst, über Unebenheiten im Gehweg zu stolpern. Ihr Vater war mit 74 gestürzt und hatte sich nie richtig von den Folgen erholt. Das hörte man häufiger. Deshalb blickte Johanna beim Gehen immer vor sich auf den Boden. Als sie an eine besonders dunkle Stelle kam, zog sie ihr Handy aus der Tasche und schaltete die Taschenlampen-App ein.

Das Handy vibrierte in ihrer Hand. Zu dieser späten Stunde konnte es nur Ricky sein. Wahrscheinlich war er aufgewacht und wollte wissen, wann sie wiederkam. Vielleicht fand er auch, dass er ein bisschen Bewegung vertragen könnte, um abzunehmen, und wollte mitkommen. Konnte er gern machen. Sie war gerade erst losgegangen, es war kein Problem, mit Starsky und Hutch noch einmal kurz zurückzugehen.

Sie nahm beide Leinen in die linke Hand und hielt das Handy ans Ohr, ohne aufs Display zu blicken. Sie drückte die grüne Taste und sagte: »Hallo?«

»Chef?«

Seiner Stimme hörte sie an, dass das kein Höflichkeitsanruf war. Sie blieb stehen. Die Hunde blieben auch stehen.

»Bist du das, Norbert?«

»Ja, tut mir leid, dass ich so spät anrufe, aber...«

»Was ist?«

»Ich hab das Autokennzeichen für dich überprüft. Ich musste ein bisschen graben, aber wie es aussieht, ist das ein Mietwagen, und der richtige Name der Mieterin lautet Ingrid Prisby.«

Schweigen.

»Und?«, fragte sie nach.

»Und das ist eine böse Sache«, sagte Norbert. »Ganz böse.«

NEUNUNDDREISSIG

Am frühen Morgen rief Adam Andy Gribbel an. Gribbel stöhnte ein: »Was gibt's?«
»Tut mir leid, ich wollte dich nicht wecken.«
»Es ist sechs Uhr morgens«, sagte Gribbel.
»Tut mir leid.«
»Wir hatten gestern einen Auftritt mit der Band. Und hinterher waren da diese heißen Groupies bei der After-Show-Party. Du kennst das ja.«
»Schon klar. Sag mal, kennst du dich mit Facebook aus?«
»Machst du Witze? Klar. Die Band hat eine Fanpage. Wir haben fast achtzig Follower.«
»Toll. Ich schick dir einen Facebook-Link. Auf dem Bild sind vier Personen. Guck doch mal, ob du mir deren Adressen beschaffen und was du sonst noch über das Bild herausfinden kannst – wo es aufgenommen wurde, wer noch drauf ist und so weiter.«
»Priorität?«
»Höchste. Ich brauch die Info gestern.«
»Alles klar. Hey, wir haben gestern eine Killerversion von ›The Night Chicago Died‹ gebracht. Da blieb kein Auge trocken.«
»Du kannst dir gar nicht vorstellen, wie brennend mich das gerade interessiert«, sagte Adam.
»Wow, so wichtig?«
»Wichtiger.«

»Bin dran.«

Adam legte auf und schwang sich aus dem Bett. Um sieben weckte er die Jungs und duschte lange und heiss. Es fühlte sich gut an. Er zog sich an und sah auf die Uhr. Die Jungs müssten jetzt unten sein.

»Ryan? Thomas?«

Thomas antwortete: »Ja, ja, wir sind wach.«

Adams Handy vibrierte. Gribbel. »Hallo?«

»Wir haben Glück.«

»Wieso?«

»Der Link, den du geschickt hast. Der stammt von der Facebook-Seite einer Frau namens Gabrielle Dunbar.«

»Ja, und weiter?«

»Sie wohnt nicht mehr in Revere. Sie ist zurück in ihre alte Heimat gezogen.«

»Fair Lawn?«

»Genau.«

Von Cedarfield nach Fair Lawn war es nur eine halbe Stunde.

»Ich hab gerade eine SMS mit ihrer Adresse geschickt.«

»Danke, Andy.«

»Kein Problem. Fährst du heute Morgen noch zu ihr?«

»Ja.«

»Sag mir Bescheid, wenn du mich brauchst.«

»Danke.«

Adam legte auf. Als er den Flur entlangging, hörte er ein Geräusch aus Ryans Zimmer. Adam trat näher an die geschlossene Tür und legte das Ohr dagegen. Durch das Holz hörte er das gedämpfte Schluchzen seines Sohnes. Das Geräusch fühlte sich an, als würden Glasscherben durch sein Herz kreisen. Adam klopfte an die Tür, nahm sich zusammen und drehte den Türknauf.

Ryan saß im Bett und schluchzte wie ein kleiner Junge, der er ja irgendwo auch noch war. Adam blieb im Türrahmen stehen. Der durch seine Hilflosigkeit befeuerte Schmerz in ihm wuchs.

»Ryan?«

Wenn sie weinten, wirkten die Menschen kleiner, zerbrechlicher und so verdammt jung. Ryans Brust zuckte, aber er brachte ein »Mommy fehlt mir« heraus.

»Ich weiß, mein Kleiner.«

Eine Sekunde lang stieg einen Welle der Wut in ihm auf – Wut auf Corinne, weil sie abgehauen war, weil sie nichts von sich hören ließ, weil sie die verdammte Schwangerschaft vorgetäuscht, weil sie das Geld gestohlen hatte, wegen allem. Was sie Adam angetan hatte, spielte dabei keine Rolle. Kein Thema. Aber den Jungs so wehzutun… das war fast unverzeihlich.

»Wieso antwortet sie nicht auf meine SMS?«, heulte Ryan. »Wieso ist sie nicht bei uns?«

Adam wollte gerade einige weitere Banalitäten anbringen: dass sie zu tun hätte und Zeit für sich bräuchte und so weiter. Aber all das waren Lügen. All das machte es nur noch schlimmer. Deshalb entschied Adam sich diesmal für die Wahrheit.

»Ich weiß es nicht.«

Seltsamerweise schien diese Antwort Ryan ein bisschen zu beruhigen. Das Schluchzen hörte nicht auf, ließ aber ein wenig nach und verwandelte sich eher in ein Schniefen. Adam ging zu Ryan und setzte sich neben ihm aufs Bett. Er wollte den Arm um seinen Sohn legen, aber irgendwie fühlte sich das nicht richtig an. Also blieb er einfach neben ihm sitzen, um ihm das Gefühl zu geben, dass er da war. Das reichte offenbar.

Kurz darauf erschien Thomas in der Tür. Jetzt waren sie alle drei vereint – »meine Jungs«, wie Corinne immer sagte, die Adam gelegentlich im Scherz als ihr größtes Kind bezeichnete. Da standen sie, in diesem Zimmer, völlig reglos. Und plötzlich kam Adam eine einfache, aber irgendwie grundlegende Einsicht: Corinne liebte ihr Leben. Sie liebte ihre Familie. Sie liebte diese Welt, die sie sich so hart erkämpft hatte. Sie liebte das Leben in dieser Stadt, in der sie als Kind gelebt hatte, in diesem Viertel, das sie so sehr schätzte, in diesem Haus, das sie mit ihren Jungs teilte.

Was war schiefgegangen?

Alle drei hörten die Autotür zufallen. Ryan fuhr herum und sah zum Fenster. Adam fiel instinktiv in die Beschützerrolle, erreichte das Fenster als Erster und stellte sich so hin, dass er seinen Söhnen die Sicht verdeckte. Es funktionierte nicht lange. Die beiden nahmen die Plätze rechts und links von ihm ein und blickten nach unten. Keiner schrie auf. Keiner schnappte nach Luft. Keiner sagte etwas.

Es war ein Polizeiwagen.

Einer der Polizisten war Len Gilman, was unlogisch wirkte, denn auf der Seite des Wagens stand ESSEX COUNTY POLICE. Len arbeitete für die Ortspolizei in Cedarfield.

Auf der Fahrerseite stieg ein uniformierter Polizeibeamter vom County aus.

Ryan sagte: »Dad?«

Corinne ist tot.

Es war nur ein Gedankenblitz, weiter nichts. Aber war das nicht die naheliegende Antwort? Deine Frau verschwindet. Sie meldet sich nicht bei dir und auch nicht bei ihren Kindern. Dann erscheinen zwei Cops mit ernsten Mienen vor der Haustür, einer vom County, einer ein Freund der Familie. War das nicht schon die ganze Zeit über die plausibelste

Erklärung gewesen – dass Corinne tot war und irgendwo in einem Straßengraben lag und diese Männer mit den ernsten Mienen die schlechte Nachricht überbrachten, sodass Adam jetzt die Scherben seines zerstörten Lebens einsammeln, trauern, stark sein und weitermachen musste? Für die Jungs?

Er drehte sich um und ging zur Treppe. Die Jungs folgten ihm, zuerst Thomas, dann Ryan. Es war fast wie ein unsichtbares Band, ein Bündnis zwischen den drei Überlebenden, die zusammenhalten und den bevorstehenden Schlag gemeinsam ertragen wollten. Als Len Gilman auf die Klingel drückte, hatte Adam die Hand schon am Türgriff.

Len zuckte zurück und blinzelte.

»Adam?«

Adam stand in der halb offenen Tür. Len sah die Jungs hinter ihm.

»Ich dachte, die beiden wären beim Training.«

»Sie wollten gerade los«, sagte Adam.

»Okay, vielleicht kannst du sie losschicken und dann ...«

»Was ist denn?«

»Es ist besser, wenn wir uns auf dem Revier unterhalten.« Dann ergänzte er, offenbar um die Jungs zu beruhigen: »Macht euch keine Sorgen, Jungs. Wir haben nur ein paar Fragen.«

Len sah Adam in die Augen. Adam reichte es. Wenn es schlechte Neuigkeiten waren – verheerende Neuigkeiten –, waren sie vor dem Training nicht verheerender als hinterher.

»Hat es etwas mit Corinne zu tun?«, fragte Adam.

»Nein, ich glaube nicht.«

»Du glaubst nicht?«

»Bitte, Adam.« Lens Stimme hatte jetzt etwas Flehendes. »Schick die Jungs zum Training und komm mit.«

VIERZIG

Kuntz verbrachte die ganze Nacht im Halbschlaf am Krankenbett seines Sohns auf einem Sessel, der sich zu etwas ausklappen ließ, das man beim besten Willen nicht als Bett bezeichnen konnte. Als die Schwester am Morgen sah, wie er seinen steifen Rücken dehnte, sagte sie: »Nicht sehr bequem, was?«

»Bestellen Sie die in Guantánamo?«

Die Schwester lächelte und maß Robbys Vitalparameter – Temperatur, Puls, Blutdruck. Das machten sie alle vier Stunden, Tag und Nacht. Sein kleiner Junge war so daran gewöhnt, dass er sich kaum rührte. Ein kleiner Junge dürfte an so etwas nicht gewöhnt sein. Auf keinen Fall.

Kuntz setzte sich wieder ans Bett, und der nur allzu bekannte Schrecken der Hilflosigkeit durchflutete ihn. Die Schwester sah die Verzweiflung in seinem Gesicht. Alle konnten sie sehen, aber sie waren klug genug, ihn nicht zu trösten oder mit Lügen zu beruhigen. Sie sagte nur: »Ich komm später wieder.« Er war ihr dankbar dafür.

Kuntz sah nach seinen SMS. Ein paar dringende von Larry. Damit hatte Kuntz gerechnet. Er wartete, bis Barb kam. Er küsste sie auf die Stirn und sagte: »Ich muss für eine Weile weg. Geschäfte.«

Barb nickte und fragte nicht nach Einzelheiten.

Kuntz nahm ein Taxi und fuhr zur Wohnung an der Park Avenue. Larry Powers' hübsche Frau Laurie öffnete die Tür.

Kuntz hatte nie verstanden, warum man seine Frau betrog. Die Frau, die man geheiratet hatte, war die Frau, die man mehr als alles auf der Welt liebte, die einzig wahre Gefährtin, ein Teil von dir. Entweder liebte man sie von ganzem Herzen oder eben nicht – und wenn nicht, dann war es Zeit weiterzuziehen, mein Schatz.

Laurie Powers hatte immer ein Lächeln parat. Sie trug eine mehrreihige Perlenkette und ein schlichtes schwarzes Kleid, das teuer aussah – aber vielleicht war es auch Laurie, die es teuer machte. Laurie Powers stammte aus einer reichen europäischen Familie, was man ihr wahrscheinlich auch in einem hawaiischen Muumuu angesehen hätte.

»Er erwartet Sie«, sagte sie. »In der Bibliothek.«

»Danke.«

»John?«

Kuntz wandte sich zu ihr.

»Ist irgendetwas?«

»Ich denke nicht, Mrs Powers.«

»Laurie.«

»Okay«, sagte er. »Und bei Ihnen, Laurie?«

»Was ist mit mir?«

»Alles in Ordnung?«

Sie strich sich das Haar hinters Ohr. »Mir geht's gut. Aber Larry ... ist gar nicht mehr er selbst. Ich weiß, dass es Ihr Job ist, auf ihn aufzupassen.«

»Das tu ich auch. Machen Sie sich keine Sorgen, Laurie.«

»Danke, John.«

Eine kleine Faustregel fürs Leben: Wenn einen jemand »in der Bibliothek« empfängt, hat er Geld. Normale Menschen haben ein Arbeitszimmer, ein Wohnzimmer oder vielleicht einen Hobbykeller. Reiche Menschen haben eine Bibliothek. Diese war besonders opulent, voller ledergebundener Bücher, hölzerner Globen und Orientteppiche. Es sah aus wie ein Zimmer, in dem Bruce Wayne entspannte, bevor er sich auf den Weg in die Batcave machte.

Larry Powers saß in einem Ohrensessel aus burgunderrotem Leder. In der Hand hielt er ein Glas, dessen Inhalt nach Cognac aussah. Er hatte geweint.

»John?«

Kuntz ging zu ihm und nahm ihm das Glas aus der Hand. Er warf einen Blick auf die Flasche und sah, dass zu viel fehlte. »Du darfst nicht so viel trinken.«

»Wo warst du?«

»Ich habe mich um dein Problem gekümmert.«

Das Problem war ebenso erschreckend wie einfach. Aufgrund der religiösen Aspekte ihres Produkts hatte die Bank, die den Börsengang begleitete, auf einem Moralkodex bestanden, unter den auch Ehebruch fiel. Kurz gesagt, wenn herauskam, dass Larry Powers eine Sugarbaby-Website nutzte und sich darüber nachweislich sexuelle Dienstleistungen von College-Studentinnen gekauft hatte, dann ade, Börsengang. Ade, siebzehn Millionen Dollar. Ade, beste medizinische Versorgung für Robby. Ade, Urlaub auf den Bahamas mit Barb.

Ade, alles.

»Ich habe eine Mail von Kimberly bekommen«, sagte Larry.

Er fing wieder an zu weinen.

»Was steht drin?«

»Ihre Mutter wurde umgebracht.«

»Das hat sie dir erzählt?«

»Natürlich hat sie mir das erzählt. Jesus, John, ich weiß, dass du…«

»Still.«

Sein Tonfall unterbrach Larry wie eine Ohrfeige.

»Hör mir zu.«

»Das hätte doch nicht sein müssen, John. Wir hätten noch einmal von vorn anfangen können. Vielleicht hätte es noch andere Gelegenheiten gegeben. Wir hätten das schon geschafft.«

Kuntz starrte ihn schweigend an. Ja, klar. Andere Gelegenheiten. Das sagte sich so leicht. Larrys Vater war Wertpapierhändler gewesen, hatte sein ganzes Leben lang viel Geld verdient und seinen Sohn auf eine Eliteuniversität geschickt. Laurie stammte aus einer schwerreichen Familie. Die beiden hatten doch keine Ahnung.

»Wir hätten…«

»Sei ruhig, Larry.«

Er verstummte.

»Was genau hat Kimberly dir gesagt?«

»Sie hat mir nichts gesagt. Sie hat mir eine E-Mail geschickt. Das hab ich dir doch erklärt. Wir telefonieren nie. Und sie schreibt auch nicht an meine richtige E-Mail-Adresse. Die Mail ging an meinen Sugarbaby-Account.«

»Gut, okay. Und was stand in der Mail?«

»Dass ihre Mutter umgebracht wurde. Sie meinte, es wäre wohl ein Einbruch gewesen.«

»War es vermutlich auch«, sagte Kuntz.

Schweigen.

Dann setzte Larry sich aufrecht hin und sagte: »Kimberly ist keine Bedrohung. Sie kennt nicht einmal meinen Namen.«

Kuntz hatte schon überlegt, welche Vor- und Nachteile es hätte, wenn er Heidis Tochter Kimberly zum Schweigen brachte, war aber zu dem Schluss gekommen, dass es riskant war, sie umzubringen. Im Moment hatte die Polizei überhaupt keinen Grund, Heidi Danns Ermordung mit der Ingrid Prisbys in Verbindung zu bringen. Es lagen mehr als 600 Kilometer dazwischen. Er hatte sogar verschiedene Waffen benutzt. Wenn aber plötzlich auch Heidis Tochter etwas zustieß, würde das zu viel Aufmerksamkeit erregen.

Larry behauptete, dass er Kimberly gegenüber nicht seinen richtigen Namen verwendete. Die Website gab sich redlich Mühe, die Identität der Männer geheim zu halten. Natürlich würde Kimberly ihn erkennen, wenn sein Foto in der Zeitung war, sie waren aber bereits übereingekommen, dass Larry zum Börsengang den schüchternen CEO geben und der Präsident der Firma sämtliche Presseauftritte übernehmen würde. Und falls sie später irgendwelchen Ärger machte, na ja, dann würde Kuntz schon etwas einfallen.

Larry stand auf und ging schwankend auf und ab. »Woher wussten die von mir?«, klagte er. »Die Website ist doch anonym.«

»Du hast doch dafür bezahlt, oder?«

»Ja, klar, mit der Kreditkarte.«

»Irgendjemand musste das Geld abbuchen, Larry. Daher wissen die das.«

»Und dann hat es jemand Kimberlys Mom erzählt?«

»Ja.«

»Warum?«

»Was glaubst du, Larry?«

»Erpressung?«

»Bingo.«

»Dann zahlen wir eben.«

Kuntz hatte schon darüber nachgedacht, aber erstens war niemand mit einer Forderung an sie herangetreten, und zweitens war es einfach zu unsicher. Erpresser, insbesondere die mit einem Hang zum Fanatismus, waren nicht verlässlich oder vertrauenswürdig. Als er sich auf den Weg nach Ohio machte, hatte er noch nicht geahnt, welche Bedrohung ihn erwartete. Er wusste nur, dass Heidi Dann am Boden zerstört war, seit sie die Information über die Prostitution ihrer Tochter bekommen hatte. Sie kannte die Benutzernamen der Freier, hatte aber zum Glück nicht mit ihrer Tochter darüber gesprochen. Nach kurzer Überzeugungsarbeit hatte Heidi ihm von dem Pärchen erzählt, das sie vor dem *Red Lobster* angesprochen hatte. Kuntz hatte vor irgendeinem Knaben im Sicherheitsbüro des Restaurants kurz seine Legitimation aufblitzen lassen, das Video von dem jungen Pärchen bekommen, das sich mit Heidi unterhielt und sich ihr Autokennzeichen notiert.

Der Rest war einfach gewesen. Er hatte den Namen Lauren Barna von der Autovermietung bekommen und herausgefunden, dass Ingrid Prisby dahintersteckte. Dann hatte er ihre Kreditkartendaten ausgewertet und sie in einem Motel in der Nähe der *Delaware Water Gap* ausfindig gemacht.

»Dann war es das jetzt?«, fragte Larry. »Das war doch alles?«

»Noch nicht.«

»Kein Blutvergießen mehr. Bitte! Mir egal, ob wir den Börsengang machen oder nicht. Aber du darfst niemandem mehr wehtun.«

»Du hast deiner Frau wehgetan.«

»Was?«

»Als du sie betrogen hast. Das tut weh, oder?«

Larry öffnete den Mund, schloss ihn wieder, setzte neu an. »Aber… ich meine, sie ist nicht tot. Das kann man nicht vergleichen.«

»Klar kann ich das vergleichen. Du tust einer Frau weh, die du liebst, machst dir aber Sorgen wegen irgendwelcher Fremden, die dir schaden wollen.«

»Aber du redest von Mord, John.«

»Ich rede von gar nichts, Larry. Du redest von Mord. Ich habe gehört, Kimberlys Mutter soll bei einem Einbruch ums Leben gekommen sein. Das ist gut, denn wenn ihr jemand etwas getan hätte – sagen wir, jemand, der für dich arbeitet –, dann könnte er sich ganz leicht Strafminderung verschaffen, indem er einen Deal mit der Polizei macht und sagt, dass er nur im Auftrag gehandelt hätte. Kannst du mir folgen?«

Larry antwortete nicht.

»Gibt es noch irgendwelche Probleme, um die ich mich kümmern soll, Larry?«

»Nein«, sagte er leise. »Nichts.«

»Gut. Weil nämlich nichts diesen Börsengang aufhalten wird. Verstehst du?«

Er nickte

»Und jetzt hör auf zu saufen, Larry. Reiß dich zusammen.«

EINUNDVIERZIG

Während die beiden Cops noch vor der Tür standen, überraschten Thomas und Ryan Adam. Kein Protest und keine Widerworte. Schnell suchten sie ihre Sachen zusammen und waren aufbruchsbereit. Zum Abschied umarmten und küssten sie ihren Vater demonstrativ. Len Gilman grinste, klopfte Ryan auf den Rücken und sagte: »Euer Dad hilft uns bloß bei einer Ermittlung.« Es gelang Adam, sich zu beherrschen und nicht die Augen zu verdrehen. Er sagte seinen Jungs, dass sie sich keine Sorgen machen bräuchten und er ihnen sofort Bescheid sagen würde, sobald er mehr wisse.

Als die Jungs weg waren, ging Adam durch den Vorgarten zum Polizeiwagen. Der Gedanke daran, was die Nachbarn wohl denken mochten, kam in ihm auf, obwohl es ihm eigentlich vollkommen egal war. Er tippte Len Gilman auf die Schulter und sagte: »Also wenn es um das blöde Lacrosse-Geld geht...«

»Tut es nicht«, sagte Len im Tonfall einer ins Schloss fallenden Tür.

Unterwegs sprach keiner von ihnen. Adam saß hinten. Der andere Cop – ein junger Mann, der sich nicht vorgestellt hatte – fuhr, und Len Gilman saß auf dem Beifahrersitz. Adam war davon ausgegangen, dass sie zum örtlichen Polizeirevier an der Godwin Road wollten, als sie aber auf den Highway abbogen, wurde ihm klar, dass sie auf dem

Weg nach Newark waren. Sie nahmen die Interstate 280 und fuhren zum Büro des County Sheriffs an der West Market Street.

Sie hielten an. Len Gilman stieg aus. Adam suchte vergebens nach dem Türgriff, bis ihm klar wurde, dass es auf den Rücksitzen von Polizeiautos keine gab. Also wartete er, bis Len ihm die Tür öffnete. Er stieg aus, und der Wagen entfernte sich.

»Seit wann arbeitest du fürs County?«, fragte Adam.

»Sie haben mich um einen Gefallen gebeten.«

»Worum geht's denn, Len?«

»Bloß ein paar Fragen, Adam. Mehr kann ich dir nicht sagen.«

Len führte ihn durch die Tür, einen Flur entlang in einen Vernehmungsraum.

»Setz dich.«

»Len?«

»Ja?«

»Ich habe auch schon auf der anderen Seite gesessen und weiß, wie das läuft, also tu mir bitte einen Gefallen. Lass mich nicht zu lange warten, okay? Das steigert meine Kooperationsbereitschaft nicht.«

»Ich nehm's zu den Akten«, sagte Len und schloss die Tür hinter sich.

Sein Wunsch wurde nicht erhört. Nachdem Adam eine Stunde lang allein gewartet hatte, stand er auf und klopfte an die Tür. Len Gilman öffnete. Adam breitete die Arme aus und sagte: »Muss das sein?«

»Wir treiben keine Spielchen mit dir«, sagte Len. »Wir warten bloß auf jemanden.«

»Auf wen?«

»Gib uns noch eine Viertelstunde.«

»Na gut, aber ich muss mal pissen.«

»Kein Problem. Ich begleite dich…«

»Nein, Len, ich bin freiwillig hier. Ich geh allein auf die Toilette wie ein großer Junge.«

Er erledigte sein Geschäft, kam zurück, setzte sich wieder und spielte mit seinem Smartphone. Er sah noch einmal nach seinen SMS. Andy Gribbel hatte die Vormittagstermine verschoben. Adam betrachtete die Adresse von Gabrielle Dunbar. Sie wohnte am Rand des Stadtzentrums von Fair Lawn.

Konnte sie ihm helfen, den Fremden zu finden?

Als endlich die Tür des Vernehmungsraums geöffnet wurde, traten zuerst Len Gilman und dann eine Frau herein, die Adam für Anfang fünfzig hielt. Die Farbe ihres Hosenanzugs ließ sich am besten mit Amtsgrün beschreiben. Ihr Hemdkragen lief zu lang und spitz zu. Ihr Haarschnitt war das, was man pflegeleicht nannte – eine Art gestufte, braune Vokuhila-Frisur, die Adam an Eishockeyspieler aus den Siebzigern erinnerte.

»Tut mir leid, dass Sie so lange warten mussten«, sagte die Frau.

Ihr Akzent klang nach dem Mittleren Westen – aus New Jersey stammte sie jedenfalls nicht. Sie hatte ein knochiges Gesicht, das er mit Landarbeitern und Squaredance verband.

»Ich heiße Johanna Griffin.«

Sie hielt ihm eine große Hand hin. Er schüttelte sie.

»Ich heiße Adam Price, das wissen Sie aber vermutlich.«

»Nehmen Sie bitte Platz.«

Sie setzten sich einander gegenüber. Len Gilman lehnte sich in der Ecke an die Wand und versuchte, möglichst lässig auszusehen.

»Danke, dass Sie gekommen sind«, sagte Johanna Griffin.

»Wer sind Sie?«, fragte Adam.
»Bitte?«
»Ich nehme an, Sie haben einen Dienstgrad oder...«
»Ich bin Polizeichefin«, sagte sie. Und nach einer Pause: »In Beachwood.«
»Beachwood sagt mir nichts.«
»Das ist in Ohio. Bei Cleveland.«
Damit hatte Adam nicht gerechnet. Er blieb ruhig sitzen und wartete, was passierte.
Johanna Griffin legte einen Aktenkoffer auf den Tisch und öffnete ihn. Sie griff hinein, zog ein Foto heraus und fragte: »Kennen Sie diese Frau?«
Sie schob das Foto über den Tisch. Es war ein Passbild vor einfarbigem Hintergrund, ohne Lächeln, vermutlich aus einem Führerschein. Es dauerte vielleicht eine Sekunde, nicht länger, bis Adam die blonde Frau erkannte. Er hatte sie erst ein einziges Mal gesehen – im Dunkeln, von Weitem, in einem Auto. Er hatte sie jedoch sofort erkannt.
Trotzdem zögerte er.
»Mr Price?«
»Ich weiß vielleicht, wer das ist.«
»Vielleicht?«
»Ja.«
»Und wer könnte das vielleicht sein?«
Er wusste nicht genau, was er sagen sollte. »Warum fragen Sie mich das?«
»Es ist bloß eine Frage.«
»Ja, und ich bin bloß ein Anwalt. Also sagen Sie mir, warum Sie das wissen wollen.«
Johanna lächelte. »So wollen Sie das also angehen.«
»Ich habe mir keine Strategie zurechtgelegt. Ich will nur wissen...«

»Warum wir fragen. Dazu kommen wir noch.« Sie deutete auf das Bild. »Kennen Sie die Frau, ja oder nein?«

»Wir sind uns nie begegnet.«

»Oh, wow«, sagte Johanna Griffin.

»Was?«

»Keine Wortklauberei, okay? Wissen Sie, wer das ist, ja oder nein?«

»Ich glaube schon.«

»Super, ganz toll. Wer ist sie?«

»Wissen Sie das nicht?«

»Es geht nicht darum, was wir wissen, Adam. Und ich hab wirklich keine Zeit, also zur Sache. Die Frau heißt Ingrid Prisby. Sie haben John Bonner, einem Parkplatzwärter der American Legion Hall in Cedarfield, zweihundert Dollar dafür bezahlt, dass er Ihnen ihr Autokennzeichen nennt. Sie haben einen pensionierten Polizisten namens Michael Rinsky den Namen heraussuchen lassen. Würden Sie uns verraten, warum Sie das getan haben?«

Adam antwortete nicht.

»In welcher Verbindung stehen Sie zu Ingrid Prisby?«

»In keiner«, sagte er bedacht. »Ich würde sie nur gern was fragen.«

»Was denn?«

In Adams Kopf drehte sich alles.

»Adam?«

Es war ihm nicht entgangen, dass sie ihn nicht mehr Mr Price nannte, sondern Adam. Er sah in die Ecke. Len Gilman hatte die Arme verschränkt. Sein Gesichtsausdruck war undurchdringlich.

»Ich hatte gehofft, dass sie mir in einer vertraulichen Angelegenheit weiterhelfen kann.«

»Vergessen Sie die Vertraulichkeiten, Adam.« Sie griff

noch einmal in ihren Aktenkoffer und holte ein zweites Foto heraus. »Kennen Sie diese Frau?«

Sie legte das Bild einer lächelnden Frau auf den Tisch, die etwa in Johanna Griffins Alter sein mochte. Adam schüttelte den Kopf.

»Nein, die kenne ich nicht.«

»Ganz sicher?«

»Ich erkenne sie nicht.«

»Sie heißt Heidi Dann.« Johanna Griffins Stimme klang jetzt ein bisschen seltsam. »Sagt Ihnen der Name irgendetwas?«

»Nein.«

Johanna sah ihm in die Augen. »Ganz sicher, Adam?«

»Ganz sicher. Ich kenne diese Frau nicht. Der Name sagt mir nichts.«

»Wo ist Ihre Frau?«

Der unvermutete Themenwechsel brachte ihn durcheinander.

»Adam?«

»Was hat meine Frau damit zu tun?«

»Sie haben ganz schön viele Fragen, was?« Ihre Stimme klang stahlhart. »Das geht mir langsam auf die Nerven. Soweit ich weiß, wird Ihre Frau verdächtigt, eine Menge Geld gestohlen zu haben.«

Adam sah wieder zu Len hinüber. Immer noch dieser undurchdringliche Blick. »Darum geht es hier? Falsche Anschuldigungen?«

»Wo ist sie?«

Adam dachte gründlich über seinen nächsten Zug nach. »Auf Reisen.«

»Wo?«

»Hat sie mir nicht gesagt. Was zum Henker soll das?«

»Ich wüsste gern...«

»Interessiert mich nicht, was Sie gern wüssten. Bin ich festgenommen?«

»Nein.«

»Ich kann also jederzeit gehen, richtig?«

Johanna Griffin starrte ihn an. »Ja, das ist richtig.«

»Nur damit wir uns da einig sind, Chief Griffin.«

»Sind wir.«

Adam setzte sich ein bisschen aufrechter hin und versuchte seinen Vorteil auszunutzen.

»Sie fragen mich also nach meiner Frau. Also entweder sagen Sie mir jetzt, worum es geht, oder...«

Johanna Griffin zog ein weiteres Foto aus ihrer Tasche.

Wortlos schob sie es über den Tisch. Adam erstarrte. Er betrachtete das Bild. Keiner bewegte sich. Keiner sagte etwas. Adam spürte, wie seine Welt ins Schwanken geriet. Er versuchte, sich zu sammeln und etwas zu sagen.

»Ist das...?«

»Ingrid Prisby?« Johanna beendete den Satz für ihn. »Ja, Adam, das ist Ingrid Prisby, die Frau, die Sie vielleicht kennen.«

Adam rang nach Luft.

»Die Todesursache war, dem Gerichtsmediziner zufolge, ein Kopfschuss. Aber falls Sie sich fragen, was Sie dort sehen: Wir gehen davon aus, dass der Täter sie vorher mit einem Teppichmesser so zugerichtet hat. Wie lange sie gelitten hat, wissen wir nicht.«

Adam konnte den Blick nicht abwenden.

Johanna Griffin zog noch ein Foto heraus. »Heidi Dann wurde zuerst in die Kniescheibe geschossen. Auch bei ihr wissen wir nicht, wie lange der Täter sie gequält hat, aber das Ende war dasselbe. Ein Kopfschuss.«

Adam schluckte mühsam. »Und Sie glauben…?«

»Wir wissen nicht, was wir glauben sollen. Wir wollen wissen, was Sie darüber wissen.«

Er schüttelte den Kopf. »Nichts.«

»Wirklich? Dann will ich das noch einmal chronologisch mit Ihnen durchgehen. Ingrid Prisby aus Austin, Texas, ist von Houston nach Newark geflogen. Sie hat dort eine Nacht allein im Courtyard Marriott am Flughafen zugebracht. Sie hat sich ein Auto gemietet und ist zur American Legion Hall in Cedarfield gefahren. Dabei war sie in Begleitung eines Mannes. Im Saal der American Legion Hall hat dieser Mann mit Ihnen gesprochen. Wir wissen nicht, worum es in dem Gespräch ging, wir wissen aber, dass Sie kurz darauf einen Parkplatzwächter dafür bezahlt haben, dass er Ihnen das Kennzeichen gibt, und dass Sie die beiden daraufhin vermutlich ausfindig gemacht haben. In der Zwischenzeit ist Ingrid mit diesem Mietwagen nach Beachwood, Ohio, gefahren, wo sie ein Gespräch mit dieser Frau geführt hat.«

Mit zitternder Hand, offenbar voll mühsam beherrschter Wut, legte Johanna Griffin ihren Finger auf das Foto von Heidi Dann.

»Etwas später wurde dieser Frau, Heidi Dann, erst in die Kniescheibe und dann in den Kopf geschossen. In ihrem eigenen Haus. Nicht lange danach – am genauen Zeitablauf arbeiten wir noch, es war aber zwischen zwölf und vierundzwanzig Stunden später – wurde Ingrid Prisby in einem Motelzimmer in Columbia, New Jersey, ganz in der Nähe der Delaware Water Gap verstümmelt und ermordet.«

Sie lehnte sich zurück.

»Wo kommen Sie ins Spiel, Adam?«

»Sie können doch unmöglich…«

Aber sie konnten.

Adam brauchte Zeit. Er musste sich beruhigen, über das Ganze nachdenken und sich überlegen, was er tun konnte.

»Hat das Ganze irgendetwas mit Ihrer Ehe zu tun?«, fragte Johanna Griffin.

Er hob den Blick. »Was?«

»Len sagt, Corinne und Sie hätten vor ein paar Jahren Probleme gehabt.«

Adams Blick schoss in die Ecke. »Len?«

»Es gab Gerüchte, Adam.«

»Polizeiarbeit basiert also auf Gerüchten?«

»Nicht nur auf Gerüchten«, fuhr Johanna fort. »Wer ist Kristin Hoy?«

»Was? Eine enge Freundin meiner Frau.«

»Und auch von Ihnen, oder? Sie beiden hatten in letzter Zeit häufiger Kontakt, richtig?«

»Weil …« Er bremste sich.

»Weil?«

Er gab zu schnell zu viel preis. Er wollte den Cops vertrauen, tat es aber nicht. Sie hatten eine Theorie, und wenn so eine Theorie erst einmal Form angenommen hatte, das wusste Adam, dann war es schwer, wenn nicht gar unmöglich, Cops noch dazu zu bewegen, Fakten zur Kenntnis zu nehmen und nicht alles so hinzudrehen, dass es zu der einmal entwickelten Theorie passte. Adam erinnerte sich, wie der alte Rinsky ihn davor gewarnt hatte, zur Polizei zu gehen. Das Spiel war zweifelsohne riskanter geworden, aber bedeutete das auch, dass er seinen Plan, Corinne selbst zu finden, aufgeben musste?

Er wusste es nicht.

»Adam?«

»Wir haben nur über meine Frau geredet.«

»Kristin Hoy und Sie?«
»Ja.«
»Und worüber?«
»Darüber, dass sie … verreist ist.«
»Verreist. Ah, verstehe. Sie meinen die Reise, bei der sie einfach mitten am Tag von ihrem Arbeitsplatz verschwunden und nie wieder aufgetaucht ist, sodass sie jetzt nicht einmal mehr auf Ihre SMS oder die Ihrer Kinder reagiert?«

»Corinne hat gesagt, dass sie Zeit braucht«, sagte Adam. »Da Sie offensichtlich meine SMS durchforstet haben – und bedenken Sie bitte, dass ich Anwalt bin und ein Teil der abgefangenen SMS meiner Arbeit zugerechnet werden könnten –, gehe ich davon aus, dass Sie die SMS auch gelesen haben.«

»Wie praktisch.«
»Was?«
»Die SMS, die Ihre Frau Ihnen geschickt hat. Die ganze Geschichte, dass sie verschwindet und Sie nicht nach ihr suchen sollen. Verschafft einem eine Menge Zeit, was?«

»Was meinen Sie damit?«
»Die SMS hätte von jedem kommen können. Sogar von Ihnen selbst.«
»Warum sollte ich …?«
Er verstummte.
»Ingrid Prisby war zusammen mit einem Mann an der American Legion Hall«, sagte Johanna. »Wer ist dieser Mann?«
»Seinen Namen hat er mir nicht gesagt.«
»Was hat er Ihnen gesagt?«
»Das tut nichts zur Sache.«
»O doch. Hat er Sie bedroht?«
»Nein.«

»Und Corinne und Sie haben keine Eheprobleme, richtig?«

»Das hab ich nicht gesagt. Aber es tut nichts…«

»Möchten Sie uns etwas über Ihr Treffen mit Sally Perryman gestern Abend sagen?«

Schweigen.

»Ist Sally Perryman auch eine Freundin Ihrer Frau?«

Adam hielt inne. Er atmete ein paar Mal tief durch. Einerseits wollte er Johanna Griffin alles sagen. Wirklich. Aber im Moment wirkte es, als wollte sie ihm oder Corinne diesen undurchschaubaren Wahnsinn anhängen. Er wollte ihr helfen. Er wollte mehr über diese Morde erfahren, aber er kannte auch die entscheidende Regel: Was man nicht sagt, muss man später auch nicht zurücknehmen. Heute Morgen hatte er einen Plan gefasst. Er wollte Gabrielle Dunbar in ihrem Haus in Fair Lawn besuchen. Er wollte den Namen des Fremden herausfinden. Am besten hielt er sich an diesen Plan. Fair Lawn war nicht weit weg.

Vor allem würde er unterwegs zum Nachdenken kommen.

Adam stand auf. »Ich muss los.«

»Das ist ein Witz?«

»Nein. Wenn Sie meine Hilfe wollen, geben Sie mir ein paar Stunden Zeit.«

»Wir haben es mit zwei ermordeten Frauen zu tun.«

»Das habe ich verstanden«, sagte Adam auf dem Weg zur Tür. »Aber Sie gehen die Sache sowieso falsch an.«

»Und wie müssten wir sie angehen?«

»Der Mann, der mit Ingrid unterwegs war«, sagte Adam, »der von der American Legion Hall.«

»Was ist mit dem?«

»Wissen Sie, wer er ist?«

Sie drehte sich kurz zu Len Gilman um, der hinter ihr stand. Dann konzentrierte sie sich wieder auf Adam. »Nein.«

»Keine Ahnung?«

»Keine Ahnung.«

Adam nickte. »Das ist die Schlüsselfigur. Den müssen Sie finden.«

ZWEIUNDVIERZIG

Gabrielle Dunbars Haus war früher vermutlich bezaubernd gewesen, im Laufe der Jahre war die einst schlichte Cape-Cod-Villa durch Anbauten, Renovierungen und angebliche »Verschönerungen« jedoch zu einem aufgeblasenen, charakterlosen McMansion geworden. Die neueren architektonischen Details wie Erkerfenster und Türmchen veränderten den Gesamteindruck dahingehend, dass das Haus extrem gekünstelt wirkte.

Adam näherte sich der prunkvollen Eingangstür und läutete. Die Türklingel spielte eine ausgeklügelte Melodie. Er hatte nicht warten wollen, bis die Polizei ihn wieder nach Hause brachte, sondern sich mit seiner *Uber*-App einen Wagen gerufen und herfahren lassen. Andy Gribbel war schon unterwegs, um ihn hinterher abzuholen und ins Büro zu bringen. Adam ging nicht davon aus, dass es lange dauern würde.

Gabrielle öffnete die Tür. Adam erkannte sie von den Facebook-Fotos. Sie hatte rabenschwarze Haare, die so gerade herabfielen, dass sie geglättet sein mussten. Beim Öffnen der Tür hatte sie freundlich gelächelt. Als sie Adam sah, verschwand das Lächeln sofort.

»Kann ich Ihnen helfen?«, fragte sie.

Ihre Stimme zitterte. Sie öffnete die Fliegengittertür nicht.

Adam kam gleich zur Sache. »Tut mir leid, dass ich so unangemeldet hier hereinplatze, aber ich bin Adam Price.« Er wollte ihr seine Visitenkarte geben, aber die Fliegengittertür war noch geschlossen. Er schob die Karte zwischen Tür und Angel hindurch. »Ich bin Rechtsanwalt in Paramus.«

Gabrielle stand da, und die Farbe wich aus ihrem Gesicht.

»Ich arbeite an einem Erbschaftsfall, und ...« Er hielt sein Smartphone mit dem Screenshot hoch. Mit den Fingern vergrößerte er das Bild, damit sie das Gesicht des Fremden besser sehen konnte. »Kennen Sie diesen Mann?«

Gabrielle Dunbar griff zum Türrahmen, um seine Visitenkarte herauszuziehen. Sie starrte lange darauf. Dann wandte sie ihre Aufmerksamkeit endlich dem Bild auf seinem iPhone zu. Nach ein paar Sekunden schüttelte sie den Kopf und sagte: »Nein.«

»Wie es aussieht, war das eine Firmenfeier. Sie werden sich doch ...«

»Ich muss los.«

Das Zittern in ihrer Stimme klang jetzt panisch oder verängstigt. Sie wollte die Tür schließen.

»Ms Dunbar?«

Sie zögerte.

Adam wusste nicht genau, was er sagen sollte. Er hatte sie erschreckt. Das war unübersehbar. Er hatte sie erschreckt, und das bedeutete, dass sie etwas wusste.

»Bitte«, sagte er. »Ich muss diesen Mann finden.«

»Wie gesagt, ich weiß nicht, wer das ist.«

»Ich glaube, Sie wissen es.«

»Verlassen Sie mein Grundstück.«

»Meine Frau wird vermisst.«

»Was?«

»Meine Frau. Dieser Mann hat irgendetwas getan, und jetzt ist sie weg.«

»Ich weiß nicht, was Sie meinen. Bitte gehen Sie.«

»Wer ist das? Mehr will ich gar nicht wissen. Nur seinen Namen.«

»Ich hab Ihnen doch schon gesagt, dass ich ihn nicht kenne. Bitte, ich muss los. Ich weiß von nichts.«

Langsam schloss sich die Tür wieder.

»Ich werde weitersuchen. Richten Sie ihm das aus. Ich werde ihn suchen, bis ich die Wahrheit kenne.«

»Verlassen Sie mein Grundstück, oder ich rufe die Polizei.«

Sie schlug die Tür mit einem letzten Knall zu.

Gabrielle Dunbar ging zehn Minuten lang auf und ab und intonierte dabei die Worte *So Hum*. Sie hatte dieses Sanskrit-Mantra beim Yoga gelernt. Am Ende jeder Stunde forderte die Yoga-Lehrerin alle auf, sich in der Totenstellung auf den Rücken zu legen, die Augen zu schließen und fünf Minuten lang das »So Hum« zu wiederholen. Als die Lehrerin das zum ersten Mal vorgeschlagen hatte, hatte Gabrielle praktisch die geschlossenen Augen verdreht. Aber dann, so nach den ersten zwei oder drei Minuten, hatte sie gespürt, wie die Stress-Gifte ihren Körper verließen.

»So... Hum...«

Sie öffnete die Augen. Es funktionierte nicht. Sie musste erst noch ein paar Sachen erledigen. Missy und Paul kamen erst in ein paar Stunden aus der Schule. Das war gut. Das gab ihr Zeit für ein paar Vorbereitungen und zum Packen. Sie griff zum Handy, scrollte durch ihre Kontakte und wählte die Nummer, der sie den Namen *Flachpfeife* zugewiesen hatte.

Nach dem zweiten Klingeln meldete sich ihr Ex. »Gabs?«

Diesen Kosenamen zu hören – er war der Einzige, der

sie so nannte – schmerzte noch immer. Irgendwann bei ihren ersten Dates hatte er sie »meine Gabs« genannt, und sie hatte – frisch verliebt, wie sie gewesen war – es niedlich gefunden. Ein paar Monate später war ihr übel geworden, wenn sie ihn hörte.

»Kannst du die Kinder nehmen?«, fragte sie.

Er machte sich nicht die Mühe, seine Genervtheit zu verbergen. »Wann?«

»Ich würde sie gern heute Abend vorbeibringen.«

»Das soll wohl ein Witz sein, was? Ich hab ewig um mehr Besuchszeit gebettelt.«

»Und jetzt kriegst du sie. Nimmst du sie heute Abend?«

»Ich bin noch bis morgen früh geschäftlich in Chicago.«

Verdammt. »Und was ist mit Wieheißtsienoch?«

»Du weißt, wie sie heißt, Gabs. Tami ist bei mir.«

Gabrielle hatte er nie auf Geschäftsreisen mitgenommen, vermutlich weil er sich dort mit Tami oder einer ihrer Vorgängerinnen getroffen hatte. »Tami«, wiederholte Gabrielle. »Schreibt man das mit einem Punkt auf dem i oder mit einem Herzchen? Ich kann mir das einfach nicht merken.«

»Sehr witzig«, sagte er. Aber es war nicht witzig gewesen, das war ihr klar. Es war dumm gewesen. Sie hatte viel größere Probleme als eine längst vergangene Ehe. »Morgen früh sind wir wieder da.«

»Dann bring ich sie vorbei«, sagte sie.

»Für wie lange?«

»Ein paar Tage. Ich sag dir noch Bescheid.«

»Alles okay, Gabs?«

»Alles paletti. Grüß Tami.«

Gabrielle legte auf. Sie sah aus dem Fenster. Im Grunde ihres Herzens hatte sie schon beim ersten Gespräch mit Chris Taylor gewusst, dass dieser Tag kommen würde. Es war nur eine Frage der Zeit gewesen. Das Unternehmen war enorm reizvoll, eine Win-win-Situation: Sie brachten die Wahrheit ans Licht und verdienten dabei Geld. Allerdings hatte sie dabei nie die Tatsache aus den Augen verloren, dass sie mit dem Feuer spielten. Die Leute taten alles, um ihre Geheimnisse geheim zu halten.

Sie töteten sogar dafür.

»So ... Hum ... «

Es funktionierte immer noch nicht. Sie ging nach oben in ihr Schlafzimmer. Obwohl Gabrielle wusste, dass sie allein zu Hause war, schloss sie die Tür. Sie legte sich in Embryonalstellung aufs Bett und lutschte am Daumen. Es war peinlich, aber wenn das *So Hum* nicht funktionierte, half es oft, sich in diese primitive und kindliche Stellung zurückzuziehen. Sie zog die Knie enger an die Brust und weinte sich ein bisschen aus. Als sie damit fertig war, nahm sie ihr Handy. Um ihre Privatsphäre zu wahren, nutzte sie ein VPN, ein virtuelles privates Netzwerk. Das war zwar nicht hundertprozentig sicher, aber für den Moment musste es reichen. Sie las die Visitenkarte noch einmal.

ADAM PRICE, RECHTSANWALT

Er hatte sie gefunden. Und wenn er sie gefunden hatte, lag es nahe, dass er auch derjenige war, der Ingrid gefunden hatte.

Um es mit Jack Nicholson in diesem Film zu sagen: *Manche Leute können die Wahrheit doch gar nicht ertragen.*

Gabrielle griff in die unterste Schublade, holte eine Glock 19 Gen4 heraus und legte sie aufs Bett. Merton hatte sie ihr gegeben und behauptet, es sei die perfekte Handfeuerwaffe für Frauen. Er war mit ihr zu einem Schießstand in Randolph gefahren und hatte ihr den Umgang mit der Waffe beigebracht. Sie war geladen und einsatzbereit. Anfangs hatte sie sich Sorgen gemacht, weil sie kleine Kinder und eine geladene Waffe im Haus hatte, aber die potenzielle Bedrohung hatte die üblichen häuslichen Vorsichtsmaßnahmen ausgestochen.

Und jetzt?

Ganz einfach. Sie musste sich ans Protokoll halten. Mit ihrem iPhone machte sie ein Foto von Adam Price' Visitenkarte. Sie hängte das Bild an eine E-Mail an und tippte drei Worte, bevor sie auf ABSENDEN drückte:

ER WEISS BESCHEID

DREIUNDVIERZIG

Adam machte früh Feierabend und fuhr zum neuen Kunstrasenplatz an der Cedarfield High School. Die Lacrosse-Mannschaft der Jungen trainierte. Er parkte ein Stück die Straße hinab, außer Sicht, und beobachtete seinen Sohn Thomas von einem Platz hinter der Tribüne aus. Das hatte er noch nie gemacht – beim Training zugesehen –, und er hätte wohl auch gar nicht richtig begründen können, warum er hier war. Er wollte einfach seinem Sohn ein bisschen zugucken. Weiter nichts. Adam dachte an Tripp Evans' Worte in der American Legion Hall an dem Abend, an dem alles angefangen hatte: Was für ein unglaubliches Glück sie alle hatten, die in Orten wie diesem lebten:

»*Der reinste Traum, sag ich dir.*«

Tripp hatte natürlich recht, aber es war schon interessant, dass wir unser Privatparadies als einen »Traum« bezeichneten. Träume waren vergänglich. Träume hielten nicht. Man wachte eines Tages auf und *puff* war der Traum vorbei. Man fing an, sich zu bewegen und spürte noch, wie er sich verzog, während man hilflos nach den letzten Rauchschwaden griff. Aber es nützte nichts. Der Traum löste sich auf und verschwand für immer. Und während er hinter der Tribüne stand und seinem Sohn dabei zusah, wie er für das Spiel trainierte, das er liebte, konnte Adam sich des Eindrucks nicht erwehren, dass sie alle seit dem Besuch des Fremden kurz vor dem Erwachen standen.

Der Coach pfiff und forderte alle auf, zum Abschluss kurz auf ein Knie zu gehen, wie es auch die Football-Spieler am Ende eines Spieles machten. Alle folgten seiner Aufforderung. Ein paar Minuten später nahmen die Jungen die Helme ab und trotteten zurück zum Umkleideraum. Adam trat hinter der Tribüne hervor. Thomas blieb stehen, als er ihn sah.

»Dad?«

»Alles okay«, sagte Adam. Dann merkte er, dass das missverständlich war und bedeuten konnte, dass Corinne zurückgekommen war, und fügte hinzu: »Nichts Neues, meine ich.«

»Was machst du hier?«

»Ich hatte früh Feierabend. Ich dachte, ich nehm dich mit nach Hause.«

»Ich muss noch duschen.«

»Kein Problem. Ich warte.«

Thomas nickte und machte sich auf den Weg zur Umkleide. Adam checkte, was mit Ryan war. Er war nach der Schule direkt zu Max gegangen. Adam schrieb ihm eine SMS und fragte, ob er ihn mit Thomas auf dem Rückweg abholen konnte, damit er nicht zweimal fahren musste. Ryans Antwort lautete »KP«, und Adam brauchte immer noch etwas, um sich zu erinnern, dass die Abkürzung für »kein Problem« stand.

Als sie zehn Minuten später im Auto saßen, fragte Thomas, was die Polizei gewollt hatte.

»Das kann ich jetzt schwer erklären«, sagte Adam. »Ich sag das nicht, weil ich dich schützen will, aber das müsst ihr erst mal mir überlassen.«

»Hat es was mit Mom zu tun?«

»Weiß ich nicht.«

Thomas bohrte nicht weiter nach. Sie hielten an und nahmen Ryan mit. Ryan setzte sich auf den Rücksitz und sagte: »Eklig, was stinkt denn hier so?«

»Meine Lacrosse-Sachen«, sagte Thomas.

»Fies.«

»Stimmt«, sagte Adam und ließ die Fenster herunter. »Wie war's in der Schule?«

»Gut«, sagte Ryan. Dann: »Gibt's was Neues von Mom?«

»Noch nicht.« Er rang mit sich, ob er mehr sagen sollte, und kam zu dem Schluss, dass es vielleicht tröstlich war, wenn er mit einem Teil der Wahrheit herausrückte. »Aber die gute Nachricht ist, dass die Polizei jetzt eingeschaltet ist.«

»Was?«

»Die suchen jetzt auch nach Mom.«

»Die Polizei«, sagte Ryan. »Wieso?«

Adam zuckte die Schultern. »Es stimmt schon, was Thomas gestern Abend gesagt hat, dass das alles gar nicht zu ihr passt. Also hilft uns die Polizei bei der Suche.«

Er war sich sicher, dass die Jungs weitere Fragen hatten, aber als sie in ihre Straße kamen, fragte Ryan: »Hey, wer ist das?«

Johanna Griffin saß auf der Türschwelle. Als Adam in die Einfahrt bog, stand sie auf und strich sich den amtsgrünen Hosenanzug glatt. Sie lächelte und winkte wie eine Nachbarin, die vorbeigekommen war, um sich eine Tasse Zucker zu leihen. Adam hielt, und Johanna schlenderte auf sie zu, lässig und mit einem harmlosen Lächeln auf den Lippen.

»Hallo«, rief sie.

Sie stiegen aus. Die Jungs guckten skeptisch.

»Ich bin Johanna«, sagte sie und gab ihnen die Hand. Thomas und Ryan sahen ihren Vater fragend an.

»Sie ist Polizistin«, sagte er.

»Na ja, hier bin ich das offiziell nicht«, sagte Johanna. »In Beachwood, Ohio, bin ich Chief Griffin. Hier bin ich außerhalb meines Zuständigkeitsbereichs, also nennt mich einfach Johanna. Freut mich, euch kennenzulernen.« Sie lächelte immer noch, aber Adam wusste, dass das bloß Show war. Die Jungs wussten es wahrscheinlich auch.

»Hätten Sie etwas dagegen, wenn ich mit reinkomme?«, fragte sie Adam.

»Nein, in Ordnung.«

Thomas öffnete die Heckklappe und holte seine Lacrosse-Tasche heraus. Ryan schwang sich einen mit Schulbüchern absurd überladenen Rucksack auf den Rücken. Auf dem Weg zur Tür blieb Johanna ein wenig zurück. Adam hielt sich an ihrer Seite. Als die Jungs außer Hörweite waren, fragte er nur: »Warum sind Sie hier?«

»Wir haben das Auto Ihrer Frau gefunden.«

VIERUNDVIERZIG

Adam und Johanna saßen im Wohnzimmer.
Die Jungs waren in der Küche. Thomas hatte Nudelwasser aufgesetzt und Ryan garte eine Packung gefrorenes Gemüse in der Mikrowelle. Fürs Erste reichte das.

»Und wo haben Sie Corinnes Auto gefunden?«, fragte Adam.

»Zuerst muss ich Ihnen reinen Wein einschenken.«

»Das heißt?«

»Das heißt, es war ernst gemeint, was ich draußen gesagt habe. In New Jersey bin ich kein Cop. Ach was, das bin ich zu Hause auch kaum. Bei Mord bin ich nicht zuständig, das macht das County. Und selbst wenn, läge das alles hier weit außerhalb meines Zuständigkeitsbereichs.«

»Trotzdem wurden Sie extra eingeflogen, um mich zu vernehmen.«

»Nein, ich bin auf eigene Rechnung hier. Ich kenne einen Kollegen aus Bergen, der für mich das Revier in Essex angerufen hat. Die haben mir einen Gefallen getan und Sie zur Vernehmung abgeholt.«

»Wieso erzählen Sie mir das?«

»Weil die Kollegen vom County zu Hause Wind davon bekommen haben und sauer sind. Jetzt haben sie mir den Fall offiziell entzogen.«

»Ich kann Ihnen nicht folgen. Wenn das gar nicht Ihr Fall ist, wieso sind Sie dann hier?«

»Weil eins der Opfer eine Freundin von mir war.«
»Diese Heidi?«
»Ja.«
»Mein herzliches Beileid.«
»Danke.«
»Also, wo war Corinnes Auto?«
»Gelungener Themenwechsel«, sagte sie.
»Deshalb sind Sie doch hier.«
»Stimmt.«
»Also?«
»Auf dem Parkplatz eines Flughafenhotels in Newark.«
Adam verzog das Gesicht.
»Was?«
»Das ergibt keinen Sinn«, sagte er.
»Wieso nicht?«
Adam erklärte, dass die App auf dem iPhone Corinne in Pittsburgh geortet hatte.
»Vielleicht ist sie irgendwo hingeflogen und hat sich einen Wagen gemietet«, sagte Johanna.
»Aber wohin soll man von hier aus fliegen, um sich einen Wagen zu mieten und dann durch Pittsburgh zu fahren? Und Sie sagten, der Wagen stand auf einem Hotelparkplatz?«
»Direkt am Flughafen, ja. Wir haben ihn gefunden, kurz bevor er abgeschleppt wurde. Ich hab den Abschleppdienst übrigens gebeten, ihn hierherzubringen. Er müsste so in einer Stunde da sein.«
»Eins versteh ich nicht.«
»Was?«
»Wenn sie fliegen wollte, hätte Corinne doch einfach am Flughafen geparkt. So machen wir das immer.«
»Nicht, wenn niemand erfahren sollte, wo sie ist. Vielleicht hat sie damit gerechnet, dass Sie ihn dort suchen.«

Er schüttelte den Kopf. »Sie soll erwartet haben, dass ich am Flughafen nach ihrem Auto suche? Das leuchtet mir nicht ein.«

»Adam?«

»Ja?«

»Ich weiß, dass Sie keinen Grund haben, mir zu vertrauen. Aber reden wir doch einfach mal inoffiziell.«

»Sie sind Cop, keine Reporterin. Da gibt es kein ›inoffiziell‹.«

»Hören Sie mir einfach zu, ja? Zwei Frauen wurden ermordet. Ich werde mich nicht lang und breit darüber auslassen, was für ein besonderer Mensch Heidi war, aber... Sie müssen auspacken, Sie müssen mir alles sagen, was Sie wissen.« Sie sah ihm lange in die Augen. »Ich verspreche es Ihnen. Ich verspreche Ihnen bei der Seele meiner toten Freundin, dass ich nichts, was Sie mir erzählen, gegen Sie oder Ihre Frau verwenden werde. Ich will nur Gerechtigkeit für Heidi. Sonst nichts. Verstehen Sie?«

Adam rutschte unbehaglich auf dem Sessel herum. »Die können Sie zu einer Aussage zwingen.«

»Sie können es probieren.« Sie beugte sich vor. »Bitte helfen Sie mir.«

Er überlegte nur kurz. Im Prinzip blieb ihm keine Wahl. Sie hatte recht. Zwei Frauen waren ermordet worden, und Corinne war womöglich in ernster Gefahr. Er hatte keine verwertbaren Anhaltspunkte mehr, nur ein komisches Gefühl, was Gabrielle Dunbar anging.

»Zuerst«, sagte er, »erzählen Sie mir, was Sie wissen.«

»Das meiste hab ich Ihnen schon erzählt.«

»Erklären Sie mir, was Ingrid Prisby mit Ihrer Freundin zu tun hat.«

»Ganz einfach«, sagte Johanna. »Ingrid und dieser Typ

sind vor einem *Red Lobster* aufgetaucht. Sie haben mit ihr geredet. Am nächsten Tag war Heidi tot. Und am übernächsten Tag war Ingrid tot.«

»Verdächtigen Sie den Mann, mit dem Ingrid unterwegs war?«

»Ich glaube jedenfalls, dass er uns weiterhelfen könnte«, sagte Johanna. »Ich nehme an, die haben auch mit Ihnen geredet, stimmt's? In dieser American Legion Hall.«

»Der Mann, ja.«

»Hat er Ihnen gesagt, wie er heißt?«

Adam schüttelte den Kopf. »Er hat nur gesagt, er sei der Fremde.«

»Und als sie weg waren, haben Sie versucht, ihn zu finden. Oder beide. Sie haben sich von dem Parkplatzwächter das Kennzeichen geben lassen. Haben Sie sie gefunden?«

»Ich hab ihren Namen herausbekommen«, sagte Adam. »Mehr nicht.«

»Und was hat der Typ in der American Legion Hall Ihnen gesagt? Dieser Fremde?«

»Er hat mir gesagt, dass meine Frau eine Schwangerschaft vorgetäuscht hat.«

Johanna blinzelte zweimal. »Wie bitte?«

Adam erzählte ihr die Geschichte. Nachdem er einmal den Mund aufgemacht hatte, strömte alles aus ihm heraus. Als er fertig war, stellte Johanna eine Frage, die so naheliegend wie überraschend war.

»Glauben Sie, dass das stimmt? Glauben Sie, dass sie die Schwangerschaft vorgetäuscht hat?«

»Ja.«

Einfach so. Kein Zögern. Inzwischen nicht mehr. Wahrscheinlich hatte er es von Anfang an gewusst, von dem Moment an, als der Fremde es ihm erzählt hatte, es mussten sich aber erst alle Puzzleteile zusammenfügen, bevor er es aussprechen konnte.

»Warum?«, fragte Johanna.

»Warum ich glaube, dass es stimmt?«

»Nein, warum glauben Sie, dass sie so was tun würde?«

»Weil ich sie verunsichert habe.«

Sie nickte. »Diese Sally Perryman?«

»Vor allem deshalb, glaube ich. Corinne und ich hatten uns auseinandergelebt. Sie hatte Angst, mich zu verlieren, das alles zu verlieren. Tut nichts zur Sache.«

»Doch, könnte es.«

»Wieso?«

»Kommen Sie«, sagte Johanna. »Was war in Ihrem Leben los, als sie auf dieser Website zur Vortäuschung von Schwangerschaften war?«

Adam wusste nicht, worauf sie hinauswollte, aber er sah auch keinen Grund, ihr nicht zu antworten. »Wir hatten uns, wie gesagt, auseinandergelebt. Die übliche Geschichte. Es drehte sich alles nur noch um die Jungs und die Organisation des Familienlebens – wer geht einkaufen, wer wäscht ab, wer bezahlt die Rechnungen. Der ganz normale Wahnsinn eben. Wirklich. Außerdem steckte ich wohl in einer Midlife-Crisis.«

»Sie haben sich nicht richtig beachtet gefühlt?«

»Ich habe mich, ich weiß nicht, ich bin mir nicht mehr wie ein richtiger Mann vorgekommen. Ich weiß schon, wie das klingt. Ich war Versorger und Vater…«

Johanna Griffin nickte. »Und plötzlich erscheint diese Sally Perryman und ist schrecklich interessiert an Ihnen.«

»Nicht plötzlich, aber ja, ich habe mit Sally an einem hochinteressanten Fall gearbeitet, und sie ist schön und leidenschaftlich und guckt mich an, wie Corinne mich früher angeguckt hat. Mir ist schon klar, wie blöd das alles klingt.«

»Das klingt normal«, sagte Johanna. »Nicht blöd.«

Adam fragte sich, ob sie das ernst meinte oder ob sie es nur ihm zuliebe sagte. »Jedenfalls hat Corinne offenbar befürchtet, dass ich sie verlasse. Mir ist das damals gar nicht richtig aufgefallen – oder, ich weiß nicht, vielleicht war es mir auch egal. Aber sie hatte so eine Tracking-App auf meinem iPhone installiert.«

»Mit der Sie herausgefunden haben, dass sie in Pittsburgh ist?«

»Genau.«

»Und das wussten Sie nicht?«

Er schüttelte den Kopf. »Nein, erst als Thomas es mir gezeigt hat.«

»Wow.« Johanna schüttelte den Kopf. »Ihre Frau hat Ihnen also nachspioniert?«

»Ich weiß es nicht … gut möglich. Glaube ich jedenfalls. Ich hab ihr ein paarmal erzählt, dass ich abends länger arbeiten müsste. Vielleicht hat sie auf der App gesehen, dass ich öfter als nötig bei Sally war.«

»Sie haben ihr nicht gesagt, wo Sie waren?«

Er schüttelte den Kopf. »Es ging ja bloß um den Job.«

»Warum haben Sie es ihr dann nicht gesagt?«

»Verrückterweise, weil ich nicht wollte, dass sie sich Sorgen macht. Ich wusste, wie sie reagieren würde. Oder vielleicht wusste ich auch irgendwie, dass es falsch war. Wir hätten auch im Büro arbeiten können, aber ich war gern bei Sally.«

»Und Corinne hat es herausbekommen.«

»Ja.«

»Aber zwischen Ihnen und Sally Perryman ist nichts passiert?«

»Richtig.« Dann überlegte er kurz: »Aber vielleicht wäre bald was passiert.«

»Was soll das heißen?«

»Weiß ich auch nicht.«

»Gab es Annäherungsversuche? Berührungen?«

»Was? Nein.«

»Sie haben sie nicht geküsst?«

»Nein.«

»Warum dann die Schuldgefühle?«

»Weil ich es gern getan hätte.«

»Herrje, und ich würde Hugh Jackman gern mit einem Schwamm den Rücken waschen. Na und? Für seine Wünsche kann man nichts. Sie sind auch nur ein Mensch. Seien Sie mal nicht so streng mit sich.«

Er sagte nichts.

»Und dann hat Ihre Frau Sally Perryman darauf angesprochen.«

»Sie hat sie angerufen. Ich weiß nicht, ob sie sie darauf angesprochen hat.«

»Und das hat Corinne Ihnen nie erzählt?«

»Richtig.«

»Sie hat Sally gefragt, was passiert ist, Ihnen hat sie den Gefallen aber nicht getan. Stimmt das so?«

»Ich denke schon.«

»Und dann?«

»Dann, na ja, dann ist Corinne schwanger geworden«, sagte Adam.

»Sie meinen, sie hat eine Schwangerschaft vorgetäuscht.«

»Ja, wie auch immer.«

Johanna schüttelte nur den Kopf und sagte noch einmal: »Wow.«

»Es ist nicht so, wie Sie denken.«

»Doch, es ist genau so, wie ich denke.«

»Die Schwangerschaft hat mich wachgerüttelt, wissen

Sie? Und das war gut so. Sie hat mich zurückgeholt, mich daran erinnert, was wichtig ist. Das ist ja das Verrückte an der Geschichte. Es hat funktioniert. Corinne hat alles richtig gemacht.«

»Nein, Adam, das hat sie nicht.«

»Sie hat mich wieder in die Realität zurückgeholt.«

»Nein, das stimmt nicht. Sie hat Sie manipuliert. Wahrscheinlich hätten Sie auch von allein wieder in die Realität zurückgefunden. Und wenn nicht, hätte es vermutlich nicht sein sollen. Tut mir leid, aber was Corinne da gemacht hat, war übel. Ganz übel.«

»Wahrscheinlich war sie verzweifelt.«

»Das ist keine Entschuldigung.«

»Dies ist ihre Welt. Ihre Familie. Ihr ganzes Leben. Sie hat so hart dafür gekämpft, und plötzlich drohte es zu zerbrechen.«

Johanna schüttelte den Kopf. »Sie haben sich nicht wie Ihre Frau verhalten, Adam. Das wissen Sie auch.«

»Ich bin mitschuldig.«

»Es geht nicht um Schuld. Sie hatten Zweifel. Sie waren verliebt. Sie haben sich gefragt, was wäre, wenn. Sie sind nicht der Erste, dem es so ergeht. Entweder findet man seinen Weg da heraus oder eben nicht. Aber Corinne hat Ihnen keine Chance gegeben. Sie hat beschlossen, Sie auszutricksen und eine Lüge zu leben. Ich will Sie weder verteidigen noch verurteilen. Jede Ehe hat ihre eigene Geschichte. Aber es war nicht das Licht, das Sie gesehen haben. Jemand hat Ihnen mit einer Taschenlampe in die Augen geleuchtet.«

»Vielleicht brauchte ich das.«

Johanna schüttelte wieder den Kopf. »Aber nicht so. Das war falsch. Das müssen Sie einsehen.«

Er überlegte. »Ich liebe Corinne. Ich glaube nicht, dass

sich durch die falsche Schwangerschaft irgendetwas daran geändert hat.«

»Aber Sie werden es nie genau wissen.«

»Stimmt nicht«, sagte Adam. »Ich habe lange darüber nachgedacht.«

»Und Sie sind sich sicher, dass Sie geblieben wären?«

»Ja.«

»Wegen der Kinder?«

»Zum Teil.«

»Und weshalb noch?«

Adam beugte sich vor und starrte eine Weile den Boden an. Es war ein blau-gelber Orientteppich, den Corinne und er in einem Antiquitätenladen in Warwick gefunden hatten. Sie waren an einem Oktobertag hingefahren, um Äpfel zu pflücken, hatten schließlich aber nur etwas Most getrunken, ein paar McIntosh-Äpfel gekauft und waren dann in einen Antiquitätenladen gegangen.

»Ganz egal, welchen Stress Corinne und ich uns auch machen«, begann er, »egal, welche Unzufriedenheit, welche Enttäuschungen, welche Ressentiments ans Licht kommen, ich kann mir ein Leben ohne sie nicht vorstellen. Ich kann mir nicht vorstellen, ohne sie alt zu werden. Ich kann mir eine Welt ohne sie nicht vorstellen.«

Johanna rieb sich das Kinn und nickte. »Das verstehe ich. Doch, wirklich. Ricky, mein Mann, schnarcht so schlimm, dass es sich anhört, als hätte ich einen Hubschrauber im Bett. Aber mir geht's genauso.«

Sie saßen eine Weile da und warteten, dass die Gefühle sich beruhigten.

Dann fragte Johanna: »Warum hat der Fremde Ihnen das mit der vorgetäuschten Schwangerschaft erzählt? Was glauben Sie?«

»Keine Ahnung.«

»Er hat kein Geld erpresst?«

»Nein. Er hat behauptet, er täte es für mich. Er hat so getan, als wäre es ein heiliger Kreuzzug. Und Ihre Freundin Heidi? Hat die auch eine Schwangerschaft vorgetäuscht?«

»Nein.«

»Dann versteh ich das nicht. Was hat der Fremde ihr erzählt?«

»Ich weiß es nicht«, sagte Johanna. »Aber jedenfalls hat es sie umgebracht.«

»Haben Sie irgendeine Idee?«

»Nein«, sagte Johanna, »aber ich weiß vielleicht, wer eine haben könnte.«

FÜNFUNDVIERZIG

ER WEISS BESCHEID

Chris Taylor las die SMS und fragte sich zum wiederholten Mal, wann und wie das alles schiefgegangen war. Die Price-Sache war eine Auftragsarbeit gewesen. Vielleicht lag da der Fehler, obwohl die Auftragsarbeiten – und davon hatten sie gar nicht viele gehabt – meist am sichersten waren. Das Geld kam von einer emotional unbeteiligten dritten Seite, einer renommierten Wirtschaftsdetektei. In gewisser Hinsicht war es auch ehrlicher, weil keine – nein, Chris hatte keine Angst, das Wort zu verwenden – Erpressung im Spiel war.

Das Protokoll sah Folgendes vor: Via Internet kamen sie dahinter, dass eine bestimmte Person ein schreckliches Geheimnis hatte. Diese Person hatte dann zwei Möglichkeiten. Sie konnte bezahlen, damit das Geheimnis ein Geheimnis blieb, oder sie konnte sich entscheiden, nicht zu bezahlen, dann wurde das Geheimnis aufgedeckt. Chris war beides recht. Im Ergebnis bedeutete das entweder Profit (die Person bezahlte das Erpressungsgeld) oder Katharsis (die Person beichtete und wurde geläutert). Im Grunde waren sie darauf angewiesen, dass die Opfer sich mal so und mal anders entschieden. Sie brauchten Geld, um den Laden am Laufen zu halten. Und die Wahrheit musste ans Licht kommen, weil das der Sinn der Sache war, weil es ihr Unternehmen gerecht und gut machte.

Ein enthülltes Geheimnis ist ein zerstörtes Geheimnis.

Vielleicht, dachte Chris, lag darin das Problem mit den Auftragsarbeiten. Eduardo hatte sich dafür eingesetzt. Sie würden, hatte Eduardo behauptet, nur mit einer kleinen Auswahl exklusiver Detekteien zusammenarbeiten. Das versprach Sicherheit, Ruhe und einen garantierten Profit. Es war auch verlockend einfach: Die Firma lieferte einen Namen. Eduardo suchte in den eigenen Datenbanken nach einem Treffer – für Corinne Price fand er ihn bei Fake-A-Pregnancy.com. Dann wurde der Betrag bezahlt und das Geheimnis gelüftet.

Was natürlich bedeutete, dass Corinne Price nie die Gelegenheit bekommen hatte, sich zu entscheiden. Das Geheimnis war letztendlich enthüllt worden. Er hatte Adam Price die Wahrheit gesagt. Aber nur wegen des Geldes. Die Geheimnisträgerin hatte nie eine Chance auf Erlösung bekommen.

Das war nicht richtig.

Chris benutzte den Oberbegriff *Geheimnis*, aber eigentlich ging es nicht nur um Geheimnisse. Es ging um Lügen, Betrug und Schlimmeres. Corinne Price hatte ihren Mann belogen, indem sie die Schwangerschaft vortäuschte. Kimberly Dann hatte ihre hart arbeitenden Eltern darüber belogen, wie sie sich ihr Geld fürs College verdiente. Kenny Molino hatte durch die Einnahme von Anabolika betrogen, Michaelas Verlobter Marcus hatte noch schlimmer betrogen, als er sowohl seinen Mitbewohner als auch seine zukünftige Frau mit dem Rachevideo täuschte.

Für Chris waren Geheimnisse wie Krebs. Sie schwärten, zerfraßen einen von innen heraus und ließen nur eine leere Hülle zurück. Chris hatte am eigenen Leib erfahren, welchen Schaden Geheimnisse anrichten können. Als er sechzehn Jahre alt war, hatte sein geliebter Vater, der Mann, der ihm das Fahrradfahren beigebracht hatte, der ihn zur Schule begleitet und sein Little-League-Team trainiert hatte, ein schreckliches, seit Langem schwärendes Geheimnis aufgedeckt.

Er war nicht sein biologischer Vater.

Ein paar Wochen vor der Hochzeit hatte Chris' Mutter ein letztes Abenteuer mit einem Exgeliebten gehabt und war schwanger geworden. Sie hatte die Wahrheit immer geahnt, aber erst als Chris nach einem Autounfall im Krankenhaus lag und sein Vater, sein geliebter Vater, versuchte, Blut zu spenden, erst da war die Wahrheit endlich ans Licht gekommen.

»Mein ganzes Leben«, hatte Dad zu ihm gesagt, »war eine einzige große Lüge.«

Chris' Vater hatte danach versucht, es »richtig« zu machen. Er hatte sich gesagt, dass ein Vater nicht nur ein Samenspender ist. Ein Vater ist für sein Kind da, sorgt für sein Kind, liebt es und kümmert sich um das Kind und zieht es groß. Aber am Ende hatte die Lüge einfach zu lange geschwärt.

Chris hatte den Mann drei Jahre lang nicht gesehen. So etwas richteten Geheimnisse in Menschen an, in Familien, im Leben.

Nach dem College hatte Chris einen Job bei einem Internet-Start-up namens Downing Place an Land gezogen. Ihm gefiel es dort. Er fühlte sich wie zu Hause. Aber all den schönen Worten des Unternehmens zum Trotz, war es in Wahrheit nur ein Förderer von Geheimnissen der schlimmsten Sorte. Am Ende hatte Chris für eine Website namens Fake-A-Pregnancy.com gearbeitet. Die Firma belog alle, auch sich selbst, indem sie vorgab, dass die Leute die Silikonbäuche als »Scherz«-Artikel für Kostümpartys oder aus anderen »Novelty Funsy«-Gründen kauften. Dabei kannten alle die Wahrheit. Theoretisch war es möglich, dass jemand als Schwangere verkleidet zu einer Party ging. Aber falsche Ultraschallbilder? Falsche Schwangerschaftstests? Wer sollte das glauben?

Es war eine Lüge.

Chris erkannte gleich, dass es keinen Sinn hatte, die Firma bloßzustellen. Das war einfach eine Nummer zu groß für ihn und so bizarr das klang: Fake-A-Pregnancy hatte Konkurrenten. Wie all diese Internet-Angebote. Und wenn es einem Unternehmen an den Kragen ging, stärkte das nur die anderen. Deshalb erinnerte sich Chris an eine Lektion, die er ironischerweise als Kind von seinem »Vater« gelernt hatte: Man tut, was man kann. Man rettet die Welt, einen Menschen nach dem anderen.

Er fand ein paar Gleichgesinnte in ähnlichen Unternehmen mit Zugang zu Geheimnissen. Manche interessierten sich eher für die finanzielle Seite des Projekts. Anderen war es wichtiger, dass ihr Tun richtig und gerecht war, und obwohl er keinen religiösen Kreuzzug führen wollte, nahm er die moralischen Aufgaben seines neuen Unternehmens sehr ernst.

Letztlich hatte sich eine Kerngruppe von fünf Personen herausgebildet – Eduardo, Gabrielle, Merton, Ingrid und Chris. Eduardo wollte ursprünglich alles online erledigen. Die moralische Drohung online vorbringen. Das Geheimnis in Form einer nicht rückverfolgbaren E-Mail aufdecken. Alles komplett anonym. Chris war jedoch anderer Meinung. Ob es ihnen gefiel oder nicht, ihr Tun hatte auf jeden Fall eine niederschmetternde Wirkung auf die Menschen. Von einem Moment zum anderen veränderte sich deren ganzes

Leben. Auch wenn man es noch so sehr beschönigte, aber die Menschen waren vor dem Besuch vollkommen andere als hinterher. Daher musste das von Angesicht zu Angesicht geschehen, mit einem menschlichen Touch und Mitgefühl. Die Hüter der Geheimnisse waren gesichtslose Websites, Maschinen, Roboter.

Sie würden anders sein.

Chris las noch einmal Adam Price' Visitenkarte und Gabrielles SMS: ER WEISS BESCHEID.

In gewisser Hinsicht war der Spieß plötzlich umgedreht worden. Jetzt hatte Chris ein Geheimnis. Aber halt, sein Geheimnis war anderer Art, dabei ging es nicht darum, andere zu betrügen, sondern sie zu schützen – oder machte er sich da was vor? Redete er sich sein Geheimnis einfach nur schön wie so viele von den Leuten, mit denen er zu tun hatte?

Chris hatte gewusst, dass das, was sie taten, gefährlich war, dass sie sich Feinde machten, dass manche Leute ihre guten Absichten nicht erkennen und versuchen würden, sich zu rächen, oder dass sie einfach weiter in der Blase ihrer Geheimnisse leben wollten.

Und jetzt war Ingrid tot. Ermordet.

ER WEISS BESCHEID

Die Antwort lag auf der Hand: Man musste ihn stoppen.

SECHSUNDVIERZIG

Kimberly Danns Zimmer im Studentenwohnheim lag in einer ultrahippen Gegend von Greenwich Village in New York City. Beachwood war kein Hinterwäldlerdorf, nicht im Entferntesten. Viele der Menschen, die dort wohnten, waren aus New York weggezogen, weil sie der Hektik entkommen und ein finanziell etwas erträglicheres Leben an einem Ort mit niedrigeren Immobilienpreisen und Steuern führen wollten. Aber Beachwood war eben auch nicht Manhattan. Johanna war weit genug herumgekommen – hier war sie zum sechsten Mal –, um zu wissen, dass es so etwas wie diese Insel kein zweites Mal gab. Die Stadt schlief zwar gelegentlich und ruhte sich aus, aber wenn man hier war, dann lebte man mit allen Sinnen. Man war wie auf Strom. Man spürte das ständige Knistern und Knacken.

Kaum hatte Johanna geklopft, wurde auch schon die Tür aufgerissen, als hätte Kimberly mit der Hand am Türknauf gewartet.

»Oh, Tante Johanna!«

Tränen strömten über Kimberlys Gesicht. Sie fiel Johanna um den Hals und schluchzte. Johanna hielt sie fest und ließ sie weinen. Sie strich ihr übers Haar bis auf den Rücken, so wie sie es bei Heidi so oft gesehen hatte, zum Beispiel als Kimberly im Zoo hingefallen war und sich das Knie aufgeschürft hatte oder als Frank Velle, dieser Idiot, der ein paar Häuser weiter wohnte, seine Einladung zum Abschlussball zurückgezogen hatte, weil er mit Nicola Shindler »was Besseres« gefunden hatte.

Als sie die Tochter ihrer Freundin im Arm hielt, brach Johannas Herz zum zweiten Mal. Sie schloss die Augen und machte Geräusche, die sie für tröstlich hielt. Sie sagte nicht: »Das wird schon wieder« und versuchte auch sonst nicht, sie zu beschwichtigen. Sie drückte sie einfach und ließ sie weinen. Dann fing auch Johanna an zu weinen. Warum auch nicht? Warum sollte sie so tun, als sei sie nicht am Boden zerstört?

Ihre Pflicht musste Johanna noch früh genug tun. Bis dahin durften sie sich beide ruhig ausweinen.

Als etwas Zeit verstrichen war, ließ Kimberly sie los und trat einen Schritt zurück. »Ich hab meine Tasche gepackt«, sagte sie. »Wann geht unser Flug?«

»Setzen wir uns doch erst mal und reden, ja?«

Sie sahen sich nach Sitzgelegenheiten um, da es aber ein Zimmer im Studentenwohnheim war, setzte Johanna sich auf die Bettkante, und Kimberly ließ sich auf ein Ding fallen, das wie ein teurer Sitzsack aussah. Es stimmte, dass Johanna auf eigene Rechnung angereist war, um Adam Price zu vernehmen, das war aber nicht alles. Sie hatte Marty versprochen, Kimberly zur Beerdigung nach Hause zu begleiten. »Kimmy ist so durch den Wind«, hatte Marty gesagt. »Ich will nicht, dass sie allein unterwegs ist, verstehst du?«

Johanna verstand das.

»Ich muss dich was fragen«, sagte Johanna.

Kimberly war noch damit beschäftigt, sich die Tränen aus dem Gesicht zu wischen. »Okay.«

»An dem Abend, als deine Mom umgebracht worden ist, habt ihr noch telefoniert, richtig?«

Kimberly fing wieder an zu weinen.

»Kimberly?«
»Sie fehlt mir so.«
»Ich weiß, Schatz. Das geht uns allen so. Aber bitte konzentrier dich einen Moment, ja?«
Kimberly nickte unter Tränen.
»Worüber habt ihr gesprochen?«
»Spielt das noch eine Rolle?«
»Ich versuche rauszufinden, wer sie ermordet hat.«
Wieder fing Kimberly an zu weinen.
»Kimberly?«
»Ich dachte, Mom hätte Einbrecher überrascht?«
Das war eine Hypothese der County-Jungs. Ein paar Junkies hatten Geld gebraucht, worauf sie ins Haus eingebrochen waren, und noch bevor sie was Wertvolles gefunden hatten, war Heidi ihnen in die Quere gekommen und umgebracht worden.
»Nein, Schatz, so war es nicht.«
»Wie dann?«
»Das versuche ich gerade herauszubekommen. Kimberly, hör zu. Derselbe Täter hat noch eine zweite Frau umgebracht.«
Kimberly blinzelte, als hätte man ihr einen Balken über den Schädel gezogen. »Was?«
»Du musst mir sagen, worüber du mit deiner Mom gesprochen hast.«
Kimberlys Blick schoss im Raum hin und her. »Nichts Besonderes.«
»Das glaube ich nicht, Kimberly.«
Kimberly fing wieder an zu weinen.
»Ich hab mir eure Telefon-Verbindungsdaten angesehen. Ihr beiden habt euch viele SMS geschickt, aber ihr habt in diesem Semester nur drei Mal telefoniert. Das erste Ge-

spräch dauerte sechs Minuten, das zweite nur vier. Aber am Abend, bevor sie ermordet wurde, habt ihr über zwei Stunden telefoniert. Worüber habt ihr gesprochen?«

»Bitte, Tante Johanna, das spielt doch jetzt keine Rolle mehr.«

»Natürlich spielt das eine Rolle.« In Johannas Stimme lag jetzt etwas Stählernes. »Sag es mir.«

»Ich kann nicht...«

Johanna glitt vom Bett und kniete sich vor Kimberly. Sie nahm das Gesicht des Mädchens in beide Hände und zwang sie, sie anzusehen. »Sieh mich an.«

Es dauerte eine Weile, aber dann gehorchte Kimberly.

»Was deiner Mutter passiert ist, ist nicht deine Schuld. Hörst du? Sie hat dich geliebt, und sie hätte gewollt, dass du dein Leben so gut wie möglich weiterführst. Ich bin für dich da. Immer. Weil deine Mutter das gewollt hätte. Hörst du?«

Das Mädchen nickte.

»Also dann«, sagte Johanna. »Du musst mir sagen, worüber ihr bei eurem letzten Telefonat gesprochen habt.«

SIEBENUNDVIERZIG

Adam beobachtete aus sicherer Entfernung, wie er hoffte, Gabrielle Dunbar, die hastig einen Koffer in den Kofferraum ihres Wagens hievte.

Vor einer halben Stunde hatte Adam beschlossen, es auf dem Weg zur Arbeit noch einmal bei ihr zu versuchen. Und als er in ihre Straße einbog, warf Gabrielle Dunbar gerade diesen Koffer in den Kofferraum. Ihre beiden Kinder – Adam schätzte sie auf ungefähr zehn und zwölf – brachten kleinere Reisetaschen. Er parkte am Straßenrand und sah aus der Entfernung zu.

Was jetzt?

Am Vorabend hatte Adam versucht, die anderen drei Personen zu erreichen, die Gribbel auf dem Foto von Gabrielle Dunbars Facebook-Seite identifiziert und ausfindig gemacht hatte. Keiner hatte ihm etwas Nützliches über den Fremden verraten. Das überraschte ihn nicht. Er konnte ihnen erzählen, was er wollte, natürlich misstrauten sie alle dem »Fremden« – wieder diese Ironie –, der von ihnen verlangte, dass sie eine Person auf einem Gruppenfoto identifizierten, bei der es sich womöglich um einen Freund oder Kollegen handelte. Keiner von ihnen wohnte in der Nähe, sodass Adam sie nicht wie Gabrielle persönlich hatte befragen können.

Also kehrten seine Gedanken wieder zurück zu Gabrielle Dunbar.

Sie hatte etwas zu verbergen. Das war gestern unübersehbar gewesen, und jetzt stürmte sie schon wieder aus dem Haus mit einem dritten Koffer.

Zufall?

Er glaubte es nicht. Also blieb er im Auto sitzen und beobachtete sie. Gabrielle warf den Koffer in den Kofferraum und schloss die Klappe. Sie scheuchte die Kinder auf die Rückbank, und vergewisserte sich, dass sie angeschnallt waren. Sie öffnete die Fahrertür, hielt inne, dann blickte sie die Straße hinunter, direkt in Adams Richtung.

Verdammt.

Adam rutschte schnell auf dem Fahrersitz nach unten. Hatte sie ihn gesehen? Eher nicht. Und selbst wenn, auf diese Entfernung konnte sie ihn unmöglich erkennen. Moment mal... Selbst wenn? Er war doch hier, um sie zur Rede zu stellen, oder etwa nicht? Langsam richtete er sich wieder auf, aber Gabrielle blickte nicht mehr in seine Richtung. Sie hatte sich ins Auto gesetzt und war losgefahren.

Mann, er taugte nicht für so was.

Gabrielle fuhr die Straße hinunter. Adam dachte über seinen nächsten Schachzug nach, aber nicht sehr lange. Mitgefangen, mitgehangen. Adam hatte den Schalthebel schon in die Fahrposition gestellt und folgte ihr.

Er wusste nicht recht, wie viel Abstand er halten musste, damit sie ihn nicht bemerkte und er sie trotzdem nicht aus den Augen verlor. Alles, was er über dieses Thema wusste, stammte aus seiner lebenslangen Erfahrung als Fernsehzuschauer. Ob ohne Fernsehen überhaupt irgendjemand wüsste, was eine Observierung war? Sie bog rechts ab. Adam folgte ihr. Sie waren auf der Route 208 und fuhren dann die Interstate 287 hinunter. Adam schaute auf die Tankanzeige. Fast voll. Okay, gut. Wie lang wollte er ihr überhaupt folgen? Und wenn er sie erwischte, was würde er dann tun?

Eins nach dem anderen.

Sein Handy klingelte. Er blickte aufs Display, wo der Name JOHANNA aufleuchtete.

Er hatte ihre Nummer nach dem Besuch gestern in seinem Smartphone gespeichert. Vertraute er ihr wirklich? Ja, das tat er. Sie hatte klare Absichten: Sie wollte den Mörder ihrer Freundin finden. Und solange das nicht Corinne war, konnte Johanna ihm nutzen und sogar eine Verbündete werden. Und falls Corinne die Mörderin war, hatte er ganz andere Sorgen als die Frage, ob er einer Polizistin aus Ohio vertrauen sollte.

»Hallo?«

»Ich bin auf dem Weg ins Flugzeug«, sagte Johanna.

»Auf dem Weg nach Hause?«

»Ich bin schon zu Hause.«

»In Ohio?«

»Am Flughafen in Cleveland, ja. Ich musste Heidis Tochter nach Hause bringen, aber ich fliege sofort wieder nach Newark zurück. Was treiben Sie so?«

»Ich observiere Gabrielle Dunbar.«

»Observieren?«

»Nennt ihr Cops das nicht so, wenn ihr jemandem hinterherfahrt?«

Rasch erklärte er, dass er zu Gabrielles Haus gefahren war und sie beim Packen gesehen hatte.

»Und was haben Sie dann vor, Adam?«

»Keine Ahnung. Ich kann aber nicht nur rumsitzen und nichts tun.«

»Leuchtet mir ein.«

»Warum rufen Sie an?«

»Ich hab gestern was herausbekommen.«

»Ich höre.«

»Das, was hier vor sich geht«, sagte sie, »hat nicht nur mit einer einzelnen Website zu tun.«

»Das versteh ich nicht.«

»Dieser Fremde. Er erzählt seinen Opfern nicht nur, dass ihre Frauen Schwangerschaften vortäuschen. Er hat auch Zugriff auf andere Websites. Oder zumindest auf eine weitere.«

»Woher wissen Sie das?«

»Ich habe mich mit Heidis Tochter unterhalten.«

»Und was war ihr Geheimnis?«

»Ich hab ihr versprochen, dass ich es nicht weitererzähle – und Sie brauchen es auch wirklich nicht zu wissen, glauben Sie mir. Der springende Punkt ist, dass Ihr Fremder womöglich eine ganze Menge Leute aus den verschiedensten Gründen erpresst, nicht nur, weil sie Schwangerschaften vortäuschen.«

»Gut, aber worum genau geht es dann Ihrer Meinung nach?«, fragte Adam. »Dieser Fremde und Ingrid erpressen Leute wegen irgendwelcher Sachen, die sie im Netz machen?«

»So in der Art, ja.«

»Und wieso ist meine Frau verschwunden?«

»Das weiß ich nicht.«

»Und wer hat Ihre Freundin umgebracht? Und Ingrid?«

»Weiß ich beides nicht. Vielleicht ist bei der Erpressung etwas schiefgelaufen. Heidi war tough. Vielleicht hat sie sich gewehrt. Vielleicht haben der Fremde und Ingrid sich gestritten.«

Vor ihm nahm Gabrielle eine Ausfahrt zur Route 23. Adam setzte den Blinker und folgte ihr.

»Und was haben Ihre Freundin und meine Frau miteinander zu tun?«

»Außer dem Fremden sehe ich keine Verbindung.«
»Moment«, sagte Adam.
»Was?«
»Gabrielle parkt in einer Einfahrt.«
»Wo?«
»Lockwood Avenue in Pequannock.«
»In New Jersey?«
»Ja.«
Adam wusste nicht, ob er zurückbleiben und anhalten oder vorbeifahren und sich einen Parkplatz suchen sollte. Er entschied sich für Letzteres und fuhr an dem terrassierten gelben Haus mit Aluminiumverkleidung und roten Fensterläden vorbei. Ein Mann öffnete die Tür, lächelte und ging auf Gabrielles Auto zu. Adam kannte ihn nicht. Die Autotüren wurden geöffnet. Das Mädchen stieg als Erste aus. Der Mann umarmte sie linkisch.

»Was ist los?«, fragte Johanna.

»Falscher Alarm, glaube ich. Sieht so aus, als würde sie ihre Kinder bei ihrem Ex abliefern.«

»Okay, mein Flug wird aufgerufen. Ich melde mich, sobald ich gelandet bin. Machen Sie in der Zwischenzeit keinen Unsinn.«

Johanna legte auf. Jetzt stieg Gabrielles Sohn aus. Noch eine linkische Umarmung. Der Mann, der vielleicht ihr Ex war, winkte Gabrielle zu. Vielleicht winkte sie zurück, das konnte er von seinem Standort aus aber nicht sehen. Eine Frau erschien in der Tür. Eine jüngere Frau. Eine *viel* jüngere Frau. Immer dasselbe, dachte Adam. Gabrielle blieb im Auto sitzen, während der potenzielle Ex den Kofferraum öffnete. Er nahm einen Koffer heraus und schloss die Klappe wieder. Mit erstaunter Miene ging er wieder nach vorn.

Noch bevor er bei ihr war, legte Gabrielle den Rückwärtsgang ein und gab Gas. Sie fuhr die Straße wieder zurück.

Im Auto war immer noch viel Gepäck.

Wo wollte sie hin?

Mitgefangen...

Adam sah keinen Grund, ihr nicht weiter zu folgen.

ACHTUNDVIERZIG

Gabrielle fuhr den Skyline Drive hinauf in die Ramapo-Mountains. Sie waren nur eine Dreiviertelstunde von Manhattan entfernt, es sah aber aus wie in einer anderen Welt. Über die Stämme, die noch in dieser Gegend lebten, kursierten Legenden. Manche nannten sie die Ramapough Mountain Indians oder die *Lenape Nation* oder die *Lunaape Delaware Nation*. Manche hielten sie für amerikanische Ureinwohner. Andere behaupteten, sie stammten von niederländischen Siedlern ab. Wieder andere glaubten, es wären hessische Soldaten, die während der Amerikanischen Revolution auf Seiten der Briten gekämpft hatten, oder freigelassene Sklaven, die sich in den kargen Wäldern des nördlichen New Jersey niedergelassen hatten. Viele, zu viele bezeichneten sie als *Jackson Whites*. Eine Bezeichnung, die ursprünglich vermutlich abfällig zu verstehen gewesen war und deren Ursprung im Dunkeln lag, vermutlich aber mit ihrem multiethnischen Erscheinungsbild zusammenhing.

Wie so oft bei solchen Volksgruppen gab es viele Gruselgeschichten über sie. Wenn Teenager den Skyline Drive hinauffuhren, erzählten sie sich diese Geschichten über Entführung, Verschleppung oder rachsüchtige Geister, um sich gegenseitig Angst einzujagen. Natürlich waren das alles nur Legenden, aber Legenden konnten große Macht haben.

Wo zum Henker wollte Gabrielle hin?

Sie näherten sich den bewaldeten Berghöhen. Durch den

Höhenunterschied bekam Adam Druck auf den Ohren. Sie fuhr zurück zur Route 23. Adam folgte ihr fast eine Stunde lang, bis sie auf der schmalen *Dingman's Ferry Bridge* die Grenze nach Pennsylvania überquerte. Hier waren die Straßen viel weniger befahren, und Adam überlegte erneut, wie viel Abstand man wohl halten musste, um nicht bemerkt zu werden. Er entschied sich für die riskantere Variante, weil er es für das geringere Übel hielt, bemerkt und womöglich zur Rede gestellt zu werden, als Gabrielle ganz aus den Augen zu verlieren.

Er sah auf sein Handy. Der Akku war fast leer, also schloss Adam das Handy an das Ladegerät im Handschuhfach an. Nach weiteren knapp zwei Kilometern bog Gabrielle rechts ab. Der Wald wurde dichter. Dann wurde sie langsamer und bog in eine unbefestigte Einfahrt ein. Auf einem großen Stein stand in verblasster Schrift: LAKE CHARMAINE – PRIVAT. Adam fuhr rechts ran und hielt hinter einem dichten Strauch. Schließlich konnte er nicht einfach die Einfahrt hinauffahren – wenn es überhaupt eine Einfahrt war.

Aber wie sollte es weitergehen?

Er öffnete das Handschuhfach und sah nach dem Handy. Der Akku hatte kaum Zeit zum Laden gehabt, zeigte aber noch etwa zehn Prozent an. Das würde reichen. Er steckte es ein und stieg aus. Sollte er einfach zu diesem Lake Charmaine marschieren und klingeln?

Er fand einen überwucherten Pfad, der parallel zur Einfahrt durch den Wald führte. Den würde er nehmen. Der Himmel über ihm leuchtete so schön und blau wie das Ei eines Rotkehlchens. Zweige ragten in den Pfad, aber Adam bahnte sich seinen Weg. Im Wald war es still bis auf die Geräusche, die Adam selbst erzeugte. Ab und zu blieb er stehen, um zu lauschen, ob… eben einfach um zu lauschen. Aber jetzt, da er tiefer in den Wald vorgedrungen war, hörte er nicht einmal mehr die Autos auf der Straße.

Als Adam auf eine Lichtung trat, sah er einen Rehbock, der an ein paar Blättern knabberte. Der Rehbock sah Adam an, stellte fest, dass der ihm nichts Böses wollte, und äste weiter. Adam setzte seinen Weg fort, und bald lag der See vor ihm. Unter anderen Umständen hätte dieser Ort ihn begeistert. Der spiegelglatte See reflektierte das Grün der Bäume und das Rotkehlcheneier-Blau des Himmels. Die Aussicht war berauschend, beruhigend und so verdammt friedlich, und, Mann o Mann, es wäre so schön, sich einfach hinsetzen zu dürfen und diese Aussicht eine Weile zu genießen. Corinne liebte Seen. Vor dem Meer hatte sie ein bisschen Angst. Sie fand Wellen aggressiv und unberechenbar. Aber Seen waren das Paradies. Vor der Geburt der Jungs hatten Corinne und er im nördlichen Passaic County in einem Mietshaus am See gewohnt. Er dachte zurück an die trägen Tage, an denen sie gemeinsam in der übergroßen Hängematte gelegen hatten, er mit einer Zeitung, sie mit einem Buch. Er erinnerte sich, wie er Corinne beim Lesen zugesehen hatte, wie sich ihre Augen verengten, während ihr Blick über die Seite wanderte, diese hoch konzentrierte Miene. Und ab und zu sah Corinne von ihrem Buch auf. Dann lächelte sie ihm zu, er lächelte zurück, und gemeinsam ließen sie den Blick über den See schweifen.

Einen See wie diesen.

Rechts entdeckte er ein Haus. Es sah unbewohnt aus, bis auf das Auto, das davorstand.

Gabrielles Auto.

Das Haus war entweder eine Blockhütte oder eins dieser Fertighäuser im Blockhüttendesign. Von hier aus war das schwer zu sagen. Adam schlich vorsichtig den Hügel hinab und suchte dabei Deckung hinter Bäumen und Büschen.

Er kam sich lächerlich vor, wie ein Kind, das »Capture the Flag«, Paintball oder dergleichen spielte. Er überlegte, ob er so etwas schon einmal gemacht hatte, ob er sich schon einmal an jemanden angeschlichen hatte, und er musste bis zum YMCA-Sommerlager zurückdenken. Er war damals acht Jahre alt gewesen.

Adam wusste noch immer nicht, was er tun sollte, wenn er das Haus erreichte, aber für den Bruchteil einer Sekunde wäre er gern bewaffnet gewesen. Er besaß keine Pistole oder etwas in der Art. Vielleicht war das ein Fehler. Mit Anfang zwanzig war sein Onkel Greg ein paarmal mit ihm Schießen gewesen. Es hatte ihm Spaß gemacht, und er wusste, dass er mit einer Waffe umgehen konnte. Es wäre klug gewesen, eine Waffe mitzunehmen. Er hatte es mit gefährlichen Leuten zu tun. Mit Mördern. Er suchte in der Tasche nach seinem Handy. Sollte er jemanden anrufen? Er wusste nicht, wen, und nicht einmal, was er sagen sollte. Und Johanna saß bestimmt noch im Flugzeug. Er könnte Andy Gribbel oder den alten Rinsky anrufen oder ihnen eine SMS schicken, aber was sollte er ihnen mitteilen?

Deinen Standort zum Beispiel.

Gerade wollte er zum Handy greifen, um genau das zu tun, als er etwas sah und erstarrte.

Gabrielle Dunbar stand allein auf der Lichtung. Sie starrte in seine Richtung. Er spürte, wie Zorn in ihm aufwallte. Also machte er einen Schritt auf sie zu und wartete darauf, dass sie davonrannte oder etwas sagte. Aber das tat sie nicht.

Sie blieb einfach stehen und beobachtete ihn.

»Wo ist meine Frau?«, rief er.

Gabrielle starrte ihn weiter an.

Adam trat einen Schritt weiter ins Freie. »Ich habe gefragt, wo…«

Etwas traf ihn so hart am Hinterkopf, dass er praktisch spürte, wie sich sein Gehirn aus der Verankerung löste.

Adam fiel auf die Knie und sah Sterne. Rein instinktiv gelang es ihm irgendwie, sich umzudrehen und nach oben zu gucken. Ein Baseballschläger sauste wie eine Axt auf seinen Schädel zu. Er wollte sich ducken, sich abwenden oder wenigstens einen schützenden Arm heben.

Aber es war viel zu spät.

Der Baseballschläger traf ihn mit einem dumpfen Schlag, und alles wurde dunkel.

NEUNUNDVIERZIG

Johanna Griffin neigte von Natur aus dazu, sich an Regeln zu halten, also schaltete sie den Flugmodus ihres Smartphones erst aus, als das Flugzeug zum Stillstand gekommen war. Die Flugbegleiterin sagte ihren Standardspruch auf: »Willkommen in Newark, die Außentemperatur beträgt…«, während Johannas SMS und E-Mails geladen wurden.

Nichts von Adam Price.

Die letzten vierundzwanzig Stunden waren anstrengend gewesen. Kimberly war hysterisch geworden. Es hatte sie angestrengt und viel Zeit gekostet, die schreckliche Geschichte aus ihr herauszulocken. Johanna wollte Verständnis zeigen, aber was in aller Welt hatte das Kind sich dabei gedacht? Arme Heidi. Wie sie wohl auf die Informationen über ihre Tochter und diese schreckliche Website reagiert hatte? Johanna fiel das Video wieder ein, das Heidi auf dem *Red Lobster*-Parkplatz zeigte. Heidis Körpersprache war jetzt absolut nachvollziehbar. Auf dem Video war Johanna gewissermaßen Zeugin eines Überfalls geworden. Dieser Typ, dieser gottverdammte Fremde, hatte ihre Freundin mit Worten niedergeknüppelt, ihr mit seinen Enthüllungen das Herz gebrochen.

Ob ihm bewusst war, welchen Schaden er da anrichtete?

Danach war Heidi also nach Hause gefahren. Sie hatte Kimberly angerufen und ihre Tochter dazu gebracht, ihr die Wahrheit zu sagen. Sie war ruhig und besonnen geblieben, obwohl sie innerlich einging wie eine Primel. Aber vielleicht war sie auch gar nicht innerlich eingegangen. Heidi war die unvoreingenommenste Person, die Johanna je kennengelernt hatte, also hatte sie die schlechten Nachrichten womöglich weggesteckt und war bereit zurückzuschlagen. Wer weiß? Heidi hatte ihre Tochter getröstet. Und dann hatte sie versucht, einen Ausweg aus dem furchtbaren Schlamassel zu finden, in den ihre Tochter sich gebracht hatte.

Vielleicht war sie deshalb ermordet worden.

Johanna wusste immer noch nicht, was mit Heidi passiert war, aber es hatte zweifelsohne irgendetwas mit der Enthüllung zu tun, dass ihre Tochter eine Hure war – von wegen *Sugarbaby* –, eine Hure mit drei Freiern. Johanna hatte angefangen, der Sache nachzugehen, das dauerte aber noch. Kimberly kannte die Namen der Männer nicht – welche Überraschung. Johanna hatte mit der Betreiberin der Sugarbabys-Website telefoniert und sich deren Rechtfertigungen angehört. Danach hätte sie gerne lange und heiß geduscht. Ja, Johanna betrachtete es als eine absurde feministische Fußnote, dass der Betreiber eine Frau war, die die »Business Arrangements« ihres Unternehmens sowie die »Privatsphäre« ihrer Kunden verteidigte und keinen Zweifel daran ließ, dass sie ohne Gerichtsbeschluss auf keinen Fall irgendwelche Informationen herausgeben würde.

Da das Unternehmen in Massachusetts saß, würde es also eine Weile dauern.

Nachdem sie sich mit all dem herumgeschlagen hatte, verlangten die genervten Cops vom County-Morddezernat auch noch einen vollständigen Bericht über Johannas ungenehmigten Ausflug nach New Jersey. Für Johanna ging es dabei nicht um persönliche Eitelkeiten. Sie wollte das Schwein finden, das ihre Freundin umgebracht hatte. Punkt. Also erzählte sie ihnen alles, auch das, was Kimberly ihr gerade mitgeteilt hatte, worauf sie einen Gerichtsbeschluss beantragt und ein paar Leute darauf angesetzt hatten herauszubekommen, wer der Fremde war und in welcher Verbindung er zu den Morden stand.

Das war alles schön und gut. Es bedeutete aber nicht, dass Johanna den Fall anderen überlassen würde.

Ihr Handy klingelte. Die Nummer sagte ihr nichts, aber die Vorwahl lautete 216, der Anruf kam also aus ihrer Gegend in Ohio.

»Hier ist Darrow Fontera.«

»Wer?«

»Ich bin bei *Red Lobster* für die Security zuständig. Wir sind uns begegnet, als Sie das Überwachungsvideo haben wollten.«

»Ja, stimmt. Was kann ich für Sie tun?«

»Ich hatte Sie gebeten, die DVD zurückzugeben, wenn Sie damit fertig sind.«

Meinte der Typ das ernst? Johanna öffnete den Mund und wollte ihm mitteilen, wohin er sich seine DVD stecken könnte, aber dann besann sie sich. »Wir sind noch nicht fertig mit unseren Untersuchungen.«

»Könnten Sie sich dann bitte eine Kopie machen und uns die Original-DVD zurückgeben?«

»Wieso ist das so wichtig?«

»Das sind die Vorschriften.« Er redete wie ein Bürokrat. »Wir stellen nur eine einzige DVD zur Verfügung. Wenn weitere benötigt werden...«

»Ich habe doch nur eine DVD mitgenommen.«

»Nein, nein, Sie waren schon die zweite.«

»Wie bitte?«

»Der andere Ermittler hatte sich bereits eine geben lassen.«

»Moment, welcher andere Ermittler?«

»Wir haben seinen Ausweis eingescannt. Er kam aus New York und ist nicht mehr im Dienst, aber er hat gesagt… ah, Moment, da ist er. Kuntz heißt er. John Kuntz.«

FÜNFZIG

Zuerst kam der Schmerz.
Im ersten Moment spürte er nichts außer Schmerz. Er erdrückte alles andere und verhinderte jede andere Wahrnehmung, die ihm hätte sagen können, wo er sich befand oder was ihm zugestoßen sein mochte. Sein Schädel fühlte sich an, als sei er in lauter kleine Stücke zersprungen, die ihre scharfen Ecken und Kanten in seine Gehirnmasse bohrten. Adam hielt die Augen geschlossen und wartete, dass es besser wurde.
Dann kamen die Stimmen.
»*Wann wacht er endlich auf?*«... »*Du hättest nicht so hart zuschlagen müssen.*«... »*Ich wollte kein Risiko eingehen.*«... »*Du hast doch die Pistole, oder?*«... »*Und wenn er gar nicht mehr aufwacht?*«... »*Hey, vergiss nicht, dass er gekommen ist, um uns umzubringen.*«... »*Moment, ich glaube, er bewegt sich.*«
Langsam kam Adam wieder zu sich, das Bewusstsein kämpfte sich hervor, schob sich durch die Schmerzen und die Benommenheit voran. Er lag auf einem kalten Untergrund, spürte eine harte, raue Struktur an der rechten Wange. Wahrscheinlich Beton. Adam versuchte die Augen zu öffnen, aber es fühlte sich an, als wären sie von Spinnweben verklebt. Als er heftig blinzelte, wallte neuer Schmerz auf, sodass er fast laut nach Luft geschnappt hätte.
Als er die Augen endlich öffnen konnte, erblickte er ein Paar Adidas-Sneakers. Er versuchte, sich zu erinnern, was passiert war. Er war Gabrielle gefolgt. Daran erinnerte

er sich jetzt wieder. Er war ihr zu einem See gefolgt, und dann…

»Adam?«

Er kannte diese Stimme. Er hatte sie nur ein einziges Mal gehört, aber seitdem hallte ihr Echo durch seinen Kopf. Seine Wange lag noch immer auf dem Beton, aber er zwang sich, nach oben zu sehen.

Der Fremde.

»Warum haben Sie das getan?«, fragte der Fremde. »Warum haben Sie Ingrid umgebracht?«

Thomas Price schrieb gerade einen Test im »Advanced Placement«-Kurs für Englisch auf College-Niveau, als das Telefon im Klassenzimmer klingelte. Sein Lehrer, Mr Ronkowitz, ging ran, lauschte einen Moment und sagte dann: »Thomas Price, bitte melde dich beim Rektor.«

Er hörte das »Oh, das gibt Ärger«-Geräusch, wie es Millionen Schüler auf der Welt schon Millionen Mal gemacht hatten, während er seine Bücher nahm, sie in seinen Rucksack stopfte und verschwand. Der Korridor war leer. Leere Schulkorridore waren Thomas schon immer seltsam vorgekommen, fast wie in einer Geisterstadt. Seine Schritte hallten, als er zum Büro des Rektors eilte. Er hatte keine Ahnung, worum es ging, ob es gut oder schlecht war. Aber man wurde selten aus einem unwichtigen Grund zum Rektor geschickt, und wenn Mom verschwunden war und Dad langsam durchdrehte, spielte man im Kopf alle möglichen Schreckensszenarien durch.

Thomas war immer noch nicht dahintergekommen, was zwischen seinen Eltern vorgefallen war, er wusste aber, dass es etwas Schlimmes gewesen sein musste. Etwas richtig Schlimmes. Außerdem wusste er, dass Dad ihm noch nicht die ganze Wahrheit gesagt hatte. Eltern wollten einen immer »beschützen«, auch wenn sie mit »beschützen« eigentlich »belügen« meinten. Sie glaubten, sie würden einem helfen, indem sie bestimmte Sachen von ihren Kindern fernhielten, aber letztlich wurde dadurch alles nur noch schlimmer. Es war wie mit dem Weihnachtsmann. Als Thomas klar geworden war, dass es keinen Weihnachtsmann gab, hatte er nicht gedacht »Ich werde erwachsen« oder »Das ist doch was für Babys«. Sein erster Gedanke war viel einfacher gewesen: »Meine Eltern haben mich angelogen. Meine Mom und mein Dad haben mir jahrelang ins Gesicht gelogen.«

Wie sollte da langfristig eine Vertrauensbasis entstehen?

Thomas war die ganze Weihnachtsmannsache sowieso zuwider gewesen. Welchen Sinn hatte das? Wozu machte man Kindern weis, dass irgendein sonderbarer fetter Typ, der am Nordpol wohnt, sie die ganze Zeit beobachtete? Sorry, das war einfach nur gruselig. Thomas erinnerte sich, wie er als kleines Kind in einem Einkaufszentrum beim Weihnachtsmann auf dem Schoß gesessen hatte. Der Weihnachtsmann hatte leicht nach Pisse gerochen, und Thomas hatte gedacht: »Das ist der Typ, der mir die Geschenke bringt?« Wozu erzählte man das den Kindern überhaupt? Wäre es nicht schöner zu erfahren, dass die eigenen, hart arbeitenden Eltern einem Geschenke machten, nicht irgendein unheimlicher Fremder?

Was auch immer gerade los war, Thomas wünschte sich einfach, dass sein Dad mit der Wahrheit herausrückte. Die konnte auch nicht schlimmer sein als das, was Thomas und Ryan sich ausmalten. Sein Bruder und er waren ja nicht blöd. Thomas hatte mitgekriegt, wie angespannt sein Dad schon vor Moms Verschwinden gewesen war. Warum, wusste er nicht, aber seit Mom von dieser Lehrerkonferenz zurückgekommen war, lag irgendetwas im Argen. Ihr Haus war ein lebendiger Organismus, so wie die empfindlichen Ökosysteme, über die sie im Biologieunterricht gesprochen hatten. Irgendein äußerer, fremder Einfluss hatte dieses System aus dem Gleichgewicht gebracht.

Als Thomas die Bürotür öffnete, stand diese Polizistin, Johanna, neben dem Direktor, Mr Gorman. Mr Gorman sagte: »Thomas, kennst du diese Frau?«

Er nickte. »Sie ist mit meinem Dad befreundet. Außerdem ist sie bei der Polizei.«

»Ja, sie hat mir ihren Ausweis gezeigt. Ich kann dich aber nicht mit ihr allein lassen.«

Johanna sagte: »Das macht nichts«, und kam auf ihn zu. »Thomas, hast du irgendeine Ahnung, wo dein Vater ist?«

»Bei der Arbeit, nehme ich an.«

»Da ist er heute nicht aufgetaucht. Ich hab es auf dem Handy versucht. Da meldet sich sofort die Mailbox.«

Die Panik in seiner Brust wuchs. »Das passiert nur, wenn man das Handy ausschaltet«, sagte Thomas. »Dad schaltet seins nie aus.«

Johanna Griffin kam näher. Er sah die Besorgnis in ihren Augen. Das machte ihm Angst, obwohl er sich doch genau das gewünscht hatte. Ehrlichkeit statt Schutz? »Thomas, dein Dad hat mir von dem Tracker erzählt, den deine Mom auf seinem Handy installiert hat.«

»Der geht nicht, wenn das Handy aus ist.«

»Aber er zeigt, wo das Handy war, bevor es ausgeschaltet wurde, richtig?«

Jetzt verstand Thomas. »Klar.«

»Brauchst du einen Computer, damit du...?«

Er schüttelte den Kopf und griff in seine Tasche. »Ich kann auf meinem Handy nachgucken. Dauert nur zwei Minuten.«

EINUNDFÜNFZIG

»Warum haben Sie Ingrid umgebracht?«
Als Adam versuchte, sich aufzusetzen oder nur die Wange vom Beton zu lösen – wo war er überhaupt, in dieser Blockhütte? –, protestierte sein Kopf heftig. Er versuchte die Hände zum Kopf zu führen, aber er konnte sie nicht bewegen. Verwirrt versuchte er es erneut und hörte ein Rasseln.

Seine Handgelenke waren gefesselt.

Er sah hinter sich. Eine Fahrradkette war um seine Handgelenke geschlungen und hinter einem Rohr durchgezogen, das vom Boden zur Decke verlief. Er versuchte, sich einen Überblick über die Situation zu verschaffen. Er befand sich in einem Keller. Direkt vor ihm stand der Fremde, der immer noch dieselbe Baseballkappe trug. Rechts vom Fremden stand Gabrielle, links von ihm ein junger Mann, wahrscheinlich nicht viel älter als Thomas. Der Junge hatte einen rasierten Kopf, Tattoos und zu viele Piercings.

Und er hatte eine Pistole in der Hand.

Hinter den dreien stand ein weiterer Mann, so etwa dreißig, mit langen Haaren und Bartschatten.

»Wer sind Sie?«, fragte Adam.

Der Fremde antwortete. »Das habe ich Ihnen doch schon gesagt.«

Adam versuchte noch einmal, sich aufzusetzen. Der Schmerz lähmte ihn fast, aber er kämpfte sich hindurch. An Aufstehen war nicht zu denken. Mit den Kopfschmerzen und der Kette an den Handgelenken konnte er sowieso nicht weg. Als er endlich saß, lehnte er sich an das Rohr.

»Sie sind der Fremde«, sagte Adam.

»Ja.«

»Was wollen Sie von mir?«

Der Junge mit der Pistole trat vor und richtete die Waffe auf Adam. Er hielt sie quer, als hätte er das in einem schlechten Gangsterfilm gesehen, und sagte: »Jetzt rede, sonst blas ich dir das Hirn aus dem Kopf.«

Der Fremde sagte: »Merton.«

»Nein, Mann. Wir haben keine Zeit für so was. Er muss den Mund aufmachen.«

Adam blickte den Lauf der Waffe entlang. Dann sah er Merton in die Augen. Es war ihm zuzutrauen, dachte Adam. Er könnte abdrücken, ohne darüber nachzudenken.

Dann ging Gabrielle dazwischen. »Tu die Waffe weg.«

Merton beachtete sie nicht. Er starrte auf Adam hinunter. »Wir waren Freunde.«

Er zielte auf Adams Gesicht.

»Warum hast du Ingrid umgebracht?«

»Ich habe niemand umgebracht.«

»Bullshit!«

Mertons Hand fing an zu zittern.

Gabrielle: »Merton, nicht.«

Merton richtete die Waffe weiter auf Adams Gesicht, holte aus und trat nach ihm wie beim Football, als wollte er aus großer Entfernung ein *Field Goal* erzielen. Er trug Stiefel mit Stahlkappen, und der Tritt traf genau die empfindliche Stelle direkt unter Adams Brustkorb. Die Luft entwich aus Adams Lunge und er kippte um.

»Hör auf damit«, sagte der Fremde scharf.

»Der muss uns sagen, was er weiß!«

»Das wird er schon.«

»Was machen wir denn jetzt?«, fragte Gabrielle panisch. »Das sollte doch leicht verdientes Geld sein.«

»Ist es auch. Uns passiert nichts. Beruhig dich.«

Der Typ mit den langen Haaren sagte: »Das gefällt mir nicht. Das gefällt mir ganz und gar nicht.«

Gabrielle: »Von Entführungen war nie die Rede.«

»Könnt ihr alle mal ruhig sein.« Auch der Fremde klang jetzt nervös. »Wir müssen rauskriegen, was mit Ingrid passiert ist.«

Adam verzog das Gesicht und sagte: »Ich weiß nicht, was mit Ingrid passiert ist.«

Alle drehten sich zu ihm um.

»Du lügst«, sagte Merton.

»Jetzt hören Sie mir doch mal...«

Merton unterbrach ihn mit einem zweiten Tritt in die Rippen, und Adam landete wieder mit dem Gesicht auf dem harten Beton. Er versuchte sich zu einer Kugel zusammenzurollen, um sich zu schützen und seine Hände zu befreien, damit er sich an den schmerzenden Kopf greifen konnte.

»Hör auf, Merton!«

»Ich hab niemanden umgebracht«, brachte Adam heraus.

»Aber klar doch.« Das war Merton. Adam versuchte, sich enger zusammenzurollen, falls er wieder zutrat. »Und du hast Gabrielle sicher auch nicht wegen Chris ausgefragt, was?«

Chris. Jetzt kannte er den Vornamen des Mannes.

»Lass ihn«, sagte Chris – der Fremde. Er trat näher an Adam heran und sagte: »Sie haben sich auf die Suche nach Ingrid und mir gemacht?«

Adam nickte.

»Und Sie haben Ingrid zuerst gefunden.«

»Nur ihren Namen.«

»Was?«

»Ich hab ihren Namen rausbekommen.«

»Wie?«

»Wo ist meine Frau?«

Chris runzelte die Stirn. »Wie bitte?«

»Ich habe gefragt, wo…«

»Ja, ich habe Sie schon verstanden.« Er drehte sich zu Gabrielle um. »Woher sollen wir wissen, wo Ihre Frau ist?«

»Sie haben das doch angeleiert«, sagte Adam. Er kämpfte sich wieder in eine sitzende Haltung. Er wusste, dass er in Schwierigkeiten steckte, dass sein Leben in Gefahr war, aber er wusste auch, dass diese Leute Amateure waren. Alles roch nach ihrer Angst. Die Fahrradkette löste sich. Er bekam allmählich die Hände frei. Vielleicht half das, wenn es ihm gelang, Merton mit seiner Waffe zu ihm zu locken. »Sie sind doch zu mir gekommen.«

»Und dann wollten Sie sich rächen, oder was? Geht es darum?«

»Nein«, sagte Adam. »Aber ich weiß jetzt, was Sie machen.«

»Ach?«

»Sie finden irgendetwas Kompromittierendes über Menschen heraus. Und dann erpressen Sie sie.«

»Da täuschen Sie sich«, sagte Chris.

»Sie haben Suzanne Hope erpresst, weil sie ihre Schwangerschaft vorgetäuscht hat. Als sie nicht bezahlt hat, haben Sie es ihrem Mann erzählt, genau wie bei mir.«

»Woher wissen Sie das mit Suzanne Hope?«

Merton, der die meiste Angst hatte und deshalb der Gefährlichste von allen war, schrie: »Der hat uns alle ausspioniert!«

»Sie war mit meiner Frau befreundet«, sagte Adam.

»Ah, das hätte ich mir denken können«, sagte Chris und nickte. »Also hat Suzanne Hope Corinne den Tipp mit der Website gegeben?«

»Ja.«

»Was Suzanne da getan hat – was Ihre Frau getan hat –, ist scheußlich. Das sehen Sie doch auch so, oder etwa nicht? Das Internet macht das Betrügen so einfach. Im Internet kann man einfach anonym bleiben, lügen und schreckliche, zerstörerische Geheimnisse haben vor den Menschen, die man liebt. Wir …«, er öffnete die Hand und deutete auf seine Gruppe, »… versuchen nur, für einigermaßen gleiche Chancen in dem Spiel zu sorgen.«

Fast hätte Adam gelächelt. »So rechtfertigen Sie das also, ja?«

»Es stimmt. Sehen Sie sich zum Beispiel Ihre Frau an. Wie alle solche Internetseiten verspricht auch die Fake-A-Pregnancy-Website Diskretion, und Corinne dachte, weil das alles im Netz stattfindet und die Website so ein albernes Versprechen macht, bekommt es nie jemand raus. Aber glauben Sie denn, dass irgendetwas wirklich anonym ist? Und ich rede nicht von irgendwelchen undurchsichtigen NSA-Regierungsgeschichten. Ich rede von ganz normalen Menschen. Glauben Sie wirklich, dass das alles automatisiert ist, dass es keine Angestellten gibt, die Zugriff auf Ihre Kreditkartendaten oder den Browserverlauf haben?« Er lächelte Adam an. »Glauben Sie wirklich, dass irgendetwas geheim ist?«

»Chris? So heißen Sie doch, ja?«

»Das stimmt.«

»Das interessiert mich nicht«, sagte Adam. »Mich interessiert nur meine Frau.«

»Und ich habe Ihnen die Wahrheit über sie gesagt. Ich habe Ihnen die Augen geöffnet. Sie sollten mir dankbar sein. Stattdessen haben Sie uns verfolgt. Und als Sie Ingrid gefunden haben...«

»Ich hab doch schon gesagt, dass ich sie nicht gefunden habe. Ich hab nach Ihnen gesucht, weiter nichts.«

»Warum? Haben Sie sich den Link angesehen, den ich Ihnen gegeben habe?«

»Ja.«

»Und dann haben Sie Ihre Kreditkartenrechnung überprüft. Sie wussten, dass das, was ich Ihnen gesagt habe, die Wahrheit war?«

»Ja.«

»Und...«

»Sie ist verschwunden.«

»Wer?« Chris runzelte die Stirn. »Ihre Frau?«

»Ja.«

»Moment, wenn sie verschwunden ist, dann haben Sie sie also zur Rede gestellt?«

Adam antwortete nicht.

»Und danach ist sie abgehauen...«

»Corinne ist nicht einfach abgehauen.«

»Das bringt doch nichts. Der will nur Zeit schinden«, hörte er Merton sagen.

Chris sah ihn an. »Du hast sein Auto doch umgeparkt?«

Merton nickte.

»Und wir haben sein Handy ausgeschaltet und abgeschirmt. Also bleib ruhig. Wir haben Zeit.« Wieder wandte er sich Adam zu. »Verstehen Sie das nicht, Adam? Ihre Frau hat Sie hintergangen. Sie hatten ein Recht, das zu erfahren.«

»Schon möglich«, sagte Adam. »Aber nicht von euch.«

Er spürte, wie sein rechtes Handgelenk allmählich aus der Kette rutschte. »Am Tod eurer Freundin Ingrid seid ihr schuld.«

»Das warst du«, schrie Merton.

»Nein. Irgendjemand hat sie umgebracht. Und nicht nur sie.«

»Was soll das heißen?«

»Derselbe, der Ihre Freundin umgebracht hat, hat auch Heidi Dann ermordet.«

Alle erstarrten. Gabrielle sagte: »O Gott.«

Chris kniff die Augen zusammen. »Was haben Sie gesagt?«

»Das wusstet ihr nicht, oder? Ingrid ist nicht das einzige Opfer. Heidi Dann wurde auch erschossen.«

Gabrielle sagte: »Chris?«

»Ich muss nachdenken.«

»Heidi wurde zuerst umgebracht«, fuhr Adam fort. »Dann Ingrid. Außerdem ist meine Frau verschwunden. Das passiert, wenn man die Geheimnisse anderer aufdeckt.«

»Seien Sie still«, sagte Chris. »Wir müssen überlegen.«

»Ich glaube, er sagt die Wahrheit«, fügte der Langhaarige hinzu.

»Glaub ich nicht«, schrie Merton, riss die Waffe hoch und richtete sie wieder auf Adam. »Aber selbst wenn, ist er eine Gefahr für uns. Wir haben keine Wahl. Er hat Fragen gestellt und uns gesucht.«

Adam sprach so ruhig wie möglich. »Ich habe meine Frau gesucht.«

»Wir wissen nicht, wo sie ist«, sagte Gabrielle.

»Und was ist sonst passiert?«

Chris stand immer noch wie betäubt da. »Heidi Dann ist tot?«

»Ja. Und vielleicht ist meine Frau die Nächste. Sie müssen mir sagen, was Sie mit ihr gemacht haben.«

»Wir haben gar nichts mit ihr gemacht«, sagte Chris.

Die Hand war beinahe frei. »Wie Sie schon sagten, sollten wir die Sache von Anfang an durchgehen«, sagte Adam. »Als Sie meine Frau erpresst haben, wie hat sie da reagiert? Hat sie sich geweigert zu zahlen?«

Chris drehte sich um und sah den Langhaarigen an, der hinter ihm stand. Dann wandte er sich wieder zu Adam und kniete sich neben ihn. Adam arbeitete immer noch an der Befreiung seines Handgelenks. Es konnte nicht mehr lange dauern. Aber was dann? Merton war einen Schritt zurückgewichen. Wenn Adam Chris packte, hatte Merton reichlich Zeit, auf ihn zu schießen.

»Adam?«

»Ja?«

»Wir haben Ihre Frau nicht erpresst. Wir haben gar nicht mit ihr gesprochen.«

Adam begriff es nicht. »Suzanne haben Sie doch erpresst.«

»Ja.«

»Und Heidi auch.«

»Ja. Aber bei Ihnen war es anders.«

»Inwiefern anders?«

»Wir haben einen Auftrag bekommen.«

Für einen Augenblick verdrängte ein Gefühl kompletter Verwirrung den Kopfschmerz. »Jemand hat Sie beauftragt, mir das zu sagen?«

»Wir haben den Auftrag bekommen, nach Geheimnissen Ihrer Frau zu suchen und sie dann zu enthüllen.«

»Wer hat Ihnen diesen Auftrag gegeben?«

»Den Namen des Klienten kenne ich nicht«, sagte Chris, »der Auftrag kam von einer Detektei namens CBW.«

Etwas in Adam stürzte ins Bodenlose.
»Was ist?«, fragte Chris.
»Machen Sie mich los.«
Merton trat vor. »Auf keinen Fall. Du lässt…«
Ein Schuss zerriss den Raum. Mertons Kopf explodierte.

ZWEIUNDFÜNFZIG

Kuntz hatte von Ingrid die Adresse von Eduardos Garage bekommen.

Er hatte sich dort auf die Lauer gelegt und gewartet. Lang hatte es nicht gedauert. Irgendwann hatte sich Eduardo auf den Weg gemacht. Er war durch die Berge und über die *Dingman's Ferry Bridge* gefahren. Und Kuntz war ihm gefolgt. Bei Eduardos Ankunft war der Möchtegern-Skinhead schon vor Ort gewesen. Das musste Merton Sules sein. Dann war die Frau aufgetaucht, wahrscheinlich diese Gabrielle Dunbar.

Es fehlte nur noch einer.

Kuntz blieb in seinem Versteck. Dabei entdeckte er noch einen anderen Mann, der durch den Wald schlich. Er hatte keine Ahnung, wer das war. Hatte Ingrid vergessen, ihn zu erwähnen? Unwahrscheinlich. Ingrid hatte ihm am Ende alles erzählt. Sie hatte ihm alles erzählt und darum gebettelt, sterben zu dürfen.

Wer war der Mann?

Kuntz blieb, wo er war, und sah zu, wie sie ihm eine Falle stellten. Merton versteckte sich mit einem Baseballschläger hinter einem Baum, Gabrielle stellte sich auf die Lichtung und lockte den Mann aus der Deckung. Fast hätte er ihn gewarnt, als er sah, wie Merton sich anschlich und den Baseballschläger hob. Aber er ließ es geschehen. Er musste Geduld haben, musste sichergehen, dass alle hier waren.

Also beobachtete er, wie Merton mit dem Baseballschläger ausholte und dem Mann auf den Hinterkopf schlug. Der Mann taumelte und fiel um. Merton schlug ein zweites Mal zu, was vermutlich unnötig war. Einen Augenblick dachte Kuntz, Merton wolle den Mann umbringen. Das wäre seltsam gewesen, aber interessant, denn Ingrid zufolge war die Gruppe nicht gewalttätig.

Sie mussten diesen Mann für eine Bedrohung halten.

Oder ... oder hielten sie den Mann für den Mörder?

Er überlegte. War es denkbar, dass sich die Gruppe bedroht fühlte? Inzwischen wussten sie vermutlich, dass Ingrid umgebracht worden war. Er hatte darauf gesetzt, dass die Gruppe sich treffen würde, wenn sie davon erfuhren – und es hatte funktioniert. Er hatte auch darauf gesetzt, dass sie blutige Anfänger wären, berauscht von der Vorstellung, dass sie die Welt verbessern könnten, indem sie Geheimnisse aufdeckten oder irgend so ein Blödsinn.

Aber nach Ingrids Tod musste ihnen natürlich klar sein, dass sie in Gefahr waren.

War das der Grund für diesen Überfall?

Wie auch immer. Kuntz saß am längeren Hebel. Er musste sich nur gedulden. Also wartete er. Er sah, wie sie den Mann ins Haus schleppten. Kuntz wartete, und fünf Minuten später fuhr ein weiteres Auto vor.

Chris Taylor. Der Anführer.

Endlich waren alle versammelt. Kuntz überlegte, Chris Taylor sofort auszuschalten, aber das hätte die anderen alarmiert. Er musste sich gedulden. Er musste abwarten, ob noch jemand auftauchte. Er musste herausfinden, warum sie diesen Mann attackiert hatten und was sie mit ihm vorhatten.

Kuntz schlich ums Haus und guckte in die Fenster. Nichts. Das war seltsam. Drinnen waren mindestens fünf Personen. Waren sie nach oben gegangen oder etwa ...?

Er blickte durch ein Kellerfenster auf der Rückseite des Hauses.

Bingo.

Der unbekannte Mann war immer noch bewusstlos. Er lag auf dem Boden. Jemand hatte ihm eine Fahrradkette um ein Handgelenk geschlungen, die Kette um ein Rohr geführt und dann um das andere Handgelenk gewickelt. Die anderen – Eduardo, Gabrielle, Merton und jetzt auch Chris – gingen unruhig auf und ab wie Tiere, die auf die Schlachtbank warteten. Und genau das waren sie auch.

Eine Stunde verging. Dann zwei.

Der Typ rührte sich nicht. Kuntz fragte sich schon, ob der gute Merton den armen Kerl umgebracht hatte, aber schließlich regte sich der Mann. Kuntz kontrollierte seine Sig Sauer P239. Er verwendete 9mm-Munition, sodass er acht Patronen im Magazin hatte. Das müsste reichen. Für alle Fälle hatte er noch weitere Patronen in der Tasche.

Mit der Waffe in der Hand schlich Kuntz zur Vorderseite des Blockhauses. Er legte die Hand auf den Türknauf. Die Tür war offen. Perfekt. Er schob sich hinein und ging auf Zehenspitzen zum Keller.

Oben an der Treppe blieb er stehen und lauschte.

Was er da hörte, klang beruhigend. Chris Taylor und seine Kollegen hatten keine Ahnung, wer ihre Freundin Ingrid umgebracht hatte. Das einzig Unerfreuliche war, dass der unbekannte Mann von der Verbindung zwischen Ingrids und Heidis Tod wusste – aber das ließ sich jetzt nicht mehr ändern. War aber auch nicht so wichtig. Kuntz war davon ausgegangen, dass eines Tages jemand den Zusammenhang erkennen würde, dass es so schnell gegangen war, beunruhigte ihn allerdings ein wenig.

Aber gut, dann musste er eben alle umbringen, auch den

Unbekannten. Er stählte sich noch einmal, indem er an Robby in seinem Bett im Krankenhaus dachte. Nur darum ging es ihm. Erlaubte er diesen Leuten weiter, das Gesetz zu brechen und Menschen zu erpressen? Oder tat er das, was ein Vater tun musste, um das Leid seiner Familie zu lindern?

Eine einfache Entscheidung.

Kuntz kauerte oben an der Treppe. Einen Augenblick lang war er in die Gedanken an Barb und Robby versunken, als Eduardo sich umdrehte und ihn sah.

Kuntz zögerte keinen Moment.

Da Merton die Waffe hatte, erledigte Kuntz zuerst ihn mit einem Kopfschuss. Dann zielte er wieder auf Eduardo. Der hob die Hand, als könne er den Schuss damit abwehren.

Konnte er nicht.

Gabrielle kreischte. Kuntz richtete die Waffe auf sie und feuerte zum dritten Mal.

Das Kreischen endete.

Drei waren erledigt. Blieben noch zwei.

Kuntz ging die Treppe hinab, um die Sache zu Ende zu bringen.

Mithilfe der Tracking-App hatte Thomas herausgefunden, dass sein Vater sich am Lake Charmaine in Dingman, Pennsylvania befand, als sein Handy den Geist aufgegeben hatte. Johanna hatte darauf bestanden, dass er zurück in die Klasse ging. Sie sagte ihm, dass er sich keine Sorgen machen müsse. Der Rektor, der Thomas sowieso nicht mit ihr hätte gehen lassen, sah das genauso.

Nach ein paar Telefonaten erreichte Johanna den Einsatzleiter im Polizeirevier von Shohola Township, in dessen Zuständigkeit Dingman lag. Sie schickte ihm die GPS-Koordinaten der Tracking-App und versuchte, die Situation zu erklären. Der Einsatzleiter verstand das Ganze nicht, und er sah nicht ein, dass es so dringend sein sollte.

»Und was ist daran so wichtig?«

»Schicken Sie einfach jemanden hin.«

»Okay, Sheriff Lowell sagt, er guckt mal vorbei.«

Johanna sprang ins Auto und gab Gas. Für den Fall, dass ein Cop versuchte, sie anzuhalten, hielt sie ihre Dienstmarke bereit. Sie würde den Streifenwagen zum Überholen vorbeiwinken und die Dienstmarke ans Fenster halten. Eine halbe Stunde später rief der Einsatzleiter von Shohola Township zurück. Adams Auto war nicht zu finden. Die App war nicht genau genug, um ein bestimmtes Haus identifizieren zu können – am See gab es mehrere. Also wollte er wissen, was sie unternehmen sollten.

»Gehen Sie von Tür zu Tür.«

»Tut mir leid. Wer gibt uns die Befugnis dazu?«

»Ich. Sie. Egal. Zwei Frauen wurden schon ermordet. Die Frau dieses Mannes wird vermisst. Er sucht sie.«

»Wir tun unser Bestes.«

DREIUNDFÜNFZIG

Es war erstaunlich, wie viele Dinge in einem einzigen Augenblick passieren konnten.

Als der erste Schuss erklang, schienen sich Adams Gedanken und sein Körper in ein Dutzend verschiedene Richtungen zu bewegen. Seine rechte Hand hatte er schon von der Kette befreit. Mehr war nicht nötig. Als die Kette nur noch an seiner linken Hand befestigt war, hielt sie ihn nicht mehr, sodass er sich zur Seite rollen konnte, als der Schuss erklang. Er vergaß die Schmerzen im Kopf und in den Rippen und suchte nach Deckung.

Etwas Nasses traf ihn im Gesicht. Trotz seiner Benommenheit erkannte Adam, dass es Mertons Gehirn sein musste.

Gleichzeitig sausten mehrere Erklärungsversuche für die Schießerei wie Querschläger in seinem Kopf herum. Der erste war erfreulich: Der Schütze war ein Cop, der ihn retten wollte.

Dieser Ansatz geriet stark ins Wanken, als der langhaarige Mann wie ein Stein zu Boden fiel. Und eine Sekunde später konnte er diese Möglichkeit komplett ausschließen, als auch Gabrielle umkippte.

Es war ein Gemetzel.

Beweg dich ...

Aber wohin? Er war in einem Keller, verdammt noch mal. Viele Verstecke gab es nicht. Also robbte er auf dem Bauch nach rechts. Aus dem Augenwinkel sah er, wie Chris Taylor zum Fenster hinaufsprang. Der Schütze kam die Treppe herunter und drückte ab. Überraschend schnell hatte Chris die Beine hochgezogen und war durchs Fenster verschwunden.

Aber Adam hörte Chris aufschreien.

War er getroffen worden?

Möglich. Schwer zu sagen.

Der Schütze kam die Treppe herunter.

Adam saß in der Falle.

Er überlegte, ob er sich ergeben sollte. Vielleicht war der Schütze auf seiner Seite. Gut möglich, dass er selbst ein Opfer von Chris' Gruppe war. Das bedeutete allerdings nicht, dass er Zeugen am Leben lassen würde. Höchstwahrscheinlich hatte dieser Mann Ingrid und Heidi umgebracht. Jetzt hatte er Merton und den Langhaarigen erschossen. Adam nahm an, dass Gabrielle noch am Leben war. Er hörte sie stöhnen.

Inzwischen war der Mann unten angekommen.

Wieder rollte sich Adam nach rechts, sodass er direkt unter der Treppe lag, die der Mann gerade heruntergekommen war. Der Schütze war auf dem Weg zum Fenster, wahrscheinlich, um nach Chris Taylor zu sehen. Als er Gabrielles Stöhnen hörte, drehte er sich aus der Bewegung heraus zu ihr um und sah zu ihr hinunter.

Gabrielle hob eine blutige Hand und sagte: »Bitte.«

Der Mann erschoss sie.

Beinah hätte Adam laut aufgeschrien. Ohne zu zögern, ging der Schütze weiter zu dem Fenster, durch das Chris geflohen war.

Im selben Moment sah Adam Mertons Pistole.

Sie lag auf der anderen Seite des Kellers, nicht weit vom Fenster entfernt. Der Mann wandte ihm den Rücken zu.

Adam hatte jetzt zwei Möglichkeiten: Er konnte versuchen, die Treppe hinauf zu fliehen. Aber dann wäre er zu lange ohne Deckung und eine leichte Beute. Zweite Möglichkeit: Wenn er schnell genug war, könnte er die Waffe in die Finger bekommen, solange der Mann noch abgelenkt war...

Aber halt, es gab auch noch eine dritte Option: Er konnte einfach bleiben, wo er war, er konnte sich weiter unter der Treppe verstecken.

Ja. Das war die Lösung. Bleib außer Sicht. Vielleicht hatte der Mann ihn nicht gesehen. Vielleicht wusste der Mann nicht, dass er hier war.

Falsch.

Der Mann hatte zuerst Merton erschossen, und der hatte direkt neben Adam gestanden. Unmöglich, dass er Merton gesehen hatte, Adam aber nicht. Der Schütze wollte einfach nur sichergehen, dass keiner entkam. Er wollte keine Zeugen.

Adam musste an die Waffe kommen.

Diese Überlegungen hatten keine Sekunde gedauert. Nicht einmal Nanosekunden. Diese drei Möglichkeiten zu finden, darüber nachzudenken, sie wieder zu verwerfen, einen Plan zu schmieden, das alles war so schnell gegangen, als sei die Welt kurz eingefroren, nur damit er eine Entscheidung treffen konnte.

Die Waffe. Du brauchst diese Waffe.

Er wusste, dass das seine einzige Chance war. Während der Mann ihm den Rücken zudrehte, sprang Adam aus seinem Versteck. Er blieb tief unten, während er auf die Waffe zuhechtete. Seine Hand war nur noch wenige Zentimeter von ihr entfernt, als wie aus dem Nichts ein schwarzer Schuh erschien und die Waffe wegkickte.

Adam landete mit einem dumpfen Geräusch auf dem Beton. Hilflos sah er zu, wie die Waffe in der Ecke unter einer Kommode verschwand.

Der Schütze sah zu ihm herunter und zielte beiläufig, genau wie bei Gabrielle.

Es war vorbei.

Das wusste Adam inzwischen sicher. Wieder war er im Kopf die Optionen durchgegangen – zur Seite rollen, das Bein des Mannes packen, ihn angreifen –, doch er wusste, dass die Zeit nicht reichen würde. Also schloss er die Augen und spannte die Muskeln an.

Doch dann schoss ein Fuß durchs Fenster und traf den Mann am Kopf.

Chris Taylors Fuß.

Der Mann taumelte zur Seite, gewann das Gleichgewicht aber schnell wieder. Dann zielte er aufs Fenster und feuerte zweimal. Schwer zu sagen, ob er irgendetwas getroffen hatte.

Doch jetzt war Adam bereit.

Er sprang auf. Die Fahrradkette hing ihm immer noch am linken Handgelenk, und er setzte sie ein, schwang sie wie eine Peitsche. Sie traf den Mann mitten ins Gesicht. Er schrie vor Schmerz auf.

Sirenen. Polizeisirenen.

Adam ließ nicht locker. Er riss die Kette wieder zurück, und seine rechte Faust schoss nach vorn. Auch die Faust landete im Gesicht des Schützen. Blut spritzte aus seiner Nase, während der Mann versuchte, Adam wegzuschieben und sich zu befreien.

Uh-uh, keine Chance.

Adam blieb ganz dicht an ihm dran, umklammerte ihn fest und schob ihn so weiter vorwärts, bis sie stürzten, hart auf den Betonboden schlugen und Adam seine Umklammerung lockern musste. Der Schütze nutzte die Gelegenheit und schlug ihm den Ellbogen gegen den Kopf.

Da waren sie wieder, die Sterne und mit ihnen der Schmerz, der ihn beinah zu lähmen drohte.

Aber nur beinah. Der Mann versuchte wegzurollen und so viel Abstand zwischen sich und Adam zu bringen, dass er die Hand mit der Waffe freibekam...

Die Waffe, dachte Adam. Konzentrier dich auf die Waffe.

Die Sirenen kamen näher.

Wenn der Mann die Waffe nicht einsetzen konnte, hatte Adam eine Überlebenschance. Vergiss den Schmerz. Vergiss die Schläge auf den Körper, an den Kopf und so etwas. Es geht nur noch um eins: Pack dir sein Handgelenk, damit er die Waffe nicht einsetzen kann.

Der Mann versuchte, sich mit Tritten zu befreien, aber es gelang ihm nicht ganz. Wieder trat der Mann nach ihm. Adams Griff lockerte sich. Jetzt war er fast entkommen. Er lag auf dem Bauch und entglitt Adams Umklammerung.

Schnapp dir einfach sein Handgelenk.

Ohne Vorwarnung ließ Adam los, sodass der Schütze glauben musste, er wäre frei, und losrobbte. Aber Adam war bereit. Er stürzte sich auf die Pistole, packte das Handgelenk mit beiden Händen, nagelte den Arm auf dem Beton, hatte jetzt aber keine Deckung mehr.

Was der andere sofort ausnutzte.

Er schlug Adam in die Nieren, und dieser Schlag raubte ihm den Atem. Heißer Schmerz schoss in Schüben durch seine Nervenbahnen. Aber Adam ließ nicht locker. Der Mann schlug noch einmal zu, diesmal härter. Adam hielt die Hand fest, spürte aber, wie sein Körper allmählich aufgab.

Einem weiteren Schlag würde er nicht standhalten.

Er hatte keine Wahl. Er musste etwas tun.

Adam senkte seinen Mund zur Hand mit der Waffe und riss ihn weit auf. Dann biss er dem Mann wie ein tollwütiger Hund in die Hand. Der Mann heulte auf. Adam biss fester zu, drehte den Kopf und die dünne Haut zerriss.

Endlich ließ der Mann die Waffe los.

Adam griff danach wie ein Ertrinkender nach einem Rettungsring. Seine Hand schloss sich um die Waffe, als der Mann einen weiteren Schlag landete.

Doch es war zu spät. Jetzt hatte Adam die Waffe.

Als der Mann Adam auf den Rücken sprang, ließ er sich nach hinten fallen und schwang die Waffe in einem hohen Bogen. Der Griff der Sig Sauer landete auf der gebrochenen Nase des anderen.

Adam stand auf, richtete die Pistole auf den Schützen und sagte: »Was haben Sie mit meiner Frau gemacht?«

VIERUNDFÜNFZIG

Dreißig Sekunden später waren die Cops da.
Es war die örtliche Polizei. Johanna hatte sie informiert, nachdem sie von Thomas die Koordinaten erhalten hatte, sie selbst traf kurze Zeit später ein. Adam war stolz auf seinen Sohn. Er würde ihn später anrufen und alles erklären.

Aber noch nicht.

Adam erklärte der Polizei alles. Das dauerte eine ganze Weile. Aber das war in Ordnung so. Während er mit ihnen redete, konnte er sein weiteres Vorgehen planen. Er bemühte sich alle ihre Fragen in ruhigem Ton zu beantworten, in seinem besten Anwaltston. Und er befolgte seinen eigenen anwaltlichen Rat: Antworte nur auf das, wonach man dich fragt.

Nicht mehr und nicht weniger.

Johanna erzählte ihm, dass der Schütze John Kuntz hieß. Er war ein Ex-Cop, der wegen irgendwelcher Unregelmäßigkeiten ausscheiden musste. Sie hatte noch nicht alle Puzzleteile zusammengesetzt, irgendwie war er aber für die Security eines Internet-Start-ups zuständig, das demnächst an die Börse gehen wollte. Seine Motive waren anscheinend finanzieller Natur und hatten mit seinem kranken Kind zu tun.

Adam nickte, während sie berichtete. Er ließ sich von einem Notfallsanitäter behandeln, weigerte sich aber, ins Krankenhaus zu gehen, was dem Sanitäter gar nicht gefiel.

Als alles so weit erledigt war, legte Johanna ihm die Hand auf die Schulter.

»Sie müssen zum Arzt.«

»Mir fehlt nichts. Ehrlich.«

»Die Cops werden morgen früh noch mehr Fragen an Sie haben.«

»Ich weiß.«

»Und die Medien werden sich auch darauf stürzen«, sagte Johanna. »Es gab drei Tote.«

»Ja, weiß ich auch.« Adam sah auf die Uhr. »Ich muss los. Ich habe den Jungs zwar Bescheid gesagt, aber sie werden durchdrehen, wenn ich nicht bald nach Hause komme.«

»Ich kann Sie fahren. Oder möchten Sie lieber von der Polizei nach Hause gebracht werden?«

»Nein, schon gut«, sagte Adam. »Mein Auto steht ja hier.«

»Das dürfen Sie nicht mitnehmen. Es ist als Beweismittel sichergestellt.«

Daran hatte er nicht gedacht.

»Rein mit Ihnen«, sagte Johanna. »Ich fahre.«

Sie schwiegen eine Weile. Adam spielte ein wenig mit seinem Handy herum und schrieb dann eine E-Mail. Dann lehnte er sich zurück. Der Notfallsanitäter hatte ihm ein Schmerzmittel gegeben, das ihn benommen machte. Also schloss er die Augen.

»Ruhen Sie sich aus«, sagte Johanna.

Wie gern würde er das tun, aber er wusste, dass an Schlaf noch lange nicht zu denken war. »Wann fliegen Sie zurück?«

»Keine Ahnung«, sagte Johanna. »Vielleicht bleib ich noch ein paar Tage.«

»Wieso?« Mühsam öffnete er die Augen und betrachtete ihr Profil. »Sie haben doch den Typen, der Ihre Freundin umgebracht hat.«

»Stimmt.«

»Reicht das nicht?«

»Vielleicht, aber…«, Johanna legte den Kopf schief, »…wir sind noch nicht fertig, oder, Adam?«

»Ich denke schon.«

»Es gibt noch jede Menge unbeantworteter Fragen.«

»Sie haben es ja selbst gesagt, jetzt geht der Medienrummel los. Die werden den Fremden schon erwischen.«

»Von dem rede ich nicht.«

Das hatte er sich gedacht. »Sie machen sich Sorgen wegen Corinne.«

»Sie nicht?«

»Nicht mehr so sehr«, sagte er.

»Verraten Sie mir, warum?«

Adam ließ sich Zeit und wählte seine Worte vorsichtig. »Ich denke, darauf werden sich die Medien auch stürzen. Alle werden sie suchen, also kommt sie vermutlich einfach nach Hause. Aber je länger ich drüber nachdenke, desto mehr glaube ich, die Antwort lag von Anfang an auf der Hand.«

Johanna zog eine Augenbraue hoch. »Und die wäre?«

»Ich habe mir die ganze Zeit gewünscht, dass es nicht meine Schuld ist, hatte gehofft, dass es irgendeinen anderen Grund dafür gibt, dass sie verschwunden ist, eine große Verschwörung, in die Chris Taylors Leute verwickelt waren, oder so etwas.«

»Und das glauben Sie jetzt nicht mehr?«

»Nein.«

»Was glauben Sie dann?«

»Chris Taylor hat das am besten gehütete und schmerzhafteste Geheimnis meiner Frau enthüllt. Jeder weiß, was das mit einem Menschen macht.«

»Das macht ihn fertig«, sagte Johanna.

»Genau. Aber das ist noch nicht alles: Eine solch große Enthüllung stellt einen Menschen bloß. Sie zieht einen runter und verändert den Blick aufs Leben.« Adam schloss die Augen wieder. »Danach braucht man Zeit. Für den Neubeginn. Zeit, um zu überlegen, wie es weitergehen kann.«

»Sie glauben also, dass Corinne…?«

»Ockhams Rasiermesser«, sagte Adam. »Die einfachste passende Antwort ist meistens die richtige. Corinne hat mir geschrieben, dass sie Zeit braucht. Die ganze Geschichte ist erst vor ein paar Tagen passiert. Sie wird schon zurückkommen, wenn sie so weit ist.«

»Sie klingen recht überzeugt.«

Adam antwortete nicht.

Johanna setzte den Blinker und fuhr weiter. »Sollen wir irgendwo anhalten, damit Sie sich etwas waschen können, bevor Sie nach Hause kommen? Sie sind immer noch voll Blut.«

»Ist schon in Ordnung.«

»Die Jungs werden sich erschrecken.«

»Glaub ich nicht«, sagte Adam. »Die verkraften mehr, als man denkt.«

Kurz darauf setzte Johanna ihn vor seiner Haustür ab. Adam winkte und wartete, bis sie außer Sichtweite war. Er ging nicht ins Haus. Die Jungs waren sowieso nicht da. Als er am See einen Moment allein gewesen war, hatte er Kristin Hoy angerufen. Er hatte sie gefragt, ob sie die Jungs von der Schule abholen und bei sich übernachten lassen konnte.

»Klar«, hatte Kristin Hoy gesagt. »Ist bei dir alles in Ordnung, Adam?«

»Alles bestens. Danke, dass du mir den Gefallen tust.«

Corinnes Minivan, der auf dem Hotelparkplatz am Flugplatz gefunden worden war, stand wieder in der Einfahrt. Adam setzte sich hinein. Der Fahrersitz roch wunderbar nach Corinne. Die Wirkung des Medikaments ließ nach und die Schmerzen kehrten zurück. Er ignorierte sie. Mit den Schmerzen kam er klar. Aber er musste sich konzentrieren. Er hielt sein iPhone in der Hand. Er hatte es vom Tatort mitnehmen dürfen. Zuerst hatte er der Polizei erzählt, er glaube, dass Chris Taylor sein Handy unter die alte Kommode im Keller geworfen hätte. Er durfte danach suchen, aber natürlich lag es dort nicht.

Aber dort lag Mertons Waffe.

Ein anderer Polizist rief in den Keller herunter, dass er Adams Handy oben in der Mikrowelle gefunden habe.

Adam bedankte sich. Er hatte Mertons Waffe im Hosenbund versteckt, und die Polizei hatte ihn nicht noch einmal durchsucht. Warum auch?

Die Pistole hatte während der Autofahrt in seine Seite gedrückt, er hatte aber nicht gewagt, sie an eine andere Stelle zu schieben. Er brauchte diese Waffe.

Er schickte die Mail, die er unterwegs verfasst hatte, an Andy Gribbel. Im Betreff stand:

NICHT VOR MORGEN FRÜH LESEN!

Wenn etwas schiefging – und das war anzunehmen –, würde Gribbel die Mail am Morgen lesen und an Johanna Griffin und den alten Rinsky weiterleiten. Er hatte mit dem Gedanken gespielt, es ihnen sofort zu sagen, bevor er dies tat, aber dann hätten sie ihn davon abgehalten. Die Strafverfolgungsbehörden wären eingeschaltet worden, sodass die Verdächtigen sich einigeln und schweigen würden. Sie würden Anwälte wie ihn einschalten, und die Wahrheit käme nie ans Licht.

Er musste anders vorgehen.

Er fuhr hinüber zur *Beth Lutheran Church*, parkte am Ausgang der Sporthalle und wartete. Er glaubte jetzt zu wissen, was passiert war, aber irgendetwas nagte immer noch in seinem Hinterkopf. Irgendetwas passte noch nicht richtig – und das war von Anfang an so gewesen.

Er nahm sein Handy, öffnete Corinnes SMS und las sie noch einmal:

VIELLEICHT BRAUCHEN WIR BEIDE ETWAS ABSTAND. KÜMMER DU DICH UM DIE KINDER. VERSUCH NICHT, MICH ZU ERREICHEN. ALLES WIRD GUT.

Er wollte sie gerade zum zweiten Mal lesen, als Bob »Gaston« Baime ins Freie schlenderte. Mit High fives und Faust an Faust verabschiedete er sich von den anderen. Er trug eine zu kurze Shorts und hatte ein Handtuch um den Hals gelegt. Adam wartete geduldig, bis Bob bei seinem Auto war und die Tür öffnete. Dann stieg er aus und sagte: »Hey, Bob.«

Bob drehte sich zu ihm um. »Hey, Adam. Mann, du hast mich vielleicht erschreckt. Was ist ...?«

Adam schlug ihn hart aufs Kinn, sodass der große Mann auf den Fahrersitz sackte. Bobs Augen weiteten sich vor Angst. Adam stellte sich in die Tür und hielt ihm die Waffe ins Gesicht.

»Bleib, wo du bist.«

Bob hielt sich die Hand an den Mund, um die Blutung zu stoppen. Adam öffnete die hintere Tür und setzte sich auf den Rücksitz. Er drückte Bob die Waffe in den Nacken.

»Scheiße, was soll das, Adam?«

»Sag mir, wo meine Frau ist.«

»Was?«

Adam drückte ihm die Waffe ein wenig fester in den Nacken. »Gib mir lieber keinen Grund, sie zu gebrauchen.«

»Ich weiß nicht, wo deine Frau ist.«

»CBW Inc., Bob.«

Schweigen.

»Du hast sie beauftragt, stimmt's?«

»Ich weiß nicht, was...«

Adam schlug ihm den Pistolengriff auf den knochigen Teil der Schulter.

»Ahh!«

»Erklär mir das mit CBW.«

»Scheiße, das tut weh. Mann, tut das weh.«

»CBW ist die Wirtschaftsdetektei von deinem Cousin Daz. Du hast ihm den Auftrag gegeben, etwas Kompromittierendes über Corinne herauszufinden.«

Bob schloss die Augen und stöhnte.

»So ist es doch, oder?«

Adam schlug noch einmal mit der Waffe zu.

»Sag die Wahrheit, sonst bring ich dich um, das schwör ich dir.«

Bob ließ den Kopf sinken. »Es tut mir leid, Adam.«

»Erzähl mir, was passiert ist.«

»Das war nicht so gemeint. Es war bloß ... ich hab was gebraucht, weißt du?«

Wieder drückte er ihm den Pistolenlauf in den Nacken. »Was hast du gebraucht?«

»Ich wollte was gegen Corinne in der Hand haben.«

»Wieso?«

Der große Mann verstummte.

»Wieso wolltest du etwas gegen meine Frau in der Hand haben?«

»Tu's, Adam.«

»Was?«

Bob drehte sich um und sah ihm ins Gesicht. »Drück ab. Ist mir lieber. Ich hab nichts mehr. Ich finde keine Arbeit. Unser Haus wird zwangsvollstreckt. Melanie verlässt mich. Los. Bitte. Cal hat mir eine gute Versicherung verkauft. Ist besser für die Jungs.«

Und dann nagte es wieder in Adams Hinterkopf.

Die Jungs...

Adam hielt inne und dachte über Corinnes SMS nach.

Die Jungs...

»Los, Adam. Drück ab.«

Adam schüttelte den Kopf. »Warum hast du meine Frau fertiggemacht?«

»Weil sie mich fertigmachen wollte.«

»Wie meinst du das?«

»Das unterschlagene Geld, Adam.«

»Was war damit?«

»Corinne. Sie wollte mir das anhängen. Und welche Chance hätte ich denn gegen sie gehabt? Ich meine, stell dir das mal vor. Corinne ist die nette Lehrerin. Jeder mag sie. Und ich bin der Arbeitslose mit dem Haus in der Zwangsvollstreckung. Wer hätte mir schon geglaubt?«

»Und dann hast du dir gedacht, du kriegst sie dran, bevor sie dich drankriegt?«

»Ich musste mich wehren. Also hab ich es Daz gesagt. Ich hab ihm gesagt, er soll mal gucken, ob er was über sie findet, weiter nichts. Er hat nichts gefunden. War ja klar. Corinne ist die kleine Miss Perfect. Also sagt Daz, er gibt ihren Namen weiter an seine...«, er malte Anführungszeichen in die Luft, »...unorthodoxen Informanten. Letztendlich hat er über irgendeine komische Gruppe doch noch etwas gefunden. Die hatten aber ihre eigenen Regeln. Sie wollen es den Leuten persönlich sagen.«

»Hast du das Geld unterschlagen, Bob?«

»Nein. Aber wer hätte mir das schon geglaubt? Und dann hat Tripp mir gesteckt, was Corinne vorhatte – dass sie mir die ganze Sache anhängen wollte.«

Und plötzlich hörte das Nagen in Adams Hinterkopf auf.

Die Jungs...

Adams Kehle wurde trocken. »Tripp?«

»Ja.«

»Tripp hat gesagt, dass Corinne dir das anhängen will?«

»Genau. Er hat gesagt, wir bräuchten irgendwas, das würde reichen.«

Tripp Evans. Der fünf Kinder hatte. Drei Jungen. Zwei Mädchen.

Die Kinder...

Die Jungs...

Er dachte noch mal über diese SMS nach:

VIELLEICHT BRAUCHEN WIR BEIDE ETWAS ABSTAND. KÜMMER DU DICH UM DIE KINDER.

Corinne sagte nie »die Kinder«, wenn sie Thomas und Ryan meinte.

Sie sagte immer »die Jungs«.

FÜNFUNDFÜNFZIG

Die Schmerzen in Adams Kopf hatten monströse Ausmaße angenommen.

Bei jedem Schritt zuckte ein Blitz durch seinen Kopf. Der Notfallsanitäter hatte ihm ein paar Tabletten zur Überbrückung gegeben. Er war versucht, sie einzunehmen, Benommenheit hin oder her.

Aber er musste durchhalten.

Genau wie vor zwei Tagen fuhr er am MetLife-Stadion vorbei und parkte vor dem Bürogebäude. Wieder schlug ihm der scheußliche New-Jersey-Sumpf-Gestank entgegen. Der PVC-Belag quietschte unter seinen Füßen. Er klopfte an die bekannte Bürotür im Erdgeschoss.

Und wieder sagte Tripp: »Adam?«, als er die Tür öffnete.

Und wieder fragte Adam: »Warum hat meine Frau dich angerufen?«

»Was? Herrgott, du siehst ja furchtbar aus. Was ist passiert?«

»Warum hat Corinne dich an jenem Morgen angerufen?«

»Hab ich dir doch schon gesagt.« Tripp trat zurück. »Komm rein und setz dich. Ist das Blut auf deinem Hemd?«

Adam trat ins Büro. Er war noch nie drinnen gewesen. Tripp hatte nach Kräften versucht, ihn draußen zu halten. Kein Wunder. Das Büro war eine Bruchbude. Ein einziges Zimmer. Abgewetzter Teppichboden. Die Tapete löste sich. Der Computer war veraltet.

Das Leben in einer Stadt wie Cedarfield kostete eine Menge Geld. Wieso hatte Adam die Wahrheit nicht früher erkannt?

»Ich weiß Bescheid, Tripp.«

»Worüber?« Er betrachtete Adams Gesicht. »Du musst zum Arzt.«

»Du hast das Lacrosse-Geld unterschlagen, nicht Corinne.«

»Herrje, du bist voller Blut.«

»Alles war genau umgekehrt. Du hast Corinne um mehr Zeit gebeten, nicht andersrum. Und du hast diese Zeit genutzt, um ihr eine Falle zu stellen. Ich weiß nicht, wie du es gemacht hast. Ich nehme an, du hast die Buchhaltung manipuliert. Das unterschlagene Geld versteckt oder so. Dann hast du die anderen im Vorstand gegen sie aufgebracht. Bob hast du sogar erzählt, dass sie ihm die Sache anhängen will.«

»Hör mir zu, Adam. Setz dich, ja? Lass uns darüber reden.«

»Ich muss immer an Corinnes Reaktion denken, als ich sie wegen der vorgetäuschten Schwangerschaft zur Rede gestellt habe. Sie hat es gar nicht abgestritten. Eigentlich wollte sie nur wissen, wie ich das erfahren habe. Sie dachte sich schon, dass du irgendwie dahintersteckst. Dass das eine Warnung von dir war. Darum hat sie dich angerufen. Um dir zu sagen, dass es ihr jetzt reicht. Was hast du ihr gesagt, Tripp?«

Er antwortete nicht.

»Hast du um eine letzte Chance gefleht? Hast du ihr gesagt, dass ihr euch treffen solltet, damit du ihr alles erklären kannst?«

»Du hast wirklich eine blühende Fantasie, Adam.«

Adam schüttelte den Kopf und versuchte, ruhig zu bleiben. »Das ganze philosophische Gefasel, wie die nette alte

Dame oder sonst jemand aus dem Organisationskomitee sich das Unterschlagen von Mannschaftsgeldern schönredet. Wie es klein anfängt. Benzingeld, hast du gesagt. Einen Kaffee im Diner.« Adam kam einen Schritt näher. »Ist das bei dir so gelaufen?«

»Ich habe wirklich keine Ahnung, wovon du sprichst.«

Adam schluckte und merkte, wie ihm die Tränen kamen. »Sie ist tot, oder?«

Stille.

»Du hast meine Frau umgebracht.«

»Das ist doch nicht dein Ernst.«

Aber im Angesicht der Wahrheit fing Adam am ganzen Körper an zu zittern. »Der reinste Traum, stimmt's? Das sagst du doch immer, Tripp? Was für ein Glück wir haben, wie dankbar wir sein sollten. Du hast Becky geheiratet, deine Highschool-Liebe. Ihr habt fünf wunderbare Kinder. Du würdest alles tun, um die zu beschützen, stimmt's? Was würde aus deinem kostbaren Traum werden, wenn herauskäme, dass du nur ein Dieb bist?«

Tripp Evans richtete sich auf und deutete zur Tür. »Raus aus meinem Büro.«

»Am Ende hieß es Corinne oder du. So hast du das gesehen. Entweder wird deine Familie zerstört oder meine. Für einen Menschen wie dich war das eine einfache Entscheidung.«

Tripps Ton wurde jetzt kälter. »Raus.«

»Die SMS, die du mir geschickt hast, und die angeblich von ihr war. Das hätte ich gleich merken müssen.«

»Was redest du?«

»Du hast sie umgebracht. Dann hast du die SMS geschickt, um dir mehr Zeit zu verschaffen. Ich sollte glauben, dass sie bloß ein bisschen Dampf ablassen musste. Und die

Polizei hätte mich nicht ernst genommen, wenn ich daran gezweifelt und angenommen hätte, dass ihr was zugestoßen wäre. Sie hätten die SMS gelesen und sich gedacht, dass wir einen Riesenkrach hatten. Wahrscheinlich hätten sie nicht einmal eine Vermisstenanzeige aufgenommen. Das hattest du alles so geplant.«

Tripp schüttelte den Kopf. »Da täuschst du dich.«

»Ich wünschte, es wäre so.«

»Das kannst du nicht beweisen. Du kannst gar nichts beweisen.«

»Beweisen? Kann sein. Aber ich weiß es.« Adam hielt sein Handy hoch. »›Kümmer du dich um die Kinder.‹«

»Was?«

»Das steht in der SMS. ›Kümmer du dich um die Kinder.‹«

»Und?«

»Und Corinne hat Thomas und Ryan noch nie *die Kinder* genannt.« Er lächelte, obwohl ihm das Herz immer schwerer wurde. »Immer nur *die Jungs*. Das waren sie. Nicht ihre *Kinder*. Ihre *Jungs*. Corinne hat diese SMS nicht geschrieben. Du warst das. Du hast sie umgebracht, und dann hast du die SMS geschickt, damit nicht sofort nach ihr gesucht wird.«

»Das ist dein Beweis?« Tripp lachte. »Glaubst du wirklich, diese irre Geschichte nimmt dir jemand ab?«

»Eher nicht.«

Adam zog die Waffe aus der Tasche und richtete sie auf Tripp.

Tripps Augen weiteten sich. »Halt, jetzt bleib mal ruhig und hör mir kurz zu.«

»Ich muss mir wirklich nicht noch mehr von deinen Lügen anhören, Tripp.«

»Aber... Becky kommt mich in ein paar Minuten abholen.«

»Ah, gut.« Adam hielt ihm die Waffe näher ans Gesicht. »Wie würde das in deine nette kleine Privatphilosophie passen? Auge um Auge vielleicht?«

Zum ersten Mal fiel Tripp Evans Maske, und Adam konnte einen Blick in die dahinterliegende Finsternis werfen. »Du würdest ihr doch nichts tun.«

Adam starrte ihn nur an. Tripp starrte zurück. Einen Augenblick bewegte sich keiner von ihnen. Dann ging irgendetwas in Tripp vor. Adam sah es. Tripp nickte gedankenverloren. Er lehnte sich zurück und nahm seine Autoschlüssel.

»Lass uns fahren«, sagte Tripp.

»Was?«

»Ich will nicht, dass du hier bist, wenn Becky kommt. Lass uns fahren.«

»Wohin?«

»Du wolltest doch die Wahrheit wissen, oder?«

»Wenn das irgendein Trick ist...«

»Nein. Du wirst die Wahrheit mit eigenen Augen sehen, Adam. Dann kannst du machen, was du willst. Das ist der Deal. Aber wir fahren sofort. Ich will nicht, dass Becky was passiert, klar?«

Sie verließen das Gebäude. Adam blieb einen Schritt hinter Tripp. Ein paar Sekunden lang richtete er noch die Waffe auf ihn, dann wurde ihm klar, wie das aussah, falls jemand vorbeikam, also steckte er die Pistole in die Jackentasche, wo er sie weiter auf Tripp gerichtet hielt wie jemand in einem schlechten Film, der mit seinem Finger eine Waffe vortäuschte.

Als sie auf den Parkplatz kamen, bog gerade ein ihnen wohlbekannter Dodge Durango auf den Parkplatz. Die

Männer erstarrten, als Becky vorfuhr. Tripp flüsterte: »Wenn du ihr auch nur ein Haar krümmst...«

»Sorg dafür, dass sie abhaut«, sagte Adam.

Becky Evans hatte ihr fröhliches Lächeln im Gesicht. Sie winkte zu enthusiastisch und hielt neben ihnen.

»Hey, Adam«, rief Becky.

Sie war immer noch so verdammt fröhlich.

»Hey, Becky.«

»Was machst du denn hier?«

Adam sah Tripp an. Tripp sagte: »Beim Spiel von der Sechsten gibt's Probleme.«

»Ich dachte, das ist erst morgen.«

»Das ist es ja. Womöglich schmeißen sie uns aus dem Wettbewerb wegen eines Problems bei der Registrierung. Adam und ich wollen gerade rüberfahren und versuchen, die Sache zu klären.«

»Oh, das ist schade. Wir wollten doch essen gehen.«

»Machen wir auch, Schatz. In ein, zwei Stunden müsste das erledigt sein. Wenn ich zurück bin, gehen wir zu Baumgart's, okay? Nur wir beide.«

Becky nickte, aber zum ersten Mal flackerte ihr Lächeln. »Klar.« Sie wandte sich an Adam. »Pass auf dich auf, Adam.«

»Du auch.«

»Grüß Corinne von mir. Wir müssen wirklich mal zu viert weggehen.«

»Ja, das wäre schön«, murmelte Adam.

Becky winkte noch einmal fröhlich und fuhr davon. Tripp sah ihr nach. Er hatte feuchte Augen. Als sie außer Sicht war, setzte er sich wieder in Bewegung. Adam folgte ihm. Tripp nahm seinen Schlüssel und öffnete das Auto. Er stieg auf der Fahrerseite ein, und Adam setzte sich neben ihn. Dann nahm er die Waffe aus der Tasche und richtete sie wieder auf

Tripp, der jetzt ruhiger wirkte. Er gab Gas und fuhr auf die Route 3.

»Wo fahren wir hin?«, fragte Adam.

»Mahlon Dickerson Reservation.«

»Am Lake Hopatcong?«

»Ja.«

»Corinnes Familie hatte da früher ein Haus«, sagte Adam. »Als sie klein war.«

»Ich weiß. Als sie in der dritten Klasse waren, ist Becks mal mit ihr dort gewesen. Deshalb hab ich mich dafür entschieden.«

Adams Adrenalinspiegel sank. Der dumpfe, pochende Kopfschmerz kehrte mit frischer Kraft zurück. Benommenheit und Erschöpfung laugten ihn aus. Tripp bog auf die Interstate 80. Adam blinzelte und umklammerte die Pistole fester. Er kannte die Strecke und schätzte, dass sie zum Reservat etwa eine halbe Stunde brauchen würden. Die Sonne ging langsam unter, wahrscheinlich hatten sie aber noch mindestens eine Stunde Tageslicht.

Sein Handy klingelte. Es war Johanna Griffin, aber er ging nicht ran. Sie fuhren schweigend weiter. An der Ausfahrt zur Route 15 sagte Tripp: »Adam?«

»Ja.«

»Mach das nicht noch mal.«

»Was soll ich nicht noch mal machen?«

»Meine Familie bedrohen.«

»Schon komisch«, sagte Adam, »dass ausgerechnet du das sagst.«

Tripp wandte sich ihm zu, sah ihm in die Augen und wiederholte: »Bedroh nie wieder meine Familie.«

Er sagte es in einem Tonfall, bei dem es Adam kalt den Rücken herunterlief.

Tripp Evans sah wieder auf die Straße und umklammerte mit beiden Händen das Steuer. Er nahm die Weldon Road und bog dann in einen unbefestigten Waldweg ein, wo er zwischen den Bäumen parkte und den Motor abstellte. Adam hielt die Waffe bereit.

»Komm«, sagte Tripp und öffnete die Autotür. »Bringen wir's hinter uns.«

Er stieg aus. Adam folgte ihm, wobei er die Waffe weiter auf Tripp richtete. Sollte Tripp etwas vorhaben, standen seine Chancen hier draußen, wo sie ganz allein waren, wahrscheinlich am besten. Aber Tripp zögerte nicht. Er ging direkt in den Wald. Dort war kein Weg, aber sie kamen gut voran. Tripp ging entschlossen voraus. Adam versuchte, mit ihm Schritt zu halten, was ihm in seinem Zustand schwerfiel. Er überlegte, ob das Tripps Absicht war. Vielleicht wollte er immer mehr Abstand gewinnen, davonlaufen, um Adam dann in der zunehmenden Dunkelheit aufzulauern.

»Nicht so schnell«, sagte Adam.

»Du wolltest doch die Wahrheit erfahren, oder?« Tripps Stimme glich einem Singsang. »Dann komm.«

»Dein Büro«, sagte Adam.

»Was ist damit? Ach, es ist ein Drecksloch, meinst du das?«

»Ich dachte, du hättest erfolgreich in einer großen Firma an der Madison Avenue gearbeitet«, sagte Adam.

»Das hat ungefähr fünf Minuten gedauert, dann haben sie mich rausgeworfen. Ich hab ja immer gedacht, mit dem Sportladen meines Dads hätte ich einen Job fürs Leben. Hab alles auf dieses Pferd gesetzt. Aber als es damit vorbei war, war alles verloren. Ja, ich hab versucht, mich selbstständig zu machen. Das Ergebnis hast du ja gesehen.«

»Du warst pleite.«

»Genau.«

»Und in der Lacrosse-Kasse war genug Geld.«

»Mehr als genug. Kennst du Sydney Gallonde? So ein reicher Schnösel, mit dem ich auf der Cedarfield High war? Eine totale Pfeife beim Lacrosse. Hat nur auf der Bank gesessen. Der hat uns hunderttausend gegeben, weil ich ihn bearbeitet habe. Ich. Es gab auch noch andere Spender. Als ich angefangen habe, konnte der Verein sich kaum einen Torpfosten leisten. Jetzt haben wir Kunstrasenplätze und Trikots und…« Tripp verstummte. »Du denkst wahrscheinlich, ich will mich nur wieder rechtfertigen.«

»Tust du ja auch.«

»Schon möglich, Adam. Aber du bist nicht so naiv, du weißt, dass die Welt nicht nur schwarz und weiß ist.«

»Kaum.«

»Wir gegen die, darum dreht sich alles. Das ganze Leben. Deshalb führen wir Kriege. Wir treffen jeden Tag Entscheidungen, weil wir die beschützen wollen, die wir lieben, auch wenn das bedeutet, dass es anderen schlechter geht. Du kaufst deinem Jungen ein neues Paar Stollenschuhe fürs Lacrosse. Mit dem Geld hättest du auch ein hungerndes Kind in Afrika retten können. Aber nein, du lässt das Kind verhungern. Wir gegen die. Das machen wir alle so.«

»Tripp?«

»Ja?«

»Das ist jetzt wirklich kein guter Moment für deinen Bullshit.«

»Richtig.« Tripp blieb mitten im Wald stehen, kniete sich hin und tastete auf dem Boden herum. Mit der Hand fegte er Zweige und Laub zur Seite. Adam hielt die Waffe bereit und wich zwei Schritte zurück.

»Ich tu dir nichts, Adam. Ist nicht nötig.«

»Was machst du da?«

»Ich suche etwas... Ah, da ist sie.«

Er stand auf.

Mit einer Schaufel in der Hand.

Adam bekam weiche Knie. »O nein.«

Tripp stand einfach da. »Du hattest recht. Am Ende hieß es: meine Familie oder deine. Nur eine konnte überleben. Und da frage ich dich, Adam: Wie hättest du entschieden?«

Adam schüttelte nur den Kopf. »Nein...«

»Das meiste hast du ganz richtig gesehen. Ich hab das Geld genommen, ich hatte aber fest vor, alles zurückzuzahlen. Die Gründe hab ich dir schon erklärt. Corinne hatte es gemerkt. Ich hab sie angefleht, nichts zu sagen, weil sie mein Leben ruinieren würde. Ich wollte Zeit gewinnen. Aber eigentlich konnte ich das Geld überhaupt nicht zurückzahlen. Noch nicht. Ja, ich kenne mich aus mit Buchhaltung. Das habe ich bei meinem Dad im Laden jahrelang gemacht. Ich habe die Buchhaltung so hingebogen, dass die Indizien in ihre Richtung deuteten. Corinne wusste natürlich nichts davon. Sie hat tatsächlich auf mich gehört und geschwiegen. Nicht mal dir hat sie es gesagt, stimmt's?«

»Nein«, sagte Adam. »Hat sie nicht.«

»Also bin ich zu Bob und Cal gegangen und dann zu Len, habe ihm vorgespielt, wie schwer mir das fiel. Ich hab allen erzählt, dass Corinne das Lacrosse-Geld unterschlagen hat. Komischerweise war Bob der Einzige, der mir das nicht so richtig abgekauft hat. Also hab ich ihm erzählt, ich hätte Corinne zur Rede gestellt, worauf sie es auf ihn geschoben hätte.«

»Und dann hat sich Bob an seinen Cousin gewandt.«

»Damit hatte ich nicht gerechnet.«

»Wo ist Corinne jetzt?«

»Du stehst genau an der Stelle, an der ich sie begraben habe.«

Einfach so.

Adam zwang sich, zu Boden zu sehen. Ihm wurde schwindelig, und er versuchte nicht mehr, das Gleichgewicht zu halten. Es war gut zu erkennen, dass die Erde unter seinen Füßen kürzlich umgegraben worden war. Er taumelte zur Seite, stützte sich gegen einen Baum, sein Atem ging schwer.

»Alles okay, Adam?«

Er schluckte und hob die Waffe. *Nimm dich zusammen, nimm dich zusammen, nimm dich zusammen…*

»Fang an zu graben«, sagte Adam.

»Was soll das bringen? Ich hab dir schon gesagt, dass sie da liegt.«

Adam war immer noch schwindelig. Er stolperte zu ihm hinüber und hielt ihm die Waffe direkt vors Gesicht. »Fang an zu graben, sofort.«

Tripp zuckte die Achseln und ging an ihm vorbei. Adam richtete die Pistole weiter auf ihn und versuchte, nicht zu blinzeln. Tripp stach die Schaufel in den Boden, nahm Erde auf die Schaufel, warf sie zur Seite.

»Erzähl mir den Rest«, sagte Adam.

»Den Rest kennst du doch schon. Nachdem du sie wegen der vorgetäuschten Schwangerschaft zur Rede gestellt hattest, war Corinne fuchsteufelswild. Sie hatte genug. Sie wollte allen erzählen, was ich getan hatte. Also hab ich ihr gesagt, okay, das kann ich verstehen, ich stelle mich. Ich habe vorgeschlagen, dass wir uns zum Mittagessen treffen und alles durchgehen, damit da nicht irgendwelche Widersprüche entstehen. Sie wollte nicht so richtig, aber hey, ich kann ganz schön überzeugend sein.«

Die Schaufel grub sich wieder in die Erde. Und wieder.

»Wo habt ihr euch getroffen?«, fragte Adam.

Tripp warf die Erde zur Seite. »Bei euch. In der Garage. Sie wollte mich nicht im Haus haben, verstehst du? Meinte wohl, das Haus ist nur für die Familie da.«

»Und dann?«

»Was werde ich dann wohl getan haben?«

Tripp sah nach unten und lächelte. Dann trat er zurück, damit Adam besser sehen konnte.

»Ich habe sie erschossen.«

Adam sah an ihm vorbei und blickte hinunter. Sein Herz zerfiel zu Staub. Dort unten, im Dreck, lag Corinne.

»O nein…«

Seine Knie gaben nach. Er sank neben Corinne zu Boden und wischte ihr die Erde vom Gesicht. »O nein…« Ihre Augen waren geschlossen, und sie war immer noch so verdammt schön. »Nein… Corinne… O Gott, bitte…«

Dann verlor er die Nerven. Er legte die Wange an ihr kaltes, lebloses Gesicht und schluchzte.

Irgendwo im Hinterkopf dachte er an Tripp, daran, dass er immer noch die Schaufel in der Hand hielt und auf ihn losgehen könnte. Adam hob den Blick und hielt die Waffe bereit.

Aber Tripp hatte sich nicht von der Stelle gerührt.

Er stand nur da und lächelte schwach.

»Können wir jetzt gehen, Adam?«

»Was?«

»Können wir jetzt zurück nach Hause?«

»Was zum Teufel redest du denn da?«

»Ich hab's dir versprochen. Jetzt kennst du die Wahrheit. Das war's. Wir müssen sie wieder vergraben.«

In Adams Kopf drehte sich wieder alles. »Bist du verrückt?«

»Nein, mein Freund, aber du vielleicht.«

»Was zum Teufel redest du da?«

»Tut mir leid, dass ich sie umgebracht habe. Ehrlich. Aber ich hab keinen anderen Ausweg gesehen. Im Ernst. Wie gesagt, wir töten, um die zu schützen, die wir lieben. Deine Frau hat meine Familie bedroht. Was hättest du gemacht?«

»Ich hätte das Geld nicht gestohlen.«

»Es ist nun einmal geschehen, Adam.« Seine Stimme war wie ein Stahltor, das ins Schloss fällt. »Wir müssen jetzt beide damit klarkommen.«

»Du bist wahnsinnig.«

»Und du hast das Ganze nicht zu Ende gedacht.« Das Lächeln kehrte zurück. »Die Lacrosse-Buchhaltung ist das reinste Chaos. Da blickt keiner mehr durch. Was wird die Polizei also denken? Dass du erfahren hast, dass Corinne dich reingelegt hat, indem sie die Schwangerschaft vortäuschte. Deshalb hattet ihr beide einen Riesenkrach. Am nächsten Tag wurde sie in deiner Garage erschossen. Ich habe das meiste Blut aufgewischt, aber die Polizei wird Reste finden. Ich hab die Putzmittel genommen, die bei euch unter der Spüle standen. Die blutigen Lappen habe ich in euren Mülleimer geworfen. Verstehst du jetzt, Adam?«

Wieder sah er Corinnes schönes Gesicht an.

»Ich hab die Leiche in den Kofferraum ihres eigenen Wagens gelegt. Die Schaufel, die ich in der Hand habe – kommt dir die nicht bekannt vor? Sollte sie eigentlich. Ich hab sie aus deiner Garage.«

Adam starrte nur seine schöne Frau an.

»Und falls das noch nicht reicht, sieht man auf den Überwachungsvideos von meinem Büroflur, dass du mich mit einer Waffe gezwungen hast, ins Auto zu steigen. Wenn Fasern oder DNA von mir an der Leiche gefunden werden, liegt das daran, dass du mich gezwungen hast, sie auszugraben. Du hast sie umgebracht, du hast sie hier begraben, du hast ihr Auto in der Nähe des Flughafens geparkt, du hast dich aber vom eigentlichen Flughafenparkplatz ferngehalten, weil jeder weiß, dass da alles voller Überwachungskameras ist. Dann hast du dir Zeit verschafft, indem du dir selbst eine SMS geschickt hast. Und damit alles noch schwerer nachzuvollziehen ist, hast du wahrscheinlich, ach, was weiß ich, ihr Handy auf die Ladefläche eines Lieferwagens geworfen, sagen wir, an einem *Best Buy*-Laden. Falls jemand danach suchen würde, hätte es so ausgesehen, als wäre sie im Auto unterwegs, jedenfalls so lange, bis der Akku leer war.«

Adam schüttelte nur den Kopf. »Das kauft dir doch keiner ab.«

»Klar kauft man mir das ab. Und wenn nicht... mal ehrlich, du bist ihr Ehemann. Es ist doch viel logischer, dass du das warst, als dass ich sie umgebracht haben soll, findest du nicht?«

Adam drehte sich wieder zu seiner Frau um. Ihre Lippen waren violett. Corinne sah im Tod nicht friedvoll aus. Sie sah verloren, verängstigt und verlassen aus. Er streichelte ihr Gesicht. Irgendwo hatte Tripp Evans recht. Es war vorbei, egal, was jetzt geschah. Corinne war tot. Seine Lebenspartnerin war ihm für immer genommen worden. Seine Söhne Ryan und Thomas würden nie wieder dieselben sein. Seine Jungs – nein, *ihre* Jungs – würden nie wieder den Trost und die Liebe ihrer Mutter spüren.

»Was geschehen ist, ist geschehen, Adam. Es ist Zeit für einen Waffenstillstand. Das Ganze ist schon schlimm genug, mach es nicht noch schlimmer.«

Und dann sah Adam etwas, das ihm das Herz zum zweiten Mal brach.

Ihre Ohrläppchen.

An ihren Ohrläppchen war... nichts. Er sah wieder den Juwelier auf der *47th Street* vor sich, das chinesische Restaurant, den Kellner, der sie auf dem Teller servierte, ihr Lächeln und wie Corinne sie abends vor dem Schlafengehen vorsichtig abnahm und auf den Nachttisch legte.

Tripp hatte sie nicht nur umgebracht. Er hatte der Leiche auch noch die Diamantohrstecker gestohlen.

»Und noch was«, sagte Tripp.

Adam sah zu ihm hoch.

»Wenn du jemals meiner Familie zu nahe kommst oder sie bedrohst«, sagte er, »na ja, du hast ja gesehen, wozu ich in der Lage bin.«

»Ja, habe ich.«

Und dann hob Adam die Waffe, zielte auf Tripps Brust und drückte drei Mal ab.

SECHSUNDFÜNFZIG

Sechs Monate später

Das Lacrosse-Spiel fand in der etwas überschwänglich *SuperDome* getauften aufblasbaren Sporthalle aus irgendeinem elastischen Material statt. Thomas spielte in der Wintersaison in einer Hallenliga. Ryan war auch mitgekommen. Ab und zu schaute er seinem Bruder zu, wenn er nicht gerade damit beschäftigt war, in der Ecke mit ein paar anderen Kindern Fangen zu spielen. Außerdem sah Ryan immer wieder zu seinem Vater herüber. Er hielt jetzt oft nach seinem Vater Ausschau, als könne Adam sich plötzlich in Luft auflösen. Adam verstand das. Er versuchte ihn zu beruhigen, aber was konnte er schon sagen?

Er wollte die Jungs nicht belügen. Aber er wollte, dass sie glücklich waren und sich behütet fühlten.

Alle Eltern müssen sich auf diese Gratwanderung einlassen. Daran hatte sich durch Corinnes Tod nichts geändert. Aber vielleicht konnte man daraus lernen, dass Glück, das auf Unwahrheiten beruht, bestenfalls flüchtig ist.

Adam sah, wie Johanna Griffin die Glastür aufdrückte. Sie ging hinter dem Tor entlang, stellte sich neben ihn und blickte aufs Spielfeld.

»Thomas ist die Elf, richtig?«

»Genau«, sagte Adam.

»Wie spielt er?«

»Toll. Der Trainer von Bowdoin will, dass er dort anfängt.«
»Wow. Gute Uni. Macht er das?«
Adam zuckte die Schultern. »Das sind sechs Stunden Fahrt. Vor der ganzen Sache wäre das kein Problem gewesen. Aber jetzt…«
»Er will nicht so weit weg von zu Hause sein.«
»Genau. Wir könnten natürlich auch wegziehen. Hier hält uns nichts mehr.«
»Warum bleibt ihr dann?«
»Ich weiß auch nicht. Die Jungs haben schon genug verloren. Sie sind hier aufgewachsen. Hier haben sie ihre Schule, ihre Freunde. Sie kümmern sich jetzt auch mehr um Jersey, füttern sie und spielen mit ihr.« Auf dem Spielfeld nahm Thomas mit seinem Schläger einen freien Ball auf und sprintete das Feld hinunter. »Und ihre Mom ist auch hier. In dieser Stadt. In unserem Haus.« Johanna nickte.
Adam blickte sie an. »Ich freue mich so, dich zu sehen.«
»Geht mir genauso.«
»Seit wann bist du da?«
»Seit ein paar Stunden«, sagte Johanna. »Morgen wird Kuntz' Urteil verkündet.«
»Ist doch klar, dass er lebenslänglich kriegt.«
»Ja«, sagte sie. »Aber ich will bei der Urteilsverkündung dabei sein. Und ich wollte auch sichergehen, dass du offiziell entlastet wirst.«
»Wurde ich. Vorgestern kam die offizielle Mitteilung.«
»Ich weiß. Aber ich wollte es mit eigenen Augen sehen.«
Adam nickte. Johanna blickte zu Bob Baime und den anderen Eltern hinüber.
»Stehst du immer allein am Spielfeldrand?«
»Inzwischen schon«, sagte Adam. »Aber ich nehme das

nicht persönlich. Erinnerst du dich daran, dass ich meinte, dies sei der reinste Traum?«

»Ja.«

»Ich bin der lebende Beweis dafür, wie zerbrechlich dieser Traum ist. Sie wissen das natürlich auch, wollen aber niemanden um sich haben, der sie ständig daran erinnert.«

Sie sahen eine Weile dem Spiel zu.

»Über Chris Taylor gibt's nichts Neues«, sagte sie. »Er ist immer noch auf der Flucht. Aber letztlich ist er nicht unbedingt der Staatsfeind Nummer eins. Er hat nur ein paar Leute erpresst, die keine Anzeige erstatten wollen, weil ihre Geheimnisse dann ans Licht kämen. Ich glaube nicht, dass er mehr als eine Bewährungsstrafe kriegen würde, selbst wenn sie ihn erwischen. Kannst du damit leben?«

Adam zuckte die Achseln. »Die Frage geht mir auch ständig im Kopf herum.«

»Wieso?«

»Wenn er Corinnes Geheimnis nicht aufgedeckt hätte, wäre das vielleicht nie passiert. Also frage ich mich: Hat der Fremde meine Frau auf dem Gewissen? Oder ist ihre eigene Entscheidung, die Schwangerschaft vorzutäuschen, dafür verantwortlich? Oder bin ich schuld, weil ich nicht gemerkt habe, dass ich sie so verunsichert habe? Man kann über solchen Gedanken verrückt werden, kann ständig auf die Wellen starren, die die Sache geschlagen hat. Aber letzten Endes ist nur einer daran schuld. Und der ist tot. Ich habe ihn umgebracht.«

Thomas passte den Ball und rannte in den Bereich hinter dem Tor, den man beim Lacrosse das X nennt. Dem Gerichtsmediziner zufolge war die erste Kugel tödlich gewesen. Sie hatte Tripp Evans ins Herz getroffen. Adam spürte die Waffe immer noch in seiner Hand. Er spürte den Rückstoß. Er hatte immer noch vor Augen, wie Tripp Evans zusammenbrach, und der lange Nachhall der Schüsse im stillen Wald klang ihm in den Ohren.

Nach den Schüssen hatte Adam ein paar Sekunden lang nichts getan. Er hatte wie betäubt dagesessen. Er hatte nicht über die Folgen nachgedacht. Er wollte nur bei seiner Frau bleiben. Wieder hatte er sich zu seiner Corinne heruntergebeugt, hatte ihre Wange geküsst, ihr die Augen geschlossen und den Tränen freien Lauf gelassen.

Einen Augenblick später hatte er Johanna sagen hören: »Adam, wir müssen jetzt schnell machen.«

Sie war ihm gefolgt. Langsam löste sie die Waffe aus seinem Griff und drückte sie Tripp Evans in die Hand. Sie legte ihren Finger auf seine und feuerte drei Schüsse ab, damit sich auf seiner Hand Schmauchspuren befanden. Sie nahm Tripps andere Hand und kratzte Adam damit, sodass man seine DNA unter den Fingernägeln finden würde. Benommen folgte Adam ihren Anweisungen. Sie dachten sich eine Notwehrgeschichte aus. Die Geschichte war nicht perfekt. Sie hatte große Lücken, und viele Leute zeigten sich skeptisch. Aber im Endeffekt machten es die Beweislage und Johannas Aussage, dass sie Zeuge von Tripp Evans' Geständnis gewesen sei, unmöglich, Adam zu verurteilen.

Er war ein freier Mann.

Trotzdem musste man mit dem leben, was man getan hat. Er hatte einen Menschen getötet. So etwas ging nicht spurlos an einem vorüber. Die Ereignisse verfolgten ihn nachts und raubten ihm den Schlaf. Aber er wusste auch, dass er keine Wahl gehabt hatte. Solange Tripp Evans lebte, stellte er eine Gefahr für Adams Familie dar. Und irgendein primitiver Urinstinkt verschaffte ihm sogar eine gewisse Zufriedenheit mit dem, was er getan hatte, um seine Frau zu rächen und seine Söhne zu schützen.

»Darf ich dich was fragen?«, sagte er.

»Klar.«

»Kannst du schlafen?«

Johanna Griffin lächelte. »Nein, nicht so richtig.«

»Tut mir leid.«

Sie zuckte die Achseln. »Ich schlafe vielleicht nicht gut, aber ich würde noch schlechter schlafen, wenn du den Rest deines Lebens im Gefängnis verbringen würdest. Ich habe mich entschieden, als ich dich im Wald gesehen habe. Ich glaube, ich habe die Entscheidung getroffen, mit der ich am besten schlafen kann.«

»Danke«, sagte er.

»Mach dir deshalb keine Sorgen.«

Adam beschäftigte noch etwas, aber er sprach nicht darüber. Hatte Tripp Evans wirklich geglaubt, dass sein Plan aufgehen würde? Hatte er wirklich geglaubt, dass Adam ihn mit dem Mord an seiner Frau davonkommen lassen würde? Hatte er wirklich geglaubt, dass es klug war, Adams Familie zu bedrohen, während Adam mit einer Waffe in der Hand neben seiner toten Frau kniete?

Nach seinem Tod hatte Tripps Familie eine enorme Lebensversicherungsprämie ausbezahlt bekommen. Die Familie blieb in der Stadt. Sie wurden unterstützt. Alle in Cedarfield, sogar die, die glaubten, dass Tripp ein Mörder war, hielten zu Becky und den Kindern.

Hatte Tripp gewusst, dass es so kommen würde?

Hatte Tripp letztendlich gewollt, dass Adam ihn umbrachte?

Das Spiel stand unentschieden, und es war nur noch eine Minute auf der Uhr.

Johanna Griffin sagte: »Aber schon komisch.«

»Was?«

»Es ging die ganze Zeit um Geheimnisse. Das war der Knackpunkt für Chris Taylor und seine Leute. Sie wollten alle Geheimnisse aus der Welt schaffen. Und jetzt müssen wir beide das größte aller Geheimnisse für uns behalten.«

Beide standen da und sahen zu, wie die Uhr herunterlief. Dreißig Sekunden vor dem Ende schoss Thomas ein Tor und entschied damit das Spiel. Die Menge jubelte. Adam machte keine Freudensprünge. Aber er lächelte. Er drehte sich um und sah Ryan an. Ryan lächelte auch. Und unter seinem Helm lächelte bestimmt auch Thomas.

»Vielleicht bin ich eigentlich deshalb gekommen«, sagte Johanna.

»Warum?«

»Weil ich euch mal lächeln sehen wollte.«

Adam nickte. »Kann sein.«

»Bist du ein gläubiger Mensch, Adam?«

»Eigentlich nicht.«

»Macht nichts. Du musst nicht daran glauben, dass sie sieht, wie ihre Jungs lächeln.« Johanna küsste ihn auf die Wange und brach auf. »Du musst nur daran glauben, dass sie es sich gewünscht hätte.«

DANKSAGUNG

Der Autor möchte den folgenden Personen danken, ohne sich dabei an eine bestimmte Reihenfolge zu halten. Denn er weiß nicht mehr genau, wer ihm wobei geholfen hat: Anthony Dellapelle, Tom Gorman, Kristi Szudlo, Joe und Nancy Scanlon, Ben Sevier, Brian Tart, Christine Ball, Jamie Knapp, Diane Discepolo, Lisa Erbach Vance und Rita Wilson. Wie immer gehen alle Fehler auf ihre Rechnung. Mal ehrlich, sie sind die Experten. Wieso soll ich das alles ausbaden?

Die Hündin Jersey ist von meinem eigenen Hund inspiriert. Sowohl die fiktive als auch die echte Jersey sind gesund und munter. Genau genommen sind alle meine fiktiven Hunde gesund und munter und führen glückliche Leben.

Außerdem möchte ich folgende Personen kurz erwähnen: John Bonner, Freddie Friednash, Leonard Gilman, Andy Gribbel, Johanna Griffin, Rick Gusherowski, Heather und Charles Howell III, Kristin Hoy, John Kuntz, Norbert Pendergast, Sally Perryman und Paul Williams, JP. Diese Leute (oder ihre Freunde) haben großzügig an Wohltätigkeitsorganisationen meiner Wahl gespendet, damit ihre Namen in diesem Roman auftauchen. Wenn Sie auch spenden möchten, besuchen Sie HarlanCoben.com oder schreiben Sie an giving@harlancoben.com, um mehr zu erfahren.

Unsere Leseempfehlung

440 Seiten
Auch als E-Book
und Hörbuch
erhältlich

Ein abgelegenes Bauernhaus in Somerset wird zum Schauplatz eines brutalen Mordes: Zwei Frauen, Mutter und Tochter, werden eines Nachts von einem skrupellosen Mörder hingerichtet. Chief Superintendent Ronnie Cray bittet den erfahrenen Psychologen Joe O'Loughlin um Hilfe, der gleich mit mehreren verdächtigen Personen konfrontiert ist, die alle ein Motiv hätten. Spätestens aber, als eine weitere Leiche gefunden wird, auf deren Stirn der Buchstabe „A" eingeritzt ist, weiß O'Loughlin, dass er es mit einem verstörten und gefährlichen Täter zu tun hat. Jemand, der sich rächen will, für etwas, das ihm einst angetan wurde. Jemand, der vor niemandem haltmacht, auch nicht vor O'Loughlins Familie …

www.goldmann-verlag.de
www.facebook.com/goldmannverlag

GOLDMANN
Lesen erleben